W0061456

Geest-Verlag
Verlag für engagierte Literatur

Gewidmet den engagierten Mitarbeiterinnen und Mitarbeitern der „Ärzte ohne Grenzen", die jährlich in 70 Ländern rund 10 Millionen Menschen behandeln, die sonst keine Hilfe erreichen würde.

Jos F. Mehrings

Niemand
hat die Absicht

Roman

Jos F. Mehrings
Niemand
hat die Absicht
Roman

© 2018 Geest, Vechta
2. Auflage, Januar 2019
ISBN 978-3-86685-701-8

Geest-Verlag,
Lange Straße 41 a, 49377 Vechta-Langförden
Tel. 04447/856580
Geest-Verlag@t-online.de
www.Geest-Verlag.de

Druck: Geest-Verlag

Printed in Germany

Inhalt

Prolog

So hatte Kollmann sich das nicht vorgestellt. So nicht. Aber er musste zugeben, dass alles so gekommen war, wie er es in den letzten Tagen befürchtet hatte. Denn er war schlicht und einfach überfordert, völlig überfordert gewesen mit all diesen Dingen, mit Hanne, mit der blöden Talsperre, und dann war da auch noch die Sache mit Ewa, aber die ging keinen etwas an, so dachte er immer noch.

Doch nur zwei Tage später sollte er eines Besseren belehrt werden. Denn da war nichts mehr, wie es vorher war. Und er bemerkte mit einem bitteren Lachen, das andere für eine feine Ironie halten mochten, dass ein Kartenhaus stabiler war als das, was er sich als sein Leben aufgebaut hatte. Mein Gott, wie hatte all das passieren können?

Wie hatte er glauben können, dass es so gehen könnte? Welch ein Trugschluss! Welch ein Betrug gegenüber seiner Familie, seiner Gemeinde, vor allem aber gegenüber sich selbst.

Epi log

Eberhard, den alle nur Epi nannten und von dem niemand wusste, wie alt er war und wo er, ein Findelkind, herkam, war der geborene Lügner. Und man konnte nur schwerlich entscheiden, ob er log, ohne es überhaupt so recht zu bemerken, ob er log, um zu lügen, oder ob er es allein deshalb tat, um sich zu belügen.

Auf jeden Fall war sicher, dass Epi und die Wahrheit keine Freunde waren, einmal abgesehen von den Vorfällen im Frühjahr 1961. Im Übrigen war Epi eine verträgliche Haut und konnte niemandem etwas zuleide tun, es sei denn, er hatte einen dieser hässlichen Anfälle. An Epi störte aber, dass er ständig im Mittelpunkt stehen wollte, weil er, wie er es ausdrückte, „ins Zentrum gehörte". Epi begründete dies mit „nommen est ommen", weil er diesen Satz gleich mehrfach von Schwester Agnes gehört hatte, ohne auch nur im Ansatz zu ahnen, was diese Aussage bedeutete. Doch manchmal, wenn er einen dieser hässlichen Anfälle hatte, schrie Epi das „nommen est ommen" aus Leibeskräften so laut in die Welt hinaus, dass die Erde zu beben schien.

1. Das Gerücht, Malve im Sauerland, im März 1961

Klar, das Gerücht von „der großen Sache" gab es schon lange, doch lange, viel zu lange dachten alle, dass es sich eben nur um ein Gerücht handeln konnte. Der 623 Einwohner zählende Ort, um den sich eine Ansammlung von 66, zum Teil versprengt gelegenen schönen Fachwerkhäusern und Gehöften gruppierte, solle „geopfert" werden, so hieß es, geopfert werden „für eine große Sache".

Der ganze Ort werde verschwinden, und da, wo jetzt noch der Kirchplatz mit dem neugotischen, aber bereits deutlich in die Jahre gekommenen Gotteshaus stand, werde eine Wasserfläche entstehen: Geplant, so wollten es die Gerüchte wissen, sei eine Riesentalsperre, in der Wasser für die Versorgung des nahen Ruhrgebiets gesammelt werden sollte. Doch nicht nur der Bürgermeister hielt das für „dumm Tuig", nein, der ganze Ort wollte, besser konnte nicht glauben, dass es Menschen geben sollte, die so etwas auch nur zu denken wagten.

Schließlich lebte man, und man begann langsam trotz aller Fremdheit schon fast ein wenig stolz darauf zu sein, seit einigen Jahren in einer Demokratie – und da war nichts möglich, was das Volk nicht wollte. Denn alle Staatsgewalt solle vom Volk ausgehen, so ähnlich hieß es doch in diesem als zwar Provisorium bezeichneten, aber immerhin schon seit über zehn Jahren geltenden Grundgesetz aus dem Jahre 1949.

Ganz anders war es übrigens drüben bei den Brüdern und Schwestern in der Deutschen Demokratischen Republik, wobei viele Zeitungen diesen Namen in „Gänsefüßchen" setzten oder die Bezeichnung „Sowjetisch Besetzte Zone" oder kurz „SBZ" wählten. In der SBZ waren jedenfalls Brüder an der Macht, die machten, was sie wollten, oder besser, was der Russe wollte. Das konnte man sicherlich auch differenzierter sehen, aber diese Mühe machte sich in Malve nun wirklich gar niemand.

Es war allerdings eine Tatsache, dass immer mehr „Brüder und Schwestern" der SBZ den Rücken kehrten und in den Westteil Berlins oder nach Westdeutschland strömten. Die Wanderbewegungen in die Gegenrichtung waren hingegen sehr gering; knapp zwei Jahrzehnte später sollten allerdings Mitglieder der 1961 noch nicht existierenden Rote Armee Fraktion (RAF) genau diesen Weg gehen, um sich so der Strafverfolgung durch die Bundesrepublik Deutschland zu entziehen.

Doch das alles interessierte im Augenblick in Malve nun wirklich keinen auch nur im Ansatz, zumal sich bisher kein „Bruder" oder gar eine „Schwester" aus der SBZ nach Malve verirrt hatte. Das hätte zum örtlichen Glück im Übrigen gerade noch gefehlt nach den vielen nicht nur andersgläubigen – manche sprachen auch von ungläubigen –, sondern auch andersartigen Buiterlingen, die der Ort nach '45 aufnehmen musste.

Im Übrigen wusste man auch von keinem Fall, in dem sich ein Malver auf den Weg in Richtung Osten gemacht hatte. Dies änderte sich auch nicht, als Jahre später kritische junge Leute auch in Malve dazu aufgefordert wurden „geht doch in den Osten, wenn es euch hier nicht gefällt!"

So lebten die Malver über Jahre mal mehr, mal weniger bewusst mit diesem Gerücht „von der großen Sache", feierten aber die Frühjahrskirmes, das Schützenfest – traditionell immer am ersten Wochenende im Mai – und das Feuerwehrfest am zweiten Sonntag nach Johanni und das Erntedankfest jüst so, wie sie es seit alters her gewohnt waren. Und ihre Ruhe, und es war eine große, feste sauerländische Ruhe, wäre vollkommen gewesen, wenn Epi nicht immer wieder gefaselt hätte, die Entscheidung sei bei denen in Düsseldorf schon längst gefallen. Bald käme das große Wasser. „Aber doch sicher" und „früher war besser!", wie er den meisten seiner Sätze hinzufügte.

Aber wer sollte Epi und sein Gerede schon beachten, geschweige denn es ernst nehmen, denn dafür kannte man ihn und seine Geschichten nun wirklich schon zu lange. Und mal ehrlich: Woher sollte ausgerechnet Epi, der sein Leben als „Bursche für Alles", weshalb er oft „BfA" gerufen wurde, beim örtlichen Krankenhaus fristete, obwohl er nicht eine Sekunde in seinem Leben rentenversichert war, woher sollte ausgerechnet Epi Kenntnis von „dieser großen Sache" haben, wenn nicht einmal der Bürgermeister davon wusste.

Dazu sollte man wissen, dass Bürgermeister Heinrich Kollmann seinem Vater und seinem Großvater im Amt gefolgt war und schon fast zehn Jahre die wichtigste Position in der Gemeinde bekleidete. Kollmann hielt viel auf seinen politischen Instinkt, den man „hat oder nich hat, aber nich kaufen kann".

Mehr als nur leichte Zweifel in Bezug auf „die große Sache" tauchten nicht nur beim Bürgermeister auf, als an einem Märzmorgen anno 1961 mehrere Landvermesser in der Gemeinde erschienen. Ihre weiß-roten Stangen waren weithin sichtbar und merkwürdig war, dass sie auf Fragen der etwas verunsicherten Bewohner nach dem „Warum überhaupt?", „warum jetzt?" und „warum hier?" ausweichend und nur zögerlich antworteten.

13

Genaues wisse man auch nicht, so hieß es. Es ginge wohl ganz allgemein um eine Vermessung des gesamten Kreises, und da Malve ganz am Rande liege, sei die Entscheidung gefallen, mit den Messungen hier zu beginnen.

Niemand erhielt im Übrigen eine Antwort auf die von niemandem und an niemanden gestellte Frage, warum denn das Wasserwirtschaftsamt Soest an den Messungen beteiligt war.

Wie dem auch sei: Nach drei Tagen war der Spuk vorbei und die Ruhe des Ortes, die kurzfristig nicht nur merkwürdig berührt schien, sondern gar zu verloren gehen drohte, war wiederhergestellt. Eine, wie sich schon bald zeigen sollte, trügerische Ruhe.

Denn nur zwei Monate später traf dieser Brief aus Düsseldorf ein, gerichtet an den „Herrn Bürgermeister Heinrich-Wilhelm Kollmann, persönlich, vertraulich", überbracht durch einen fahrenden Boten, der eine eigenhändige Empfangsquittung des Herrn Bürgermeisters und nur des Herrn Bürgermeisters begehrte. Dieser musste indes erst durch den ersten Gemeindearbeiter Jonny Willers, einem Alleskönner, den alle, ohne zu wissen warum, „Haui" nannten, vom Feld geholt werden, wo er mit den Vorbereitungen für eine weitere Aussaat beschäftigt war.

Überrascht, verschwitzt und mit einem leicht unsicheren Gefühl betrat Bürgermeister Kollmann „seine Festung", wie er das fünfeckige, im 1. Stock des Gemeindebüros gelegene Turmzimmer, in dem er seinen Amtsgeschäften nachging, gerne nannte.

Nachdem er den Brief entgegengenommen und den Boten nach förmlichem Vollzug der Empfangsquittung verabschiedet hatte, saß der Bürgermeister einige Zeit ganz still und nachdenklich in dem großen Armsessel, in dem schon sein Vater Hans-Wilhelm Kollmann und zuvor sein Großvater Joseph-Wilhelm – damals noch – Große zu Kollmann gesessen hatten.

Diesen Moment des Alleinseins hatte sich der aktuelle Bürgermeister mühsam erkämpfen müssen, weil sich Fräulein Riemenkemper, die alle nur „Betti" riefen und die sich nicht nur wie die heimliche Gemeindechefin fühlte, sondern es auch war, nur schwer aus dem Turmzimmer hatte komplementieren lassen.

Natürlich spürte sie, dass genau in diesem Augenblick etwas ganz Großes im Gange war, etwas, das Malve verändern sollte.

Und es mag einer jener Zufälle sein, die keine Zufälle sind, dass genau in diesem Moment Epi auf seinem knatternden Moped vorbeifuhr. Sie sah ihn nicht, aber sie kannte wie alle Bewohner Malves dieses Geräusch, das zu Malve gehörte wie das Schlagen der St. Vitus-Kirche, denn Epi konnte das Fiffi nicht stehen lassen. Kaum merklich zuckte sie zusammen bei dem Gedanken, dass Epi womöglich doch recht haben könnte mit seinem dauernden Gerede von der großen, von denen in Düsseldorf längst beschlossenen Sache.

Irgendetwas stimmte hier nicht, das war so klar wie klare Fleischbrühe. Dass der fahrende Bote direkt aus Düsseldorf gekommen war, hatte sie längst registriert. Dafür hätte es eigentlich keines Blicks auf das Autokennzeichen bedurft, den sie zur Sicherheit gleichwohl genommen hatte.

Ein Brief aus Düsseldorf an den „Herrn Bürgermeister Heinrich-Wilhelm Kollmann persönlich, vertraulich". Vieles hatte Betti schon erlebt, eigentlich sogar alles, so hatte sie gedacht. Aber *das* hatte es noch nicht gegeben und deshalb musste es um sehr Bedeutsames gehen, um Wichtiges, wenn nicht gar um eine Sensation.

Nicht ganz zu Unrecht war sie der Meinung, dass sie diese Sensation, denn weniger konnte es ja nicht sein, als Erste hätte erfahren müssen, mindestens aber zeitgleich mit dem Bürgermeister. Denn der war nur für ein paar Stunden in der Woche ehrenamtlich tätig, während sie von montags 7:15 Uhr bis freitags 17:30 Uhr für die Gemeinde da war, und das nunmehr ununterbrochen seit Juli 1945.

Damals war sie die Erste gewesen, die die britischen Besetzer von Bad Oeynhausen aus wieder eingesetzt hatten. Noch vor Kollmann sen., besser bekannt als „Wilhelm Zwo". Denn der musste erst noch auf seine Vergangenheit durchleuchtet werden, was bei ihr gerade nicht erforderlich war. Sie war nämlich schon immer entschieden dagegen gewesen, na ja, jedenfalls nicht dafür. Und im Übrigen: Was hätte sie allein denn schon ausrichten können, wenn das ganze Dorf diesem verrückten Österreicher hinterherlief?

Zurück zur Gegenwart: Der heutige Gemeindechef, „mein kleiner dicker Kolli", wie sie ihn heimlich bei sich nannte, konnte bisweilen komisch sein, und dann war nicht mit ihm zu spaßen. Und die Art und Weise, wie er sie aufgefordert hatte, „ihn *bitte* für einen Moment allein zu lassen", war schon komisch gewesen. Insbesondere das „*bitte*", das sonst so gar nicht zu seinem Sprachschatz gehörte, war so eindeutig, dass es fast körperlich schmerzte.

Da hatte sie nun über so viele Jahre den Kopf für die Gemeinde hingehalten, in guten wie in schlechten Tagen, und daraus war eine faszinierende Symbiose zwischen ihr und der Gemeinde geworden, zumal ihr ein Ehemann versagt geblieben war. Klar hatte es Möglichkeiten und auch Angebote gegeben, aber das, was sie zu Hause erlebt hatte, war nicht dazu angetan, auf eines dieser Angebote einzugehen, nein, nicht einmal eines ernsthaft zu prüfen.

Lieber allein unglücklich als zu zweit todunglücklich, so hatte sie sich über Jahre, auch mithilfe eines geistigen Erzeugnisses aus der Nachbargemeinde getröstet, bevor die Sehnsucht nachgelassen und das Verlangen aus ihrem Leben gewichen war. Jetzt war sie, die in den ersten Tagen des 20. Jahrhunderts Geborene, 61 Jahre alt und damit ein „altes Mädchen", nicht wenige im Dorf titulierten sie „alte Jungfer".

Ihre Markenzeichen waren unverwechselbar und weithin bekannt: Eine schlanke, fast ausgemergelt wirkende Figur, die ergrauten Haare streng nach hinten gekämmt und kleidungsmäßig auf dem modischen Stand der frühen Fünfzigerjahre. Doch das alles war nicht wichtig. Wichtig war allein, dass sie die Gemeinde war und oft, eigentlich sogar täglich sagte sie sich: „Ich bin Malve."

Und nun hatte ihr Kolli sie vor die Tür geschickt, einfach so, wie einen x-beliebigen Mitarbeiter. Sie war sicherlich nicht übertrieben rachsüchtig, aber ein gewisses Maß an „Nicht-Vergessen-Können" war schon vorhanden. Dass ihre kleine, nur 15 Sekunden dauernde Aktion genau eine Woche später so gravierende, nein verheerende Auswirkungen haben sollte, wer konnte das schon wissen. Das hatte sie nicht, jedenfalls nicht so gewollt.

Wie dem auch sei: Im Augenblick saß das „alte Mädchen" mit versteinertem Gesicht vor der Tür des Turmzimmers.

Drinnen hatte Kollmann sich ein wenig gefasst und den ersten Schreck überwunden. Der Brief lag vor ihm auf dem großen Eichenschreibtisch, noch verschlossen, und das blütenweiße Kuvert strahlte so etwas wie Unschuld aus.

‚So schlimm wird dat schon nich sein', fuhr es ihm durch den Kopf und er schien die Fassung langsam wiederzugewinnen.

„Also dann", sagte er zu sich selbst und griff nach dem hölzernen Brieföffner, den er vor fast 50 Jahren auf der Volksschule Malve im Werkunterricht mit viel Mühe und Fleiß gebastelt, bis heute aber erst dreimal benutzt hatte, da alle Briefe schon im Vorzimmer von Betti geöffnet worden waren, allein heute hatte sie schweren Herzens darauf verzichtet.

Jahre später hatte Kollmann übrigens zu seiner Überraschung festgestellt, dass sein Sohn Karl-Wilhelm einen ganz ähnlichen Brieföffner gebastelt hatte, der nunmehr aber „Gebrauchsgegenstand" genannt wurde.

‚So ändern sich die Zeiten, ohne dass sich die Zeiten ändern', hatte Kollmann gedacht, und war erschrocken darüber, zu welchen sonderlichen Gedanken er fähig war. Er fragte sich, ob „dat nun wat Philosophisches war oder nur dumm Tuig?"

Die Antwort auf diese Frage konnte er sich aber nicht geben, weil er den auf fünfzehn Wochen angelegten Kurs „Einführung in die Philosophie" an der Volkshochschule Menden wegen „großer terminlicher Probleme" nur zweimal besucht hatte. Dies hatte zur Folge, dass er nur die beiden in den ersten Stunden behandelten Philosophen kennengelernt hatte. Kollmann erinnerte sich an Aristoteles, zumal der Hund seines Übernachbarn zur Thulenhorst, eines pensionierten Oberstudienrats für Latein und Altgriechisch, den alle im Dorf „Professor" nannten, so hieß; zum anderen erinnerte er sich an Epikur, was bei einem Bewohner Malves nun aber wirklich nicht verwundern konnte. Kollmann hatte neben den allgemeinen Grundlagen und einer Reihe von bekannten philosophischen Aussagen auch behalten, über was die beiden philosophiert hatten, denn er verfügte neben einem hohen Maß an Bauernschläue über ein ungewöhnlich gutes Gedächtnis, allerdings nicht für Zahlen und Daten.

Als er seine Gedankenabschweifungen beendet hatte und den Umschlag öffnen wollte, hörte er unversehens das Geräusch, das zu Malve gehörte wie das Schlagen der St. Vitus-Kirche: Epi, verdammt noch mal, warum ausgerechnet jetzt? Was hatte das zu bedeuten? Ganz sicher nichts, gar nichts, überhaupt nichts, aber ganz sicher war Kollmann sich da nicht.

Jedenfalls legte er den Gebrauchsgegenstand, mit dem man Briefe öffnet, wieder aus der Hand, ohne ihn zuvor benutzt zu haben, er stand auf, öffnete das Fenster und sah hinaus. Er gewahrte den Kirchplatz, um diese Zeit gänzlich unbevölkert, ruhig, nur der Lärm von Epis Fiffi schien in den engen Gassen nachzuklingen.

In wenigen Minuten würden die wenigen Kinder, die im Ort lebten, aus der nahe gelegenen Zwergschule kommen und lärmend über den Asphalt des Marktplatzes ziehen, den man vor zwei Jahren im Rahmen der Dorferneuerung im Austausch gegen das hässlich und altmodisch empfundene Kopfsteinpflaster aus dem 19. Jahrhundert eingebracht hatte.

Das war damals auch so eine Sache gewesen. Der Kreis hatte aus irgendeinem Plan Mittel bekommen, die innerhalb von sechs Monaten ausgegeben werden mussten. 25.000 DM waren Malve in Aussicht gestellt worden, aber erst nach Ablauf von mehr als vier Monaten ausgezahlt worden, weil der Kreis so lange auf dem Geld gesessen hatte.

Dennoch bedeuteten die Mittel eine willkommene Geldspritze, um eine neue Spritze und weitere Ausrüstungsgegenstände für die „Freiwillige Feuerwehr Malve" zu kaufen. Wenn da nicht der Zeitdruck und Ernst gewesen wären. Kurz und gut: Es reichte nur für die Asphaltierung des Marktplatzes und einiger Nebenstraßen, die sich bis dahin in einem erbärmlichen Zustand befunden hatten.

An all das musste Kollmann denken, als er am Fenster stand und zu St. Vitus hinüberblickte, dessen große Uhr, Symbolkraft pur, obwohl er dafür keinen Blick hatte, fünf vor zwölf zeigte. Er ging zurück zu seinem Armsessel, zog die untere Schublade des für das Zimmer etwas zu groß geratenen Eichenschreibtischs heraus, an dem schon sein Vater und sein Großvater gesessen hatten.

Er entnahm dem Schreibtisch eine Flasche Westfälischen Doppelkorn, der sich dort überraschend kühl hielt und so jederzeit trinkfertig war.

‚Erst nen kleinen Schluck und dann den Brief öffnen, so viel Zeit muss sein‘, sagte sich Kollmann.

Aus dem einen kleinen Schluck wurden zwei, auch drei kräftige und die zwölf Donnerschläge der großen Marie, seiner Lieblingsglocke, waren schon verklungen.

„Marie, Marie, Maruschkaka", summte er leise vor sich hin. Ach ja, Marie. Seine kleine Marie. Was war sie doch für ein tolles Mädchen! Aber das galt auch für Ewa. Seltsamerweise.

2. Der erste Schritt, Münster in Westfalen, Montag, 8. Mai 1961

Vier Tage bevor Bürgermeister Kollmann den Brief erhalten sollte, saß dessen Tochter Marianne, die sich „Marie" nannte und auch so gerufen werden wollte, in der Vorlesung: „Sachenrecht: Recht der beweglichen Sachen." Für sie war das aber nichts Bewegliches, das war totes Zeug. Wen interessierte schon „das Einigsein im Zeitpunkt der Besitzverschaffung"?

Da konnte man sich doch nur einig sein, dass sich dieser Unsinn keinen Besitz über einen verschaffen sollte. Dazu dieses Getue des sich alert gebenden Professors.

„Tja meine Herren, ähm Damen natürlich auch, da fängt es ganz allmählich an ähm interessant zu werden, wenn wir dann ähm das antizipierte Besitzkonstitut ähm hinzunehmen. Denn sehen Sie, meine Herren, ähm schon haben wir ähm die Möglichkeit geschaffen, um damit meine Herren ähm ähm ähm ..."

Marie hatte nicht nur wegen der vielen Ähms und der fehlenden Damen abgeschaltet und begonnen, ihre Umgebung genauer zu betrachten. Schräg vor ihr saß Anneliese, die halbhöhere Tochter aus besserem Hause, die eine Beschäftigung in einer der führenden Kanzleien des Münsterlandes schon sicher hatte, falls sie das Examen schaffen sollte.

Das war aus heutiger Sicht immerhin nicht auszuschließen, doch musste bis dahin wohl noch manche Mark zum Repetitor getragen werden, und vielleicht war ein wenig professionelle Hilfe bei der Erstellung der Examenshausarbeit eine gute Investition in die Zukunft.

Tatsächlich sollte sich später ein gewisser Jürgen Miester finden, der wertvolle Hilfe bei der Anfertigung der Sechs-Wochen-Arbeit leistete und alle *in ihn* gesetzten Hoffnungen vollumfänglich erfüllte. Dass sich die *von ihm* gesetzten Hoffnungen auf eine Anwaltskarriere als angeheirateter Juniorpartner in einer der führenden Kanzleien des Münsterlandes nicht erfüllen sollten, stand freilich auf einem anderen Blatt.

Annelieses Interesse an ihm war jedenfalls unmittelbar nach der Abgabe der Hausarbeit zunächst unmerklich, dann immer stärker zurückgegangen, und nachdem sie zwei Monate später das „vollbefriedigende" Ergebnis ihrer, besser *seiner* Hausarbeit erhalten hatte, erlosch es vollends.

Da der „kluge kleine Miester" – wie Anneliese ihn wegen seines stoppeligen Haarschnitts in Anlehnung an den „Kleinen grünen Kaktus" der Comedian Harmonists spöttisch nannte – nun nicht mehr von Nutzen war, gab er das perfekte Bauernopfer ab, zumal er von einer ganz kleinen Hofstelle in der Nähe von Havixbeck stammte.

„Nichts gegen ein gewisses Maß an Dankbarkeit, aber alles in Maßen", pflegte Anneliese zu sagen. Dass sie ihn während der Bearbeitungszeit „zweimal ein wenig rangelassen hatte", war – wie es sich bei einer Arbeit aus dem allgemeinen Verwaltungsrecht gehörte – verhältnismäßig, also erforderlich, geeignet und angemessen gewesen, musste aber auch ausreichen. Eine lebenslange Zusatzrente für den *kleinen* Miester im *großen* Anwaltsbüro ihres Vaters saß jedenfalls nicht drin!

Dieses strategische Vorgehen von Anneliese war schon sehr ausgefeilt. Durchaus bemerkenswert war auch, dass sie unentwegt redete und dabei mit der Zunge dachte, weil sie sich nicht die Mühe machte, ihr Gehirn einzuschalten, bevor sie losplapperte. Davon abgesehen, war Anneliese etwa so interessant wie dieses Besitzinstitut oder wie auch immer das Ding heißen mochte, an dem sich der Professor zusehends mehr und mehr ergötzte.

§§ 930, 868 BGB schrieb er mit Kreide an die große Tafel, wobei sich die Kreidereste wie immer auf seinem dunklen Anzug wiederfanden.

‚Warum nicht‘, dachte Marie, ‚ich kann ja mal versuchen, die beiden an der Tafel stehenden Zahlen im Kopf zu multiplizieren‘, denn sie liebte solche Aufgaben.

„Die Liebe zu den Zahlen", wie ihr kauziger Mathematiklehrer Hieve auf dem Gymnasium in Menden ihre Begabung halb staunend, halb ungläubig – „ungewöhnlich, ganz und gar ungewöhnlich für ein Mädchen!" – genannt hatte, war schon etwas Besonderes gewesen.

Der Mathelehrer hatte es im Übrigen wahrhaftig nicht leicht gehabt, bei einer aus 19 Mädchen bestehenden Klasse, von denen viele deutlich mehr Interesse an allen anderen Fächern als an Mathe zeigten.

Marie erinnerte sich: Herr Hieve hatte der Klasse mithilfe eines von seiner Frau eigens zu diesem Zweck gebackenen runden Apfelkuchens zu erklären versucht, dass zwei Hälften genau gleich groß seien.

Er sah aber in viele skeptische Gesichter und sich Fragen wie „echt?", „wirklich immer?", „tatsächlich *genau* gleich groß?" und Vorbehalten wie „aber, ich meine doch, dass" und „das glaube ich so nich" ausgesetzt. Schließlich resignierte er: „Ich wusste, dass die größere Hälfte von euch das sowieso nicht versteht." Außer Marie hatten damals nur fünf weitere Mädchen gekichert, den anderen war die unfreiwillige Pointe entgangen.

In einem anderen Fall hatte Herr Hieve es aber auch wirklich übertrieben. In einer Klassenarbeit ging es in ein und derselben Aufgabe um Bruchrechnung *und* Prozentrechnung. War schon die Bruchrechnung ein Buch mit mindestens sieben Siegeln, war die Prozentrechnung ein solches mit 70. Und wenn man beides kombinierte, kamen sicher 10 Prozent oder sogar noch mehr dazu.

Wie und wozu sollte man um Gottes willen ausrechnen, wie viel Prozent 3/8 waren, wenn man nicht einmal wusste, wovon? Bis auf sechs Mädchen, eines davon Marie, waren alle anderen, 13 an der Zahl, mit Pauken und Trompeten durchgefallen.

Nachdem Herr Hieve anlässlich der Rückgabe der Arbeit frustriert erklärt hatte, dass fast 70 % durchgefallen seien, erklang aus der hintersten Reihe ganz leise und ungläubig die Stimme von Gretel Bockmann: „Aber so viele sind wir doch gar nicht.".

Ja, so war es auf der Schule gewesen. Aber jetzt wollte Marie sehen, was heute noch ging.

Also: 930 mal 868. Das ergab ... mein Gott, das hatte sie vor zwei Jahren auf der Schule doch immer so gut gekonnt. Führte das Jurastudium tatsächlich „systemimmanent in die Verblödung", wie es diese kommunistischen Agenten den Erstsemestern anlässlich der „alternativen Erstsemestereinführung", zu der Marie ganz aufgeregt gegangen war, erzählt hatten?

Damals war dieser Junge auch dabei gewesen, der jetzt rechts neben ihr saß, was keineswegs ein Zufall war. Denn ER, so nannte sie IHN, ER saß schon da, als sie um kurz nach zehn den Hörsaal R3 betrat. Obwohl noch viele Plätze frei waren, hatte sie sich für diesen Platz direkt neben IHM entschieden. Aber warum war sie heute erst kurz nach zehn in die Uni gekommen?

Nun, die römische Rechtsgeschichte hatte heute ohne sie auskommen müssen, was aber mehr als gerecht war. Denn schließlich war sie in der letzten Woche auch der deutschen Rechtsgeschichte ferngeblieben. Insoweit hatte sie ein ausgeprägtes Gerechtigkeitsgefühl: Keine dieser beiden so genannten „Mitternachtsveranstaltungen", die um 8.00 c.t., was, wie Marie im ersten Semester schon nach einer Woche herausgefunden hatte, so viel bedeutete wie „Viertel nach acht", begannen, sollte bevorzugt werden.

Deshalb hatte sie sich um sieben nochmal kurz umgedreht und erst um neun Uhr das Bett verlassen. Ein wenig Wasser ins Gesicht, schnell angezogen, eine Scheibe Brot auf die Hand und los ging es mit dem Fahrrad den kurzen Weg zur Universität.

Nun saß sie neben IHM, der ihr besonders in den letzten Wochen immer wieder aufgefallen war. Das war nicht verwunderlich, denn ER unterschied sich schon vom Äußeren deutlich von den ganzen grauen Anzugträgern, die die Vorlesungen besuchten. Ihr Interesse an IHM wurde von IHM aber offensichtlich nicht erwidert.

IHN schien ihre Anwesenheit nicht zu interessieren, weil ER, ohne sich etwas anmerken zu lassen, weiter in seiner offenbar linken Hetzzeitschrift las, die eindeutig ein Werk des Teufels war, obwohl dessen politischer Stern im Mai 1961 noch gar nicht aufgegangen war.

Das „Linke" ergab sich aus dem Wenigen, das sie mitlesen konnte. Da war von gesellschaftlichen Verhältnissen die Rede, die geändert werden müssten. Von einer Befreiung der Volksmassen, einer Knechtschaft durch das Großkapital und einer kapitalistischen Hetzpresse. Und das Privateigentum gehörte abgeschafft. Das war aus ihrer Sicht immerhin ein Vorteil, denn dann müsste sie nicht mehr so viel Sachenrecht büffeln.

Diese politischen Forderungen waren ihr aber fremd, sehr fremd sogar. So etwas kannte sie aus Malve nicht. Und um ehrlich zu sein: Sie verstand auch nicht, worum es ging.

Auf ihr scheues „Interessant?" mit Blick auf das Pamphlet kam die Antwort, die Analyse weise erhebliche Schwachpunkte auf, gehe aber durchaus in die richtige Richtung, allerdings könne dies erst der Anfang sein. Eine weitere Nachfrage ihrerseits unterblieb, weil die Vorlesung inzwischen begonnen hatte.

Aber auch diese traurigen 90 Minuten gingen vorbei. Dummerweise erklärte ER auf ihre scheue Frage nach dem Besuch der Mensa, ER habe heute leider keine Zeit. Aber vielleicht könne man ja morgen nach der Vorlesung zusammen dorthin gehen. Damit entfernte ER sich.

Marie war enttäuscht, zugleich aber sehr zufrieden: Sie hatte noch nichts erreicht, aber der Boden war bestellt. In den nächsten Tagen würde sie mit IHM das Erntedankfest feiern.

3. Der Vorfall, Soest, Dienstag, 9. Mai 1961

Der Vorfall, der schon allein ausgereicht hätte, um Kollmanns Leben aus der Bahn zu werfen, hatte sich bereits drei
Tage vor dem Eintreffen des ominösen Briefs aus Düsseldorf
im „Gasthof zur Linde" in Soest zugetragen. Einem Gasthof,
der neben dem Schankraum über nicht weniger als zwölf
Fremdenzimmer, davon zehn mit fließendem Wasser, einem Clubzimmer und einem Festsaal verfügte.

Hier hatte Kollmann ab Montagmittag an einer Fortbil-
dungsveranstaltung „Neuzeitliches Verwaltungshandeln –
Strategien zur Bewältigung aktueller gemeindlicher Aufgaben"
teilgenommen. Über das Thema hatte er sich zunächst köstlich amüsiert und wollte die Fortbildung schon als „dumm
Tuig" abtun. Aus reiner Neugier war er dennoch hingefahren.

Im Nachhinein musste er sagen, dass ihm das Ganze verdammt gut gefallen hatte. An allen drei Tagen wurden sie
vorzüglich verköstigt – da konnte sich selbst Elfriede noch
eine Scheibe von abschneiden.

In den Abendstunden, die im Programm recht großspurig
„Gelegenheit zum informellen Erfahrungsaustausch" genannt
wurden, hatten sie jede Menge Spaß. Da waren aber auch Typen dabei, das gab es gar nicht.

Willi Hagendorn aus Usseln – „der singende Bürgermeister" –, Ralf de Barse aus Lüdenscheid – „Nebelhorn statt Tiro-
lerhut oder wat is hier gezz los?" – und der eher schüchterne
Erwin Landefeld aus Wuppertal, überzeugter Katholik, gele-
gentlicher Lottospieler und alleinerziehender Vater einer
modebewussten Tochter, und schließlich Josef Bieringhaus,
von allen nur „Sepp Donnestag" genannt, weil er statt „donnerstags" immer von „donnestags" sprach, eine Aussprache,

die in Westfalen, wo der Sepp wech kam, auch heute noch weit verbreitet ist, und weitere Teilnehmer, deren Namen Kollmann aus dem Gedächtnis aufzählen konnte. Eigentlich war damit in Soest alles bestens, wenn da nicht die Sache mit Ewa gewesen wäre.

Der in Soest „vortragende Rat", wie der Referent, der im Übrigen zu mehr als dummen Scherzen aufgelegt war – „Spaß muss sein, sonst geht keiner mit auf die Beerdigung, hahaha!" – sich allen Ernstes selbst nannte, hatte ein Gerät bei sich, mit dem er Folien „an die Wand werfen konnte" und musste deshalb nicht alles an die Tafel schreiben.

Das fand Kollmann interessant, und Betti, also Fräulein Riemenkemper, die ihn am ersten Tag begleiten durfte, war gänzlich aus dem Häuschen. Ganz ohne Frage, das war die Zukunft!

Da der Referent, der sich am ersten Tag, was dieses eine Mal gar nicht spaßig gemeint war, gleichwohl aber in besonderer Weise zur allgemeinen Heiterkeit beitrug, als „Hilfsreferent aus dem Ministerium" vorgestellt hatte, dieses Gerät genau und nur an diesem Tag zum Fabrikpreis vermitteln konnte, obwohl er „dieses kleine Geschäftchen eigentlich gar nicht machen durfte, hahaha", wurde nicht nur von der Gemeinde Malve eine zutiefst sinnlose Investition getätigt.

Denn „das Gerät, mit dem man Folien an die Wand werfen konnte", fand sich nach kurzer Zeit in der Kammer hinter der linken Amtsstube, in der das Einwohnermeldeamt untergebracht war, wieder, und blieb dort „bis auf Weiteres". Danach geriet es in Vergessenheit und teilte damit zunächst das Schicksal des Referenten, hahaha.

Das war ein sonderbarer Mensch, ein typischer Ministerieller, wie sie alle meinten, obwohl bis dahin niemand auch nur einen gesehen hatte. Seine Witze waren nicht nur nicht witzig, oft waren sie sogar eher peinlich: „Streiten sich zwei Schweinehändler, wer die Schuld an einem Verkehrsunfall trägt. Sagt der alte Dorfrichter: Wer ohne Schuld ist, der werfe das erste Schwein, hahaha, Spaß muss sein. Sonst geht keiner mit auf die Beerdigung."

Dennoch: Die Fortbildung wäre rundum nett gewesen, wenn, ja wenn es nicht diesen Vorfall am zweiten Abend gegeben hätte.

Der vortragende Rat hatte seinen Vortrag pünktlich um sechs beendet und für die zwölf Teilnehmer standen ab Viertel nach sechs das *„Gemeinsame Abendessen und der informelle Erfahrungsaustausch"* auf dem Programm. Zu essen hatte es Pellemänner und nen Strammen Max gegeben, Kollmann hatte sich zusätzlich eine Grillplatte bestellt.

Kollmann hatte sich mit Hans und Franz zum Skat verabredet. Sie wollten räubern. Dies war eine Variante des Skatspiels, die den Wächtern des deutschen Skatverbandes in Altenburg die Tränen in die Augen trieb und die man durchaus in der Nähe des Glücksspiels ansiedeln konnte.

Der Spieler, der vorne saß, musste innerhalb von drei Runden drei verschiedene Spiele absolvieren: Eine Farbe, einen Ramsch mit Pflichtschieben und einen Grand.

Dabei kam es nicht darauf an, ob die eigenen Karten diese Spiele überhaupt hergaben. Es ging auch nicht so sehr darum, die Spiele zu gewinnen, sondern mehr darum, sie möglichst knapp zu verlieren und dafür zu sorgen, dass die Mitspieler ihre Spiele möglichst hoch verlören. Von dieser Taktik war das Spiel entscheidend geprägt.

Eine wichtige Grundregel bestand darin, niemals in der ersten Runde eine Farbe zu spielen. Denn dann verblieben für die zweite und die dritte Runde der Ramsch und der Grand. Wählte man dann in der zweiten Runde den Grand, kam es in der letzten Runde unweigerlich zum Pflichtramsch. Umgekehrt stand ein Pflichtgrand auf dem Programm. Und beides war in aller Regel von großem Übel!

Kollmann und Franz beherrschten die eigenartige Räuber-Taktik und damit das Spiel nahezu perfekt, Hans hingegen konnte sich von der „klassischen Appendorfer Skatschule" nicht freimachen, die er als Schüler genossen hatte.

So hatte er im ersten Spiel einer neuen Runde mit den Worten „Pikus der Waldspecht" die Farbe gewählt. Wenig später freute er sich wie ein Kind, weil er dieses Spiel mit 22 („mit-einem-Spiel-zwei-mal-11-gleich-22") gewann, um danach seinen Ramsch in der zweiten Runde schon deutlich zu verlieren und mit dem Pflichtgrand in der dritten gehörig baden zu gehen.

Genüsslich zählte Kollmann vor: „Ohne-vier-spiel-fünf-Schneider-sechs-verloren-zwölf-contra-vierundzwanzig-mal-20 macht 480 Miese."

Da Hans auch den von Kollmann gespielten Ramsch verloren hatte, erreichte er mal wieder mehr als 1.000 Miese! Voller Begeisterung steckte Kollmann Hans den Zettel zu, auf dem er die Ergebnisse der einzelnen Spiele fein säuberlich notiert hatte. „1.069" stand da geschrieben.

Hans, der sich in besonderer Weise als lernunfähig erwies, schaffte es, die ersten vier Runden allesamt zu verlieren, wobei dreimal sogar mehr als 1000 Miese zusammenkamen. Als Verlierer musste er dann jedes Mal ein „großes Herrengedeck" ausgeben, bestehend aus einem halben Liter Bier und einem doppelten Westfälischen. Bei der kleinen Runde – Verlust der Runde mit weniger als 1.000 Miesen – gab es nur einen Halben.

Da die Herren zum Abendessen ebenfalls schon das eine oder andere Bier weggezischt und „wegen des fettigen Essens", und selbstverständlich nur deswegen, mehrere „Zerstäuber" zu sich genommen hatten, waren Hans und Franz gegen zehn Uhr abends bereits voll wie zwei Haubitzen. Ihre nahezu zusammenhanglosen, aufgrund des Alkohols verwaschenen Wortbeiträge – von einem Gespräch konnte schon lange nicht mehr die Rede sein – verloren mit jedem Herrengedeck mehr an Niveau. Auf die Frage von Franz, „Hansch, scholl ich dir nochen Bier mitbringen, weil du ja keinesch mehr trinken willscht", antwortete Hans, „schicher doch, dann können wir schusammen keinsch mehr trinken".

Auch der besser trainierte Kollmann war mehr als deutlich angeheitert und schon längst nicht mehr in der Lage, das schwierige Testwort „Exterritorialität" auszusprechen, auch „lila Flanellläppchen" ging ihm nicht mehr fehlerfrei über die Lippen. Lediglich die dritte Übung „trallala" beherrschte er perfekt.

An der Theke wurde inzwischen gesungen, vom „schöööönen Westerwald", wo der Wind so kalt pfeift, und von dem Polenmädchen, das das allerschönste Kind war, das man in Polen finden konnte, das aber partout nicht küssen wollte.

‚Dem Himmel sei Dank, dass Hanne nicht hier ist', dachte Kollmann. Seine bessere Hälfte wäre mit Sicherheit an die Decke gegangen, wenn sie das hier erlebt hätte. Gleichwohl: Er war glücklich mit ihr, die ganzen 31 Jahre. Dass sie hin und wieder über das Ziel hinausschoss, etwa wenn sie auf Bettis Karriere mit dem großen „A" ansprach, fand Kollmann nicht witzig, vielleicht sogar ein wenig ärgerlich, aber auch nicht wirklich dramatisch.

Im Augenblick war er jedenfalls heilfroh, dass Hanne Haus und Hof in Malve hütete. So sah sie nicht, was hier vor sich ging, und er sah keinen, aber auch wirklich und wahrhaftig keinen Grund, den Spaß zu beenden.

Die Skatrunden dauerten inzwischen immer länger, was zum einen an der nachlassenden Konzentration der Spieler – „Wasch spielen wir?", „Wer isch dran mit Geben?", „Komm ich gezz rausch oder wasch?" –, zum anderen daran lag, dass diese immer häufiger und in immer kürzeren Abständen zum Klo mussten.

Erneut verkündete Kollmann „Pinkelpausche" und machte sich leicht schwankend auf den Weg zum Klo. Dieser führte über einen langen, nur schwach beleuchteten Gang an der Küche zur rechten und am Clubzimmer zur linken Seite vorbei, in dem die Fortbildung stattfand.

Kollmann hatte die letzte Melodie der Meistersinger von Soest noch im Ohr und sang in aufgeräumter Stimmung „da leeebte einst ein Mädchen, das war so schööön. Sie war das allerschöööönste Kind, das man in Pooolen find, aber nein, aber nein sprach sie, ich küsse nie!"

In diesem Augenblick hörte er zum ersten Mal ein Wimmern, noch ohne es zu beachten. Er wollte gerade die Tür zum Klo öffnen, als er das, was er gehört hatte, auch tatsächlich hörte: „Will das nicht, nein, nicht machen, bitte lassen sein, nein, nicht machen, bitteserr!"

Kollmann brauchte einen Moment, um zu begreifen, was da vor sich ging. Offenbar war es ein junges Mädchen, das – wie *Mann* so schön sagte – „mal richtig rangenommen werden sollte", dies aber nicht wollte. Er konnte sich auch denken, wer das Mädchen war. Den ganzen Abend waren sie von einer jungen Polin bedient worden. Die war so weit ganz nett gewesen, sprach aber nicht richtig Deutsch – „das Bier und *das* Westfälische, bitteserr" –, sodass Kollmann und seine Freunde der Auffassung waren, dass sie in „das Küche gehörte" und nicht in „das Gaststube, hahaha".

Jetzt war sie in der Küche, aber ganz offensichtlich nicht, um zu kochen, sondern um „abgekocht zu werden", – wie *Mann* so schön sagte –, denn sie war nicht allein. Denn Kollmann war kurz stehen geblieben und hörte, dass eine männliche Stimme sie anraunzte, sie solle sich nicht so anstellen. Jeder im Dorf wisse schließlich, dass ihr das Spaß mache. Wieder hörte Kollmann das „nein, nein, nicht machen, will nicht, bitteserr!"

Kollmann war unschlüssig. Sollte er in die Küche gehen und dem Treiben ein Ende bereiten? War er dazu bereit? Was ging ihn das eigentlich an? Gar nichts! Aber wirklich rein gar nichts! Warum sollte er ausgerechnet einem Polenmädchen zu Hilfe kommen? Was hatten die Polen den Deutschen nicht alles angetan! Wie viele Deutsche waren von den Polen vertrieben worden? Von ihren Höfen, aus ihren Häusern. Wie viele Vergewaltigungen von deutschen Mädchen und Frauen durch Polen oder durch deren russische Freunde hatte es gegeben?

Und jetzt sollte er einschreiten? Also wirklich nicht. Das konnte niemand von ihm verlangen. Das würde vor allen Dingen auch niemand verstehen. Das, was da drinnen passierte, das passierte halt immer mal wieder, sogar nach dem Schützenfest in Malve soll es schon mehrfach vorgekommen sein.

Wenn sich jemand die Mühe des Nachrechnens gemacht hätte, so wäre ihm zum Beispiel aufgefallen, dass Epi fast genau neun Monate nach dem Schützenfest des Jahres 1922 in

einem Weidenkorb morgens in aller Frühe vor dem Krankenhaus in Malve gelegen hatte. Der einzige Hinweis auf seine
Mutter war ein kleiner Zettel: „Ich habe gesündigt, ich bitte
den barmherzigen Gott um Vergebung und die Christenheit
um Gnade für meinen kleinen Eberhard." Ein Hinweis auf
den Schützenbruder, der den goldenen Schuss abgegeben
hatte, fehlte.

Da niemand im Dorf das Blag haben wollte, blieb er in der
Obhut der barmherzigen Schwestern. Wegen seiner Ankunft
im Weidenkorb meldete die Schwester Oberin den Jungen
als Eberhard Moses bei der Gemeinde an. An „Moses" erinnerte sich in den nächsten Jahren aber niemand, warum
auch? Epi war nun mal nur Epi. Nicht mehr, sondern eher
noch weniger.

Eine andere Schützenfestgeschichte aus einem Nachbar-
dorf war hingegen, insbesondere zu vorgerückter Stunde, in
aller Munde.

Nach dem Ende des Festes hatte sich eine Magd von einem Knecht eines anderen Hofs zu Fuß nach Hause bringen
lassen. Da die Wegstrecke mehrere Kilometer betrug, hatte
der Knecht vorab gefragt, „ob es sich denn für ihn lohnen
werde".

Dat Wicht hatte, so wollten es mehrere männliche Zeu-
gen gesehen und gehört haben, geheimnisvoll lächelnd geantwortet: „Das wird schon in Ordnung gehen."

Nachdem man in tiefschwarzer Nacht bereits ein erhebliches Stück des Weges züchtig gegangen war, traten in der
Nähe eines Heuschobers unterschiedliche Auffassungen zur
Bedeutung der Aussage der Magd zutage, wobei die Inter-
pretation des Knechts diesem später eine Anklage wegen
versuchter Vergewaltigung einbrachte. Von diesem Vorwurf

wurde er indes von der ausschließlich aus Männern bestehenden Strafkammer des Landgerichts freigesprochen, weil
die Magd sich „missverständlich ausgedrückt habe". Die
Strafkammer berief sich in ihrem sehr kurzen Urteil auf die
im Zivilrecht geltende Auslegungsmethode, wonach es für
das Verständnis einer unklaren Erklärung darauf ankomme,
wie diese unter Berücksichtigung der Umstände des konkreten Einzelfalls und der Verkehrssitte von einem objektiven
Dritten in der Person des Erklärungsempfängers zu verstehen sei. Zumindest habe sich der Angeklagte in einem ent-
schuldbaren Verbotsirrtum befunden.

Nun, zumindest darauf würde sich Kollmann auch berufen können, weil er ganz fest der Auffassung war, ihm könne
nicht zugemutet werden, dem Polenmädchen zu helfen. Außerdem tröstete er sich mit dem Gedanken, dass sie es ja vielleicht doch wollte, auch wenn sie jetzt erneut erbärmlich
jammerte und um Hilfe schrie.

Kollmann entschloss sich dennoch aus guten Gründen,
nichts zu tun. Er öffnete die Tür zum Klo und erleichterte sich.
Einfach laufen lassen. Das tat gut. Schon wollte er an der Küchentür vorbei zurück in den Gastraum gehen und das Skat-
spiel wieder aufnehmen. Wenn er sich richtig erinnerte,
musste Hans einen Grand spielen, obwohl er – Kollmann –
schon drei Bauern in seinem Blatt entdeckt hatte. Das würde
ein saftiges Contra und ein weiteres großes Herrengedeck
geben. Kollmann ahnte nicht, dass dieses Spiel nicht mehr
gespielt werden würde.

Denn da war wieder dieses Wimmern und Schreien, das
war ja nicht auszuhalten. Das Polenmädchen stellte sich
aber auch an. Das würde seine Marie auch tun, wenn jemand
ihr zu nahe kommen ...

35

Bei dem Gedanken an seine Tochter hatte Kollmann die Küchentür schon aufgerissen. Was hätte er mit einem Deutschen, einem Polen oder mit sonst wem getan, der Marie in einer solchen Situation nicht zu Hilfe gekommen wäre? Er hätte ihn erschlagen, erschlagen wie einen räudigen Hund! Und danach geviertelt!

Mit diesem Gedanken stürzte Kollmann in die Küche. Was er dort sah, erschütterte ihn: Der Wirt drückte den Oberkörper des Mädchens mit einem Arm fest auf den Küchentisch, hatte deren Rock hochgeschoben und versuchte gerade, ihr den Schlüpfer herunterzureißen. Kollmann hörte nicht mehr, was sie schrie, und er wusste auch nicht, was er schrie.

Später erfuhr er von dem Mädchen, er habe den Wirt angebrüllt, er solle seine dreckigen Finger von seiner Tochter lassen, sonst werde er ihm das Küchenmesser in den Rücken rammen.

Tatsächlich ließ der Wirt von ihr ab und Bruchteile von Sekunden später hatte Kollmann die völlig eingeschüchterte junge Frau in seinem Arm. Zugleich hatte sie ihre Arme wie eine Ertrinkende um seinen Hals gelegt.

Der Wirt verzog sich fluchend und ließ die beiden in der Küche zurück. Das junge Mädchen konnte und konnte sich nicht beruhigen, es begann zu zittern und zu weinen. Kollmann hätte es ertragen, wenn das junge Ding laut geweint, wenn es geschrien hätte, aber nein, es weinte leise, ganz still, nahezu geräuschlos, aber dafür mit dem ganzen Körper. Alles an, alles in ihm schien zu weinen.

Kollmann war überfordert, hoffnungslos überfordert. Er hatte eine junge Frau am Hals, aber keinerlei Erfahrung mit jungen Frauen am Hals. Wann hatte er Marie das letzte Mal so im Arm gehalten? Er wusste es nicht, vielleicht als sie zwölf war und sich beim Anspannen des Wallachs den Arm gebrochen hatte. Unbeholfen streichelte er dem Mädchen über das Haar, doch trug dies nicht zur Beruhigung bei.

„Wech, ich wech, bitteserr, wech", schluchzte sie ganz leise.

4. Wohin mit Ewa?, im Kotten, Dienstag, 9. Mai 1961

Ja, sie wollte weg, das konnte Kollmann gut verstehen. Aber das war nun wirklich nicht mehr seine Sache. Er hatte sie einstweilen vor dem Gröbsten bewahrt, nun musste sie sich selbst helfen. Er konnte nun wirklich nichts mehr für sie tun. Aber sie ließ nicht locker, sie krallte sich immer fester an ihm fest.

„Ich wech, bitteserr, ich bitteserr! Hier so viel schlecht."

Das glaubte er ihr sogar nach dem, was er gerade gesehen hatte, aber verdammt noch mal, er konnte ihr nicht helfen. Wo sollte er denn mit ihr hin? Etwa nach Malve?

Er sah den Blick seiner Frau Hanne, einer geborenen Hannelore Klara Greta Ida Maja Josefine Mathilda Freifrau von Eschhausen, ein Blick, der kaum merklich, aber doch unübersehbar einen sehr feinen Spott einschloss. Wie damals, als er ein Reh angefahren hatte und es gesund pflegen wollte und allen Ernstes versucht hatte, seinen Jagdhund Friedrich, ausgerechnet den Jagdhund, davon zu überzeugen, sich um das Reh zu sorgen.

„Heinrich Kollmann, werde endlich erwachsen!", war noch die netteste Vorhaltung, die Hanne ihm gemacht hatte. Einer Freundin gegenüber äußerte sie so laut, dass er es verstehen musste, hin und wieder bemerke man doch, dass der Krieg 14-18 dem kleinen Heini ein paar Kinderjahre gestohlen habe.

Kollmann mochte sich gar nicht vorstellen, wie Hanne auf das Erscheinen des Mädchens reagieren würde.

Ganz in Gedanken bemerkte er nicht, dass Hans, der auf der Suche nach dem dritten Mann war, seinen Kopf zur Küchentür gesteckt, aber sofort wieder zurückgezogen hatte.

„Dat dauert noch ein bisschen", hatte er zu Franz gesagt, „Heini hat da ein litzekleines Ploblemchen."

Franz hatte dies in Zusammenhang mit den diversen Herrengedecken gebracht und seinen Kopf auf den Tisch gelegt, um sich ein wenig auszuruhen, war aber sofort eingeschlafen. Er schnarchte leise vor sich hin und sabberte wie ein Kleinkind auf die ohnehin nicht mehr saubere Tischdecke.

Hans hatte sich derweil in den Kreis der Sänger eingereiht und begeistert das Lied von der Susanna mitgegrölt, die am Arsch einen Leberfleck hatte, den man ihr unbedingt weglutschen wollte. Nach Abschluss dieser kosmetischen Operation wurde vielstimmig festgestellt, dass es auf Hawaii kein Bier gebe und dass man deshalb lieber hier bleibe.

Und es wurde noch heftiger: Einige besonders mutige Sänger überraschten die anderen damit, dass sie nach einer Melodie aus der Oper Carmen zum Puff nach Barcelona fahren wollten. Allerdings waren alle Plätze besetzt.

Das Land der Dichter und Denker zeigte ein sonderbares Gesicht, denn sogleich folgte ein kräftiges „Humba, humba, tätärä". Einmal in Fahrt, verlangten sie, dass dieser wunderschöne Tag nie mehr vergehn dürfe, um anschließend „Bier her, Bier her" zu fordern und damit zu drohen, anderenfalls umzufallen.

Dieses Problem hatte Kollmann nicht, denn die Ereignisse der letzten Minuten hatten ihn schlagartig wieder halbwegs nüchtern werden lassen. Inzwischen hatte er entdeckt, dass die Küche eine Tür aufwies, die ins Freie führte.

„Komm", sagte er, „wir gehen ein wenig an die frische Luft. Das wird dir guttun."

Ihm fiel gar nicht auf, dass er sie duzte, obwohl er sie doch gar nicht kannte. Das „Sie" wäre ihm nicht in den Sinn gekommen, denn sie war ja nur ein junges Polenmädchen. Kein vernünftiger Mensch könnte auf die Idee kommen, ihr gegenüber das „Sie" zu verwenden.

„Also komm", sagte er noch einmal.

Sie löste sich von ihm und folgte ihm auf den Hof. Sie kamen auf den hinteren Teil des Parkplatzes, auf dem sein Auto stand.

„Wech, ich wech, mit Auto, bitteserr!"

‚Wenn's denn unbedingt sein soll, meinetwegen, aber wohin, um halb elf mitten in der Woche', dachte Kollmann.

Nach sich nach Hause konnte er sie schon wegen Hanne nicht bringen, das stand nun mal fest, und in einen anderen Gasthof in der Nähe, das ging auch nicht. Da wären sie ja sofort aufgefallen. Und was hätte er als Erklärung angeben sollen? Wie hätte das denn ausgesehen?

Ehe der Hahn dreimal gekräht hätte, würde der sauerländische Buschfunk, wie Kollmann das gut funktionierende informationelle Informationssystem nannte, das Ereignis im ganzen Sauerland verbreitet haben, und jedenfalls *insoweit* war Hanne ein Teil des Sauerlandes. Und wie hätte wohl der Gemeinderat reagiert und wie der Pfarrer? Das war nun der Preis dafür, dass Heinrich Kollmann so bekannt war wie ein bunter Hund.

Den Kollmann kannte hier jeder, er war'n Pohlbürger, wie er im Buche stand, denn seit Generationen lebten die Große zu Kollmanns und jetzt die Kollmanns in Malve. Im ganzen Sauerland wusste man, dass Malve ohne Kollmanns genau so wenig vorstellbar war wie Kollmann ohne Malve. Er, Heinrich Kollmann, Bürgermeister von Malve und amtierendes Oberhaupt der Familie, konnte deshalb nicht einfach irgendwo mit einem 30 Jahre jüngeren Mädchen auftauchen, und schon gar nicht mitten in der Nacht.

Also wohin? Zur Polizei? Ja klar! Das war eine gute Idee. Dass er darauf nicht eher gekommen war.

„Ich bringe dich zur Polizei, die werden sich um dich kümmern."

„Polizei nein, war schon bei Polizei, nicht kümmern!"

Das glaubte er ihr sofort, denn die Polizei kümmerte sich zunächst einmal um die Probleme der Pohlbürger, danach um die der anderen Sauerländer. Die von irgendwoher zugezogenen Buiterlinge und erst recht die Flüchtlinge mussten schon selbst sehen, wie sie zurecht und zum Recht kamen. Schließlich hatte sie ja auch niemand gerufen. Und ein junges Mädchen, das nicht einmal richtig Deutsch sprach, das würde, wenn überhaupt, noch deutlich später an die Reihe kommen. Also wohin mit dem jungen Ding?

Kollmann kam zu dem Ergebnis, dass es im Augenblick nur eine Möglichkeit für ihre Unterbringung gab, und zwar im alten Kotten, der etwa vier Kilometer von Malve entfernt in einem kleinen Wald lag. Nachdem die letzte Bewohnerin, Lieschen Bockkamp, im Alter von 70 oder mehr Jahren – so genau wusste das niemand – vor einem halben Jahr gestorben war, stand der Kotten leer.

Da Lieschen, die im Dorf als Hexe verschrien war, über keine eigenen Mittel verfügt hatte und man überdies froh war, die Hexe außerhalb des Dorfs untergebracht zu haben, hatte die Gemeinde 10 DM Miete an Kollmann gezahlt. Damit war es seit ihrem Tod vorbei. Wie dem auch sei, das junge Ding konnte jedenfalls diese Nacht im Kotten bleiben. Morgen würde er schon eine andere Lösung finden.

Er fragte: „Kannst du Auto fahren?"

Da sie kopfschüttelnd verneinte, setzte er sich trotz seines erheblichen Alkoholkonsums hinter das Steuer und fuhr los, da er sich nüchtern genug fühlte, und ohne darüber nachzudenken, dass er nicht mehr fahren durfte und dass sie nur das bei sich hatte, was sie am Leib trug. Auf ihr nochmaliges Flehen: „Nich Polizei, bitteserr!", beruhigte er sie.

„Nein, keine Angst, wir fahren nicht zur Polizei."

Nach etwa 40 Minuten, in denen ihnen nur zwei Fahrzeuge begegnet waren, Kollmann sich aber wegen des Alkoholkonsums dennoch ganz auf die Fahrt konzentrieren musste, erreichten sie den Kotten. Im Grunde genommen war dieser eigentlich nicht mehr als eine einfache Waldhütte. Während der Fahrt hatten sie kaum gesprochen, Kollmann hatte lediglich zwischendurch gesagt „In zehn Minuten sind wir da" und sie nach ihrem Namen gefragt. So erfuhr er, dass sie Ewa hieß.

Nach der Ankunft griff Kollmann zu seiner im Handschuhfach liegenden Taschenlampe, da der Kotten über keinen Stromanschluss verfügte. Es gab auch keine Heizung und kein fließendes Wasser, aber einen Ofen und einen kleinen Herd, außerhalb ein Plumpsklo mit Jauchegrube, eine Zisterne zum Auffangen des Regenwassers und einen Brunnen im Hof, von dem Kollmann aber nicht wusste, ob er noch funktionsfähig war.

„Komm erst mal rein, es riecht wahrscheinlich nicht gut, aber hier bist du sicher", sagte Kollmann freundlich.

So betraten sie im Schein der Taschenlampe den Kotten durch die nicht verschlossene Eingangstür, Kollmann voran, Ewa dicht hinter ihm. Sie gelangten durch einen winzigen Flur in ein etwas größeres Zimmer, Küche und Stube zugleich. Kollmann entzündete eine Petroleumlampe, die für ein wenig Licht sorgte.

Obwohl noch alle Möbel vorhanden waren und „Rudi, der röhrende Hirsch" an der Wand hing, war das Haus alles andere als wohnlich, zumal es den Winter über leer gestanden hatte und weder belüftet noch beheizt worden war. Immerhin war kein Schimmel zu erkennen, auch feuchte Stellen waren jedenfalls bei diesen Lichtverhältnissen nicht sichtbar.

Um die modrige Luft zu verdrängen, öffnete Kollmann ein Fenster. Sofort trat frische, aber auch sehr kalte Luft ein. Die Eisheiligen waren in diesem Jahr ein paar Tage zu früh gekommen und hatten sehr viel Kälte im Gepäck.

Ewa war ihm gefolgt, nun ging sie schüchtern und vorsichtig durch den großen Raum, sah sich im Schein der Petroleumlampe und einiger von Kollmann angezündeter Kerzen alles und schließlich ihn an: „Dankeserr, danke, immer wieder danke. Wunderschön dieser Haus, wie eine Schloss."

Das sah Kollmann ganz anders, fast schämte er sich dafür, keine andere Möglichkeit gefunden zu haben, um sie unterzubringen. Er tröstete sich damit, dass es ja nur für diese eine Nacht sei. Seiner Aufforderung, „komm, ich zeige dir das Schlafzimmer", folgte sie ohne Zögern, was ihn nach allem, was man ihr kurz zuvor hatte antun wollen, schon ein wenig verwunderte.

Das Schlafzimmer war sehr klein, die meiste Fläche wurde durch ein Bett und einen Schrank eingenommen. An der Wand hing ein Bild, auf dem ein Schutzengel zwei Kinder über eine sehr baufällige Hängebrücke aus Holz geleitete. Nach Lage der Dinge hätten die Kleinen überhaupt keine Chance gehabt, das andere Ufer lebend zu erreichen, wenn da nicht der Engel gewesen wäre.

Niemand hatte sich im Übrigen nach dem Tod von Lieschen Bockkamp die Mühe gemacht, das Bett zu machen. Der Bestattungsunternehmer hatte den Leichnam abgeholt, nachdem Epi, der Lieschen regelmäßig besucht hatte, im Dorf berichtet hatte: „Lieschen tot. Ganz tot. Mausetot! Aber doch sicher, und früher war besser!"

Wie lange sie schon tot gewesen war, war unklar. Aber einige Tage hatte sie wohl schon in ihrem Bett gelegen, vergessen von der Welt, in der Hand einen Rosenkranz, den sie offenbar bis zu ihrem Ende gebetet hatte. Nach dem Abholen der Leiche war die Tür unverschlossen ins Schloss gefallen und bis heute nicht wieder geöffnet worden.

Lieschen fand ihre letzte Ruhe in einem Armengrab in der hinteren Ecke des Friedhofs, an der sehr kurzen Beisetzung nahm neben dem Pfarrer und vier Sargträgern – vier mussten bei einer „Hexe" genügen – nur Epi teil, der sich in einen viel zu kleinen schwarzen Anzug gezwängt hatte und immer wieder beklagte, dass „Lieschen tot, ganz tot. Mausetot! Aber doch sicher, und früher war besser!"

Kollmann war froh, dass Ewa von diesen Geschehnissen nichts wusste. Das hätte ihren Aufenthalt noch schwieriger, wenn nicht unmöglich gemacht. Und es war alles schon schwierig genug.

Die Wirkung des Alkohols hatte inzwischen noch mehr nachgelassen und Kollmann wurde sich bewusst, worauf er sich da eingelassen hatte. Er hatte Ewa, wenn auch mit ihrem Willen, aber ganz sicher gegen den Willen ihres Chefs entführt. Was stand eigentlich auf Entführung? Und wie sollte es morgen weitergehen? Wo sollte er mit ihr hin? Sie konnte ja wohl schlecht in diesem Loch bleiben! Am liebsten hätte er sie stante pede zurückgebracht und alles vergessen, was in den letzten zwei Stunden passiert war.

Falls seine Abwesenheit schon bemerkt worden wäre, hätte er eine Geschichte von einer kleinen Spritztour erzählt, um den Wagen mal richtig zu treten. Falls auch Ewas Abwesenheit bemerkt worden wäre, hätte er hinzugefügt, dass er dazu leider keinen Kommentar abgeben könne, da schweige des Sängers Höflichkeit. Dann hätte sich jeder alles und nichts denken können, und wenn Hanne durch den sauerländischen Buschfunk oder einen dummen Zufall jemals etwas von dieser Sache erfahren sollte, hätte er erklärt, er sei allein unterwegs gewesen und hätte sich vor den anderen nur ein bisschen wichtigmachen wollen.

„Hier ist es nicht gut, lass uns wieder fahren, hier kannst du nicht bleiben", versuchte er Ewa halbherzig zum Verlassen des Kottens zu bewegen.

„Dooch, serrgutt. Ich bleiben bitteserr."

Nun, das hatte er sich gedacht. Auch mit viel gutem Zureden würde er keinen Erfolg haben.

„Gut, wenn es dir genügt, kannst du bleiben. Schau doch mal im Schrank nach, ob dort noch sauberes Bettzeug ist. Ich versuche, den Ofen anzuzünden."

Sie schaute ihn dankbar an. „Kollmann, du bist guter Mann." Dabei ergriff sie seine Hand und wollte diese küssen. Das konnte er gerade noch abwehren, nicht erwehren konnte er aber, dass sie ihn umarmte und flüchtig auf die Wange küsste. Diese Entwicklung passte ihm rein gar nicht, weil sie unweigerlich dazu führte, dass er immer mehr Verantwortung für sie übernehmen musste. Sie sollte in ihm nicht den großen Retter, den Beschützer sehen, der ab jetzt immer für sie da war. Das Gegenteil würde der Fall sein.

Gleich morgen würden sich andere um sie kümmern müssen. Dann wäre er Gott sei Dank aus der Sache raus.

Nach einiger Zeit gelang es ihm, das Holz im Ofen zum Brennen zu bringen, sodass sich langsam so etwas wie Wärme einstellte. Es war keine Wärme, in der man sich wohl fühlen konnte, aber sie sorgte immerhin dafür, dass die modrige Luft des Kottens und die durch das Fenster hereinströmende kalte Luft ein wenig überlagert wurden.

Ewa hatte das Bett frisch bezogen und eine grobe Strickjacke aus dem Schrank genommen. Sie sah auf die Jacke, dann fragend an sich herunter.

„Ja sicher, du kannst die Jacke anziehen und dir auch alle anderen Sachen nehmen, die im Schrank sind."

Fast hätte sie ihn wieder umarmt, doch wich er ihr geschickt aus und erklärte ihr, dass er jetzt fahren, aber morgen um halb drei nach dem Ende des Seminars – „11.00 Uhr: Schlussdiskussion und anschließendes gemeinsames Abschlussessen" – wiederkommen werde. Sie bat ihn weinend zu bleiben, aber diesen Wunsch konnte er ihr nun wirklich nicht erfüllen.

Wie hätte er den anderen Teilnehmern morgen erklären sollen, wo er gewesen war? Vor allen Dingen aber legte er keinen Wert darauf, die Nacht in diesem miefigen Kotten zu verbringen. Niemals in seinem Leben würde es ihm so schlecht gehen, dass er hier nächtigen würde. Da war er sich ganz sicher.

„Nein, ich kann nicht bleiben. Aber wenn du Angst hast, kann ich dich ja wieder mitnehmen."

Sie guckte ihn besorgt an und schüttelte heftig den Kopf. „Angst viel, aber nich zurück. Nein, nich zurück, dann mehr viel Angst!"

So ließ er sie achselzuckend allein und machte sich auf den Rückweg nach Soest.

Er wusste, dass es sinnvoll war, sich möglichst schnell wieder im Schankraum zu zeigen, weil seine Abwesenheit im günstigsten Fall noch gar nicht bemerkt worden war oder weil er heute noch eine gute Erklärung aus dem Hut zaubern konnte. Wie erwartet, brannte in der Kneipe noch Licht, eine Gruppe von sechs Männern hatte sich um die Theke versammelt und spielte Verfolgungsknobeln.

Kollmann murmelte etwas von „war mal kurz frische Luft schnappen" und stieg bei der nächsten Runde ein. Er hatte viel Glück, weil es ihm gelang, diese und auch die nächsten drei Runden allesamt zu verlieren. Jedes Mal erscholl ein nach der Melodie von „God Save the Queen" gesungenes „Heini wir danken dir für diese Runde Bier, wir danken dir! Heini wir danken dir, für die-se Runde Bier, Hei-ei-ni wir danken dir für die-ie-ses Bier!" so laut, dass auch die schon zu Bett Gegangenen am nächsten Tag bestätigen konnten, dass Kollmann den ganzen Abend in der Kneipe gewesen sei. Schließlich habe er ständig verloren. Auch für *fast* alle Anwesenden war es so, als sei er nie weggewesen.

In der allseits aufgeräumten Stimmung bemerkte niemand, dass Kollmann sehr nachdenklich war. Er selbst bekämpfte seine Sorgen mit weiteren Bierchen und einigen Westfälischen obendrauf. Gegen zwei Uhr morgens löste sich die Runde auf und die Frage des Wirts, ob jemand die kleine Polackin gesehen habe, interessierte keinen. Kollmann bemerkte aber sehr wohl den auf ihn gerichteten Blick.

Beim Bezahlen lallte er dem Wirt zu, er könne einiges vergessen, wenn der Wirt einiges vergessen könne. Wenn der Wirt aber keine Ruhe gebe, werde auch er keine Ruhe geben und sich an den Vorfall in der Küche erinnern, und zwar sehr genau erinnern. Genau genug, um bei der Bullerei vorstellig zu werden.

Der Wirt taxierte Kollmann, murmelte etwas von „Aussage gegen Aussage" und gab ihm schweigend das Wechselgeld heraus. Beide schauten sich noch einmal an, dann wankte Kollmann mehr als dass er ging auf sein Zimmer.

Der Alkohol verhalf ihm dazu, sofort einzuschlafen, doch wachte er nach drei Stunden Koma-Schlaf schon wieder auf. Er erinnerte sich an das Sommerfest in der Volksschule Malve im letzten Jahr.

„Es drückten ihn die Sorgen schwer, er suchte neues Land im Meer", hatten die Kleinen gesungen. Nun war Kollmann nicht Kolumbus und er suchte auch kein neues Land oder gar Amerika. Aber auf der Suche war er auch: „Es drücken mich die Sorgen schwer, wo krieg ich eine Bleibe her?", musste es heißen. Er wankte zum Klo am Ende des Gangs, das einen wenig einladenden Eindruck machte – auch weil alle Männer das kleine Geschäft durchgehend im Stehen verrichteten –, danach verfiel er für zwei Stunden in einen unruhigen Schlaf. Als der Wecker um sieben Uhr rasselte, war er völlig gerädert.

„Fünf Herrengedecke zu viel und fünf Stunden Schlaf zu wenig, das sind genau zehn Probleme", zog er Bilanz. Als er in den Spiegel sah, entfuhr ihm der Satz: „Ich kenn dich nich, aber ich wasch dich trotzdem mit."

Mit viel kaltem Wasser – warmes gab es nur im Gemeinschaftsbadezimmer am Ende des Gangs –, mit dem er sich immer wieder das Gesicht wusch, kehrten nicht nur seine Lebensgeister zurück, sondern auch seine Sorgen.

„Guten Morgen liebe Sorgen seid ihr auch schon alle da –
habt ihr auch so gut geschlafen? Na, dann ist ja alles klar!",
hieß es Jahre später in einem Song von Jürgen von der Lippe.

Nun, gut geschlafen hatte Kollmann nicht, aber die Sorgen waren wieder da: Na, eigentlich war es nur eine Sorge:
„Ewa, wohin mit Ewa?"

5. Das Studentenkotelett, Münster in Westfalen, Dienstag, 9. Mai 1961

Marie, die so gut wie nie in die Mensa ging – „so viel Hunger kann ich gar nicht haben, dass es mir dort schmecken würde!" –, war auf dem Weg zur Mensa. Mit IHM! Aus diesem Vormittag konnte also doch noch etwas werden, wenn sie die Sache nach diesem auch heute wieder furchtbar langweiligen Sachenrecht richtig anpackte.

Der erste Schritt war jedenfalls getan – schließlich ging sie neben IHM in Richtung Mensa, und zwar viel näher, als es die objektiven Umstände in Gestalt der Breite des Wegs erforderten. Sie ging nämlich direkt, ja sogar sehr direkt neben IHM an einem Rinnsal namens Aa, das die sonst nicht zu Übertreibungen neigenden Münsteraner doch tatsächlich „Fluss" nannten.

Dass es gelegentlich zu leichten Berührungen mit IHM kam, nahm sie zumindest billigend in Kauf, sie handelte also – wie es so schön hieß – mit „dolus eventualis". Bei solchen Gedanken konnte selbst sie dem Jurastudium etwas Positives abgewinnen.

Vom Juridicum bis zur Mensa waren es nur etwa zehn Minuten Fußweg und diese Zeit wollte, nein musste sie nutzen. Denn sie hatte sich geschworen, dass es heute, an diesem schönen sonnigen Tag im Mai 1961, passieren sollte. Sie war 21 Jahre und fast drei Monate alt, im 4. Semester Jura und wusste schon einiges vom Leben, aber eben noch nicht alles. Sie wollte ihre Wissenslücken schließen. Und wenn nicht heute, wann dann?

Denn wenn sie richtig gerechnet hatte, und sie hatte lange und sehr sorgfältig gerechnet, dann konnte absolut nichts passieren, wenn es heute endlich passierte.

„Now oder never", so dramatisch war die Situation noch nicht, aber aus dem Lateinunterricht beim alten Dr. Schekelsmeier kam ihr das „carpe diem" in den Sinn. Damals hatte sie ein dickes Lob eingeheimst, als sie nicht schlicht „Nutze den Tag", sondern mit „Pflücke die Rose, solange sie blüht" die geforderte freie, aber durchaus treffende Übersetzung vorgeschlagen hatte. Dies war ihr leichtergefallen als das, was sie jetzt vorhatte, zumal sie noch über keinen Plan für die nächsten Stunden verfügte.

Eines aber stand fest: Der Weg war *hier* nicht das Ziel, da sie ja nur auf dem Weg zur Mensa waren, die allenfalls ein Zwischenziel sein sollte. Die blühende Rose, die gepflückt werden wollte, war sie im Übrigen selbst.

Das alles und noch viel mehr ging ihr durch den Kopf, als sie eine Straße überqueren mussten und Marie fast von einem der hunderttausend Münsteraner Radfahrer erwischt worden wäre. Das war gerade noch mal gut gegangen, und jetzt wurde es sogar noch besser: Bevor sie sich überlegt hatte, wie sie das Gespräch eröffnen sollte, kam ER ihr zuvor, und zwar mit einem Paukenschlag, der aber wie eine ganze Symphonie in ihren Ohren klang.

„Das Beste an der öden Vorlesung eben war meine Nachbarin."

‚Haydenwitzka', dachte sie.

ER presste die Worte mehr, als dass ER sie sagte und sah sie dabei zum Glück nicht an, sodass IHM der abrupte Wechsel ihrer Gesichtsfarbe verborgen blieb. Von weiß auf rot in weniger als einer Sekunde! Wahnsinn!

Bevor sie reagieren oder gar antworten konnte, fügte ER im zittrigen Tonfall hinzu, dass ER mit ihrer Hilfe vielleicht sogar den Besonderen Teil des Schuldrechts am heutigen

Nachmittag überleben könnte. Eigentlich habe ER zwar wie alle Genossen – „Genossen", was für ein Wort! – beschlossen, sich diesen arroganten, deutschnationalen Eining nicht mehr anzuhören. Da ER aber mit dem blöden kleinen BGB-Schein etwas in Verdrückung sei, könne es wohl nicht schaden, sich nochmals mit dem Fehlerbegriff im Kaufrecht zu beschäftigen, denn einige dicke Fehler zum Fehlerbegriff hätten ihn beim letzten Versuch die Klausur gekostet. Außerdem gebe es um vier ja ohnehin noch die Klausur aus dem Strafrecht zurück.

Die Aufgabenstellung dieser Klausur war wieder mal echt daneben gewesen, da waren sich beide einig.

Laut zu bearbeitendem Sachverhalt war die erst 17-jährige Amanda Semper der Meinung, durch einen Zungenkuss schwanger geworden zu sein.

Obwohl sie davon ausging, dass Fahrradfahren während einer Schwangerschaft strafbar sei, war sie gleich zweimal Fahrrad gefahren. Außerdem hatte sie versucht, die vermeintliche Schwangerschaft durch den Verzehr von drei Litern Himbeersaft zu beenden. „Erstellen Sie ein Gutachten zur Strafbarkeit der A.", lautete die Aufgabe.

Das Verhalten der A. stelle, so der Professor bei der allerdings ohne Marie und IHN stattfindenden Besprechung der Klausur am Nachmittag, in Bezug auf das Fahrradfahren ein strafloses Wahndelikt, in Bezug auf die versuchte Abtreibung hingegen einen zwar untauglichen Versuch am untauglichen Objekt dar, der aber gleichwohl strafbar sei.

Die Probleme des Falls lägen mithin in der Unterscheidung zwischen Wahndelikt und untauglichem Versuch. Bei einem Wahndelikt nehme der Täter irrig an, sein Verhalten falle unter eine strafrechtliche Verbotsnorm, die es aber im StGB und im Nebenstrafrecht gar nicht gebe, sondern die nur in seiner Einbildung existiere, hier das Verbot des Fahrradfahrens während der Schwangerschaft.

Ein untauglicher Versuch liege hingegen vor, wenn der Handelnde sich bei grundsätzlicher Strafbarkeit seines Verhaltens eines untauglichen Tatmittels bediene, hier Himbeersaft als Mittel zur Abtötung der Leibesfrucht, und/oder ein untaugliches Tatobjekt vorliege, hier eine nur vermeintliche Schwangerschaft.

Diese „absoluten juristischen Feinheiten, Juristerei am Hochreck", so der Professor, sollten Marie und IHM fürs Erste entgehen, doch fing Marie den von IHM in die Luft geworfenen Ball zum gemeinsamen Besuch der nachmittäglichen Lehrveranstaltungen gerne auf: „Na ja, eigentlich wollte ich es heute Nachmittag auch etwas ruhiger angehen lassen, aber wenn Sie meinen, können wir uns den Eining und die Klausurrückgabe gerne zusammen antun."

Das sollte beiläufig klingen, tat es aber beileibe nicht. Sie ärgerte sich über das Wort „gerne", fand es eine Spur zu übertrieben und zu anbiedernd. Zum Glück schien ER das nicht so zu sehen, sondern drückte leicht brummend seine Zustimmung aus und so war es dann abgemacht.

Na also! ‚Pacta sunt servanda' – ‚Verträge sind zu halten', schoss es ihr durch den Kopf, ‚es läuft!' Sie musste nur aufpassen, dass sie nachher nicht versehentlich ihre Mitschriften aus der letzten Woche herauskramte, zumal sie die ganze Vorlesung fein säuberlich nachgearbeitet hatte, wie nur Mädchen es können und tun.

Schon nach zehn Minuten erreichten sie gemeinsam die Mensa.

‚Schade, dass der Weg so kurz gewesen ist, war der sonst nicht länger?‘, dachte Marie.

ER entschied sich in der Mensa sofort für das „Studentenkotelett", sie war damit für das Studentenkotelett entschieden, das als Stammessen I angeboten wurde, obwohl sie Kotelett nicht besonders mochte und lieber den „Eintopf mit Fleischeinlage" gegessen hätte.

Als sie das Tablett vom Fließband genommen hatte – „Das Zurückstellen von Waren ist verboten" – bemerkte sie, dass es noch schlimmer gekommen war: Das „Studentenkotelett" entpuppte sich als Bauchspeck, den sie nun überhaupt nicht mochte. Aber: Nur nichts anmerken lassen, das mögen Jungs gar nicht.

ER ging als erfahrener Mensagänger mit sicherem Schritt voraus und führte sie an einen der langen Tische am Ende des Speisesaals I, an dem etwa 50 Personen Platz fanden und der sogar einen Blick auf den Münsteraner Aasee erlaubte. Der Tisch war aber nur mit acht Personen besetzt, einer Vierergruppe aus jungen Männern, einem Pärchen und zwei Alleinessern. ER setze sich zu den vier anderen Jungs, die Marie kurz, aber nicht besonders interessiert musterten.

„Na Che, altes Haus, was macht die Weltrevolution? Heute schon was für die unterdrückten Volksmassen getan oder etwa wieder der bürgerlichen Rechtstheorie gelauscht?", fragte mit nicht zu überhörender Ironie ein hochgewachsener blonder Junge.

Marie war verwirrt! Was war das für eine Frage und wieso wurde ER mit „Ste" angeredet? Vielleicht hieß er Stephan und ließ sich „Ste" nennen? Oder hatte sie sich verhört?

Ganz in Gedanken und mit dem vor Fett triefenden Bauchspeck beschäftigt, folgte sie der Unterhaltung mit schlecht gespielter Uninteressiertheit. So fiel ihr sofort auf, dass ER in der Gruppe der Wortführer war. Wenn ER etwas sagte, schwiegen die anderen und hörten zu. ER wurde auch immer wieder nach seiner Meinung gefragt. Etwas irritierend fand Marie, dass keiner, ER eingeschlossen, Notiz von ihr nahm. Man trat ihr nicht unfreundlich oder gar feindlich, nein, man trat ihr gar nicht gegenüber.

Inzwischen war das Gespräch lebhafter geworden und hatte sich wie aus dem Nichts plötzlich Preußen Münster zugewandt, also dem örtlichen Fußballverein, so viel wusste Marie immerhin. Was sie nicht wusste und auch jetzt nicht erfuhr, war, dass der Verein, dessen Spieler stolz den Preußenadler auf der Brust trugen, zurzeit sehr erfolgreich war, es aber verdammt schwer haben würde, da sie ja bald tatsächlich käme, die Fußballbundesliga, auch tatsächlich reinzukommen, womit ja wohl zu rechnen sei, oder etwa nicht? Bei diesen abgehobenen Funktionären sei zwar alles möglich, aber wenn nicht, sei das ja wohl voll daneben. Marie verstand kein Wort!

Was käme bald und wo kämen die Preußen rein oder nicht rein? Warum würde was schwer werden? Oh Gott, Männer und Fußball, eine, nein *zwei* für sie unbekannte Welten, oder sollte es doch nur *eine* Welt sein? Gehörte der Fußball zum Mann wie das Kinderkriegen zur Frau? Darüber hatte sie bis heute nicht nachgedacht, Gott sei Dank nicht nachgedacht, denn das war ja wohl auch Unsinn. Sie ärgerte sich deshalb darüber, gerade so einen Quatsch gedacht zu haben.

Marie hatte also keine Ahnung, dass es in diesem offenbar bedeutenden, weil intensiv und leidenschaftlich geführtem Gespräch um nicht mehr und weniger als die herausragend wichtige Frage ging, ob Preußen Münster Gründungsmitglied der Fußballbundesliga werden würde, die zwei Jahre später starten sollte. Tatsächlich war Preußen Münster dann einer der auserwählten 16 Vereine, allerdings stiegen die Adlerträger schon im ersten Jahr ab, der erneute Flug in den Fußballhimmel gelang bis auf Weiteres nicht mehr.

Während die Preußen in Vergessenheit gerieten, stieg zwei Jahre später der FC Bayern München in die Eliteliga auf. Im Jahre 2018 erwischte es dann das letzte Gründungsmitglied. Der „unabsteigbare HSV" fand sich in der zweiten Liga wieder, der Dino war abgestiegen. Die Erstliga-Zugehörigkeit war beim Abpfiff der Heimpartie gegen Borussia Mönchengladbach vorbei – nach 54 Jahren, 261 Tagen, 00 Stunden, 36 Minuten und 02 Sekunden. Zusammengerechnet endete sie damit nach 19 985 Tagen.

Nachdem in der Mensa am Aasee das offenbar zentrale Problem, ob die Preußen ein Gründungsmitglied sein würden, dessen wahre Bedeutung Marie indes verschlossen blieb, ausgiebig diskutiert worden war, fragte einer der Jungs IHN, wen ER denn *heute* mitgebracht habe.

Erneut war Marie irritiert: „wen er denn *heute* ...?" klang so, als wenn er regelmäßig oder gar täglich eine andere mitbringen würde. Sie trat die Flucht nach vorn an.

„Ich bin Marie Kollmann!", sagte sie schnell, da sie wusste, dass er ihren Namen so wenig kannte wie sie wusste, was „Ste" bedeuten könnte.

Erst Jahre später löste sich das Rätsel, nachdem sie im Schaufenster des „1. Sozialistischen Buchladens Münster" ein großes Schwarz-Weiß-Bild von einem Mann namens Che Guevara sah, dessen Existenz ihr bis dahin unbekannt gewesen war. Doch jetzt erkannte sie durchaus eine gewisse Ähnlichkeit zwischen diesem Che und ihrem Che, den sie „Ste" genannt hatte, ohne dass dies irgendjemandem, IHN eingeschlossen, aufgefallen war.

Nach dem für sie nur schwer genießbaren Mensaessen löste sich die Gruppe mit einem „bis Morgen, alte Zeit, alter Platz und pump die Pille auf" auf und Ste und sie machten sich auf den Rückweg zur Uni. Ein Stück wurden sie noch von Hans-Werner begleitet, in Maries Augen ein weißgesichtiges Riesenbaby, pickelig, langweilig und völlig uninteressant. Sie war deswegen überrascht, dass Ste und „HW" sich für Samstag verabredeten. „Gleicher Ort, gleiche Zeit!"

In bester Laune betrat Marie wenig später mit Ste das Juridicum. Bisher war ihr nicht aufgefallen, wie schön dieses Gebäude war, und heute war es sogar ganz besonders schön. Der Innenhof war sonnengeflutet, die Sonne spiegelte sich in den großen Fensterscheiben. Was für ein schöner Tag! Beste Voraussetzungen, um ihr Vorhaben umzusetzen, denn Ste war ganz nah bei ihr.

Doch dann lief ihr Plan aus dem Ruder. Schon im Treppenhaus kamen ihnen viele fröhliche Studenten entgegen. Je näher sie dem Hörsaal kamen, desto mehr wurden es. Den Grund erfuhren Sie durch den Tafelanschrieb:

„Die Vorlesung von 14-16 Uhr fällt wegen einer dienstlichen Verhinderung von Prof. Dr. Eining heute aus. Sie wird morgen 14-16 Uhr nachgeholt."

„Das trifft sich gut", sagte Ste, „denn ich muss heute noch was Wichtiges erledigen."

„Ich komme mit", erwiderte Marie, ohne zu wissen, wo er was zu erledigen hatte und ob er sie überhaupt dabeihaben wollte. Als ihr auffiel, was sie da wie eine dumme Gans, wie diese Anneliese, ohne nachzudenken geplappert hatte, war es schon zu spät. Sie konnte diesen unsinnigen Satz nicht mehr aus der Welt schaffen.

Ste schien es aber nicht bemerkt zu haben. „Nein, das geht nicht. Diese Sache kann und muss ich allein erledigen, also bis später Mal."

Damit drehte er sich um und ging. Marie blieb wie angewurzelt stehen. Ihr Plan war gescheitert. Denn ER war einfach davongegangen.

Sie erinnerte sich an den Musikunterricht in der 13. Klasse. Der Referendar Hans Moermann hatte mit ihnen außerhalb des offiziellen Lehrplans die Dreigroschenoper von Bertolt Brecht und Kurt Weill besprochen, was für einigen Aufruhr in Menden gesorgt hatte.

Marie war mit Feuereifer dabei gewesen, was aber mehr an Hans als an Mackie gelegen hatte. Noch heute erinnerte sie sich aber an manche Einzelheiten.

„Ja, mach nur einen Plan, sei nur ein großes Licht, und dann mach einen zweiten Plan, gehen tun sie beide nicht", hieß es im Lied von der Unzulänglichkeit menschlichen Lebens. Das wird mir nicht passieren, schwor sich Marie. Morgen greife ich an, morgen greift mein Plan.

6. Die Probleme beginnen, Soest, Mittwoch, 10. Mai 1961

In Soest herrschte Katerstimmung. Ganz offenbar hatten viel zu viele Teilnehmer viel zu viele Herrengedecke weggezischt. Man war sich aber vollkommen einig, einen wunderschönen Abend erlebt zu haben, mit allem Drum und Dran und „einschließlich eines ganz speziellen Küchenservices", wie Hans süffisant bemerkte.

Nicht allen waren diese Bemerkung und der vielsagende Blick auf Kollmann entgangen. Kollmann rettete sich und die Situation aber damit, dass er die von der Küche speziell zubereitete „Kollmanns Grillplatte" ausdrücklich lobte.

„Nicht schlecht, deine Reaktion", bemerkte Hans trocken und lachte Kollmann direkt ins Gesicht. Was hatte Hans gesehen, was wusste der und was reimte der sich zusammen?

Kollmann hatte zunächst keine Gelegenheit, diese Fragen zu klären, da das Vormittagsprogramm begann. Heute stand das Thema „Mitarbeiterführung" auf dem Programm, was Kollmann nicht besonders interessierte. Er als ehrenamtlicher Bürgermeister hatte keine Mitarbeiter, und so verließ er nach zehn Minuten das Clubzimmer.

Wenig später kam auch Hans heraus.

„Na, hast du mir was zu sagen?", fragte Kollmann direkt.

„Allerdings! Ich habe dich gestern gesucht, als du dir eine deiner zahlreichen Pinkelpausen genommen hast, aber nach zehn Minuten noch nicht wieder aufgetaucht warst. Nachdem ich dich aufm Klo nicht gefunden habe, bin ich an der offenen Küchentür vorbeigekommen. Tja, und wat sehe ich da?"

„Ja, wat siehste da?", fragte Kollmann.

„Nun, ich sehe, dat der biedere Kollmann sich dat hübsche kleine Polenmädchen gekrallt hat. Und jetzt ist die

Süße weg, oder? Und du warst gestern Abend auch mindestens zwei Stunden weg, oder? Ein Schelm, der Böses dabei denkt, oder?"

Dieses ständige „oder" war Kollmann schon am gestrigen Abend beim Kartenspielen heftig auf den Wecker gegangen, „ich spiel Ramsch, oder?", jetzt wurde er aber aus einem anderen Grund aggressiv. „Hans Kachelström, ich gebe dir jetzt einen guten Rat, und den bekommst du nur einmal. Halt dich aus Dingen raus, von denen du nichts verstehst. Wenn ich auch nur noch *ein* Wort von dir in dieser Sache höre, werde ich zwei kurze Telefongespräche führen. Eines mit der Dienstaufsicht in Arnsberg, eines mit der Staatsanwaltschaft in Hamm. Bin gespannt, ob diese Stellen auch der Meinung sind, dass die Familie das Wichtigste im Leben ist. Ich bin sicher, wir verstehen uns." Und nach einer kurzen Pause fügte er hinzu: „Oder?"

Hans sah Kollmann mit offenem Mund an. „Wat weißte denn schon? Gar nix weißte, Kollmann, du bluffst doch nur, oder?"

Kollmann erinnerte sich an die Zeiten, als er noch zum Angeln ging. So fühlte es sich an, wenn der Fisch schon am Haken hing. Man musste ihn nur noch aus dem Wasser ziehen. Jetzt setzte er zum entscheidenden Stoß an, um Hans endgültig mundtot zu machen.

„Gut, Hänschen, du hast die Wahl. Erst Dienstaufsicht oder erst Staatsanwaltschaft? Welche Reihenfolge hättest du denn gern?"

Als Hans nicht reagierte, griff Kollmann, ohne den Wirt zuvor um Erlaubnis zu fragen, mit betonter Langsamkeit zum Telefonhörer, nahm diesen ab, erklärte „dann wolln ma wa", und bat das „Fräulein vom Amt", ihn mit der Generalstaatsanwaltschaft in Hamm zu verbinden.

Schon bevor dies geschehen war, sagte Kollmann: „Ja, guten Tag, Kollmann hier, ich möchte eine Anzeige wegen ..."

Weiter kam er nicht, da Hans im selben Moment resolut auf die Gabel des Telefons schlug. Danach zog er hastig die Zigaretten aus der Jacke seines Anzugs, steckte sich eine Zigarette an, brüllte „issa gut, ich sach ja nix" und flüchtete aus dem Schankraum.

,Treffer!', dachte Kollmann, ,Volltreffer', und war sehr mit sich zufrieden, weil er hoch gepokert und damit hoch gewonnen hatte.

Das Einzige, was er wusste, war nämlich, dass es in der Gemeinde, in der Hans verbeamteter Gemeindedirektor war, in jüngster Zeit zu verschiedenen Grundstückskäufen von landwirtschaftlichen Flächen gekommen war, die kurze Zeit später auf wundersame Weise Bauland geworden waren.

Das passierte zwar immer wieder auch in anderen Gemeinden. Die Besonderheit bestand hier aber darin, dass ein Schwager von Hans bei diesen Geschäften eine ausgesprochen gute Nase gehabt, oder aber – und das war hier die Frage – zuvor über gute, noch geheim zu haltende Informationen verfügt hatte. Dies alles war Kollmann „streng vertraulich, also als ganz und gar unbestätigtes Gerücht" zu Gehör gekommen, doch hatte dieses Halbwissen gereicht, um bei Hänschen-Klein „ma kräftig aufn Busch zu kloppen".

Von dem hatte er, jedenfalls vorerst, nichts mehr zu befürchten. Der sollte sich lieber Sorgen machen, weil die Dienstaufsicht wohl schon informiert und nach Kollmanns Wissen wohl auch schon tätig war.

Kollmann entschied sich, nicht wieder ins Clubzimmer zu gehen, sondern ein wenig frische Luft zu schnappen. Die würde ihm nach den vielen Herrengedecken guttun. Also ging er durch die Eingangstür nach draußen auf den Parkplatz. Er konnte sich beim besten Willen nicht mehr daran erinnern, wo er sein Auto abgestellt hatte, fand es aber schließlich im hinteren Teil des Platzes.

Mit mauem Gefühl umrundete er den Benz, um nach möglichen Folgen seiner nächtlichen Fahrt über die Waldwege zu suchen. Auf der Beifahrerseite entdeckte er einige kleine Kratzer, die aber auch schon vorher dagewesen sein konnten. Größere Schäden waren zum Glück nicht zu sehen. Das war schon mal gut gegangen. Da würde das andere auch hinzubekommen sein.

Wohin also mit Ewa? Ihm fiel übrigens gar nicht auf, dass er nicht an das Polenmädchen oder gar an die Polackin dachte, sondern an ‚Ewa'. Er überlegte, ob er sie zu seiner Schwester Berta nach Idar-Oberstein bringen konnte. Die Eifel war für sein Vorhaben weit genug von Soest und von Malve entfernt, Berta hatte auch genug Platz, da ihr Mann vor zwei Jahren verstorben war und die sechs Kinder aus dem Haus waren.

Aber Berta war schwierig und konnte sehr launisch sein. Außerdem hatte sie ihre spitze Zunge nicht immer im Zaum und es war zu befürchten, dass sie bei unpassender Gelegenheit Hanne gegenüber zumindest ein paar ebensolche Andeutungen machen würde. Das war durchaus nicht ungefährlich! Berta schied damit aus.

Kollmann dachte angestrengt über weitere Möglichkeiten nach, kam aber zu keinem Ergebnis. Erst ganz zum Schluss fand er die Lösung: Er würde die Schwester Oberin im

Krankenhaus in Malve fragen, ob Ewa dort arbeiten könne. Wenn nicht in Malve, dann halt woanders in diesem Orden. Dort nahm man es, wie das Beispiel Epi zeigte, mit dem Arbeitsrecht nicht so genau, und zwei weitere helfende Hände würde man sicher gut gebrauchen können.

„Kollmann, das hast du gut gemacht", sagte er zu sich selbst. „Das ist die Lösung!"

In diesem Augenblick tauchte wie aus dem Nichts der Wirt auf dem Parkplatz auf.

„Wo ist sie? Wo haben Sie die Polackin hingebracht? Ich brauche die hier im Gasthof! Sie haben bis heute Nachmittag Zeit, um sie zurückzubringen. Sonst wird sich Willy Schultz um die Sache kümmern!"

Kollmann wusste nicht, wer Willy Schultz war, aber es interessierte ihn auch nicht. Er ging aber scheinbar auf die Drohung ein: „Gut, ich will sie auch wieder loswerden und müsste dafür mal kurz telefonieren."

Beide gingen ins Haus und der Wirt reichte Kollmann ohne Kommentar den Telefonhörer.

„Bleiben Sie ruhig hier, damit Sie alles gut mitbekommen."

Kollmann wählte die Rufnummer des Fräuleins vom Amt und ließ sich mit der Polizei in Münster verbinden. Hier verlangte er „die neu eingerichtete Abteilung für Gewaltverbrechen gegen Frauen".

Diese Einrichtung gab es natürlich nicht, wozu auch?, sodass sein Anruf in der Zentrale verblieb und dort für Verwirrung sorgte, aber der Bluff verfehlte seine Wirkung nicht.

„Wat soll der Scheiß, du bist wohl nich ganz klar innen Kopp!", brüllte der Wirt ihn an. Zugleich riss er Kollmann den Telefonhörer aus der Hand und schrie hinein, es liege ein kleines Missverständnis vor, ein völlig besoffener Gast habe einen dummen Scherz gemacht.

Der junge Polizist am anderen Ende der Leitung fand das, auch angesichts der Tageszeit, überhaupt nicht witzig, bedankte sich aber beim Wirt für sein beherztes Einschreiten und riet ihm, keinen weiteren Alkohol an diesen Gast auszuschenken.

„Ich denke, das hat jetzt gereicht, Meister, wenn Sie Ihre Ruhe haben wollen, dann sollten Sie ganz schnell Ruhe geben. Ach ja, geben Sie mir bitte alle Papiere von Ewa, außerdem nehme ich deren Sachen mit. Suchen Sie die Papiere raus, ich räume das Zimmer leer."

Die Reaktion ließ nicht lange auf sich warten.

„Gezz hakts aber langsam bei dir aus", donnerte der Wirt zurück.

Kollmann antwortete nicht, sondern griff erneut ganz langsam zum Telefonhörer.

Jetzt knickte der Wirt ein. „Werde glücklich mit der Polenhure."

Damit verschwand er im angrenzenden Büro und kam kurz danach mit einem braunen speckigen Umschlag zurück, auf dem in krakeliger Schrift „Polin" stand.

Kollmann hätte dem Wirt wegen der vorhergehenden „Polenhure" gerne zentral eine verpasst, wollte aber jedes Aufsehen vermeiden. Deshalb, nur deshalb nahm er den Umschlag wortlos entgegen und ließ sich vom Wirt beschreiben, wo sich Ewas Zimmer befand.

Den Raum, den Kollmann nach einigem Suchen im Dachgeschoss fand, konnte man nun wirklich nicht Zimmer nennen. Es war mehr ein Verlies, vielleicht fünf Quadratmeter groß und ohne Fenster. Es roch modrig und nach verbrauchter Luft, ein Ofen oder eine andere Möglichkeit zum Heizen war nicht vorhanden. Wie konnte man einen Menschen unter solchen Umständen leben lassen? Kollmann begriff, warum Ewa den Kotten als wunderschön empfand.

„Das Leben ist eine Frage der Alternative", wie Professor Thulenhorst sich auszudrücken beliebte.

Im kleinen, defekten Kleiderschrank fand Kollmann einen abgewetzten Koffer, dessen Verschlüsse fehlten. Er stopfte die Kleidung und die wenigen persönlichen Dinge, die er in dem Raum fand, hinein und sicherte den Koffer mit einem Gürtel dagegen aufzuspringen. Wenig später fand er sich bei seinem Auto wieder.

Er legte den Koffer auf den Rücksitz und setzte sich ins Auto. Obwohl er wusste, dass es nicht richtig war, nahm er den Inhalt aus dem braunen Umschlag und sodann in Augenschein. Er fand einen polnischen Pass, ausgestellt auf Ewa Maria Havliczek, geboren am 24.09.1941 in Poznań. Ewa war damit ein Kriegskind, denn fast genau zwei Jahre zuvor war Hitler in Polen eingefallen.

Außerdem fand Kollmann 28 Pfennig und eine polnische Abstammungsurkunde mit Datum vom 23. Februar 1956, aus der sich ergab, dass Ewa das Kind von Sara Johanna Havliczek und einem, wenn Kollmann es richtig verstand, „unbekannten Vater" war. Was das in Kriegszeiten im besetzten Polen zu bedeuten hatte, wusste Kollmann nur zu gut. Auch er war als Soldat in Polen gewesen, getrennt von Frau und Kindern, und auch er hatte sich gegenüber der einheimischen Bevölkerung wie ein Besetzer benommen, wofür er sich heute schämte. Aber der Krieg hatte nun mal seine eigenen Gesetze. Das war nun mal so.

Kollmann fiel auf, dass Ewas Mutter einen jüdischen Vornamen trug und dass als Todesdatum der 1.1.1944 und als Ort Oświęcim eingetragen war. Dies konnte nur bedeuten, dass Ewas Mutter von den Nazis ins KZ Auschwitz verschleppt worden war und dass niemand etwas zu ihrem Verbleib sagen konnte. Man hatte deshalb ein fiktives Todesdatum gewählt.

Zum ersten Mal in seinem Leben war Kollmann fast unmittelbar mit dem Holocaust konfrontiert. Noch nie war er so nah dran gewesen. Natürlich wusste man inzwischen auch in Malve, dass es riesige Vernichtungslager gegeben hatte. Aber darüber wurde genauso wenig gesprochen wie darüber, dass viele Repräsentanten des braunen Regimes und viele andere der damaligen Täter heute wieder in Amt und Würden waren.

Das galt für Politiker, für Richter, für Rechenlehrer, aber auch für Professoren. Gerade unter den Juristen gab es einige berühmte und hoch angesehene Professoren, die keine Scheu und keine Scham hatten, den Begriff der „guten Sitten" nun anders zu interpretieren, als sie es bis Mai '45 getan hatten. Statt des „gesunden Volksempfindens" hieß es ab '45 wieder das „Anstandsgefühl aller billig und gerecht Denkenden". Auch andere hatten sich unrühmlich hervorgetan: Die Namen „Palandt", „Larenz" und „Maunz" sind auch heute noch jedem Juristen geläufig, allerdings oft ohne Kenntnis von deren brauner Vergangenheit.

Ein ehemaliger Marinerichter, der noch in den letzten Kriegstagen für geringe Vergehen drakonische Strafen bis hin zur Todesstrafe verhängt hatte, sollte sich nicht zu schade sein, von Dezember 1966 bis August 1978 das Amt des Ministerpräsidenten in Baden-Württemberg zu bekleiden.

„Was damals Recht war, kann heute kein Unrecht sein", pflegte dieser Hans Filbinger zu sagen, den man mit gerichtlicher Duldung als „furchtbaren Juristen" bezeichnen durfte.

Konrad Adenauer, der erste Kanzler der jungen Bundesrepublik, hatte keine Scheu, auf die „Kenntnisse und Fähigkeiten" von Hans Globke zurückzugreifen, der maßgeblich an der Konzeption der Nürnberger Rassengesetze beteiligt gewesen war.

Über alle diese Dinge wurde, wie schon gesagt, in Malve und auch anderswo nicht gesprochen. Man verhielt sich so, als habe es die Jahre 33-45 gar nicht gegeben; man betrachtete sie als einen Irrtum der Geschichte, denn es konnte doch nur ein Irrtum sein, wenn das „Tausendjährige Reich" nach nur zwölf Jahren untergegangen war. Ein bedauerlicher Irrtum, sonst nichts.

Im Jahre 2018 sollte der für die AfD im Bundestag sitzende ehemalige CDU-Politiker Alexander Gauland „Hitler und die Nazis gar als einen Vogelschiss in über 1000 Jahren erfolgreicher deutscher Geschichte" bezeichnen. In demselben Jahr erlebten weite Teile Europas einen sehr trockenen Sommer, was aber kein Grund für die Regierung der Autorepublik Deutschland war, einen ernsthaften Versuch zur CO_2-Reduzierung zu unternehmen. Aufgrund der geringen Niederschläge waren die Wasserspiegel in Flüssen, Seen und Talsperren so gefallen, dass vielerorts die Schifffahrt eingestellt werden musste. Die inzwischen fast 80-jährige Dr. jur. Marianne Schäfer sah nach 55 Jahren vom Ufer einer Talsperre zum ersten Mal wieder Teile der St. Vitus-Kirche, besser gesagt Ruinen derselben.

Nun, der Talsperrenbau war noch nicht Kollmanns Problem, sein Problem hieß Ewa. So steckte er die vom Wirt übergebenen Papiere wieder in den Umschlag und legte diesen ins Handschuhfach. Er war guter Dinge, denn mit diesen Papieren würde es noch einfacher sein, Ewa im Orden der Schwester Oberin unterzubringen.

Um auf andere Gedanken zu kommen, ging er wieder ins Clubzimmer zurück und lauschte dem Referenten, der ehrlich bemüht war, den überwiegend verkaterten Zuhörern die neuesten Erkenntnisse einer effektiven Mitarbeiterführung zu vermitteln. Er warf dabei mit dem Gerät, mit dem man Folien an die Wand werfen konnte, nacheinander mehrere an dieselbe.

Nach einer 15-minütigen Kaffeepause um Viertel vor elf, die mit stillschweigender Duldung des Referenten deutlich überzogen wurde, sollte die große Abschlussdiskussion beginnen. Der Referent bemühte sich händeringend darum, die Teilnehmer zur Abgabe von Diskussionsbeiträgen zu bewegen, doch steckte fast allen der „informelle Erfahrungsaustausch" des gestrigen Abends noch in den Knochen oder besser gesagt im Kopf.

Schließlich war es Willi Hagendorn, der sich nach unangenehmen Minuten des Schweigens zu Wort meldete, freudig registriert vom tapfer rudernden Referenten. Es kam dann allerdings ganz anders, als dieser es erwartet hatte.

Der singende Bürgermeister erklärte nämlich, er wolle „eine abschließende Frage stellen", was auch deshalb verwunderte, weil bisher noch niemand eine Frage gestellt hatte. Noch mehr wurden alle, namentlich der Referent, vom Inhalt der Frage überrascht. Denn Willi fragte, ob die Möglichkeit bestehe, den Zeitpunkt für das Mittagessen etwas vorzuziehen, damit früher Schluss sei. Der Referent zeigte sich von dieser Frage sehr unangenehm überrascht, alle anderen Anwesenden waren hingegen hellauf begeistert und drückten ihre Zustimmung dadurch aus, dass sie sich spontan von ihren Plätzen erhoben und zum Ausgang gingen. So war die Abschlussdiskussion weit vor ihrem Beginn ohne jede Diskussion zum Abschluss gekommen. Im Hinausgehen spendete man dem verdutzten Referenten höflichen, teils aber auch leicht höhnischen Beifall und verließ in bester Laune das Clubzimmer: „Spaß muss sein, sonst geht keiner mit zum Mittagessen, hahaha!"

Die Küche wurde angewiesen, „ne Schüppe draufzulegen" und gemäß der alten Trinkerregel, wonach man damit anfangen soll, womit man aufgehört hat, überbrückte man die Wartezeit mit so ein zwei – weil die Sonne noch nicht untergegangen war – aber nur *kleinen* Herrengedecken, bestehend aus einem *einfachen* Korn und einem *kleinen* Bier.

Das anschließende Mittagessen verlief in bester Stimmung, allen schmeckten die Hochzeitssuppe und die Sauerländische Platte mit Schweinebraten, Kartoffeln und Rotkohl. Danach löste sich die Gruppe schnell auf, wobei jeder jedem versprach, sich bald zu melden, weil jeder auf jeden Fall mit jedem in jedem Kontakt bleiben wolle.

Kollmann verabschiedete sich mit den Worten „Wir verstehen uns, oder?" besonders herzlich von Hans und warf dem Wirt mit den Worten „Ich hoffe, wir sehen uns nicht in Münster" einen eindringlichen Blick zu. Danach bestieg er guter Dinge sein Auto, weil er sicher war, das „Problem Ewa" in zwei Stunden gelöst zu haben. Gott sei Dank!

7. Unverzeihlich, im Kotten, Mittwoch, 10. Mai 1961

Kollmann hatte Soest längst hinter sich gelassen und war nur noch wenige Kilometer vom Kotten entfernt. Dort würde er Ewa in sein Auto packen und mit ihr zum Krankenhaus fahren, um sie in Brot und Arbeit zu bringen. Oder war es besser, die Frage, ob Ewa dort arbeiten konnte, erst zu klären und nicht vorher mit ihr in Malve aufzutauchen? Eigentlich war es sogar besser, gar nicht mit ihr in Malve aufzutauchen, weil sich in einem anderen Ort eine Arbeitsstelle fand, denn dann lief er keine Gefahr, dass Ewa ihn, ihren vermeintlichen Beschützer treffen konnte.

Als er auf dem kleinen Hof vor dem Kotten ankam, sah er, dass Ewa den Vorplatz gesäubert hatte. Die Fenster des Kottens standen trotz der kühlen Temperaturen, für die die Kalte Sophie sorgte, offen. Kollmann fand Ewa im großen Raum vor, sie kniete und war so eifrig damit beschäftigt, den Fußboden zu scheuern, dass sie ihn gar nicht bemerkte.

Mit einem lauten „Hallo Ewa" machte er sich bemerkbar. Sie erschrak und sah ängstlich auf, doch dann schenkte sie ihm ein Lachen, in dem sich Überraschung, Freude und Dankbarkeit wiederfanden.

„Gutten Tag, Herr Kollmann. Schön, dass Sie schon dahergekommen. Ich putze Haus! Hof schon fertig."

Inzwischen hatte sie die kleine Drahtbürste aus der Hand gelegt und war aufgestanden.

„Aber, aber das wäre nicht nötig gewesen, Ewa. Wir fahren doch gleich."

Bei seinen Worten verschränkte sie zunächst die Arme vor der Brust und sah ihn ängstlich, fast feindlich an.

„Nein, bitte hierbleiben. Hier sehr gutt. Nich wech, nich fahren!", sagte sie sehr bestimmt.

Bei diesen Worten war sie auf ihn zugeeilt und hatte ihre Arme um seinen Hals gelegt. Er versuchte sie abzuschütteln, doch erwies sie sich kräftiger als vermutet. Kollmann empfand die Situation nicht als unangenehm, irgendwie hatte er sich schon an Ewa gewöhnt. So verharrten sie einige Zeit fast reglos, bis sie ihren Griff löste.

Dann passierte etwas, was er zunächst weder einordnen noch verstehen konnte. Ewa nahm seine Hand und zog ihn zum Schlafzimmer. Dort angekommen, küsste sie ihn auf den Mund und drückte sich an ihn, aber ganz anders, als sie es bisher getan hatte.

„Herr Kollmann, ich jetzt bezahlen für dein Hilf."

Sie nutzte seine Ahnungslosigkeit aus, sie überrumpelte ihn, drückte ihn aufs Bett, warf sich auf ihn und versuchte, ihn erneut zu küssen.

Er stieß sie von sich. „Ewa, was soll der Unsinn? Hör sofort auf damit!"

Sie war irritiert, gab ihre Versuche aber auf und so lagen sie nebeneinander auf dem schmalen Bett. Zunächst schweigend, doch dann begann Ewa zu erzählen, und das, was Kollmann zu hören bekam, erschütterte ihn.

Ewa war erst vor eineinhalb Jahren nach Deutschland gekommen, vermittelt durch das Rote Kreuz. Ihre Kinderzeit hatte sie unter fast menschenunwürdigen Umständen in einem von Nonnen geführten Waisenhaus in Szczecin verbracht. Erst viele Jahre später sollte bekannt werden, wie grausam Kinder in diesen und ähnlichen kirchlichen Einrichtungen behandelt worden waren. Und zwar in der ganzen Welt, also auch in den damals schon als zivilisiert geltenden westlichen Ländern einschließlich Deutschlands. Von Missbrauch bis hin zu Vergewaltigungen ganz zu schweigen.

Nach der Zeit im Waisenhaus hatte sie für etwa fünf Jahre bei Onkel August, einem Bruder ihrer Mutter, der als einer der wenigen Mitglieder der Familie „den Hitler" überlebt hatte, in Wroclaw gewohnt und gearbeitet. Nachdem dieser an einer heimtückischen Muskelerkrankung verstorben war, war es „Rotes Kreuz gelingt", dass Ewa am 23.10.1959 – „meine zweite Geburtstag" – zu einem anderen Bruder ihrer Mutter nach Deutschland ausreisen durfte.

So war sie mit einem kleinen Koffer, in dem sich ihre wenigen Habseligkeiten befanden, auf einen kleinen Bauernhof in der Nähe von Soest gelandet. Hier hatte sie bei Onkel Fritz ein „serr schönnes Zeit" verbracht. Zu ihrem großen Unglück war Onkel Fritz kurz vor dem Weihnachtsfest 1960 „an gebrochen Herz" gestorben, denn er konnte den Tod seiner einzigen Tochter, die wenige Wochen vorher bei einem Verkehrsunfall umgekommen war, nicht verwinden.

„Nun begann böse Zeit, ich musste suchen Arbeitt. Erste Chef nicht gut, sagte, ich muss zahlen für geben Arbeit und hat gefasst an Brust und auch anders. Ich rausgelaufen und habe gesucht neue Arbeit. Gefunden in Wirtschaft, aber dort war schlimmer. Kollmann, Sie wissen, Sie haben doch gesehen. Erst musste ich jede Monat fügig, dann jede Woch. Sonst Arbeitt wech und Zimmer wech, nicht wissen, wohin dann."

Kollmann hatte den Arm um sie gelegt und gedankenverloren begonnen, sie zu streicheln. Zunächst nur ihre Hände, dann ihre Arme, ihre Schultern. Dann hatte sie, ohne dass er etwas dazutat, damit begonnen, sich und ihn auszuziehen. Er wusste, dass das, was jetzt zu passieren drohte, falsch, sogar ganz falsch war, und protestierte: „Nein, Ewa, lass das. Ich will das nicht", aber er tat nichts. Er tat zwar nichts dafür, aber, und das konnte er sich später nicht verzeihen, auch nichts dagegen. Er ließ es geschehen, einfach geschehen, mit sich, mit ihr. Und so geschah es. Erklären konnte Kollmann das Geschehene später niemandem, am wenigsten sich selbst.

„Ewa, ich muss ...", weiter kam er nicht, denn sie verschloss ihm mit ihrem Zeigefinger den Mund.

„Sei ruhig, Herr Kollmann, es war nich zahlen nur für Hilf, es war gerne, serr gerne."

‚Du lieber Gott', dachte er, dieser Wahnsinn muss ganz schnell ein Ende haben. Die erste Option, das Krankenhaus in Malve, schied nach dem gerade Geschehenen aber wohl aus. Außerdem hatte ihm Ewa sehr ernst und sehr nachdrücklich erklärt, sie wolle nach „dieses serr böses Zeit" nie wieder etwas mit solche Nonnen, „auch nich mit die Pfaffen, weil die nich geholfen", zu tun haben, was seinen Plan deutlich erschwerte.

Kollmann hatte keine Idee, wie es weitergehen sollte. Vor weniger als drei Stunden schien alles noch so einfach zu sein, jetzt wusste Kollmann gar nichts mehr. Im Moment gab es wohl nur die Möglichkeit, Ewa hier im Kotten zu lassen, zumal sie diesen Wunsch selbst mehrfach geäußert hatte.

Kollmann bemerkte, dass er schon wieder Hunger hatte. Erst wollte er sie fragen, ob sie schon gegessen habe, doch er bemerkte gerade noch rechtzeitig, wie dumm diese Frage gewesen wäre.

„Ewa, ich fahre einkaufen, denn wenn du hierbleibst, musst du ja was zu essen und zu trinken haben. Was soll ich dir mitbringen?"

Sie sah ihn an und erwiderte: „Ich habe kein Geld. Von Wirt nur Essen und Schlafen bekommen, aber keine Lohn."

Kollmann lächelte. „Das macht nichts, ich habe genug Geld." Dabei fiel ihm ein, dass er ebenfalls fast blank war, denn die Abende in Soest hatten mehr gekostet als vorher angenommen und wegen der „nächtlichen Sonderfahrt" zum Kotten hatte er tanken müssen.

Außerdem wusste er gar nicht, wo er die Einkäufe tätigen sollte. Nach Malve konnte er auf keinen Fall fahren, aber auch in den Nachbarorten war er bestens bekannt.

„Wieso kauft denn der Kollmann bei uns ein? Kann der sich in Malve nicht mehr sehen lassen?" Diese und ähnliche Fragen würde der sauerländische Buschfunk schnell verbreiten.

Große Verbrauchermärkte auf der grünen Wiese, in denen man nicht nur alles bekam, sondern auch anonym blieb, gab es noch nicht. Das höchste der Gefühle war der EDEKA-Laden in Soest in der Nähe des Gasthofs. Da hatte Kollmann die Chance, alles oder doch das meiste zu bekommen und unerkannt zu entkommen. Also auf nach Soest.

„Ewa, ich fahre nach Soest zum Einkaufen. Möchtest du mitkommen?", fragte er, obwohl es wohl besser wäre, wenn sie im Kotten bliebe.

„Nein Herr Kollmann, nie wieder in ganzes Leben Soest, ich lieberr immer hier bleib."

Kollmann fiel auf, dass sie ihn immer noch „Herr Kollmann" nannte, sonderbar, nach dem, was gerade zwischen ihnen geschehen war.

Seine Bitte „nenne mich Heinrich oder besser Heini, aber nicht mehr Herr Kollmann" erwiderte sie mit „serr gern, lieber Heini". Er sagte nichts, aber er dachte, dass er jetzt für die

„liebe Ewa" einkaufen fahre. Zugleich verbot er sich einen solchen Gedanken. Was da eben geschehen war, war nicht mehr ungeschehen zu machen. Leider. Aber es würde schon deswegen nie wieder geschehen, weil es schon dieses eine Mal nicht hätte geschehen dürfen.

Er nickte Ewa zu und verließ den Kotten, setzte sich ins Auto und fuhr los. In diesem Augenblick dachte er an Hanne, und sofort wurde ihm klar, dass er ganz schnell nach Hause musste, da er Hanne am Montag bei seiner Abfahrt nach Soest gesagt hatte, dass sie mit dem Mittagessen nicht warten müsse, er aber gegen drei zu Hause sein werde. Inzwischen war es fast vier, und wenn er jetzt nach Soest fahren würde, wäre er kaum vor halb sechs zu Hause.

Hanne war zwar nicht misstrauisch, dazu hatte sie ja auch bis vor einer Stunde wirklich keinen Grund gehabt. Aber eine noch größere Verspätung konnte er ihr schlechter erklären als die bisher schon verstrichenen zwei Stunden.

Die sofortige Fahrt nach Hause konnte also ein Problem verhindern, außerdem kam ihm die Idee, dass er den erforderlichen Proviant für Ewa aus der heimischen Vorratskammer nehmen könne. Er benötigte ja nur ein paar Kleinigkeiten, etwas Brot, Butter, Wurst und Käse. Außerdem musste er der lieben Ewa Wasser mitbringen, da er nicht wusste, wie gut das Zisternen- oder Brunnenwasser beim Kotten war.

Auf dem Hof angekommen, ging er zunächst in die Küche, in der ihre Perle Elfriede schon mit den Vorbereitungen für das Abendessen beschäftigt war.

„Ihre Frau ist beim Friseur, sie wollte eigentlich um vier Uhr zurück sein. Soll ich Ihnen schnell eine Kleinigkeit machen, Heinrich?", fragte Elfriede.

„Nein, Elfriede, ich bin noch pappsatt vom Mittagessen im Gasthof. Die haben versucht, uns zu mästen! Aber Elfriede, du könntest mir einen Gefallen tun. Bitte guck doch mal nach, ob mein guter schwarzer Anzug in Ordnung ist."

Kollmann wusste genau, dass der Anzug seit der Beerdigung von Friedrich Sauter noch im Gemeindebüro hing und dass Elfriede mindestens zehn Minuten brauchen würde, um an allen in Betracht kommenden Orten im Hause vergeblich nachzuschauen. Kollmann war nicht stolz darauf, die inzwischen fast siebzigjährige Perle, die vor 56 Jahren als Dreizehnjährige in die Dienste seines Vaters getreten war und die Kollmann „geerbt hatte", durch das weiträumige Haus auf die Suche zu schicken.

Aber was sollte er machen? Er musste in die Vorratskammer und vielleicht auch in den Keller, um die erforderlichen Lebensmittel für Ewa zu sammeln.

In der neben der Küche gelegenen Vorratskammer wurde er fündig. Schnell packte er Butter, Schwarzbrot, Käse, Eier, Kartoffeln, Zwiebeln und Schinken in einen Drahtkorb, ging zum Auto und verstaute die Lebensmittel im Kofferraum.

Da die Vorratskammer prall gefüllt war, war nicht damit zu rechnen, dass der Verlust auffallen würde. Elfriede war inzwischen nach Kollmanns Meinung schon ein wenig tüdelig, und seine vornehme Hanne war sich für die Überwachung der Lebensmittelvorräte zu schade. Wer sollte die Kammer also plündern? Einen Hund hatte Kollmann schon lange nicht mehr, sodass ein solcher auch nicht um die Ecke kommen konnte, um ein Ei oder sonst was zu stehlen.

Kollmann fiel ein, dass er auch noch Getränke benötigte. Eine Kiste Wasser würde er beim örtlichen Getränkehändler kaufen, und am besten auch gleich eine Kiste Bier und ein paar Flaschen Wein – und natürlich ein paar Flaschen Westfälischen. Das würde kein Aufsehen erregen, da die Besorgung dieser „Grundnahrungsmittel, vom Wasser einmal abgesehen" ohnehin in sein Ressort fiel.

Jetzt musste er nur überlegen, welchen Grund er Elfriede, die in diesem Augenblick achselzuckend zurückkam, dafür nennen konnte, dass er noch einmal losmusste. Am besten, er sagte ihr nichts, und so murmelte er nur „noch was erledigen und bin zum Abendessen zurück".

Er fuhr schnell zu „Willi Gütebier, Getränke und Spirituosen aller Art", besorgte die Getränke und traf wenig später wieder am Kotten ein.

Obwohl es nur etwa zwölf Grad warm war und ein ziemlich kalter Wind wie in dem so gern besungenen Westerwald pfiff, saß Ewa auf einem klapprigen Hocker vor der Tür. Sie begrüßte ihn strahlend mit „Hallo, lieber Heini" und kam aus dem Staunen nicht mehr heraus, als Kollmann die Lebensmittel auspackte.

„Bekommen wir einen Besuch? Machen wir Fest? Ja, lieber Heini, das gutte Idee, wir feier meine allerschönste Geburtstag. Das ist jetzt schon dritte Geburtstag. Oh, lieber Heini, du hast auch gebracht Bier und Wein und das Westfälische für großes Fest!"

Kollmann hatte inzwischen alle Getränke ins Haus gebracht und sich an den Küchentisch gesetzt. Er begann an dem, was er hier tat, ernsthaft zu zweifeln. Wieso hatte er zwei Kisten Bier, sechs Flaschen Wein und drei Flaschen Westfälischen gekauft? Wann sollte die liebe Ewa das denn alles trinken? Das sah ja aus, als wollte er eine Kneipe eröffnen. Waldesrand? Eine Kneipe?

„Mensch, Kollmann, das ist die Idee!", jubelte er.

Eine Waldkneipe oder vielleicht besser ein Waldcafé! Da konnten die müden Wanderer einkehren und die Malver könnten ihre sonntäglichen Ausflüge dorthin machen.

Wie oft hatte Hanne ihn ermahnt, „den Stall", wie sie den Kotten nannte, „endlich in Ordnung zu bringen oder zu verkaufen oder abzureißen." Jetzt würde er ihr den Gefallen tun, den Kotten in Ordnung bringen und das Grundstück ans Strom- und Wassernetz anschließen.

Zwar lag es im Außenbereich und ein Anspruch auf Erschließung bestand deshalb nicht, aber wenn der Bürgermeister *dafür* war, dann sollte das wohl kein Problem sein. Vielleicht könnte man nebenan ein neues Baugebiet ausweisen, das „Waldviertel". Auch das war keine schlechte Idee, na ja und dass die Flächen Kollmann gehörten, da konnte er „auch nix für".

Kollmann erinnerte sich an einen Spruch seines alten Freundes Bernti: „Heini, du bist ein Fuchs, nicht so schlau, aber du stinkst genauso!"

Wichtig und richtig war nun aber einmal, dass Geld *nicht* stinkt und Kollmann hatte das Gefühl, gerade eine neue vielversprechende Geldquelle entdeckt zu haben.

Er wusste auch schon, wer das Café führen würde. Ewa, wer denn sonst? Er schlug nicht nur zwei Fliegen mit einer Klappe, er schlug mit einer einzigen Idee einen ganzen Fliegenschwarm.

Was er sich nicht eingestehen mochte, war, dass er sich freute, Ewa weiter in seiner Nähe zu wissen. Mehr als das: Er musste dem jungen Mädchen ja helfen, so einen Betrieb zu führen. Also war er gezwungen, sie häufiger zu sehen, und dann ... bei diesem Gedanken erschrak er. Verdammt noch mal, Kollmann, reiß dich zusammen. Du bist keine 22 mehr!

Zum Glück hatte er seine Idee noch nicht laut geäußert, das sollte auch so bleiben, er würde das Vorhaben schlicht und einfach vergessen. Anderenfalls käme er nämlich in Teufels Küche, im Vorhof der Hölle wähnte er sich schon jetzt.

Ewa riss ihn aus seinen Gedanken: „Lieber Heini, ich habe Idee. Wir machen hier Gastwirtschaft. Ich wohne und arbeitte hier, ganz kleine Lohn, sonst alles für dich."

Kollmann glaubte nicht an Gedankenübertragung oder ähnlichen Hokuspokus, für derlei spirituelles Zeug war Hanne empfänglicher. Kollmann pflegte dagegen zu sagen, „von einem Hokuspokus wächst kein Halm".

Er war Bauer und stand mit beiden Beinen fest auf der Scholle.

Warum also war Ewa auf dieselbe Idee gekommen wie er, und wie sollte er ihr diese ja *eigentlich* wirklich gute Idee wieder ausreden? Die Idee war nämlich gut, sie war nicht das Problem, er, Kollmann, war es.

„Nein, Ewa, das geht leider nicht. Wir sind hier im Außenbereich und da ist es nicht erlaubt, eine Gastwirtschaft zu betreiben. Das geht auf keinen Fall, leider."

Ewa reagierte anders, als er es erwartet hatte. Sie ging unvermittelt zum Angriff über, indem sie ihn heftig und verlangend auf den Mund küsste. Er erwiderte ihren Kuss zunächst nicht, doch nach und nach schwand sein Widerstand.

Wann hatte *er* Hanne zum letzten Mal so geküsst? Hatte Hanne *ihn* überhaupt schon mal so geküsst?

„Komm, lieber Heini, du bist Bürgermeister. Wenn du willst, alles geht. Also will bitteserr."

Na ja, nun mal halblang. So einfach war das selbst für einen Heinrich Kollmann nicht. Er durfte, konnte und wollte sich im Übrigen auf nichts, auf gar nichts mehr einlassen.

Denn er war dabei, den Vorhof der Hölle, in dem er inzwischen angekommen war, zu verlassen, aber nicht nach außen, sondern weiter nach innen, dorthin, wo es immer heißer wurde.

„Nein, Ewa. Das mag in Polen so sein, wo die Partei immer recht hat und die Funktionäre der Partei alles zu sagen haben. In Deutschland ist das nicht so einfach. Darüber müssen der Bauausschuss und der Gemeinderat entscheiden. Ich als Bürgermeister bin nur ein „Primus unter Patres" oder so ähnlich, also ein Erster unter Pastoren, wohl so 'ne Art Weihbischof, oder was weiß ich."

Das hatte er so oder so ähnlich gerade einen Tag vorher in Soest gehört und schon konnte er es anwenden.

„Fortbildung nutzt allen, hahaha!"

Danach erklärte er Ewa noch dies und das, in allen Einzelheiten erläuterte er ihr das gemeindliche Mitwirkungsverbot, weil ihm der Kotten gehöre, und das Gebot der Sparsamkeit des Verwaltungshandelns, das über allem stehe. Hahaha!

‚Es lebe Soest, jetzt muss sie endgültig kapitulieren', dachte er. Zufrieden beendete er seinen kleinen Vortrag, doch er hatte sich verdacht.

„Lieber Heini, das war serr süß", und dabei schaute sie ihn an, wie er lange nicht mehr angeschaut worden war. Er hielt diesem Blick nur wenige Sekunden stand, er war in diesen Dingen nicht nur nicht besonders geübt, nein, er war völlig aus der Übung.

„Lieber Heini, du kannst, wenn du willest. Und du willest das. Also machen wir kleines Wirtschaft und dankeserr immer dafür!"

Schon lenkte er ein wenig ein, was sonst nicht seine Art war. „Na gut, ich kann dir nichts versprechen, aber ich will sehen, was ich machen kann!"

Das wollte sie gerne glauben. Halb zog sie ihn, halb sank er hin ins Schlafzimmer. Als sein Verstand zurückkam, wie er es später ausdrückte, war es schon nach sieben Uhr abends. Draußen dämmerte es bereits leicht, da viele Regenwolken über dem Sauerland hingen. Im Kotten brannten nur zwei Kerzen.

Jetzt musste er aber ganz schnell nach Hause, gegessen wurde abends um Punkt ‚Viertelnachsieben'. Wenn er sich beeilte, konnte er das gerade noch schaffen.

„Ewa, ich muss los. Ich komme morgen wieder vorbei."

Und damit stürzte er aus dem Haus und rannte wie von der Tarantel gestochen zum Auto, weil er hoffte, seinem schlechten Gewissen davonlaufen zu können. Das gelang auch zunächst, aber nur deshalb, weil er verzweifelt darüber nachdachte, was er auf eventuelle Fragen von Hanne antworten sollte.

Und wann und vor allen Dingen: Wie sollte er Hanne die Idee vom Waldcafé nahebringen? Und wie sollte er bitteschön erklären, wo er Ewa kennengelernt hatte und wie sie in den Kotten gekommen war?

Das waren lauter Fragen, auf die er nicht einmal im Ansatz eine Antwort wusste. Er sah in den kleinen Innenspiegel des Autos, um zu sehen, ob man ihm etwas ansah. Natürlich sah er nichts, weil es im Auto fast dunkel war. Die kümmerliche Innenbeleuchtung half nicht wirklich. Ein paar Minuten hatte er noch Zeit, sich eine Geschichte zu überlegen.

„Also Hanne, ich muss dir mal was erzählen. Also, es ist nämlich so ..."

Nein, so ging es nicht, das stand schon mal fest. Ach, am besten war es wohl, er ließ sie einfach fragen. Quatsch, das brachte auch nichts, denn er musste dann ja antworten.

„Strategie, hahaha, meine Herren, Sie brauchen eine Strategie! Immer und überall! Agieren, nicht reagieren!" Also doch die Flucht nach vorn?

8.   Hanne, Hof Kollmann, Mittwoch, 10. Mai 1961

Über die Überlegungen, wie er Hanne gegenübertreten sollte, hatte Kollmann den Hof erreicht, das Auto abgestellt, war
ins Haus und dort sofort in das Esszimmer gegangen.

„Sieh an, sieh an, der Herr des Hauses lässt sich auch mal
wieder sehen! Die Fortbildung muss ja sehr intensiv gewesen
sein. Ein neuer ‚Freund' von dir hat im Übrigen schon zweimal angerufen, wollte dich unbedingt sprechen, hat dann
was von Dienstaufsicht geredet oder besser gelallt und angekündigt, dass ich zu gegebener Zeit sehr interessante Dinge
zur Völkerverständigung erfahren würde. Ich, mein lieber
Heinrich, halte die Zeit schon jetzt für gekommen. Also, was
war da los in Soest?"

Zu Elfriede, die das Abendessen auftragen wollte, sagte
Hanne knapp: „Später, Elfriede, mein Mann und ich haben
vorab etwas zu besprechen."

Das war eine Begrüßung! Gut, dass er sich keine Taktik zurechtgelegt hatte, denn die hätte er sofort wieder über den
Haufen werfen können.

„Hallo Hannelore, gut siehst du aus. Ich freue mich, dich
zu sehen." Hanne runzelte die Stirn, denn derlei hatte sie seit
fast 30 Jahren nicht mehr von ihm gehört. Ganz offenbar
hatte sich da einiges in Soest zugetragen, und es war am besten, der Sache hier und jetzt auf den Grund zu gehen. Ihr
eben noch halbwegs freundlicher Tonfall veränderte sich:
„Heinrich, spare dir das Gerede. Was war da los?"

Kollmann zuckte die Achseln. „Das ist eine längere Geschichte. Ich ...", und während er noch überlegte, wie er fort-
fahren sollte, fuhr sie ihn an: „Wenn es eine längere Geschichte ist, solltest du vielleicht mal damit beginnen, sie zu

erzählen ..." Und so begann er zu erzählen. Vom Kartenspielen und davon, dass er zum Klo musste und was er dann gehört und getan hatte, wobei er verschämt verschwieg, dass er zunächst nicht hatte helfen wollen. Alles andere entsprach der Wahrheit, nur die Geschehnisse, die sich im Kotten abgespielt hatten, verschwieg er wohlweislich.

„Nur damit ich es richtig verstehe, dieses Mädchen befindet sich in unserem Kotten und Heinrich Kollmann, der Bürgermeister von Malve, hat es vor der bösen Welt gerettet, oder? Heinrich, der Retter! Willst du mich für dumm verkaufen oder was soll das? Da musst du dir eine andere suchen, der du diese Geschichte erzählen kannst."

Ihr Tonfall war gefährlich leise geworden, scharf, zynisch. Bevor er etwas erwidern konnte, verließ sie das Esszimmer, wobei sie fast mit Elfriede zusammenstieß, die möglicherweise einen weiteren Versuch unternehmen wollte, das Abendessen zu servieren. Oder hatte sie sich aus einem anderen Grund unmittelbar hinter der Tür aufgehalten?

Kollmann setzte sich, nahm den Kopf zwischen die Arme und starrte vor sich hin. Er dachte an die liebe Ewa und an das, was passiert war, gleich zweimal passiert war. Was er in diesem Moment noch nicht wusste, war, was noch alles passieren sollte, und dass er den Anfang des Endes schon erreicht hatte.

Elfriede hatte das Esszimmer betreten und stand einige Zeit hinter ihm, dann räusperte sie sich, sodass er sich umdrehte und sie wahrnahm. „Ach Heinrichschen, was ist denn mit dir los?"

Heinrichschen, das hatte sie nur noch einmal zu ihm gesagt, nachdem er die Schule beendet hatte, also seit mehr als 40 Jahren. Als er in die Lehre eingetreten war, hatte Elfriede zum „Sie" gewechselt und ihn mit „Heinrich" angesprochen, während er beim „du" und bei „Elfriede" geblieben war. Das Heinrichschen war gerührt.

„Ach Elfriede, wie schön du das gesagt hast. Ich weiß nicht, was ich machen soll", und dann erzählte er auch ihr die Geschichte, wenn auch nicht die ganze Geschichte. Denn bestimmte Dinge gehörten nicht dazu, meinte er jedenfalls.

Elfriede hörte aufmerksam zu, und danach sagte sie mit ihrer ganzen Lebensweisheit, er solle sich nicht unglücklich machen, denn auch er wisse, dass die „gnädige Frau durchaus nicht immer gnädig sei". Unvermittelt fragte sie: „Soll ich noch mehr Lebensmittel einpacken oder reicht das, was Sie heute Nachmittag mitgenommen haben? Und wie sieht es mit Getränken aus? Waren Sie bei Gütebier?"

Er bemerkte gar nicht, dass sie wieder ins „Sie" gewechselt hatte, aber schon, dass sie den Abtransport der Lebensmittel bemerkt hatte. Dann fügte sie hinzu, der gute schwarze Anzug befinde sich übrigens seit der Beerdigung von Friedrich Sauter im Gemeindebüro. Deshalb habe sie ihn heute Nachmittag erst gar nicht gesucht.

Kollmann war aufgestanden und ging nervös hin und her. Er griff nach seinen Zigaretten, erinnerte sich aber daran, dass Hanne das Rauchen im Esszimmer „als im hohen Maße unerwünscht" bezeichnet hatte.

Elfriede stand derweil ganz still, als wolle sie beobachten, wie es weitergehen würde. Kollmann traf eine Entscheidung: Mit den Worten „Ich hole Ewa, damit Hanne sie kennenlernt" stand er auf und ging an der überraschten Elfriede vorbei in den Hausflur.

Hanne, die gerade die Treppe herunterkam, sah ihn fragend an.

„Ich hole Ewa, damit ihr euch kennenlernt."

„Wer sagt dir, dass ich diese Person kennenlernen möchte?", fragte sie spitz zurück. „Ich denke, es ist besser, wenn wir nichts überstürzen. Also, lass das Polenmädchen, wo es ist. Ich denke bis morgen darüber nach, was zu tun ist. Für heute ist das Thema beendet. Nun lass uns endlich zu Abend essen."

Es wurde ein sehr ruhiges Abendessen, keiner der beiden sprach auch nur ein einziges Wort. Das hatte Kollmann lange nicht mehr erlebt, und die fühlbar angespannte Atmosphäre tat ihm weh. Er brauchte ein gewisses Maß an Harmonie, eine gleichmäßige Zufriedenheit.

„Ich werde noch mal nach den Tieren sehen." Damit flüchtete er gleichsam aus dem Esszimmer.

„Tu das, Heinrich, tu das!", rief sie ihm nach.

Es ärgerte ihn, dass sie wieder ihren Senf dazugeben musste. Er brauchte doch keine Erlaubnis von ihr, um in den Stall zu gehen. Er brauchte überhaupt keine Erlaubnis von ihr. Für nichts, für gar nichts. Er konnte hingehen, wann er und wohin er wollte. Auch in den Kotten. Und zwar jederzeit. Denn er war der Chef im Haus. So sah es doch aus! Doch er wusste sehr genau, dass er zwar der Chef war, sie aber der Boss, und dass der Boss es zu sagen hatte. Zwar sagte Kollmann in ihrer Ehe, wo es langging, aber dann kam Hanne, und sie gingen sehr oft in die entgegengesetzte Richtung.

Jetzt ging Kollmann nicht in den Stall, sondern setzte sich in den Benz. Das wollen wir ja mal sehen. Er würde wegfahren, natürlich nicht zum Kotten, auch wenn sie das ruhig glauben sollte. Er würde einfach ein wenig in der Gegend herumfahren, das Autofenster öffnen, den Fahrtwind spüren, um so klare Gedanken zu fassen. Denn er brauchte jetzt einen klaren Kopf.

Kollmann fuhr zunächst nicht los, sondern rauchte erst einmal eine Juno. „Aus gutem Grund ist Juno rund", lautete die Werbung. Die Juno mochte rund sein, die Sache mit Ewa war es nicht. Kollmann spürte den Rauch in seinen Lungen und zog genüsslich an der Zigarette. Danach fuhr er los, scheinbar planlos und ohne Ziel. Er achtete nicht darauf, wohin er fuhr, und weil er kein Ziel hatte, wunderte er sich auch nicht, wo er ankam, ohne es zu wollen.

Wie selbstverständlich betrat er den Kotten.

„Lieber Heini, eine Überraschung. Hunger gebracht? Essen schnell fertig, kaltes Bier."

Er setzte sich und begann mechanisch zu essen und zu trinken, konnte aber schon zehn Minuten später nicht mehr sagen, was er gegessen hatte.

Ewa stellte ihm ein Bier und einen Westfälischen hin und dann noch einen. Langsam fiel der Druck von ihm ab. Das Gespräch mit Hanne schien weit weg zu sein, und es tat ihm einfach nur gut, dass Ewa seine Hände streichelte und ihren Kopf auf seine Schulter legte. Er wusste, dass er ihr jetzt sofort, auf jeden Fall aber noch heute, spätestens aber morgen erklären musste, dass sie keine gemeinsame Zukunft haben würden und alles unterlassen müssten, was sie einander noch näherbringen würde.

„Ewa, ich ...", doch er brach ab. Warum diesen Moment zerstören? Diesen Moment der Nähe, der Vertrautheit und der Geborgenheit, der Wärme, einer wunderbaren menschlichen Wärme. Wie konnte es sein, dass er diese Gefühle hegte. So schnell, so intensiv, so stark. Er kannte Ewa doch gar nicht, er wusste fast nichts von ihr, vor weniger als 24

Stunden war sie bloß ein Polenmädchen gewesen, das in einem Gasthof arbeitete und fast vergewaltigt worden wäre.

Kollmann verstand es nicht, Kollmann verstand sich nicht. Aber er bemühte sich auch gar nicht darum, sich zu verstehen, weil er sicher war, dass er sich nicht verstehen würde. Wenn ihm jemand eine solche Geschichte erzählt hätte, hätte er sie nicht geglaubt. Sie war ja auch unglaublich.

Er trank drei Bier und mehr als drei Westfälische, Ewa begnügte sich mit Wasser.

„Wie soll Gastwirtschaft heißen? ‚Bei kleiner Ewa‘ oder ‚Waldeskaffee‘ vielleicht oder ‚Kneipe von dem Heini‘“, riss sie ihn aus seinen Gedanken.

„Das ist im Moment nicht wichtig. Wichtig ist, dass ich Ärger mit meiner Frau bekomme, nein, schon habe. Sie darf nichts von dem, was hier passiert ist, erfahren. Das wäre die Hölle auf Erden für mich, verstehst du, Ewa?“

Sie sah ihn zärtlich an: „Von wem etwas erfahren? Haben Wände hier Augen oder Ohren? Ich glaube doch nicht gerade.“

Kollmann beließ es dabei und machte sich auf den Heimweg. Um nicht zu schnell nach Hause zu kommen, fuhr er noch ein paar Umwege. Das war auch deshalb gut, weil er Hanne so erzählen konnte, er sei einfach ein wenig in der Gegend herumgefahren. Dass diese Erklärung zu einer Verstärkung der Unstimmigkeiten führen sollte, ahnte er nicht.

In der Stube brannte noch Licht. Hanne saß vor dem Fernseher. Robert Lembke fragte seinen männlichen Gast gerade, welches Schweinderl er denn gern hätte. Der Gast entschied sich für das rosa Schweinderl, das wenig später mit zehn Fünf-DM-Stücken gefüllt war, weil das aus dem Oberstaatsanwalt Hans Sachs, der TV-Ansagerin Annette von Aretin, dem Unterhaltungschef des Schweizer Fernsehens Guido Baumann – genannt „der Ratefuchs" – und der Schauspielerin und späteren Ärztin Annette Koch bestehende Rateteam nicht herausgefunden hatte, dass der Gast von Beruf Katzenflüsterer war.

Hanne grüßte nur knapp und meinte bemerken zu müssen, sie habe gar nicht gewusst, wie viele Tiere sie im Stall hätten. Ob er vielleicht im Kotten auch gleich nach dem Rechten gesehen habe? Dabei sah sie ihn demonstrativ nicht an, sondern schien nur Augen für Robert Lembke und sein Rateteam zu haben.

Als er erwiderte, er sei nur ein wenig in der Gegend herumgefahren, verlor sie – was bei einer von Eschhausen nur sehr selten der Fall ist – die Beherrschung. „So, der Herr fährt ein wenig in der Gegend herum, einfach so. Da hat das kleine Polenmädchen bei dem Herrn aber wohl einiges durcheinandergebracht. Das kann ja heiter werden. Diesen Unsinn wollen wir mal sofort beenden. Du bringst sie morgen da wieder hin, von wo du sie weggebracht hast. Anderenfalls …", und nun fügte sie ein gemeines, langes und nicht enden wollendes beredtes Schweigen an.

Kollmann fiel bereitwillig und intensiv in dieses Schweigen ein, zumal er sich in diesem Augenblick daran erinnerte, dass sein Vater ihn an seinem 16. Geburtstag zur Seite genommen hatte, um mit ihm „ein Gespräch unter Männern zu führen". Recht förmlich und umständlich hatte sein Vater erklärt, dass sein Vater, also Kollmanns Großvater, ihn an seinem 16. Geburtstag zur Seite genommen habe, um mit ihm „ein Gespräch unter Männern zu führen". Was dann folgte, war der Versuch, die „Sache mit Mann und Frau" zu erklären.

Dabei ging es zunächst um das Sexuelle, wobei das meiste aber nur angedeutet wurde und ganz und gar unverständlich geblieben wäre, wenn Kollmann nicht im Viehstall ausreichend Anschauungsunterricht bekommen hätte.

Kollmann verstand aber, dass er sich nur ein solches Mädel zur Frau nehmen solle, das er „als Mutter seiner Kinder haben möchte". Wie er das Mädel zur Frau nehmen oder gar zur Mutter seiner Kinder machen würde, blieb einigermaßen im Dunkeln.

Danach gab sein Vater ihm allgemeine Verhaltensregeln für das Zusammenleben von Mann und Frau, ausgerichtet an den Bedürfnissen des eher stillen und schweigsamen Sauerländers. Schließlich verriet sein Vater ihm die ihm von seinem Großvater mitgeteilten drei ungeschriebenen Kollmann'schen Gesetze für männliche Familienmitglieder:

1. Wenn eine Frau schweigt, soll man sie nicht unterbrechen.
2. Wenn ein Mann schweigt, kann er nichts Falsches sagen.
3. Wenns dich nich mehr dagegen auflehnst, kommste prima zurecht.

An all das musste Kollmann denken und daran, dass er seinem Sohn Karl-Wilhelm an dessen 16. Geburtstag in „einem Gespräch unter Männern" diese Gesetze offenbart hatte.

Heute folgte eine halbe Stunde intensiven Schweigens, das sodann von Kollmann gebrochen wurde. Dabei ließ er die Kollmann'schen Gesetze Gesetze sein und begehrte nicht nur zu Hannes, sondern auch zu seiner eigenen Überraschung zum ersten Mal seit langer Zeit auf.

„Nein, Hannelore, das werde ich nicht tun. Und du kannst und wirst mich dazu nicht zwingen. Ich mache, was *ich* will!

Was *ich* für richtig halte! Und deshalb werde ich im Kotten ein Waldcafé eröffnen, das von Ewa geführt wird."

Hanne zeigte Wirkung wie ein Boxer, der es gewohnt war, Schläge auszuteilen, aber nicht gewohnt war, Schläge einzustecken. Sie schluckte merklich, sagte aber nichts. Anschließend war Ruhe, eine unangenehme, heimtückische Ruhe, wie vor einem gewaltigen Unwetter.

Kollmann verließ die Stube und bat Elfriede, das Fremdenzimmer für ihn herzurichten.

„Das wollen wir ja mal sehen, wer hier den längeren Atem hat", sagte er zu sich selbst, obwohl er fast sicher war, diese Auseinandersetzung nicht gewinnen zu können. Aber er wollte die Nacht nicht mit Hanne in einem Zimmer verbringen, er wollte nicht neben ihr im Ehebett auf den dreigeteilten Schlaraffia-Matratzen liegen.

Den plötzlichen, sehr reizvollen Gedanken, wieder zum Kotten zu fahren, verwarf er. Das wäre mehr als eine Kriegserklärung, das wäre der Beginn des Kriegs gewesen, eines Kriegs, den er mit ziemlich großer Sicherheit verlieren würde.

Er musste taktisch vorgehen, die Situation zunächst beurteilen, emotional neutral sein und sich eine Strategie zulegen. Genau das hatte er gestern in Soest zum Thema „Umgang mit schwierigen Mitarbeitern, die meisten sind ja leider so, hahaha" aufgeschnappt. So bezog er das Fremdenzimmer, teilnahmsvoll unterstützt von der treuen Elfriede.

„Ich wusste, dass es Probleme gibt. Passen Sie auf sich auf, Heinrich. Ich darf mich wiederholen: Die gnädige Frau ist nicht immer gnädig!"

Er legte Elfriede die Hand auf die Schulter, eine kleine vertrauliche Geste. „Elfriede, schlag dich nicht zu sehr auf meine

Seite. Du musst halbwegs neutral bleiben, sonst sind deine Tage hier gezählt."

„Wir werden sehen", mehr kam nicht als Antwort.

Kollmann legte sich ins Bett und zu seiner Überraschung schlief er sofort ein. Dafür erwachte er aber gegen drei Uhr, und obwohl im Hause und draußen alles ruhig war, war es mit seiner Nachtruhe vorbei. Er wusste nicht, was er in den nächsten Stunden, Tagen und Wochen machen sollte. Er blieb noch zwei Stunden im abgedunkelten Zimmer liegen, dann knipste er das Licht an.

Sofort ging die Tür auf und Elfriede kam mit dem Frühstück herein. Offenbar hatte sie schon vor der Tür gewartet, die treue Seele. So hatte sie ihm die Entscheidung abgenommen, ob er mit Hanne zusammen oder besser allein frühstücken sollte.

Elfriede hatte einen wunderbaren Bohnenkaffee gekocht, wie für ein Café. Wenn die Sache hier eskalieren sollte, könnten Ewa und Elfriede das Waldcafé gemeinsam führen: „E&E – das Waldcafé."

Ja, warum eigentlich nicht? Elfriede könnte ihre Köstlichkeiten, insbesondere den wunderbaren Rhabarberkuchen Dangaster Art beisteuern. Das Rezept dafür hatte sie in einem ihrer wenigen Urlaube im Alten Kurhaus in Dangast mit einiger Mühe in Erfahrung gebracht.

Angereist war sie mit dem Zug und hatte sich zwischen Osnabrück und Varel über die sonderbaren Ortsnamen amüsiert: In Badbergen waren weit und breit keine Berge, in Quakenbrück keine quakenden Frösche oder Enten zu sehen. Wer sich in Cloppenburg prügelte, war unklar, ebenso, was ein Großenkneten und auch ein Kleinenkneten, etwa 20 km voneinander entfernt, bedeuten mochten. Und wie ein Ort „Huntlosen" heißen konnte, auch das blieb rätselhaft.

Wenn E&E das Waldcafé führen würden, dachte Kollmann, dann wären beide in seiner Nähe und bestens versorgt. Unklar war allerdings, wie es mit ihm und Hanne weitergehen würde.

„Die wird sich schon wieder beruhigen, sie weiß ja eigentlich nichts Gravierendes, oder hat sie schon etwas gemerkt? Aber das, was passiert war, war so unvorstellbar, dass Hanne sich das eigentlich nicht einmal vorstellen konnte", machte er sich Mut.

9. Revolte im Hörsaal, Münster in Westfalen, Mittwoch, 10. Mai 1961

Marie machte sich schon um acht Uhr mit dem Fahrrad auf den Weg zur Universität. Aber erst viele Stunden und viele langweilige Vorlesungen später sah sie Ste, wie sie ihn jetzt nannte, wieder. Er betrat kurz nach zwei den Hörsaal, entdeckte Marie und setzte sich zu ihr. Na, das war doch schon mal was. Sie hatte sich bewusst einen sicheren Platz in den hinteren Reihen des R3 gesucht.

Bloß nicht zu weit vorne sitzen, denn dieser Professor Eining stellte, auch wenn wie heute mehr als 200 Studenten anwesend waren, doch glatt Fragen an einzelne Studenten, ohne dass man sich gemeldet hatte, und außerdem stellte er sich an, wenn man mal kurz etwas mit dem Nachbarn zu besprechen hatte.

„Darf ich an Ihrem sicherlich interessanten Gespräch teilhaben?", lanciert von einem durchdringenden Blick, der keinerlei Freundlichkeit ausstrahlte, war noch die mildeste Form der Rüge.

Einen besonders kommunikationsfreudigen Kommilitonen hatte er in der letzten Woche mit den Worten: „Es gibt zwei Möglichkeiten: *Sie* oder *ich* verlassen jetzt den Hörsaal" glatt rausgeschmissen, denn einem solchen Druck konnte der Student nicht standhalten.

Nur wenige Jahre später sollten sich auch in Münster die Zeiten geändert haben: Jetzt schmissen die Studenten die Professoren raus, wenn diese sich weigerten, die Vorlesung für ein Teach-in ausfallen zu lassen. Die Außerparlamentarische Opposition war auch in Münster angekommen. Ihre Entstehung verdankte die APO in besonderer Weise der beabsichtigten Notstandsgesetzgebung der seit 1966 regierenden großen Koalition aus CDU und SPD unter Bundeskanzler Kurt Georg Kiesinger (CDU). Trotz der Proteste der dritten im Bundestag vertretenen Partei, der FDP, und der APO wurden die „Notstandsgesetze" 1968 mit Änderungen des Grundgesetzes beschlossen, etwa zum Briefgeheimnis und zur Freizügigkeit.

Die APO forderte außerdem unter dem Motto „Unter den Talaren – Muff von 1000 Jahren" eine Demokratisierung der Universitäten.

Das bekam ein als besonders reaktionär eingestufter Hochschullehrer am eigenen Leibe zu spüren, was Marie – inzwischen „Richterin auf Probe" – nicht in Ordnung finden durfte, aber dennoch mit klammheimlicher Freude zur Kenntnis nahm: Denn da mauerten die Studenten „diesen Reaktionär" in seinem Institut ein. So konnte er für einige Stunden die Freiheit *von* der Lehre genießen und sich ganz der Freiheit der Forschung zuwenden.

Im Augenblick war die Zeit für solche Aktionen aber noch nicht reif, auch wenn es nach dem Kalender nur noch wenige Jahre waren, bis es auch in Münster losgehen sollte.

Bei dem heute dozierenden Professor gingen Ste und Marie wie viele andere bis auf Weiteres lieber in einer der hinteren Reihen in Deckung. Auf den vorderen Plätzen waren die „Damen und Herren" besser aufgehoben, denen sie in Anlehnung an juristische Standardwerke Spitznamen wie „Miss Schönfelder", „Staudinger" oder „Sartorius" gegeben hatten. Allesamt Streber, die nach einem Semester mehr wussten als Marie nach zwei Jahren.

Aber sie vertraute auf ihren Endspurt, der ihr bei den Bundesjugendspielen schon mehrfach eine vom Bundespräsi-

denten Theodor Heuß unterschriebene Ehrenurkunde eingebracht hatte. Was nicht war, konnte auch hier noch werden, da war sie zuversichtlich. Und heute würde sie den Anfang machen, allerdings in gänzlich anderer Hinsicht, als es
sich ein Studienberater gewünscht hätte.

In der gestern ausgefallenen, heute nachzuholenden Vorlesung „Schuldrecht: Besonderer Teil: Einzelne Schuldver-
hältnisse" ging es um den Fehlerbegriff im Kaufrecht. Mit einer Begeisterung, die Marie fremd war, sie vielmehr an einen
berühmten Satz von Ludwig Thoma – „er war ein guter Jurist
und auch sonst von mäßigem Verstande" – erinnerte, steigerte sich der Professor vom subjektiven über den objektiven
bis hin zum subjektiv-objektiven Fehlerbegriff, um dann
wieder beim subjektiven zu landen, um hernach „demselben
mit überzeugenden Argumenten nahezu uneingeschränkt
zu folgen".

‚Mein Gott! Wer keine anderen Sorgen hat, kann sich auch
an solchen Dingen erfreuen', dachte Marie.

Immerhin begriff sie so viel, dass ein Fehler im Kaufrecht
„streng juristisch gesehen" dann vorliegt, wenn die Istbeschaffenheit einer Sache zum Nachteil des Käufers negativ
von ihrer Sollbeschaffenheit abweicht. Man musste also einen Vergleich anstellen zwischen dem, was war, und dem,
was sein sollte.

Plötzlich hatte sie die Idee, das gerade Gehörte auf Männer, speziell auf einen bestimmten, zu übertragen. Um zu
klären, ob Ste ein Fehler war, musste sie zunächst ermitteln,
welche Sollbeschaffenheit sie an den Mann für das berühmte *erste Mal* stellen wollte. Dies war ein mehr theoreti-
scher, akademischer Vorgang, der allerdings einiges an nicht
unangenehmer Denkarbeit erforderte.

Anschließend musste sie feststellen, welche Istbeschaffenheit Ste aufwies. Hierzu bedurfte es einer grundlegenden Studie mit praktischen Übungen, die durchaus Stunden in Anspruch nehmen konnte. Doch davor scheute sie nicht zurück.

„Ohne Fleiß – kein Preis", hatte ihre Klassenlehrerin Fräulein Öhmke den i-Männchen auf der Volksschule in Malve schon im ersten Schuljahr beigebracht.

Marie war also entschlossen und bereit, die Angelegenheit mit dem erforderlichen Nachdruck zu verfolgen. Dabei war sie mit ihren Gedanken auch beim letzten Klassentreffen vor wenigen Wochen. Da sie das Abitur auf einer reinen Mädchenschule abgelegt hatte, waren naturgemäß nur junge Frauen anwesend, aber immerhin 16 von den 19 ehemaligen Schülerinnen. Nachdem gegen zehn Uhr schon zehn gegangen waren, harrten nur noch sechs Mädels im Landgasthof in Menden aus. Der Wirt beschwerte sich später: „Die ham bis nach Mitternacht rumgefühlt, ohne wat zu trinken."

Das waren genau die sechs, die auch schon die letzten Schuljahre zusammen durch dick und dünn gegangen waren.

Nach dem Abitur hatten sie sich ein wenig aus den Augen verloren. Zwei studierten nämlich in Münster, eine in Köln, eine sogar in Berlin, und die beiden anderen machten eine Ausbildung bei der Sparkasse in Menden. Heute waren sie endlich mal wieder zusammen und konnten in Ruhe föhlen. Das Gespräch drehte sich zunächst um das Studium, die Geschwister und Eltern und andere eher weniger interessante Themen.

Dann machte Agnes den Anfang: „Also, ich hab da einen kennengelernt, echt sehr interessant und sooooo lieb." Und mit einem leichten Seufzer fügte sie nach einer angemessenen Kunstpause hinzu „in jeder Hinsicht, aber wirklich in *jeeeeeder* Hinsicht!"

Fünf Augenpaare richteten sich auf Agnes.

„Heißt das, ihr habt ...?"

Statt einer Antwort zuckte Agnes mit den Schultern, doch zugleich trat ein breites Lächeln auf ihr Gesicht.

„Und, wie wars? Nun sach doch schon!"

Erneut eine Kunstpause, ganz bewusst noch etwas länger als zuvor.

„Na ja, also, was soll ich sagen. Also, es ist so, na ja, ach ich weiß nicht, ob ich darüber reden möchte, nein, das möchte ich nicht. Das ist mir doch" – und dies sagte sie mit unüberhörbarem Stolz in der Stimme – „zu *intim.*"

Einhellige Empörung in der Runde.

„Sag mal Aggi, das darf doch wohl nicht wahr sein. Nun erzähl schon, oder wir müssen dich zwingen!"

Das war typisch für Agnes: Erst machte sie sich wichtig, und dann auf „Unschuld vom Lande", was in diesem Augenblick aber nicht angebracht war. Agnes bequemte sich dann zu mehr, nein, besser zu weniger unverbindlichen Andeutungen, aber immerhin gewannen alle eine gewisse Vorstellung davon, wie es denn so war.

Dann überraschte Dagmar alle anderen, weil sie Agnes ganz beiläufig beipflichtete: „Ja, so ähnlich war das bei mir auch!"

Dagmar also auch schon! Das hatte nun keiner der anderen erwartet, da hatte sich wohl ausgezahlt, dass Daggi zum Studium nach Berlin und nicht nach Münster gegangen war. Einen kleinen Moment hingen alle ihren Gedanken nach. Dann legte auch noch Elisabeth „ein Geständnis ab". Aggi,

Daggi und Lissi! Drei von sechs! Und das im zarten Alter von 21 bzw. 22 Jahren. Und Marie gehörte nicht in diese Gruppe der Wissenden. Aber sie wusste, dass sich das schon bald ändern sollte.

Fast 25 Jahre später führte Maries Tochter in Maries Anwesenheit ganz offen und unbefangen ein Gespräch mit zwei Freundinnen, in dem es um genau *diese* Sache ging. Freilich mit dem kleinen Unterschied, dass ihre Tochter damals 15 war.

Die Entwicklung, wenn man sie denn als eine solche bezeichnen wollte, hatte sicherlich auch mit der „kleinen runden Erfindung" zu tun, die Prof. Dr. Carl Djerassi zugesprochen wird und genau in dem Jahr erfolgte, in dem Agnes von ihrem ersten Mal berichtete, die Feinstrumpfhose auf den Markt kam und die Röcke kürzer wurden.

Mary Quant kreierte den Minirock, der ein Jahr später in der internationalen Modezeitschrift »Vogue« erstmals vorgestellt wurde.

Natürlich brauchte es noch einige Zeit, bis der Mini und die Pille den Weg nach Münster finden und dort Verbreitung erfahren sollten, von Malve ganz zu schweigen.

Das war in diesem Augenblick aber nicht Maries Problem. Vielmehr hatte sie anlässlich dieses Gesprächs beim Klassenfest den Entschluss gefasst, die Nächste zu sein, wenn sie erst wieder in Münster war. Und sie fühlte sich heute auf einem guten Weg.

Münster war so weit von Malve entfernt, dass keine Gefahr bestand, entdeckt zu werden. Hinzu kam, dass ihre Vermieterin für ein paar Tage zu ihrer Schwester nach Gummersbach gefahren war, sodass Marie eine sturmfreie Bude hatte. Schön, wenn die Reimann nicht jeden Schritt verfolgt und nicht alles und jedes kommentiert.

Manchmal hatte Marie das Gefühl, dass Frau Reimann ihren Stundenplan besser kannte als sie selbst.

„Fällt die römische Rechtsgeschichte schon wieder aus, Fräulein Kollmann? Dieser Professor ist ja wohl dauernd krank!"

Auf ihre Art war Frau Reimann entschieden penetranter als Maries Eltern es jemals gewesen waren. Das lag sicherlich auch daran, dass Frau Reimann über sehr viel Zeit verfügte. Sie ließ sich übrigens wegen ihres verstorbenen Gatten, „Gerd-Gott-hab-ihn-selig", Herrn Dr. Gerd Reimann, sehr gern als Frau „Dr." Reimann ansprechen, obwohl sie nie ein Gymnasium oder gar eine Universität von innen gesehen hatte.

Als „höhere Beamtenwitwe" sah sie sich auch nicht genötigt, einer Erwerbstätigkeit nachzugehen – „Das wäre unter meiner Würde. Und Gerd hätte es auch nicht gewollt" –, sodass sie ausreichend Muße hatte, um intensiv am Leben ihrer jeweiligen Untermieterinnen teilzunehmen.

Dass dies immer junge Mädchen sein *mussten*, geboten der An- und der Umstand, dass alle Bewohner der Wohnung sich die Küche, aber auch das Badezimmer teilten. Marie war damit wie Gabriele, der zweiten Untermieterin, eine „Wochenendheimfahrerin *mit* Bad- und Küchenbenutzung und *ohne* Herrenbesuch" – aber immerhin hatte jede von ihnen ein eigenes Zimmer. Und es waren schöne freundliche Zimmer im ersten Obergeschoss einer in einem Jugendstilhaus gelegenen Wohnung.

Das vierstöckige Haus befand sich in einer der fast vollständig erhaltenen Straßen des Münsteraner Kreuzviertels, eines schönen alten, stadtnahen Wohnviertels, das sich um die Kirche Heilig Kreuz erstreckte. Marie lebte gerne hier und es fiel ihr nicht auf, dass dieser Stadtteil Münsters zur damaligen Zeit noch ein wenig miefiger war als andere Stadtteile. Denn sie kam aus Malve, und da war sie nichts anderes gewöhnt.

Die Zeit, die Frau „Dr." Reimann zu viel hatte, hatte Maries Vater zu wenig: Er war als Bauer und Bürgermeister gleich doppelt gefordert und hatte deshalb wenig Ehrgeiz und Neigung, sich auch noch um die Kinder zu kümmern. Ihre Mutter stellte zwar hin und wieder mehr pflichtschuldige Fragen zum Studienfortschritt, legte aber keinerlei Wert auf die Mitteilung von Einzelheiten. Der große Strafrechtsschein interessierte sie genauso wenig wie der kleine öffentliche.

Das Kind sollte gefälligst allein mit diesem für Mädchen doch sehr ungewöhnlichen Studienfach zurechtkommen. Hätte sie nicht wie ihre Schwester Thea eine Banklehre machen oder, wenn es unbedingt ein Studium sein musste, wie Karl-Wilhelm das Lehramtsstudium an der pädagogischen Hochschule aufnehmen können? Frau und Lehrerin, das mochte noch angehen. Aber Frau und Jura? Dieses Fach war doch nur was für Männer!

Während Marie diesen Gedanken nachhing, hatte der Professor, was er zuvor noch nie getan hatte, das Katheder und damit auch den kleinen Podest, auf dem er ohne Unterlass stolz wie ein Gockel herumspaziert war, verlassen und war die drei Stufen in den Hörsaal hinuntergegangen. Jetzt ging er doch tatsächlich durch einen der beiden Gänge in den Hörsaal hinein, die ersten drei Reihen hatte er schon hinter sich gelassen.

Urplötzlich war es völlig still in dem großen Raum. Marie, die etwa in der zwölften von vielleicht 16 Reihen saß, spürte, dass etwas Ungewöhnliches geschah, ohne dass sie das Geschehen einordnen konnte. Was passierte hier?

Wenig später bemerkte sie es: Der Professor kam direkt auf sie zu. Er sah sie an, wollte schon den Mund öffnen, zögerte, sah sie noch einmal an, war dann aber drauf und dran umzukehren und den Rückweg anzutreten. Gott sei Dank! Das war gerade noch mal gut gegangen!

Doch dann besann er sich eines anderen und sprach Marie direkt an: „Was haben Sie für ein entzückendes BGB, wertes Fräulein. Darf ich um Ihren Namen und Ihren Heimatort bitten?"

Marie war knallrot geworden, sie spürte 300 Augen auf sich und weitere 100 von den 50 Kommilitonen, die hinter ihr saßen, im Rücken.

„Marianne Kollmann aus Malve", flüsterte Marie so leise wie nur möglich.

„Bitte etwas lauter, gutes Fräulein."

„Marianne Kollmann aus Malve", wiederholte sie.

„So, so, das kleine Fräulein Kollmann, vermutlich die erste und bisher wohl auch einzige Jurastudentin aus dem großen Malve, dem geistigen Oberzentrum des westlichen Sauerlandes, wenn ich nicht irre. Schön, dass Sie der hohen Fakultät die Ehre erweisen. Ich kann nur hoffen, dass Sie mit den Rechtswissenschaften zurechtkommen, ‚quod erat demonstrandum', wie der Jurist sagt. Oder um mit Goethe zu sprechen: ‚Allein mir fehlt der Glaube.'

Hier geht es um ein hohes Maß an Logik, wertes Fräulein, und die ist nun mal nicht weiblich, wie wir ja alle wissen. Das große und ehrwürdige Haus der Juristen ist deshalb für das männliche Geschlecht gebaut. Bei dieser Gelegenheit ein gut gemeinter Ratschlag: Passen Sie auf sich auf, mein liebes

Fräulein, in welche Gesellschaft Sie sich begeben. Es ist nicht alles Gold, was glänzt."

Bei diesen Worten warf er einen abschätzenden Blick auf Ste, der ein leicht glänzendes goldgelbes Sakko und eine rote Krawatte trug und sich dadurch auch heute mehr als deutlich von den uniformierten dunklen Anzugträgern abhob.

So kam der Professor, sah und siegte? Nein: Er siegte nicht! Denn kaum hatte er sich umgedreht und schritt gemächlich in Richtung Katheder zurück, hatte Ste sich erhoben und erklärte die Vorlesung für beendet. Das skandalöse, weil frauenfeindliche Verhalten von Eining – er sagte tatsächlich „Eining", nur Eining, nicht etwa Prof. Dr. Eining oder jedenfalls Dr. Eining –, dieses „sogenannten Hochschullehrers" sei ganz und gar unerträglich und mache es erforderlich, unverzüglich und ausgiebig diskutiert zu werden.

Er berufe deshalb mit sofortiger Wirkung unter Verzicht auf Form und Frist eine Vollversammlung aller anwesenden Kommilitonen ein. Er verlange, dass Eining sich der Diskussion stelle und deshalb habe dieser im Hörsaal zu bleiben.

Marie erkannte ihren Ste nicht wieder. Während er im Gespräch mit ihr verklemmt wirkte und kleinlaut war, trat er hier selbstbewusst und sehr sicher auf.

Die Reaktion der etwa 200 Studenten war vielschichtig: Ein Teil schüttelte wie nach einem schlechten Traum den Kopf, die anderen saßen mit weit aufgerissen Mündern bewegungslos in der Bank. Wieder andere begannen zu klatschen und zu lärmen und die vierte Gruppe machte ihrem Unmut über die Störung der Vorlesung laut Luft und verlangte deren sofortige Fortsetzung. Es war schwer auszumachen, welche Gruppe die größte war.

Auf jeden Fall wurde es von Sekunde zu Sekunde lauter, da diejenigen, die bisher nur schweigend gestaunt hatten, jetzt auch ihre Meinung kundtaten. Prof. Eining hatte inzwischen seinen vermeintlich sicheren Platz hinter dem Katheder wieder erreicht und versuchte, sich Gehör zu verschaffen. Ein hoffnungsloses Unterfangen. Er hatte keine Chance. Der Tumult war übermächtig. Viele Studenten waren aufgesprungen, es wurde heftig und leidenschaftlich diskutiert.

Nur eine Person im Hörsaal saß ganz ruhig und wie von der Welt vergessen auf ihrem Platz. Die erste Jurastudentin aus dem geistigen Oberzentrum des westlichen Sauerlandes.

„Marie klein, ganz allein, aus Malve in die Uni rein, doch es war nur Übermut, der tat ihr nicht gut", summte sie leise vor sich hin.

Ste hat sich derweil den Weg durch die aufgebrachte Menge nach vorne freigekämpft, stand am Katheder und versuchte den eingeschüchterten Eining am Gehen zu hindern.

„Du bleibst hier!", fuhr er ihn an und griff nach dessen Arm.

Das war endgültig zu viel für Eining. Er begann mit den Armen herumzufuchteln und brüllte Ste ganz und gar unakademisch an, unverzüglich den Weg freizumachen. Er werde dafür sorgen, dass der Störer die Universität verlassen müsse. Er kenne den Dekan und den Herrn Rektor sehr gut. Ehe der Wächter von St. Lamberti dreimal zur Nacht geblasen habe, sei die Exmatrikulation durch. Das sei so gut wie sicher. Dann forderte er Ste auf, ihm seinen Namen zu sagen.

Ste reagierte hervorragend: Fast kleinlaut und reumütig gab er an, er heiße Kuzorra.

„Und der Vorname? Also los!"

Dieser Eining war noch schlichter als Ste es vermutet hatte, und er hatte weiß Gott bei diesem Professor viel Schlichtheit vermutet.

Ganz ernst antwortete Ste „Ernst".

Mit einem Lächeln stellte Eining zufrieden fest: „Also Ernst Kuzorra", um sofort nachzufragen, ob Ste etwa Pole sei.

Ste lief zu großer Form auf. „Das ist schwierige Frage."

Dann fügte er hinzu, dass er ein volksdeutscher Pole sei, also so etwas wie ein polnischer Deutscher, also in der Sache ein Deutschpole, den manche aber eher als Polendeutschen bezeichnen würden.

Inzwischen war es wieder ganz ruhig im Hörsaal. Alle Anwesenden hörten gebannt zu: „Wie du siehst Eining, weiß das leider keiner so ganz genau, auch meine braven Eltern, die ich sehr verehre und liebe, können mir auf diese schon fast existentielle Frage nach dem wer bin ich und wo komme ich warum her bisher keine zufriedenstellende Antwort geben. Oft fühle ich mich wie ein Kreisel, dann wie ein Ball, der hin- und hergeschossen wird. Völkerrechtlich ist meine Abstammung vollkommen ungeklärt, wie dein Kollege Steinmann sicherlich bestätigen wird. Ich schlage deshalb vor, möglichst schnell ein Oberseminar zu diesem Thema durchzuführen, am besten mit einigen polnischen Professoren. Ich kann gerne dolmetschen, da ich ja zweisprachig aufgewachsen bin."

„Das reicht jetzt endgültig!", brüllte Eining, den das Gefühl beschlich, dass hier irgendetwas nicht stimmte. Egal, Hauptsache, er wusste den Namen, um dieses Individuum ganz schnell von der Universität zu entfernen. Solche Personen brauchte man hier wirklich nicht. Das begann schon beim Aussehen! Diese langen, bis auf die Ohren reichenden Haare und dieser wilde ungepflegte Bart. Die unangepasste Kleidung kam hinzu und die unglaubliche Frechheit, die sich der Bursche da gerade herausgenommen hatte. Hier war ein kurzer, sogar ein sehr kurzer Prozess angebracht.

Das alles sprach Eining aber nicht laut aus, obwohl er von den allermeisten der Anwesenden breite Zustimmung erwarten konnte. Aber nach seiner „etwas überpointierten" Bemerkung zu einem gewissen Herbert Wehner und einem gewissen Herbert Ernst Karl Frahm, „beides Kommunisten und Vaterlandsverräter wie aus dem Bilderbuch", die im letzten Semester für viel Wirbel gesorgt hatte, war er ein wenig vorsichtiger geworden.

Dabei hatte er nur geäußert, man solle den beiden Stalinisten eine Fahrmöglichkeit ohne Rückfahrkarte in den Osten ermöglichen, am besten in einem verplombten Waggon, wie ihn ein gewisser Wladimir Iljanisch Lenin im April 1917 genutzt hatte.

Diese Äußerung hatte selbst in Münster für eine gewisse Aufregung gesorgt, besonders in der kleinen Gruppe der aufrechten Sozialdemokraten, die sich Tag für Tag tapfer gegen die schwarze Übermacht zur Wehr zu setzen suchte. Die meisten Münsteraner fanden die Aussage zu Wehner und Brandt indes „nicht so schlimm, weil da ja irgendwie auch was dran war".

Dennoch wurde Eining in höflicher Form zu einem „kollegialen Gespräch ins Rektorat gebeten", wo ihm der Rektor den fast väterlichen Ratschlag gab, bei politischen Äußerungen etwas zurückhaltender zu sein, weil der Feind überall mithöre.

„Bei der Gelegenheit" wurde dem „geschätzten Kollegen Eining" bedeutet, könne man doch auch schon ganz kurz auf die schon angedachte Höhergruppierung seiner Stelle und die Zuweisung von zwei weiteren Assistentenstellen nachdenken.

Der Rektor zeigte sich sehr zuversichtlich, dass beides ohne große Probleme realisierbar sei, zumal man sehr wohl wisse, was man an Eining habe. Er hoffe jedenfalls sehr, dass der verehrte Herr Kollege den Ruf nach Tübingen ablehnen werde.

So war es dann auch gekommen und deshalb stand Eining nun mitten in dem Tumult, der im Hörsaal herrschte. Er hatte immer noch nicht bemerkt, dass er soeben einem heftigen Schwindel aufgesessen war, weil er nicht wusste, dass Ernst Kuzorra ein Fußballspieler war, der mit seinem Schwager Fritz Szepan in den 20er- und 30er-Jahren den berühmten Schalker Kreisel gebildet hatte, während der Rädelsführer, der vor ihm stand, weder Pole war noch Ernst oder gar Kuzorra hieß.

Dann fügte dieser angebliche Kuzorra plötzlich fast kleinlaut hinzu, dass es ihm sehr, sehr leidtue, dass diese Aktion heute stattfinde, um höhnisch anzuschließen, *erst heute*, und nicht schon im letzten Semester nach Einings Hetze gegen die eigentlich auch von ihm gehassten Sozialdemokraten. Man habe Eining viel zu lange sein reaktionäres Unwesen treiben lassen. Damit sei es jetzt vorbei, dies sei erst der Anfang vom Ende. Da könne der Benno Eining ganz ohne Sorge sein.

Nun, mit dieser Einschätzung lag Ste für diesen Augenblick und auch für die nächsten Jahre nicht ganz richtig, aber es begann langsam zu brodeln in den deutschen Universitäten.

Im Hörsaal hatten inzwischen die zahlreich anwesenden Burschenschaftler und Verbindungsstudenten, die an ihren Bierzipfeln unschwer zu erkennen waren, das Heft des Handelns in die Hand genommen und für Ruhe gesorgt. Ste wurde von drei freundlichen Herren unaufgeregt, aber ganz und gar unmissverständlich zur Tür geleitet, drei Meter hinter ihm die völlig verschüchterte Marie, unter dem Arm ihre Jacke, seine Jacke, ihre Aktentasche, seine Tasche, zwei Schreibblöcke und zwei Textausgaben des BGB.

Man bedachte sie noch höhnisch mit „Kommunistenhure", dann schloss sich fast geräuschlos die große zweiflügelige Holztür.

Da standen sie nun, allein auf dem weiten Flur. Er rieb sich das Kinn, als wolle er feststellen, ob er vielleicht einen Schlag dagegen bekommen hatte. Sie zitterte am ganzen Körper und wusste nicht, wie sie hierhergekommen war. War sie ihm etwa nachgelaufen? Warum sollte sie das getan haben? Was war denn da in sie gefahren?

Endlich griff sie seitlich nach seinem Arm und sah ihm direkt ins Gesicht, das nur in kleinen Teilen von einem schwarzen Bart bedeckt war, doch konnte sie im Gesicht nichts erkennen. Sie sah weder Furcht noch Angst, aber auch keine Freude, Zufriedenheit oder Begeisterung. Sie sah nichts, einfach nichts.

„Was war *das* denn eben da drinnen? Sag mal, bist du verrückt geworden? Die schmeißen dich von der Uni!"

Sie war so aufgewühlt, dass sie gar nicht bemerkte, dass sie ihn geduzt hatte. Zuvor hatte sie eine direkte Anrede vermieden, während Ste schon auf dem Weg zur Mensa die vertrauliche Anrede gewählt hatte. Das konnte sie nur schwer einordnen, da sie wusste, dass er nicht einmal ihren Namen wusste und dann trotzdem schon „du"?

Jetzt zuckte er die Schultern. „Und wenn schon. Wenn ich von der Uni fliege, findet sich was anderes. Und außerdem: Wenn es einen Studenten namens Ernst Kuzorra geben sollte, dann hat *der* jetzt ein Problem, während ich schon deswegen kein Problem habe, weil ich nicht Ernst Kuzorra bin."

Er habe da ein ganz anderes Problemchen. Dann sah er sie plötzlich in einer Art an, die bei ihr wundersame Gefühle auslöste, die sie in ähnlicher Form bisher erst einmal, nämlich beim Abiturball gehabt hatte. Damals war der Referendar Hans Moermann der Auslöser gewesen. Der hatte sie nur ganz kurz in eben dieser Art angesehen, aber bei einem solchen Blick können offenbar Sekundenbruchteile für eine nachhaltige Wirkung sorgen.

Jedenfalls war sie damals völlig verwirrt gewesen, hatte dann aber ihren ganzen Mut zusammengenommen und war bei der einzigen Damenwahl des Abends am verdutzten, schon im Aufstehen begriffenen Heinzi Everswinkel vorbeigerauscht und hatte Hans, den Referendar, aufgefordert. Der Tanz – ein langsamer Walzer, das wusste sie noch genau – war wunderbar gewesen, und obwohl sie nur drei Schritte beherrschten, hatte sie ihm zugeflüstert, so könne es den ganzen Abend weitergehen. Aber dann war alles ganz anders gekommen. Leider!

Zwar hatte Hans sie noch zu dem obligatorischen Gläschen Sekt eingeladen und ihr mit dem ebenfalls obligatorischen, leider nur auf die Wange gehauchten Bruderschaftskuss das „Du" angetragen, doch kurz danach war das kurze Glück mit Hans schon wieder vorbei. Wie gewonnen, so zerronnen!

Denn er fand sich in den Fängen von Claudia Pohlmeyer wieder, die mit ihrer Figur und den langen schwarzen Haaren, besonders aber mit dem eigens für den Abiturball angeschafften Kleid mitsamt einem Dekolleté, wie das Sauerland es – „Duiwel äok", so Vater Kollmann nach dem zehnten Westfälischen – noch nicht gesehen hatte, allseits für Glupschaugen sorgte.

Viele Männer, aber fast noch mehr Frauen glotzen die Pohlmeyer immer wieder an, um immer wieder zu sagen, das Kleid sei absolut schamlos und gehöre verboten. Aber was könne man von einem evangelischen Flüchtlingskind, einem Buiterling, schon erwarten? Etwas neidvoll mussten sie allerdings zugeben, dass man mit so nem Knackhintern und solchen Bütters in Hollywood ins Kino käme.

Ein wenig recht hatten die Leute schon, denn Claudia zeigte auf diesem öffentlichen Ball deutlich mehr als viele Frauen am Mittwoch und Freitag, den beiden Frauenbadetagen im Freibad Malve. An diesen Tagen hatten Männer keinen Zutritt zum Bad, um auch den Frauen, die sich den Herren der Schöpfung nicht im Badeanzug zeigen mochten, das Badevergnügen zu ermöglichen.

Nach § 4 der im besten Bürokratendeutsch abgefassten *„Allgemeinen Badeordnung für die Nutzung des Freibades Malve"* – eine besondere Ordnung gab es übrigens nicht – waren neben Frauen und Mädchen *„Knaben bis zum 12. Lebensjahr in Begleitung einer erziehungsberechtigten weiblichen erwachsenen Person"* zugelassen, was so viel hieß wie kleine Jungs bis zwölf mit ihren Müttern.

Da die Pohlmeyer für jeden ersichtlich größere Bütters vorweisen konnte als die eher schmalbrüstige Marie, hätte Marie die Enttäuschung, das Wettangeln um Hans aufgrund der schlechteren Köder verloren zu haben, noch irgendwie wegstecken können, wenn da nicht zuvor dieser Blick gewesen wäre. Direkt in ihre Augen, ja durch ihre Augen hindurch mitten ins Herz.

Als sie sah, in welch unangemessener Weise sich die Pohlmeyer-Zicke an „ihren Hans" heranmachte, hatte sie die Sache gleichwohl abgehakt und sich reumütig an den Tisch zu Heinzi Everswinkel gesetzt. Fast zum ersten Mal in ihrem Leben trank sie Wein, einen Oppenheimer Krötenbrunnen. Am nächsten Morgen wurde ihr schmerzhaft bewusst, dass sie viel zu viele Kröten geschluckt hatte.

Der Ball war irgendwie zu Ende gegangen, sie hatte sogar aus Enttäuschung und Trotz auf dem Heimweg ein wenig mit Heinzi, der nicht wusste, was ihm geschah, geknutscht, aber das war's dann auch gewesen. Jetzt hatte sie parallel zu ihrem ersten großen Liebeskummer ihren ersten großen Kater und wusste nicht, was schlimmer war.

Das wissende, halb mitfühlende, halb spöttische Lächeln ihrer Mutter, die gegen elf Uhr den Kopf in ihr Schlafzimmer hereinsteckte – „Na, geht's dir nicht gut, Kleines?" – tat sein Übriges.

Ihren daraufhin gefassten Entschluss, dieses Bett und dieses Zimmer nie, wirklich nie wieder zu verlassen, hatte Marie nur drei weitere Stunden aufrechterhalten können.

Weitere drei Stunden musste sie anschließend aufwenden, um Heinzi, der um halb vier zum Nachmittagskaffee mit einem Blumenstrauß für Maries Mutter – „gnädige Frau" – erschienen war, um seine Aufwartung zu machen, zum Gehen zu bewegen. Dafür hatte Marie ihm zunächst sehr geduldig, dann geduldig, dann ungeduldig und schließlich sichtlich genervt immer und immer wieder zu erklären versucht, dass der gestrige Abend nicht der Beginn einer wunderbaren Freundschaft, sondern das Ende einer großen Hoffnung gewesen sei, was er nicht unbedingt verstehen müsse, aber bitte ganz schnell zu akzeptieren habe.

Ach, armer Heinzi, was war aus dem wohl geworden? Das Letzte, was sie gehört hatte, war, dass er in Münster, ausgerechnet in Münster, katholische Theologie studierte und damit, so Gott wollte, auf dem Weg war, Priester zu werden.

Ob und in welcher Weise der Abiturball, Hans, die Pohlmeyer-Zicke und insbesondere sie zu dieser Entwicklung beigetragen hatte, konnte Marie nicht abschätzen, aber sie konnte schon abschätzen, dass die Gefahr, Heinzi in Münster zu treffen, nicht gerade gering war. Aber nach mehr als zwei Jahren sollte man wohl nicht mehr von einer Gefahr, sondern nur von einer Möglichkeit sprechen.

Und was war heute noch möglich? Überrascht stellte sie fest, was ihr in den letzten wenigen Sekunden, denn länger hatten die Erinnerungen nicht beansprucht, durch den Kopf gesaust war. Ausgelöst durch diesen Blick von Ste, der sie unvermittelt getroffen hatte. Jetzt nahm er sogar seinen Arm nach vorn, aber nicht, um sie zu berühren, sondern nur um ihr seine Sachen abzunehmen.

„Danke fürs Mitbringen, aber noch mehr dafür, dass du mit rausgekommen bist. Das hätten nicht viele getan, sogar meine Genossin Wiltrud ist dick und bräsig sitzen geblieben. Das wird für einige Diskussionen in der Zelle sorgen."

Marie wusste nicht, was eine Zelle ist, aber was spielte das jetzt für eine Rolle? Hier spielte etwas ganz anderes, ihre Gefühle spielten, und zwar verrückt.

‚Ste, süßer kleiner Ste, ich mag dich, ich will dich!', dachte sie.

Sie hätte eigentlich gern ausgesprochen, was sie dachte, aber sie dachte nicht ernsthaft daran, es auszusprechen.

Nein, so weit war sie noch nicht. In diesem Augenblick noch nicht! „In der Ruhe liegt die Kraft!", also ruhig bleiben, Mariechen.

Als sie zu Ste aufsah, bemerkte sie, dass dieser die Schultern ein wenig hängen ließ und ihr ganz offenbar etwas sagen wollte, aber sich nicht so recht traute.

„Du, also, ähm, das ist jetzt etwas blöd. Es ist nämlich so, dass, na ja. Ich muss weg, ich hab da noch ein Treffen mit der Zelle. Ich kann das leider echt nicht sausen lassen. Es ist wichtig, wir müssen da was sehr Grundsätzliches klären, wirklich."

Irritiert sah sie ihn an: „Aber das kann doch nicht sein, denn eigentlich wärst du doch noch in der Vorlesung. Die dauert noch fast eine Stunde! Und danach ist die Klausurrückgabe mit Amanda Semper. Wieso musst du dann sofort weg? Lass uns jedenfalls noch einen Kaffee im Kakaobunker trinken, *bitte!*"

Er zog die Schultern noch tiefer und machte sich damit noch kleiner. „Nein, das geht heute echt nicht. Ich muss los. Aber man sieht sich", fügte er fast entschuldigend hinzu. Dann drehte er sich um und schlich mehr, denn dass er ging, von dannen.

Marie sah ihm ungläubig nach, kniff sich in den Arm, um festzustellen, ob das alles nur ein böser Traum war. Doch es schmerzte, alles schmerzte. Sie stand völlig unschlüssig, drehte sich dann um und ging wie in Trance die Treppe hinunter und stand wenig später auf dem Domplatz. Ohne dass sie es so recht bemerkte, betrat sie den Dom.

Hier nahm sie in einer der hinteren Bänke Platz und den Kopf in die Hände.

So verharrte sie zehn, vielleicht 20 Minuten, sie wusste es nicht, denn neben ihren Gefühlen für Ste war kein Platz mehr für andere Gefühle wie etwa das Zeitgefühl. Sie verließ endlich den Dom, ging gedankenverloren durch die Straßen Münsters, fand sich wenig später am Aasee wieder, und machte sich daran, den See zu Fuß zu umrunden.

Die milde münsteraner Nachmittagssonne passte so gar nicht zu ihrer Stimmung, sie fühlte sich verloren, sonderbar verloren, und war einfach nur unglücklich, todunglücklich. Sie war der unglücklichste Mensch in Münster, nein, in Deutschland oder sogar der ganzen Welt. Es erschien ihr irgendwie verlockend, das alles hinter sich zu lassen. Sie dachte an Ludwig den Zweiten, der in die Fluten des Starnberger Sees gestiegen war. Warum sollte sie nicht die Fluten des Aasees gehen?

Der Sauerländische Bote würde vermutlich groß darüber berichten: „Erste Jurastudentin Malves im Aasee ertrunken! Marie K. mit dem Studium überfordert?"

10. Ewas Einzug, Hof Kollmann, Donnerstag, 11. Mai 1961

Nach dem Frühstück erledigte Kollmann die Arbeiten im Stall, also das Füttern der Tiere und das Ausmisten, danach war es eigentlich Zeit, ins Haus zu gehen, um sich zu waschen. Aber dann lief er Gefahr, auf Hanne zu stoßen, und danach war ihm im Moment nicht. Deshalb entschloss er sich, ins Gemeindebüro zu fahren. Dort würde er sicherlich etwas finden, was ihn ein wenig beschäftigte und ablenkte.

Als er gegen neun Uhr das Vorzimmer betrat, sah Betti ihn verwirrt an. Auf ihr „Heinrich, was willst du denn hier?" antwortete er nicht gerade übertrieben geistreich: „Ich bin hier der Bürgermeister, und das bereits seit zehn Jahren."

Bettis Erwiderung „Ja, das stimmt, aber doch nicht vormittags" stimmte zwar nicht, aber daran war richtig, dass er seit Jahren nicht mehr morgens im Amt gewesen war. Er ließ sich aber nicht aufhalten und ging in sein Dienstzimmer.

Im Posteingangskorb lagen drei säuberlich geöffnete und vermutlich auch säuberlich gelesene Briefe, die aber allesamt uninteressant waren. Was Kollmann elektrisierte, war eine Nachricht über ein Telefongespräch vom gestrigen Nachmittag.

Daraus entnahm er, dass ein gewisser „Hans" angerufen und um einen sofortigen Rückruf gebeten habe.

„Anderenfalls könne er für nichts garantieren", las Kollmann, wobei ihm das Blut in den Kopf stieg und sein Puls zu rasen begann.

Diesen Blödmann hatte er völlig vergessen und auch nicht mehr daran gedacht, dass Hans bereits bei Hanne angerufen und sonderbare Andeutungen gemacht hatte. Hans war zu einem erheblichen Teil schuld an seinem derzeitigen

Dilemma. Hans musste gestoppt werden. Und zwar noch heute.

Kollmann hatte nicht bemerkt, dass Betti nach ihm ins Dienstzimmer gekommen war und ihn beobachtete.

„Was Unangenehmes? Dieser Hans war sehr sonderbar am Telefon und klang irgendwie gefährlich. Was haben *wir* mit dem zu tun?"

Er wunderte sich sehr über Bettis „wir", freute sich aber über ihre damit bekundete uneingeschränkte Solidarität.

„Hans ist ein Ertrinkender, der um sein Leben kämpft, ohne zu wissen, dass er immer näher an den Strudel herangetrieben wird, der ihn schon bald verschlingen wird."

„Aha, und was haben *wir* damit zu tun?"

„*Du*, gar nichts, das geht nur *mich* etwas an. Ich werde das noch heute erledigen", hörte Kollmann sich sagen, freilich ohne so recht zu glauben, was er da sagte. Aber vielleicht könnte er Hans nach dem zu erwartenden Rausschmiss aus dem Amt des Gemeindedirektors verbunden mit einer deutlichen Reduzierung der Pensionsansprüche bei seinem Schwager Ernst in der Buchhaltung unterbringen, das war zwar nicht viel, aber immerhin mehr als gar nichts.

Ernst hatte immer wieder betont, dass Kollmann noch „ein ganz dickes Ding bei ihm guthabe". Denn ohne Kollmann hätte Ernst sein Geschäft schon lange nicht mehr. Die 25.000 DM Fördermittel hatten ihm schon richtig gut getan, doch erst der danach folgende Auftrag zum Bau des Kindergartens hatte Ernst endgültig gerettet. Das war damals nicht so ganz einfach gewesen, aber Kollmann hatte es natürlich trotzdem hinbekommen. Denn Kollmann war schließlich Kollmann.

„Betti, ich muss mal los, um das mit Hans in Ordnung zu bringen. Wenn Hanne anrufen sollte, sag ihr einfach, ich sei dienstlich unterwegs."

Und damit machte er sich auf den Weg, um Hans zu besuchen, besser um ihn aufzusuchen. Zunächst musste er ihn aber erst einmal eine ganze Zeit suchen, denn Hans war weder im Gemeindebüro noch zu Hause. Beim Herumfahren durch Hans' Wohnort entdeckte Kollmann aber dessen Auto vor dem „Goldenen Löwen".

Hans saß an der Theke, in der linken Hand eine halb abgebrannte Zigarette, von der die Asche auf seine Hose fiel, mit der rechten Hand führte er ein großes Glas Bier an seinen Mund und trank es in einem Zug aus. Er wischte sich den Bierschaum mit einer ungeschickten Bewegung aus dem Schnauzbart, hob das leere Glas hoch, hielt es in Richtung Wirt und forderte diesen mit schwerer Zunge auf, er solle „unverlüglich die Luuuft ausm Glas pusten".

Der Wirt sah ihn nachdenklich an und meinte in einem gutmütigen Ton: „Hans, du hast doch schon mehr als genug gehabt. Geh nach Hause und leg dich inne Poofe. Dann biste inne paar Stunden wieder aufm Damm. Also löhn dein Bier und dann zisch hurtig ab!"

Hans glotzte den Wirt an: „Isch dasch hier ne Kneipe oder ein Entziehungdingsda oder wasch oder wie? Mach gezz sofort dat Glas voll oder der Hansch wird ganz doll böse", lallte er den Wirt an. Dann entdeckte er Kollmann: „Ah, sieh an, der Polenbumssssser", begrüßte er ihn.

Kollmann hatte genug gesehen und gehört. Das machte hier und heute keinen Sinn. Er drehte sich auf der Stelle um und verließ das Lokal.

„Voll, ganz voll, gezz sofort, aber flotti, flotti, mach hinne, hurtig, hurtig, komm inne Hufe, sach ich", war das Letzte, was er hörte.

Kollmann fuhr direkt zum Kotten. Bevor wieder etwas passieren konnte, was nicht noch einmal passieren durfte, hatte Ewa auf seine Bitte im Auto Platz genommen.

„Wir fahren jetzt nach Hause, Ewa. Ich möchte, dass meine Frau dich kennenlernt. Das wird nach Lage der Dinge zumindest etwas unangenehm, aber es wird nicht angenehmer, wenn wir noch länger damit warten. Also bringen wir es hinter uns."

„Na gut, lieber Heini, machen wir alles was du willest."

„Bitte sag nicht immer lieber Heini zu mir, vor allen Dingen nicht, wenn meine Frau dabei ist. Am besten, du nennst mich wieder Herr Kollmann."

„Ist gutt, lieber Heini, Herr Kollmann!"

Nun, das versprach nicht einfach zu werden. Ein falsches Wort von Ewa und Heinrich würde nicht mehr Heinrich, sondern Augustin heißen, denn alles wär hin. Die kurze Fahrt verbrachten sie schweigend, wobei zumindest Kollmann sehr angespannt war. Bei ihrer Ankunft auf dem Hof stand Hanne in der Haustür.

Als Ewa ausstieg, drehte Hanne sich abrupt um und ging ins Haus.

Ewa hatte dies bemerkt und merkte an, „ich glaube, nicht willkommen bei Frau Kollmann".

Kollmann zuckte die Schultern. „Ja, das wird nicht ganz einfach werden, das habe ich ja schon gesagt, aber trotzdem: Wir machen es."

So gingen sie ins Haus. Dort wurden sie von Elfriede freundlich begrüßt und in die Stube geleitet. Elfriede stellte drei Kaffeegedecke auf den Tisch, wobei ihr Ewa wie selbstverständlich zur Hand ging.

„Komm, Mädchen, wir gehen einen schönen Kaffee kochen und der Kuchen muss auch aus dem Herd."

Damit verließen die beiden Frauen, die sich gar nicht kannten, wie Freundinnen gemeinsam die Stube, was Kollmann mit Wohlgefallen, aber auch großer Überraschung registrierte. Weibliche Solidarität hatte etwas Mystisches.

Kollmann machte sich auf die Suche nach Hanne und fand sie im oberen Treppenhaus.

„Was soll das?", herrschte sie ihn an. „Wieso bringst du diese Person in mein Haus? Du bist noch unverfrorener, als ich dachte. Es ist alles unglaublich. Eben war übrigens wieder dein neuer ‚Freund' am Telefon, offenbar völlig betrunken, und hat irgendwas von der ‚kleinen süßen Polenhure' gefaselt, wenn ich ihn richtig verstanden habe. Also, bring diese Person sofort aus meinem Haus."

Ihre Stimme bebte, sie funkelte ihn an. So hatte er Hanne noch nicht oft erlebt, die sonst so beherrschte von Eschhausen hatte tatsächlich zum zweiten Mal innerhalb kurzer Zeit die Contenance verloren.

Kollmann überhörte geflissentlich, dass Hanne zweimal von *„ihrem* Haus" gesprochen hatte, obwohl es ganz eindeutig *sein* Haus war. Denn dieses Haus war seit vier Generationen im Besitz seiner Familie, der Familie Kollmann. Sein Ur-Ur-Großvater Hans-Wilhelm Maria Große zu Kollmann hatte es 1850 als Zweiständerhaus bauen lassen. Damals lebten Mensch und Tier nicht nur unter einem Dach, sondern sogar in einem Raum, dessen Zentrum durch die offene Feuerstelle gebildet wurde.

Im Winter freute man sich über das liebe Vieh, das zwar für einen strengen Geruch, aber auch für ein gewisses Maß an Wärme sorgte.

Inzwischen war das Haus mehrfach umgebaut und erweitert worden und hatte nicht mehr viel Ähnlichkeit mit dem Originalgebäude aus der Mitte des neunzehnten Jahrhunderts. Dafür war es jetzt wohnlicher: Es verfügte über eine Ölheizung in fast allen Zimmern und im Bad gab es sogar warmes Wasser. Stall und Wohnbereich waren deutlich voneinander getrennt, der Eingang in den Wohnbereich war zur Seite verlegt worden, eine einladend geschwungene Steintreppe führte zur schweren eichenen Haustür.

Bevor ein neuer Wortschwall Kollmann treffen konnte, antwortete er ganz ruhig auf ihre Vorbehalte: „Hanne, es ist nicht so, wie du denkst und wie du es dir offenbar einreden willst. Zunächst einmal zu diesem Anrufer. Das ist Hans Kachelström, ein Gemeindedirektor, der kurz davorsteht, aus dem Dienst zu fliegen, weil er unsaubere Geschäfte gemacht hat. Der hat mich offenbar gesehen, als ich Ewa aus den Händen dieses Wüstlings befreit hatte. Er reimt sich aus dem, was er in der Küche gesehen hat und aus dem Umstand, dass Ewa am nächsten Morgen verschwunden war, mächtig was zusammen. Er hat mir bereits in Soest gedroht. Ich meinerseits habe ihm gedroht, ihn bei der Dienstaufsicht anzuzeigen, wenn er weiter dummes Zeug erzählt. Ich wusste damals nicht, dass die Ermittlungen bereits liefen. Nun glaubt dieser Blödmann, ich hätte ihn angeschwärzt. So einfach ist das."

Hanne sah ihn an und er sah ihr an, dass sie immerhin überlegte, ob an der Geschichte etwas dran sein könnte. Das war ja schon mal was. Er verzichtete deshalb darauf, weitere

Erklärungen abzugeben. Sie würde schon nachfragen, wenn sie noch mehr wissen wollte.

„Also dann soll es das fürs erste Mal gewesen sein. Elfriede soll ein drittes Kaffeegedeck hinzustellen", sagte sie mit einem vernehmlichen Seufzen in der Stimme.

Kollmann war hoch zufrieden mit sich, der Welt und überhaupt. Eine Einladung zum Kaffee war bei derer von Eschhausen gleichbedeutend mit der Möglichkeit, den Ritterschlag zu bekommen. Dafür kam es „nur" noch darauf an, dass Ewa einen guten Eindruck machte und bloß nichts vom „lieben Heini" oder ähnliches Geschmuse von sich gab.

Als Hanne und Kollmann die Stube betraten, war das dritte Kaffeegedeck schon da – auf Hannes missbilligenden Blick meinte Kollmann schulterzuckend „Elfriede"?

Ewa war nicht zu sehen. Sie kam aber kurz danach mit einer großen Kanne dampfenden Kaffees. Sie stellte die Kanne sofort ab und ging mit ausgestreckter Hand auf Hanne zu.

Hanne zögerte, aber als Ewa sagte „Serr gutten Tagg, gnädige Frau, ich bin Ewa Havliczek und es ist mir ein großes Ehr und so ein Vergnügen, Sie zu dürfen kennen", war Hannes Widerstand zwar keineswegs gebrochen, aber immerhin ein ganz klein wenig brüchig geworden. So nahm sie dann huldvoll die dargebotene Hand und erwiderte den Gruß.

„Guten Tag, Ewa, willkommen in unserem Haus. Möchten Sie eine Tasse Kaffee mit uns trinken? Elfriede oder wer auch immer", fügte sie mit Blick auf Kollmann spitz hinzu, „hat ja bereits für drei eingedeckt." Danach bat sie Ewa, durchaus nicht unfreundlich, sondern in einem neutralen Ton, an den Tisch.

Hanne führte das Gespräch, Ewa und Kollmann beteiligten sich nur, wenn sie direkt angesprochen wurden. So liefen sie keine Gefahr, sich ohne Not zu verplappern. Ewa machte ihre Sache gut, sehr gut sogar, sie antwortete präzise und sachlich und ließ immer wieder das „gnädige Frau" einfließen.

Da hatte Elfriede in der kurzen Zeit wirklich gute Arbeit geleistet und Ewa hervorragend präpariert. Tja, die gute alte Elfriede. Die würde ihm später fehlen, denn er konnte sich nicht vorstellen, dass irgendjemand die sich biologisch abzeichnende Vakanz würde ausfüllen können.

Hanne hatte inzwischen die Ebene des kleinen Gesprächs, „der bloßen Unterhaltung", wie sie es auszudrücken pflegte, verlassen. Jetzt fragte sie Ewa direkt, wie es denn nun mit ihr weitergehen solle. Ihr Mann habe da etwas von einem Waldcafé erzählt, was es denn damit auf sich habe.

Kollmann versuchte zu antworten, „also wir haben uns ...", doch Hanne bedeutete ihm mit einem kurzen scharfen Blick, dass er sich keinen Gefallen tue, wenn er jetzt weiterreden würde. Er kam sich vor wie ein dummer Schuljunge. Was fiel Hanne ein? Er war schließlich der Herr im Haus, jedenfalls rein biologisch, wie er kleinlaut hinzudachte.

„Ich weiße noch nicht genau, gnädige Frau, aber ich könnte machen Gastwirtschaft. Kann ich kochen, baaken und puutzen. Einkauf Herr Kollmann. Ich möchte wohnen da, serr schön, ganz kurze Weg nach Arbeit", fügte Ewa bescheiden lächelnd hinzu.

Hannes Antwort ließ nicht auf sich warten: „Nein, so wird das nicht gehen, Ewa. So ein junges Ding kann da nicht allein im Wald wohnen. Das ist zu gefährlich."

Kollmann ahnte, was jetzt kommen könnte. Nein, das wollte er auf keinen Fall. Das ging nicht! Ewa konnte hier nicht einziehen. Das würde er nicht durchstehen, wenn er sie

Tag und Nacht in seiner Nähe wüsste. Das wusste er sicher. Das würde, das konnte gar nicht gut gehen.

Aber Hanne, einmal in Fahrt, fuhr unbeirrt fort: „Am besten ist es wohl, du bleibst erst einmal ein paar Tage hier, wir haben Platz genug. Dann sehen wir weiter. Du kannst einstweilen das Zimmer von Marie beziehen. Sie kommt nur am Wochenende, und dann kann sie im Fremdenzimmer schlafen. Außerdem wird Elfriede langsam alt, sie kann ein wenig Hilfe im Haus sicherlich gut gebrauchen."

Kollmann traute seinen Ohren nicht. Das war nicht Hannelore von Eschhausen, die da sprach, das war die barmherzigste der barmherzigen Schwestern. Mutter Theresa war noch nicht in den Medien aufgetaucht, aber sie wäre unglaublich stolz auf „Mutter Hannelore" gewesen.

Kollmann wagte nicht, zu widersprechen. Hanne, einmal in Fahrt, organisierte gleich weiter: „Heinrich, ihr fahrt am besten gleich zu dieser Hütte und holt die Sachen von dem Mädchen. Elfriede wird schon mal das Zimmer richten."

Das war ein Befehl! Widerspruch zwecklos! Vogel friss oder stirb!

Kollmann wollte sagen, dass das keine gute Idee sei, dass Ewa ins Haus einziehen würde. Aber wie sollte er das erklären? Was könnte denn dagegen sprechen, einem jungen, in Not befindlichen Ding ein neues Zuhause zu geben? Etwa der dritte Frühling des Hausherrn?

„Heinrich, wir wollen uns doch nicht lächerlich machen. Da überschätzt du dich nicht nur ein wenig", würde Hanne antworten. Und damit hatte sie eigentlich ganz und gar recht, aber eben nur eigentlich. Und genau das war das Problem.

Also machte er sich, ganz der brave, folgsame Ehemann, mit Ewa auf den Weg zum Kotten. Im Auto sahen sie sich zunächst schweigend an, dann nahm er sie in seinen Arm.

„Ewa, wir müssen …", setzte er an, doch sie legte ihren Zeigefinger auf seinen Mund.

„Nein, Ewa, ich will das nicht mehr. Wir müssen sofort damit aufhören. Ich werde dich behandeln wie meine Töchter, und wenn das nicht funktioniert, wie ein Dienstmädchen. Alles andere kommt nicht mehr infrage."

Damit zog er seinen Arm zurück und stieß sie sanft, aber doch deutlich und unmissverständlich von sich.

Sie sah ihn zunächst schweigend an. Dann drehte sie den Kopf zur Seite und starrte aus dem rechten Seitenfenster, während er den Motor startete. Im Kotten packte sie wortlos ihre Habseligkeiten ein, deren Bestand durch einige Stücke aus dem Nachlass von Lieschen Bockkamp ein wenig angewachsen war.

Kollmann hatte sich abgewandt, er stand wie unbeteiligt schweigend in der Tür des Kottens und starrte in den Abendhimmel. Er spürte die heranziehende Katastrophe fast schon körperlich. Ewa im Kotten, das mochte noch irgendwie gehen, aber Ewa im Haus, das konnte nicht gehen. Sie musste ganz schnell wieder verschwinden.

Hanne sollte nur nicht auf die Idee kommen, Ewa als Nachfolgerin von Elfriede aufzubauen. Aber genau diese Gefahr bestand. Doch das wollte er nicht, das konnte er nicht. Das ging nicht! Das ging überhaupt nicht!

„Lieber Heini, fertig. Können fahren, wenn du willest. Oder bleiben noch, wenn du willest lieberr."

So wie sie ihn dabei ansah, wollte er schon bleiben, aber er hatte sich ja dazu durchgerungen, es nicht mehr zu wollen, auch wenn er es allzu gerne wollte.

„Nein, lass uns fahren. Hanne könnte misstrauisch werden, wenn es zu lange dauert."

So machten sie sich auf den Weg und Ewa zog in das Haus Kollmann ein.

Kollmann gelang es in den nächsten Stunden und Tagen, ihr gezielt aus dem Weg zu gehen. Das war nicht einfach für ihn, denn er musste gegen eine tiefe Sehnsucht und ein starkes Verlangen ankämpfen, immer mit dem Wissen um ihre unmittelbare Nähe. Um sich abzulenken, arbeitete er mehr denn je, und um Ewa nicht zu sehen, verbrachte er dabei viel Zeit auf den Feldern.

Am Freitag, dem 12. Mai gegen elf Uhr suchte ihn dort, mitten in den Vorbereitungen für eine weitere Aussaat, der erste Gemeindearbeiter Haui Willers auf: „Heini, du musst sofort in dat Gemeindebüro kommen, da isn Brief für dich!"

„Dat geht gezz nich, Haui. Du siehst doch, dat ich hier noch wat zu tun habe!"

„Mach sein, Heini. Aber du musst gezz sofort kommen. Dat isn ganz wichtiger Brief!"

„Warum hasten dann nich mitgebracht, du Döskopp?"

„Dat durfte ich nich. Der Herr aus Düsseldorf hat gesagt, du musst kommen und dat persönlich mit eigener Hand unterschreiben."

„Wat fürn Herr aus Düsseldorf, wat is dat fürn Quatsch, Haui? Dat kann doch Betti machen."

„Nein, dat ist wat absolut Persönliches, hat der Herr gesagt!"

So gab Kollmann schließlich widerwillig nach und machte sich auf den Weg ins Gemeindebüro.

11.   Das erste Mal, Münster in Westfalen, Donnerstag, 11. Mai 1961

Marie hatte sich entschlossen, doch nicht auf den Grund des Aasees, sondern dem seltsamen Verhalten von Ste auf den Grund zu gehen. Sie war fest entschlossen, nicht aufzugeben, sondern alles zu geben, um *es* schon bald zu erleben. Am nächsten Tag in der Universität tauchte Ste aber nicht auf.

Marie quälte sich durch furchtbar langweilige Vorlesungen, die meiste Zeit hörte sie gar nicht zu, sie schrieb auch nichts von dem auf, was da erzählt wurde. Einmal schreckte Sie auf, weil alle um sie herum lachten. Der Herr Professor hatte wohl einen Witz gemacht, was seine Art sonst nicht war.

Marie hatte gar nicht mitbekommen, dass der Professor den „meine Herren, nach § 119 Abs. 1 BGB unbeachtlichen Motivirrtum" damit zu erläutern versuchte, dass ein Student nach dem Besuch des Films „Graf Porno und das Honnefer Modell" ohne Erfolg seine 1,15 DM Eintrittsgeld zurückverlangt hatte.

Die Begründung, dass sich der Inhalt des Films ausschließlich mit der von Bund und Ländern 1955 in Bad Honnef beschlossenen *Studienförderung* an den Hochschulen befasst hatte, als Vorläufer des 1971 eingeführten und noch heute bestehenden Ausbildungsförderungsgesetz (BAföG), reiche, so der Professor, für eine Anfechtung wegen Irrtums nach § 119 Abs. 1 BGB nicht aus.

Gegen Abend wurde Marie immer trauriger. Verdammt, sie musste Ste finden, aber sie hatte keine Ahnung, wo sie ihn suchen sollte, da sie weder seinen richtigen Namen kannte noch wusste, wo er wohnte. Sie musste es also auf gut Glück probieren.

Sie ließ ihr Fahrrad an der Universität stehen und schlenderte über den im Krieg vollständig zerstörten, nach dem Krieg aber vollständig wieder hergestellten Prinzipalmarkt, den sie in Münster „die gute Stube" nannten. Vorbei am Rathaus und der mächtigen St. Lamberti-Kirche gelangte sie schließlich ins „Kuhviertel", dem kommenden Münsteraner Kneipenviertel.

Hier befand sich das Lokal „Cavete", das Ste gestern einmal kurz erwähnt hatte. Also konnte er doch, nein er *musste* dort sein. Wenn sie ihn dort nicht finden sollte, ja dann wusste sie auch nicht, was sie machen sollte. Auf keinen Fall würde sie aber zum Oppenheimer Krötenbrunnen oder zum Westfälischen, dem Leib- und Magengetränk ihres Vaters greifen, denn die verheerenden Folgen eines übermäßigen Alkoholgenusses waren ihr von ihrem ersten Liebeskummer nach dem Abiball immer noch allzu gut in schlechter Erinnerung. Diesen Fehler würde sie nicht noch einmal machen.

Sie betrat die Cavete. Das Lokal war zwei Jahre zuvor eröffnet worden, nachdem Mitte 1958 im Semesterspiegel ein Student namens Wilfried Weustenfeld einen Artikel mit Titel „Cavete", was so viel wie „hütet euch", veröffentlicht hatte. Darin beklagte er sich, dass sich das Semester jähre, in dem ein unglückliches Schicksal ihn nach Münster verschlagen habe, jener Enklave trister Langweiligkeit, wo er zu leben seitdem gezwungen sei.

Dieser Artikel war der Startschuss für die Gründung der „Ersten akademischen Bieranstalt" Münsters, der „Cavete."

Marie hatte kein Glück. Die Cavete hatte gerade erst geöffnet und außer dem Wirt und einer Angestellten waren nur zwei Gäste anwesend. Die Frage des Wirts, ob sie wegen der Anzeige komme, verneinte sie ebenso wie die Frage, ob sie etwas trinken wolle.

Sie verließ das Lokal. Wohin sollte sie jetzt gehen? Wo sollte sie Ste suchen? Nach Hause wollte sie auf keinen Fall, allein in der Cavete zu sitzen, danach stand ihr aber auch nicht der Sinn, das gehörte sich im Übrigen auch nicht für ein Mädchen. Da fiel ihr ein, dass ihr Fahrrad ja noch beim Juridicum stand.

Um vor der bösen Überraschung geschützt zu sein, dass das Rad am nächsten Tag verschwunden war, beschloss sie, ihr Gefährt abzuholen. Also verließ sie deprimiert das Kuhviertel und machte sich auf in Richtung Universität.

Ein leichter Tränenschimmer behinderte ihren Blick. In der Nähe der Überwasserkirche verwandelten sich ihre Tränen aber in Freudentränen. Denn etwa 50 Meter vor ihr ging ihr Ste! Er war allein und bewegte sich in seiner typischen Art mit hängenden Schultern und kleinen Schritten.

Natürlich konnte er sie nicht sehen, sie sah ihn hingegen nicht nur, nein, sie spürte in sogar. Ein wohliges Gefühl durchströmte ihren Körper. Sie hatte ihn also doch noch gefunden! Gut, dass sie heute mit dem Fahrrad zur Uni gefahren war, denn sonst hätte sie diesen Weg nicht eingeschlagen und ihren Ste nicht gefunden.

Sie genoss die Situation: Sie sah ihn und konnte ihn beobachten. Er ging über den Domplatz in Richtung Prinzipalmarkt, sie folgte ihm in einem sicheren Abstand. Exakt so sicher, dass er sie zwar nicht bemerken, sie ihn aber auch nicht aus den Augen verlieren konnte. Plötzlich blieb er unschlüssig stehen, so als müsse er überlegen, wohin er gehen wollte. Nach einigen Sekunden setzte er sich langsam wieder in Bewegung und ging über den Prinzipalmarkt in Richtung Kuhviertel.

‚Könnte es sein, dass er mich dort suchen will?', schoss es ihr durch den Kopf. Sollte er dieselbe Idee haben, die sie auch gehabt hatte? Ja klar, das musste so sein, das konnte gar nicht anders sein, und das war ein gutes, ein verdammt gutes Zeichen.

Wenig später betrat er tatsächlich die Cavete, die sich inzwischen ein wenig gefüllt hatte.

Durch die offene Kneipentür konnte sie sehen, dass er an der Theke Platz nahm. Sie trat unmittelbar nach ihm ein und setzte sich schräg hinter ihn auf einen Barhocker, ohne dass er sie bemerkte. Er bestellte ein „kleines Bier", sie schloss sich mit einem einfachen Kopfnicken an. Noch immer hatte er sie nicht entdeckt. Erst als der Wirt beim Servieren der Getränke fragte, ob er beide auf seinen Deckel notieren könne, reagierte Ste: „Nein, natürlich nicht, wir gehören nicht zusammen, doch natürlich ja, klar, warum fragen Sie?"

Der Wirt sollte eigentlich über dieses „Nein-Ja" verwundert sein, aber der Wirt war Wirt und hatte schon vor Jahren aufgehört, sich über seine Gäste und deren Verhalten zu wundern.

Ganz anders Ste, dessen Gesichtsausdruck Überraschung, Verwunderung, Unsicherheit, aber auch Freude ausstrahlte.

„Marie, wo kommst du denn her? Also, also, also. Das gibt es doch gar nicht." Seine Stimme überschlug sich fast. „Ich habe dich überall gesucht. Wo warst du denn?"

Ste hatte *sie* gesucht, wie schön, *er* hatte *sie* gesucht!

„Na ja, ich bin so durch die Gegend gegangen und hatte Appetit auf eine Altbierbowle und die ist nun mal in der Cavete am besten. So einfach ist das", wobei weder ihr noch ihm auffiel, dass sie sich gerade ein Bier bestellt hatte.

Sie sah durchaus seine Enttäuschung.

„Ach so, na ja, ich dachte nur, du hättest mich vielleicht auch gesucht. Aber ist ja auch egal, wir haben uns ja gefunden."

Er stand auf, legte seine Arme um ihre Schultern und zog sie an sich. Sie tat nichts, sie ließ es ihn tun. Seine Arme wanderten hoch, er nahm ihren Kopf zwischen seine Hände und machte Anstalten, sie zu küssen.

„Hier nicht, Ste, nicht mitten in einem Lokal, wo uns alle sehen können", sagte sie, aber es klang so wenig überzeugend, dass es ihn nicht überzeugte. So ließ sie es denn zu und erwiderte seinen zunächst sehr scheuen und züchtigen Kuss, der dadurch deutlich an Intensität gewann.

‚Klarer Fall von einem Deckel', dachte der Wirt, ohne sich auch nur im Geringsten zu wundern.

„Komm, lass uns gehen", schlug sie vor, längst bevor die Getränke verzehrt waren. Sie zahlten, aber jeder für sich, was den Wirt nicht wunderte, weil er ja aufgehört hatte, sich zu wundern, sodann verließen sie das Lokal.

Sie schlug vor, man könne bei ihr noch einen Kaffee trinken, und er willigte auch deswegen sofort ein, weil er vor einem halben Jahr seine Briefmarkensammlung verkauft hatte und sie ihr deshalb nicht mehr zeigen konnte. Also wählten sie die „Noch-einen-Kaffee-Variante".

Nach wunderbaren weiteren zehn Minuten voller Zärtlichkeit und Verlangen betrat Marie leicht nervös den Hausflur, dann standen sie vor der Wohnungstür.

„Warte mal eben hier, ich muss schnell nachsehen, ob die Luft rein ist."

Nicht einmal eine Minute später war Marie wieder draußen. „Komm schnell rein, alles in Ordnung."

Frau Reimann war ja erst gestern Morgen zu ihrer Schwester gefahren und kam frühestens am nächsten Tag, wahrscheinlich aber erst nach zwei bis drei weiteren Tagen zurück. Aber zur Sicherheit hatte Marie nachgesehen.

Marie freute sich, dass auch ihre Zimmernachbarin Gabriele nicht zu Hause war. Das konnte sich im Laufe des Abends noch ändern, vielleicht blieb Gabriele aber auch bei ihrem Freund Herbert, der ein Appartement gemietet hatte und der in Bezug auf Besucher, aber auch Besucherinnen keinerlei Restriktionen unterlag. Der hatte es gut!

Marie hauchte mehr denn dass sie sprach, sie käme sofort zurück, und ließ Ste allein in ihrem Zimmer. Er solle es sich schon mal gemütlich machen. Das war leichter gesagt als getan. Zwar war das Zimmer sehr geräumig, doch waren die Sitzmöglichkeiten spärlich. Neben dem Bett gab es sechs ungemütliche Eichenstühle mit einem Eichentisch, einen Schreibtischstuhl und einen einzigen Sessel, dessen Füße aus edlen hölzernen Löwentatzen bestanden, der aber vollkommen durchgesessen war.

Frau Reimann verstand das nicht, denn sie hatte „das gute Stück", wie sie gerne betonte, vor ein „paar Jahren für viel Geld vollständig aufpolstern lassen". Tatsächlich hatte der Polsterer im Herbst 1945 gegen ein Pfund Butter Hand angelegt.

Ste ließ sich in den Sessel fallen, ohne zu ahnen, dass er Probleme damit haben würde, aus diesem wieder rauszukommen. So saß er noch da, als Marie wieder eintrat.

Sie hatte keinen Kaffee gekocht, nein, sie war nicht einmal in der Küche gewesen, sondern kam direkt aus dem Bad. Sie überraschte Ste damit, dass sie nur noch den BH und einen ein wenig zu groß geratenen Schlüpfer trug. Als schämte sie sich für dessen Größe, streifte sie diesen ab, löste den Verschluss des BH und legte sich auf das Bett.

‚Es ist angerichtet', dachte sie. Nun konnte er nicht mehr übersehen, was sie von ihm wollte. Auf ihre Frage, ob es für ihn auch *„das erste Mal sei"*, antwortete er ganz gelassen *„heute* ja"!

Dann entledigte er sich ebenfalls seiner Kleidung, nur die gerippte Unterhose behielt er zunächst noch an. So blieb er vor dem Bett stehen. „Nun komm doch endlich", rief sie ihm zu. Das ließ er sich nicht zweimal sagen, sondern kam in den nächsten Stunden gleich mehrfach. Nachdem Marie den Bogen herausgefunden hatte, stand sie ihm nur wenig nach. Zwar ließ sich nicht alles, was Aggi, Daggi und Lissi beim Klassentreffen erzählt oder besser mehr oder weniger angedeutet hatten, umsetzen, aber sie probierten das eine und andere durchaus mit heißem Bemühen.

Nach alledem war Marie stolz, glücklich und zufrieden, zumal sie sich für seine Antwort „heute ja" revanchiert hatte, indem sie ihn – obgleich sie ihn mehr als deutlich spürte – fragte, ob „er denn schon drin sei". Ihre sich anschließende wunderbare innere Ruhe verkehrte sich jäh ins Gegenteil, als plötzlich die Wohnungstür geöffnet wurde. Maries Stoßgebete „lass es nicht die Reimann sein" wurden erhört, es war Gabriele. Damit konnte man fertigwerden, zumal Ste und sie sich jetzt ganz ruhig verhielten, der bis vor wenigen Minuten anhaltende Stellungskrieg war beendet! 30 Minuten später schlich Ste nahezu lautlos aus der Wohnung. Was Gabriele nicht wusste, konnte sie auch nicht ausplappern.

Schade war eigentlich nur, dass Ste die nächste Zeit nicht in Münster sein würde. Er musste zu einer Schulung, zu der er Marie nichts Genaues sagen könne: „Ist ne geheime Operation, so ne Schulung. Aber Anfang der nächsten Woche, spätestens am Donnerstag bin ich zurück."

12. Der Brief, Malve im Sauerland, Freitag, 12. Mai 1961

Nachdem Kollmann den ominösen Brief aus Düsseldorf erneut in die Hand genommen hatte, saß er nervös in dem großen Armsessel, in dem schon sein Vater Johannes-Wilhelm Kollmann und sein Großvater Hans-Wilhelm Große zu Kollmann gesessen hatten.

Auf ein Neues griff Kollmann nach dem Brieföffner, setzte ihn nunmehr bestimmungsgemäß ein und zog den Briefbogen aus dem Kuvert. Als Absender machte er die Staatskanzlei des Landes Nordrhein-Westfalen aus, der Brief datierte vom 10. Mai 1961, der Text war kurz, und, da geheimnisvoll, machte er Kollmann Angst.

„Sehr geehrter Herr Bürgermeister Kollmann,

Sie werden gebeten, am Mittwoch, dem 17. Mai 1961, um 10.00 Uhr zu einer wichtigen Unterredung in die Staatskanzlei nach Düsseldorf zu kommen.

Aus Gründen, die wir Ihnen bei dieser Gelegenheit persönlich erläutern möchten und in Ihrem wohlverstandenen eigenen Interesse werden Sie dringlich angewiesen, über diesen Termin absolutes Stillschweigen gegenüber jedermann zu bewahren, auch gegenüber Mitarbeitern der Gemeinde und gegenüber Familienangehörigen.

Hochachtungsvoll."

Es folgten zwei unleserliche Unterschriften.

Kollmann atmete schwer und griff rein mechanisch noch einmal zum Westfälischen. Leichter Schwindel befiel ihn, die Welt schien vor seinen Augen tanzen zu wollen. Er wusste nicht, ob es der Westfälische oder der Brief war, der diesen Zustand hervorrief. Oder waren sein schwacher Kreislauf und sein erhebliches Übergewicht schuld?

Bei jeder passenden, aber leider auch bei vielen unpassenden Gelegenheiten, wie seine Hanne leicht indigniert anzumerken pflegte, erzählte Kollmann, für seine 57 Jahre sei er mit 91 Kilo keineswegs zu schwer. Sein Problem bestehe allein darin, dass er für sein Gewicht zu klein sei. Und damit hatte er mit Sicherheit recht.

Er maß nur 1,76 m, und wenn er sich als leicht untersetzt beschrieb, dann hatte er mehr als nur leicht untertrieben. So trug er einen beträchtlichen Bauch vor sich her, das Doppelkinn war nicht nur angedeutet, vielmehr schien es nach einer dritten Dimension zu streben.

Apropos Bauch: Inzwischen hatte er sich damit abgefunden, dass er diese unnütze Masse, seine Wampe, nicht mehr loswerden würde. Das machte ihm aber auch rein gar nichts, weil er lieber eine Wampe vom Schlucken als ein Buckel vom Arbeiten hatte.

Und bisweilen, vornehmlich dann, wenn er nichts tat, sondern entspannt und gemütlich in seinem heimischen Ohrensessel saß, strich er sich unbewusst und gedankenverloren mit beiden Händen über seine Wampe. Das Bild erinnerte an werdende Mütter, die ihre Hände mit leicht verklärtem, fast träumerischem Blick über ihren gewölbten Bauch gleiten lassen. Freilich mit dem Unterschied, dass Kollmann kein werdendes Leben, sondern nur tote Masse spürte.

Wenn man ihn später darauf hinwies, konnte er sich an die blöde Streichelei nicht erinnern. Und wenn dann die Hänselei über seinen dicken Bauch kein Ende nehmen wollte, versuchte er sich mit dem Hinweis zu retten: „Er gehört zu mir!"

Auch derjenige, der kein Freund des deutschen Schlagers war, konnte sich in den nächsten Jahrzehnten dieser Erkenntnis kaum entziehen.

Hanne sah die Sache mit Kollmanns Bauch vollkommen anders: Wenn die Kollmanns in „feiner Gesellschaft" waren, was nach Hannes Meinung viel zu selten, nach Kollmanns Meinung viel zu oft der Fall war, schämte Hanne sich fremd. Um dies zu kompensieren, pflegte sie dann bisweilen wie beiläufig, indes durchaus mit Bedacht zu sagen, ihr Mann sei ein wahrer Glückspilz. Immer, wenn im Sauerland jemand ein paar Pfunde verliere, sei es ihr Mann, der diese finde und sich zu eigen mache.

Von ihrer Tochter Marianne, die Rechtswissenschaften an der Westfälischen Wilhelms-Universität in Münster studiere und dort nach Meinung vieler Professoren zu den Jahrgangs-besten gehöre, wisse sie, dass dies eine Fundunterschlagung sei, wobei man aber wohl besser – und hier lachte die Freifrau über ihr kleines Bonmot – von einer Pfundunterschlagung sprechen sollte.

Und wie war es sonst um Kollmann bestellt? Sein Haar-wuchs hatte schon mit 35 Jahren nachgelassen, die Haare waren wie bei seinem Vater und Großvater zunächst dünner geworden, dann ausgefallen und nach und nach nicht mehr nachgewachsen.

Er beschrieb seinen Kopf, das Wort Pläte vermeidend, als „weitgehend haarlos", weil nur noch ein dünner, leicht er-grauter Haarkranz vorhanden war, der den „Friseurbesuch nicht lohnt". Veronika Feller hatte ihn deswegen schon Jahre lang nur noch auf den Gemeindefesten, nicht aber in ihrem Salon „Haarspezi" gesehen.

Bis vor einigen Jahren hatte er noch einzelne längere Haare sorgfältig gepflegt und quer über den im Übrigen nackten Kopf gelegt, was ihm den Spitznamen „Schädel-Heini" eingebracht hatte, doch auch für diese auch andernorts verbreitete Form der männlichen Haarpflege reichte es jetzt nicht mehr.

Sein früher gern angebrachter Spruch, bei ihm könne der Scheitel nicht verrutschen, traf nun ganz und gar wahrhaftig zu.

Auch das Gehör war nicht mehr das beste und spielte ihm schon mal den einen oder anderen Streich, während seine Augen nach wie vor in Ordnung waren: Obwohl er auf die sechzig zuging, benötigte er nicht einmal zum Lesen eine Brille. Besonders zufrieden war Kollmann mit seinem wirklich guten Gedächtnis. Auch wenn ihn etwas eigentlich gar nicht interessierte, behielt er fast alles, was er hörte. Das galt aber nicht für Zahlen und Daten. Von Demenz konnte weiß Gott keine Rede sein. Obwohl er so gut wie nie ein Buch las, hatte er ein feines Gefühl für Sprache, was ihm als Bürgermeister sehr gut zu pass kam.

Kollmann fühlte sich nach alledem keineswegs „altersgemäß degeneriert", wie es dieser Quacksalber im Kreiskrankenhaus ausgedrückt hatte, den er in weniger als zehn Minuten gleich zweimal gesehen hatte, nämlich das erste und das letzte Mal! Dieser Blödmann! Kollmann war vielmehr der Meinung, noch voll im Saft zu stehen und fühlte sich wohl in seiner Haut. Nur die ganz schweren Arbeiten auf dem Hof machten ihm ein wenig mehr zu schaffen als früher.

Apropos Hof: Weil in Malve für die Vererbung von landwirtschaftlichen Anwesen das Primogenitur galt, hatte Kollmann als *erstgeborener* Sohn den Hof mit seinen 83 Hektar allein geerbt, während seine drei Brüder und seine zwei Schwestern insoweit leer ausgingen. Damit hatte er praktisch auch das Amt des Bürgermeisters geerbt, auch wenn er formell noch gewählt werden musste.

Kollmann hatte nach und nach viele moderne landwirtschaftliche Maschinen angeschafft, sodass er das Jahr über in der Lage war, den Hof allein zu bewirtschaften. Einen Knecht oder eine Magd hatte er nicht, nur zur Erntezeit oder wenn es mal besonders kniff, unterstützten ihn mehrere Helfer. Diese wurden, wie es üblich war, „ohne Sakramente am Finanzamt vorbei mit Negergeld bezahlt".

Das war kein Unrecht, sondern Gewohnheitsrecht, weil alle sich seit alters her so verhielten und vermutlich war dieses Verfahren auch göttlichen Ursprungs, jedenfalls wurden die Helfer auf den kirchlichen Ländereien in gleicher Weise entlohnt.

Zu dem, was der Hof abwarf, kam die Aufwandsentschädigung als Bürgermeister und die als Gemeinderatsmitglied. Das war nicht gerade viel, aber Kleinvieh macht auch Mist, wie jeder Bauer wusste.

Überdies hatte Hanne von Eschhausen nicht nur ihre Schönheit und Klugheit mit in die Ehe gebracht, sondern war auch in anderer Hinsicht eine wirklich gute Partie gewesen. Vom verarmten Landadel konnte bei den von Eschhausens weiß Gott keine Rede sein. Der Hof befand sich auch deshalb in einem so guten Zustand, weil der größte Teil von Hannes beträchtlicher Mitgift investiert worden war. Kollmann hatte allerdings als Gegenleistung einen Ehevertrag akzeptieren müssen, der Hanne weitgehende Rechte einräumte. Diese gingen sehr weit über das hinaus, was Ehefrauen zur damaligen Zeit zustand.

Dass er, Kollmann, der Bürgermeister von Malve war, war im Übrigen nicht nur der familiären Tradition geschuldet, sondern hing auch mit der Größe des Hofs, immerhin dem zweitgrößten in Malve, zusammen. Obwohl er durchaus nicht zur Arroganz neigte, pflegte Kollmann im Brustton der Überzeugung zu sagen, „ein Knecht oder Kleinbauer kann kein Dorf regieren, weil er nix anne Füße hat".

Kurzum, Kollmann war trotz einiger Probleme mit sich und der Welt rundum zufrieden gewesen, zumal er sich darauf verstand, die meisten Probleme zu Problemchen herabzustufen und weil er auch im Übrigen ein eher sonniges Gemüt hatte.

„Probleme werden *frühestens* gelöst, wenn sie da sind!", war eine seiner Maximen.

Doch jetzt gab es gleich mehrere Probleme. Ewa! Ewa! Ewa! Außerdem sollte er nach Düsseldorf, zum ersten Mal in seiner Amtszeit. Und zwar geheim. Einen Reim konnte er sich darauf nicht machen, aber er spürte, dass da was im Gange war. Und er, Heinrich Kollmann, Bürgermeister von Malve, mittendrin.

Nein, mittendrin gerade nicht, jedenfalls noch nicht, sondern nur am Rande dabei, oder wohl besser nur außen vor, weil gar nicht, noch nicht beteiligt. Oder doch beteiligt? Und zwar mehr, als es ihm lieb sein konnte?

Um was konnte es nur gehen? Da war im letzten Jahr diese Prüfung durch den Landkreis wegen der Verwendung der 25.000 DM gewesen und einer der Prüfer, ein schneidiger unsympathischer studierter Wichtigtuer, hatte so sonderbare Andeutungen gemacht und mehrfach Fragen zur „offenen Ausschreibung" und zur „förmlichen Vergabe" gestellt, alles Fragen, die in Malve bis dato noch niemand gestellt hatte und die auch heute niemand beantworten konnte. Man war sich deshalb einig, dass dieser Flabes nur Humbug geredet hatte.

Klar hatte sein Schwager Ernst den Auftrag damals mehr als gut gebrauchen können, aber so liefen die Dinge auf dem

Land nun mal, zumal in schweren Zeiten. Was sollte daran auszusetzen sein?

Eine zweite lässliche Sünde, wenn man es denn überhaupt so nennen wollte, betraf die Einstellung seiner Nichte Erika. Natürlich waren andere Bewerberinnen auch, wenn nicht besser geeignet gewesen. Aber Erika war nicht nur ein nettes Mädchen, sondern auch sein Patenkind, und das waren gleich zwei Argumente! Das dritte, entscheidende lieferte seine Schwester Marga, die gelinde gesagt unfreundlich werden konnte, wenn sich die Dinge nicht so entwickelten, wie sie es wollte. Und „dat Kind sollte zur Gemeinde"! Also hatte Kollmann dafür gesorgt, dass Erika die einzige Lehrstelle bekam, die die Gemeinde Malve auf Jahre hin zu bieten hatte.

Damit war der Frieden bei den Familienfeiern auf Jahre gesichert. Und das war deutlich mehr als nur einfach mal irgendwas. Und Marga sollte Kollmann für die „kleine Gefälligkeit" später in besonderer Weise dankbar sein.

Kollmann hielt es zwar für möglich, glaubte es aber eigentlich nicht, dass er wegen der „kleinen" Geldspritze für seinen Schwager Ernst oder wegen der Einstellung Erikas nach Düsseldorf „einbestellt worden war", wie er einen derartigen Vorgang seit der Fortbildung in Soest bezeichnete.

Nun, Soest war Anfang der Woche und jetzt ist heute: Und heute war er nach Düsseldorf einbestellt worden, so viel wusste er, und das sogar in diesen wohlgesetzten Worten. Was er nicht wusste, war der Grund für die Einbestellung und, was ihn geradezu bedrückte, war der Umstand, dass noch fünf Tage zwischen heute und diesem Tag lagen.

Zu allem Überfluss klingelte jetzt auch noch das Telefon und Betti vermeldete: „Entschuldige die Störung, Heinrich, aber deine Frau möchte dich in einer unaufschiebbaren Angelegenheit sofort sprechen!"

Nicht nur Bettis säuerlicher Tonfall, den er so gar nicht kannte, missfiel ihm, sondern auch das, was sie von sich gab. Normalerweise sagte sie nur „Heini, Hanne ist am Apparat". Heute vermeldete sie förmlich „Deine Frau möchte dich in einer unaufschiebbaren Angelegenheit sofort sprechen".

Er musste die Wogen mit Betti schnell glätten, denn einen weiteren Kriegsschauplatz konnte und wollte er sich nicht leisten.

Düsseldorf, die Probleme mit dem Bebauungsplan am Weiher, Hanne, Ewa und jetzt auch noch Betti. Das durfte nicht sein. Das würde Kollmanns „Konfliktbewältigungspotential" – „tolles Wort was? Fortbildung nützt allen, am meisten aber mir, hahaha, kleiner Scherz" – nicht hergeben.

Die zu Kollmann durchgestellte Hanne fragte diesen unvermittelt, welche Laus denn der kleinen Betti über die arg geschundene Leber gelaufen sei, und ermahnte ihn, den Westfälischen „out of Betti" zu halten. Wieder einmal zeigte sich, dass Hanne ihren ganz eigenen Humor hatte oder das, was sie dafür halten wollte. Nur dass es Kollmann dieses Mal stärker denn je ärgerte.

Im Übrigen wollte sich Hanne nur vergewissern, ob er die ihm aufgetragene Besorgung schon erledigt hatte, wobei er sich dadurch verriet, dass er viel zu schnell und etwas zu beflissentlich mit „aber sicher doch" antwortete, während er sich gleichzeitig zwei Knoten ins Taschentuch machte, um den Einkauf ja nicht zu vergessen.

Denn dann wäre der Teufel los, was in ihrer Ehe selten vorkam, dann aber großes Theater war. Beim letzen Mal hatte das Stövchen, das er von Tante Erna geerbt hatte, dran glauben müssen. Einfach so, aber richtig schade war es darum nicht gewesen.

Nachdem das Telefongespräch mit Hanne beendet war, gab Kollmann sich einen Ruck, setzte sich aufrecht hin, nahm ein leeres Blatt und einen Bleistift in die Hand. Er schrieb mitten auf das Blatt in großen Druckbuchstaben:

PROBLEMFIXIERUNG
    BETTI
    BEBAUUNGSPLAN AM WEIHER
    HANNE
    EWA
    DÜSSELDORF.

So hatten sie es in Soest gelernt. Das Problem, das sich am einfachsten lösen ließ, gehörte ganz oben auf die Liste, das schwierigste ganz nach unten. „Frisch geschrieben ist halb bearbeitet", hatte es an die Wand geworfen geheißen.

Dieses theoretische Gedöns half Kollmann aber rein gar nichts. Denn schon hinsichtlich der Reihenfolge HANNE, EWA, DÜSSELDORF war Kollmann in der Beurteilung sehr unsicher. Vielleicht waren HANNE und EWA ja auch nur *ein* Problem? Und war dieses nun größer oder kleiner als das, was ihn in Düsseldorf erwarten sollte?

Dieser Quatsch aus Soest half ihm jedenfalls rein gar nichts. Zwar würde BETTI sich schon wieder einkriegen, das mit dem BEBAUUNGSPLAN würde er schon irgendwie hinkriegen, HANNE, EWA und vielleicht oder gar erst recht DÜSSELDORF drohten ihn hingegen unterzukriegen. So sah es doch aus.

13. Der Drinkeling, Hof Kollmann, Freitag, 12. Mai 1961

Nachdem Ste sich nach *dem ersten Mal* aus der Wohnung geschlichen hatte, hatte Marie noch einige Stunden wach gelegen. Das Bettlaken wechselte sie zunächst nicht, denn sie glaubte, Ste noch riechen zu können. Erst in den Morgenstunden bezog sie das Bett wegen der kleinen roten Flecken neu. Wenig später war sie eingeschlafen, mit einem Lächeln auf den Lippen.

Obwohl sie nur wenige Stunden geschlafen hatte, fühlte sie sich nach dem Aufwachen gegen halb neun richtig gut. Sie ging ins Bad und stellte den großen Warmwasserboiler auf die höchste Stufe. Zur Feier des Tages wollte sie sich eine heiße Dusche leisten. Das hätte Frau Reimann nicht gerne gesehen, denn schließlich war erst Freitag, also noch kein Wochenende.

Aber Frau Reimann war ja noch zu Besuch bei ihrer Schwester, sodass Marie keine Gefahr lief, wegen dieser „ganz und gar unerhörten Energieverschwendung" getadelt zu werden. Das war aber gar keine Verschwendung, denn Energie gab es genug. Warum also sparen?

In Wirklichkeit war es die Sparsamkeit von Frau Reimann, man konnte auch sagen, deren Geiz, der dazu führte, dass „unter der Woche" nur in Ausnahmefällen geduscht werden durfte. An ein gemütliches Bad in der auf vier geschwungenen Füßen stehenden Badewanne war allenfalls vor hohen kirchlichen Festtagen zu denken.

Marie störte das alles nicht. Sie ging in die Küche, um zu frühstücken und so die Zeit zu nutzen, die der Boiler benötigte, um das Wasser zu erwärmen. Anschließend genoss sie das heiße Wasser auf ihrem Körper. Sie wusch sich die Haare, was eigentlich „auch noch nicht dran war", seifte sich ein und ließ immer wieder das Wasser abperlen. Wunderbar.

Schade war eigentlich nur, dass Ste heute keine Zeit für sie hatte. Er musste schon um kurz vor acht mit dem Zug nach Düsseldorf zu dieser geheimnisvollen Schulung. Wozu und von wem er in den nächsten drei Tagen geschult werden sollte, hatte er auch auf ihre Nachfrage nicht verraten.

Marie entschied sich für ein schönes Frühstück, kaufte beim Bäcker an der Straßenecke frische Brötchen und zur Feier des Tages sogar eine Tageszeitung und ließ die Uni Uni sein. Polizeirecht war ohnehin nicht ihr Ding und heute schon gar nicht.

Die Westfälischen Nachrichten berichteten mit Hinblick auf die nächste Kirmes – in Münster „Send" genannt – über die „Amorbahn". So wurde von einigen Erwachsenen ein Fahrgeschäft genannt, das regelmäßig auf dem Send und auf anderen Volksfesten zu finden war. Die Jugendlichen sprachen von der Raupenbahn oder auch nur von „der Raupe". Die Raupe war ihr Treffpunkt, ihren Eltern war sie ein Dorn im Auge.

Denn Ungeheuerliches passierte: Als wenn es nicht schon schlimm genug gewesen wäre, dass immer wieder sogenannte Rock'n'Roll-Musik aus riesigen Lautsprechern tönte, war die Amorbahn mit einem Faltdach ausgestattet, das während der Fahrt geschlossen wurde. Und was dann passierte, mochten sich die besorgten Eltern eigentlich gar nicht vorstellen.

Die Zeitung erinnerte anlässlich des bevorstehenden Sommer-Sends daran, dass dieses Unvorstellbare Grund genug dafür sei, dass sich mit Schreiben vom 3. Februar 1960 das Landesjugendamt eingeschaltet und einen langen Katalog mit Regeln aufgestellt hatte, die vom Betreiber der Amorbahn zu beachten waren.

Ganz wichtig: Das Faltdach durfte während der Fahrt höchstens 15 Sekunden geschlossen werden! Außerdem mussten bei der Auswahl der Schlager jugendgefährdende Texte vermieden werden, ebenso zweideutige Ansagen oder Witze.

Diese Regeln hatte die Behörde zusammen mit dem Schaustellerverband zur „Gewährleistung des erzieherisch-sittlichen Jugendschutzes bei Volksfesten" aufgestellt. Bei einem Verstoß gegen eine dieser Auflagen drohte der Ausschluss vom Send. Das konnte sich der Betreiber der Amorbahn auf keinen Fall leisten.

Die Jugendlichen und jungen Studenten amüsierten sich über die spießige Stadt Münster: „Knutschen und fummeln nach Stoppuhr" lautete das sportliche Motto.

Marie musste lachen. Auf der letzten Frühjahrskirmes in Malve war die Amorbahn nach vielen Jahren Raupenpause neben dem Autoselbstfahrer, dem Karussell mit den schönen Holzpferden und dem Kettenkarussell das vierte Fahrgeschäft gewesen.

Probleme mit der Schließzeit des Faltdachs hatte es nicht gegeben: Der Bürgermeister, in Personalunion auch Marktmeister, hatte „auf dringende Anregung" des obersten kirchlichen Würdenträgers die Aufbaugenehmigung der Raupe davon abhängig gemacht, dass das Faltdach erst gar nicht montiert werden durfte. Was nicht montiert war, konnte auch nicht geschlossen werden oder gar zu lange geschlossen bleiben.

Maries Vater war eigentlich gegen diesen Unsinn gewesen – „ma ehrlich, wat soll da schon passieren?"–, aber der Herr Pfarrer hatte auf die christlichen Werte und zugleich dezent auf die Neuwahlen in einem Jahr hingewiesen. Nur ungern würde er in einer Predigt zum Thema „Amorbahn" Stellung nehmen müssen.

Für die Jugendlichen in Malve war eine Raupe ohne Dach keine Raupe, sondern ein Kinderkarussell. Zwar traf man sich an der Raupe, hörte die bei den Erwachsenen so verhasste Rock'n'Roll-Musik – in Malve „Negermusik" genannt –, aber man unternahm kaum Fahrten. Wozu auch?

Man konnte für „das", was bei nicht geschlossenem Dach nur unter den Augen der Öffentlichkeit möglich und damit unmöglich war, einfach hinter das Festzelt gehen. So entwickelte sich hinter dem Festzelt ein reger Verkehr, während die Raupe ihren Verkehr mehrfach wegen fehlender Verkehrsteilnehmer einstellen musste. Die Geschäfte des Betreibers liefen deshalb mehr als schlecht, Malve würde seine faltdachlose Raupe nicht mehr sehen.

Für Marie war die Raupe ohne Dach nicht so dramatisch gewesen wie für viele andere. Da sie als eine der wenigen Mädchen aus Malve nach erfolgreichem Abschluss der Mittelschule in Malve das nächstgelegene Gymnasium in Menden besuchen durfte, war sie von diesem Zeitpunkt an eine „Fahrschülerin".

Fortan fuhr sie morgens in einem dunkelroten Schienenbus, der blaue, in zwei Richtungen umklappbare Kunststoffbänke hatte, zur Schule. Mittags ging es mit diesem Gefährt, das alle Welt „Triebwagen" nannte, zurück. Das Schöne an den Fahrten war, dass sich zwischen Malve und Menden zwei Eisenbahntunnel befanden und dass das Licht im Triebwagen häufig nicht eingeschaltet war.

Die fast sechzehnjährige Marie sorgte immer dafür, dass sie neben Kalli saß, ihrer ersten und – wie sie damals glaubte

– einzigen großen Liebe. Kalli und sie hatten für das, was in der Raupe wegen des fehlenden Dachs unmöglich war, im Tunnel ausreichend Zeit, deutlich mehr als 15 Sekunden. Leider fand Kalli kurze Zeit später eine aus seiner Sicht noch größere Liebe, während Marie die Alternative versagt blieb, um die Gunst des Tunnels bis zum Abitur weiter zu nutzen. Heinzi Everswinkel bemühte sich zwar redlich, aber der war nun wirklich nicht der Mann ihrer jungmädchenhaften Träume.

Ach ja, das war nun alles lange vorbei. Jetzt hatte sie ihre wahre und endgültige Liebe gefunden!

„Steh mir bei, Gott, damit ich Ste behalte."

In bester Laune genoss sie das weitere Frühstück, stibitzte aus Gabrieles Vorrat eine Melitta-Filtertüte und goss sich zwei weitere Tassen Bohnenkaffee auf. Welch ein Luxus für einen scheinbar, aber eben nur scheinbar ganz gewöhnlichen Wochentag. Nach dem ausführlichen Frühstück machte sie sich wie an jedem Freitag mit dem Bus um zwei Uhr gut gelaunt auf den Weg nach Malve. Bisher war sie nicht einmal auf die Idee gekommen, am Wochenende nicht nach Hause zu fahren. Sie war damit die bei Vermietern sehr beliebte Wochenendheimfahrerin.

Und da ihr Ste an diesem Wochenende nicht in Münster sein würde, bedauerte sie es auch nicht, nach Malve zu fahren.

Marie war bester Laune, als sie auf dem Hof eintraf.

„Hallo Mama, wollen wir vielleicht einen Tee oder ein Käffchen zusammen trinken?"

Hanne runzelte die Stirn, weil sie sofort bemerkt hatte, was mit dem Mädchen los war. Da konnte nur ein Mann dahinterstecken. Sie hoffte nur, dass er nicht zu tief dahinterstecken würde.

Marie erzählte begeistert von ihrem Studium, sie war wie aufgezogen. Von dem jungen Mann erzählte sie allerdings nichts. Deshalb trafen ihre Erzählungen bei ihrer Mutter wie üblich auf kein besonderes Interesse.

Als Marie schließlich aufstand, um auf ihr Zimmer zu gehen, erklärte ihr Hanne, *ihr* Zimmer sei im Moment für *sie* nicht benutzbar.

„Dort wohnt jemand, den dein Herr Vater ins Haus geholt hat!"

„Wie, was ist das für ein Jemand, der in meinem Zimmer wohnt? Das kann ja wohl nicht wahr sein!"

Mit diesen Worten stürmte Marie an Hanne vorbei auf den Flur und die Treppe hinauf. Dem Kerl würde sie ihre Meinung sagen!

Ohne anzuklopfen riss sie die Zimmertür auf und traf zu ihrer Überraschung auf die völlig überraschte Ewa, die gerade dabei war, sich umzuziehen. Einen Moment starrten sich die beiden jungen Frauen an.

„Wer sind Sie und was machen Sie in meinem Zimmer?"

Ängstlich sah Ewa die wütende Marie an und erkannte in deren Gesichtszügen den lieben Heini.

„Das ist schwierige Geschichte. Darf ich erzählen, bitteserr?"

Noch immer war Marie richtig sauer.

„Na, da bin ich aber gespannt. Also dann erzählen Sie schon!"

Ewa begann zu erzählen, von der Ausreise aus Polen, dem Tod ihres Onkels, den schmierigen Arbeitgebern und auch „von dem in Küche", wie sie sich ausdrückte. Natürlich berichtete sie nichts von dem, was im Kotten passiert war. Doch je mehr Ewa erzählte, desto mehr ließ Maries Wut nach.

Als Ewa schließlich fast lautlos zu weinen begann und ihre wenigen Sachen packen wollte, um das Zimmer zu räumen, nahm Marie sie spontan ganz fest in den Arm. Dann weinte auch Marie und sie hatte gleich mehrere Gründe: Ewas Geschichte, die so traurig war, weil Ewa weinte, und natürlich wegen Ste! Sie war so glücklich. Das mit Ste war zum Heulen schön, zugleich war Ewas Geschichte zum Heulen traurig.

So weinten sie denn beide. Dabei streichelten sich die jungen Frauen, die sich nicht kannten, wechselseitig über die Haare, um sich dann wieder so innig umklammert festzuhalten, als hinge ihr Leben davon ab.

„Ewa, du bleibst hier wohnen. Ich schlafe im Fremdenzimmer."

„Nein, ich gehe in fremdes Zimmer. Ich bin Drinkeling."

„Was bist du?"

„Drinkeling!"

„Was soll das sein?"

„Ich drinke ein in fremde Zimmer."

Jetzt verstand Marie und musste so laut lachen, dass Ewa zwar den Grund nicht verstand, aber umso befreiter einfiel.

„Marie, da ist zweites Bett", prustete sie, während ihr die Tränen die Wange herunterliefen.

„Ja, da ist ein zweites Bett. Das werde ich nehmen!"

So waren in weniger als zehn Minuten aus zwei Fremden zwei dicke Freundinnen geworden. Das ganze Wochenende verbrachten sie miteinander, gerade so, als sei es nie anders gewesen.

14. Staatskanzlei Düsseldorf, Mittwoch, 17. Mai 1961

Kollmann gelang es, Ewa weitgehend aus dem Weg zu gehen, was nicht ganz einfach für ihn war. Er war aber auch aus einem anderen Grund sehr angespannt: Der 17. Mai war immer näher gerückt.

Heute war endlich der Tag der Tage, nämlich der Tag, für den Kollmann nach Düsseldorf einbestellt worden war. Er hatte sich mit dem Auto rechtzeitig auf den Weg gemacht, um auf keinen Fall zu spät zu kommen. So traf er bereits kurz nach halb neun in der Nähe der Staatskanzlei ein und fand schließlich einen Parkplatz.

Nachdem er ein wenig herumgeschlendert war, verspürte er Appetit auf ein zweites Frühstück. Und da Kollmann erst um zehn Uhr in der Staatskanzlei sein sollte, betrat er ein in der Nähe liegendes großes, offenbar sehr vornehmes Hotel und wurde im Frühstücksraum freundlich mit „aber sehr gerne der Herr" und „selbstverständlich der Herr" empfangen.

Anschließend wurde ein Frühstück aufgefahren, wie Kollmann es noch nicht gesehen hatte. Eine freundliche und zudem sehr hübsche Kellnerin, so Kollmanns Meinung, schenkte den Kaffee nach. Es war verblüffend: Sie war immer zur Stelle, wenn er die Tasse gerade erst ausgetrunken hatte. Das fand Kollmann sensationell. Er beobachtete sie und stellte fest, dass die Kaffeefee für sicherlich 20 Tische zuständig war und „all die Herrschaften" und deren Kaffeetrinkverhalten ständig im Auge behalten musste.

Er versuchte, sie auszutricksen, trank aus und stellte seine Tasse ganz beiläufig ab. Doch kaum hatte er das edle Porzellan leise und – wie er meinte – ganz unauffällig abgesetzt, stand die Fee an seinem Tisch.

„Nimmt der Herr noch einen Kaffee?"

Er lehnte höflich ab und bat um die Rechnung. Es stellte sich als sehr vorteilhaft heraus, dass er saß, als die Rechnung kam. Denn sonst hätte er sich, wie er später gerne erzählte, „aber sowas von voll auf seinen Futt gesetzt, dass er sich das Steißbein gebrochen hätte". Duiwel äok, wie konnte ein Frühstück teurer sein als zwei Abendessen mit Getränken im Amtskrug bei „bei Anni" in Malve? Das war doch echt verrückt. Das hier war eindeutig nicht seine Welt. Vor lauter Schrecken und Verwirrung hätte Kollmann fast vergessen, warum er in Düsseldorf war. Er musste sich sputen, um pünktlich um zehn zum Termin zu kommen.

Mit leicht mulmigem Gefühl betrat er wenige Gehminuten später die Staatskanzlei. Beim Empfang wurde er „nach seinem Begehr" gefragt. Statt zu antworten, zog Kollmann den Brief aus der Tasche. Der in Livree gekleidete Pförtner nahm den Brief huldvoll entgegen, faltete ihn im Zeitlupentempo auseinander und warf einen langen Blick darauf.

„Sie begeben sich bitte zum linken Fahrstuhl, fahren in den vierten Stock und melden sich dort beim Empfang exakt vis-a-vis des Fahrstuhls."

Kollmann tat wie ihm aufgetragen und fand sich erneut bei einem Empfang wieder, dieses Mal aber bei einer in ein etwas zu klein geratenes graues Kostüm gequetschten Dame. Auch ihr reichte er den Brief. Ein sorgsam antrainiertes Lächeln trat auf ihr Gesicht.

„Herr Bürgermeister Kollmann, herzlich willkommen in der Stabsabteilung für Raumordnung. Herr Dr. Hahnenbücher wird gleich für Sie da sein. Seien Sie doch so gut und nehmen Sie einstweilen noch für ein winziges Minütchen Platz. Möchten Sie derweil ein Käffchen?"

Ohne seine Antwort abzuwarten, zeigte sie mit knapper Bewegung der linken Hand an, wohin er sich für ein „winziges Minütchen" zurückziehen sollte.

Er hörte jemanden sagen „vielen Dank, gerne, aber selbstverständlich doch. Ein Käffchen, ja das wäre schön. Gerne, sehr gern sogar", ohne zu bemerken, was er da von sich gegeben hatte.

Aus dem winzigen Minütchen wurde ein kleines Viertelstündchen, dann stellte Kollmann fest, dass er schon fast 30 Minütchen wartete, in denen er vier Käffchen getrunken hatte, was zusammen mit dem vielen Kaffee zum Frühstück Wirkung zeigte. Er wurde fahrig, sein Herz klapperte. Er ging zum Empfang, um zu fragen, ob man ihn vergessen habe.

Die Dame setzte wie aus dem Nichts sofort wieder ihr professionelles Lächeln auf und erkundigte sich sehr besorgt, ob der Herr Referent denn wirklich noch nicht dagewesen sei. Das könne eigentlich gar nicht sein, denn schließlich sei die große Besprechung mit dem Herrn Staatssekretär auf 11:15 Uhr terminiert. Und vorher solle der sehr verehrte Herr Bürgermeister Kollmann ja noch in die Gesamtproblematik des Talsperrenbaus eingewiesen werden.

Kollmann glaubte, sich verhört zu haben.

„Talsperrenbau, wieso Talsperrenbau? Wer oder will wo, wann und warum eine Talsperre bauen? Und was habe ich mit dieser ‚Gesamtproblematik' zu tun? Nichts, gar nichts habe ich damit zu tun und so wird es auch bleiben."

Kollmann beschloss zu gehen und wandte sich dem Ausgang zu. So konnte man mit Heinrich Kollmann nicht umspringen. So nicht. Als er die verdutzte Empfangsdame, deren Lächeln zu gefrieren drohte, weil ihr da ganz offenbar ein Lapsus passiert war, schon passiert hatte, hörte er hinter sich jemanden seinen Namen rufen. Er drehte sich um und wen sah er?

Den sonderbaren Hilfsreferenten aus Soest, also den mit dem Gerät, mit dem man Folien an die Wand werfen konnte, hahaha. Mit den Worten:

„Lieber Herr Bürgermeister Kollmann, schön, dass wir uns so schnell wieder begegnen", kam der Folienwerfer direkt auf Kollmann zu und griff nach dessen Hand. Woher wusste der seinen Namen? Und wie hieß dieser sonderliche Hilfsreferent denn noch? Was hatte das Minütchen gesagt? Hahnenkampf war es nicht gewesen, aber so ähnlich.

Auch als Kollmann den gedanklichen Umweg über Soest nahm, fiel es ihm nicht ein, obwohl seit der Tagung noch keine zwei Wochen vergangen waren. Komisch, sonst hatte er doch ein so gutes Gedächtnis.

„Ja, das finde ich auch sehr schön. Aber noch schöner wäre es, wenn ich wüsste, um was es hier eigentlich geht. Haben Sie uns nicht so ein Gedöns von der ‚Transparenz des Verwaltungshandelns' erzählt?"

„Ja natürlich, lieber geschätzter Kollege Kollmann, genau darum sind Sie ja heute hier. Wir werden Ihnen gleich die komplette Planung zeigen und das Projekt mit Ihnen en Detail durchgehen. Denn Sie als Bürgermeister der Gemeinde, die eine größere Fläche für das Projekt „Wasser marsch", hahaha, Spaß muss sein, sonst geht keiner mit auf die Beerdigung, zur Verfügung stellen darf, müssen doch frühzeitig eingebunden werden. Genau deshalb haben wir uns entschieden, Sie zu diesem noch frühen Planungsstand einzuladen, damit Sie aus erster Hand alles erfahren, was Sie wissen möchten und müssen. Ich gehe mal vor, wenn's recht ist."

Kollmann folgte.

So betraten sie den „Kleinen Konferenzraum, links", in dem neben einem Konferenztisch mit zwölf Konferenzstühlen zwei Folienwerfer standen, während Heinrich Lübke milde lächelnd an der Wand hing.

„Noch ein Heinrich aus dem Sauerland, sicherlich kein Zufall, oder?", merkte der Referent an, „bitte nehmen Sie Platz, Tee? Käffchen?"

Nachdem der sichtlich irritierte Kollmann sich gesetzt und im Übrigen beides abgelehnt hatte, erklärte der Referent, er gehe dann mal sofort „in medias res", wobei Kollmann nicht wusste, wo das lag und was der Referent in medias res wollte. Er ging auch nirgendwo hin.

„Also, lieber Herr Kollmann, das, was Sie hier gleich hören, unterliegt der Geheimnisstufe I. Ich muss Ihnen als langjährigem erfahrenen Kommunalpolitiker sicherlich nicht erklären, was das bedeutet."

Kollmann wusste nicht, was es mit der Stufe I auf sich hatte, denn in Malve gab es keine Geheimnisse, und schon gar keine der Stufe I. Soweit Kollmann denken konnte, hatte der Gemeinderat noch nicht einmal offiziell unter „Ausschluss der Öffentlichkeit" getagt, inoffiziell hingegen immer, weil nie auch nur ein Zuhörer anwesend war, außer Epi, der regelmäßig teilnahm, weil er sich für alles interessierte, aber nicht als Zuhörer zählte. Er war eben nur Epi, der hin und wieder murmelte „aber doch sicher, und früher war besser".

Der Referent breitete derweil eine Karte aus, die die Gemeinde Malve und die Nachbargemeinden darstellte. Statt des vertrauten „Grüns", wie Kollmann es kannte, war die Karte an vielen Stellen „blau". Mitten im Blau fand Kollmann eine Bezeichnung, die er las, aber nicht verstand. Wo war er hier? Was sollte das? Er wollte hier raus, an die frische Luft, nach Hause, nach Malve. Bloß wech von hier. Sofort wech von hier. Dieser Spuk sollte gezz sofort ein Ende haben.

„Da wundern Sie sich, was? Aber Ehre, wem Ehre gebührt, werter Kollege Kollmann. Also ich lege Ihnen das Projekt jetzt einmal näher dar", und damit stellte der Referent den linken Folienwerfer an.

Kollmann las an der Wand folgende Punkte:

1. *Ausgangslage*
2. *Lösungsansätze*
3. *Machbarkeitsstudie*
4. *Strategisches Vorgehen*
5. *Einbindung örtlicher Entscheidungsträger*

„Hier schon mal die Übersicht, Sie kommen bei TOP 5 ins Spiel, aber natürlich müssen Sie die TOP 1-4 kennen."

Bevor Kollmann darüber nachdenken konnte, wer oder was ein TOP ist, fuhr der Referent schon fort.

„Also ad 1: Die Ausgangslage ist dadurch gekennzeichnet, dass schon mittelfristig die Wasserversorgung des Ruhrgebiets mit dem vorhandenen Instrumentarium nicht zuverlässig sichergestellt werden kann."

Es folgte ein 20-minütiger Vortrag, der Dinge enthielt, die Kollmann sich zuvor nicht hatte vorstellen können. Teile des Gemeindegebiets, das verstand er noch, sollten geflutet werden, darunter der gesamte Ortskern mit Amtskrug, Schule und Kirche. Malve würde an dieser Stelle von der Landkarte verschwinden, aber an anderer Stelle „schöner, moderner und größer wiederaufgebaut werden. Man muss die Dinge tun, die getan werden müssen! Und, was sagen Sie dazu, Herr Kollmann?"

Kollmann sagte nichts dazu. Die vor ihm ausgebreitete Karte mit den vielen Wasserflächen verschwamm vor seinen Augen, er sah alles blau, mittendrin ein paar schwarze Kreuze. Er hörte nur unbewusst, dass der Referent immer noch redete, einzelne Wörter wie „Projekt", „kühner Plan", „lebenswichtig" drangen an sein Ohr, aber er verstand sie nicht.

In seinen Ohren rauschte es nämlich so stark, als wenn das Wasser schon strömen, als wenn Malve bereits geflutet würde. Kollmann war wie von der Welt abgeschnitten, sein Gehör, seine Augen gehorchten ihm nicht mehr. Er löste den Blick, der nichts mehr erblickte, von der Karte, sah erst den Referenten an und dann den unvermindert milde lächelnden Heinrich Lübke. Kollmann spürte, dass Heinrich Lübke seinen Blick erwiderte, als wolle er sagen: „Mach et nich, Heini!"

Der Referent hatte den sauerländischen Blickwechsel bemerkt: Fasziniert sah er seinerseits abwechselnd Kollmann und Lübke an, ebenfalls ohne etwas zu sagen. Mehr als zwei Minuten war es im „Kleinen Konferenzraum links" still, sehr still sogar. So still, dass Kollmann seine Uhr, die er als Erbstück von seinem Vater bekommen hatte, ticken hörte. Die Uhr hatte er noch nie zuvor ticken gehört.

Weil er die Uhr ticken hörte, glaubte Kollmann noch zu leben. Sicher war er sich aber nicht. Denn das, was hier gerade geschehen war, was er hier gerade erfahren hatte, was ihm hier gerade widerfahren war, konnte nur schwerlich von dieser Welt sein. Es musste aus einer anderen Welt herrühren, einer Welt, die nicht seine Welt war, in die er nicht gehörte, in die er nicht wollte und die er nicht verstand.

Nach einer schier unendlich lang scheinenden Stille stand Kollmann auf, ganz langsam, wie in Trance. Er ging, nein er schlich Richtung Tür, öffnete diese und ging auf den Flur. In der hinteren rechten Ecke sah er das Zeichen des Aufzugs, auf den er sich wie fremdgesteuert zubewegte. Wie aus dem Nichts stand plötzlich der Referent vor ihm.

„So geht das nicht, Kollmann. Sie können jetzt nicht gehen. Bleiben Sie stehen! Das ist ein dienstlicher Befehl!"

Kollmann antwortete nicht, sondern schob den zwei Köpfe größeren Referenten wie ein Kind zur Seite und setzte seinen Weg unbeirrt fort.

Später wusste er von alledem nichts mehr. Er konnte sich nicht einmal erinnern, in der Staatskanzlei gewesen zu sein oder daran, wie er diese verlassen hatte, geschweige denn daran, was in den Stunden danach geschehen war.

Aus dem Gebäude kommend ging er Richtung Rhein und setzte sich dort auf eine Parkbank. Hier saß er, ohne etwas zu tun, ohne zu denken, ohne Regung. Einfach so. Er tat absolut nichts. Außer dass er hin und wieder ganz flach atmete.

Auch als sich Stunden später ein heftiger Gewitterschauer über Düsseldorf ergoss, reagierte Kollmann nicht. Dieses Verhalten war Grund genug für eine vorbeikommende Polizeistreife, nach dem Rechten zu sehen.

Auf das joviale „na, junger Mann, wie geht's uns denn, bisschen zu früh bisschen zu viel gebechert, wa?" schwieg Kollmann. Auch auf die folgenden weniger jovialen Fragen der Beamten zeigte er keine Reaktion, womit er in die Kategorie „hilflose, desorientierte Person" fiel.

Nach einem kurzen Disput entschieden sich die Polizisten, ihn unmittelbar „in die Klapse" zu bringen. Der dort diensthabende junge, wenig erfahrene Arzt stellte den nach wie vor nicht ansprechbaren, schweigenden Kollmann „fürs Erste ruhig", damit ein erfahrener Kollege am nächsten Morgen über das „weitere Prozedere" entscheiden könne. „Bleiben oder Nichtbleiben – das war hier *nicht* die Frage!"

15. Das MEK, Düsseldorf, Donnerstag, 18. Mai 1961

Am nächsten Morgen wachte Kollmann auf, ohne zu wissen, wo er war. Bevor er die Augen geöffnet hatte, bemerkte er, dass er an Füßen und Händen gefesselt war, um – wie es ihm der Pfleger später erklärte – eine zumindest latent vorhandene Selbstgefährdung auszuschließen. Schließlich habe er mehrfach gewaltsam versucht, das verschlossene und verriegelte Fenster zu öffnen.

Etwa eine Stunde später erschien ein Arzt, der Kollmann viele Fragen stellte, auf die er ruhig und konzentriert antwortete. Ohne Probleme nannte er seinen Namen, seinen Wohnort, seinen Beruf und die Namen und das Alter seiner drei Kinder.

Schwierig wurde es erst, als er gefragt wurde, was er in Düsseldorf gemacht habe und wie er auf die Parkbank gelangt sei. Alles, was er zu diesem Thema beitragen konnte, war, dass er für viel Geld hervorragend gefrühstückt hatte und die hübsche Kellnerin, die „Kaffeefee", immer sofort zur Stelle gewesen sei, wenn er seine Kaffeetasse gelehrt hatte.

„Das müssen Sie sich mal vorstellen. Ich trink aus, und rums bums ist die da! Wahnsinnig, was?"

Der Arzt runzelte die Stirn, machte sich Notizen – „Wahnsinnig!?" – und fragte Kollmann, ob er dienstlich in Düsseldorf gewesen sei.

Kollmann verneinte die Frage lachend, er als „kleiner Bürgermeister" aus dem „kleinen Malve" habe noch nie dienstlich in der großen Landeshauptstadt zu tun gehabt. Daraufhin steckte der Arzt einen Briefumschlag, der an den Bürgermeister Kollmann persönlich adressiert war, wieder in die Innentasche seines Arztkittels.

„Nun, Herr Kollmann, da haben wir wohl ein kleines Problem. Das Beste dürfte sein, wenn Sie noch einige Tage zur Beobachtung bei uns bleiben. Sicher ist sicher!"

Kollmann sah den Arzt an und entdeckte das Namenschild. „Dr. Lüdke-Neumann, Neurologe."

„Sagen Sie mal, Herr Doktor, bin ich hier inner Klapse?"

„So würde ich es nicht nennen, aber ich vermute, dass Sie richtig vermuten. Als Klapse oder Klapsmühle wird unsere Einrichtung gelegentlich recht unpassend bezeichnet. Aber kein Grund zur Sorge. Wie gesagt: Nur ein paar Tage und nur zur Beobachtung!"

„Keine Stunde, keine Beobachtung. Ich werde sofort gehen", war Kollmanns heftige Reaktion. Dann forderte er den Arzt barsch auf, ihn sofort loszubinden und ihm seine Kleidung auszuhändigen.

„Herr Kollmann, Sie hatten einen, sagen wir mal, Filmriss von mindestens zwölf Stunden. Damit ist nicht zu spaßen. Solange wir nicht wissen, was passiert ist, müssen Sie hierbleiben. Außerdem ist eine zumindest latente Tendenz zur Selbstgefährdung zu erkennen. Ich werde Sie deshalb weder losbinden noch gar entlassen. Wir versuchen gerade aufzuklären, was Ihnen zugestoßen ist. Danach sehen wir weiter."

In genau diesem Augenblick flog die Tür auf und Hanne rauschte in Begleitung von Dr. zu Proppe, dem langjährigen Anwalt und Freund der Familie, ins Zimmer und baute sich vor dem Arzt in typischer von Eschhausenmanier auf. Bevor irgendeiner der anderen Anwesenden, Kollmann eingeschlossen, irgendetwas sagen konnte, bemühte sich der Arzt bereits, die von Hanne gegebene Anweisung, besser ihren unmissverständlichen Befehl „Losbinden, sofort!" zu befolgen.

Hanne bezeichnete ihr Verhalten in derartigen Situationen gerne als „höflich, aber bestimmt!". Das mochte im Kern zutreffen, doch standen die beiden Adjektive in der Regel, so auch hier, in keinem ausgewogenen Verhältnis zueinander.

Kollmann stieg jedenfalls im weißen, hinten geknöpften Büßergewand aus dem Bett, wartete auf die Aushändigung seiner Bekleidung, legte diese an und eilends verließen sie zu dritt – Hanne voran, der Anwalt zum Schluss – grußlos das Zimmer, wobei der Arzt ihnen nervös nachrief, er übernehme keine Verantwortung.

Hanne erwiderte scharf, das mache rein gar nichts, denn er werde sich schon bald zu verantworten haben. Darauf könne er sich verlassen, so wahr sie eine von Eschhausen sei.

Der Lauf der Dinge brachte es mit sich, dass sich der von Hanne herbeizitierte Rechtsanwalt Dr. zu Proppe reichlich überflüssig vorkam. Denn er war nicht einmal dazu gekommen, sich als Rechtsanwalt vorzustellen, geschweige denn in irgendeiner Weise tätig zu werden. Im Übrigen war ihm durchaus bewusst, dass er auf die „Befreiungsaktion", die wegen der An- und Abreise mehr als vier Stunden in Anspruch nehmen würde, keinerlei Einfluss hatte nehmen können. Und da er nichts gemacht hatte, waren die Aussichten, den Kollmanns mit Erfolg etwas in Rechnung stellen zu können, zwar theoretisch vorhanden, praktisch aber sehr nahe bei null.

Das MEK – mobile Einsatzkommando Kollmann – war nicht zum ersten Mal ohne anwaltliche Hilfe zurechtgekommen. Wie gesagt: „Höflich, aber bestimmt!"

Als die drei das große vergitterte Tor der Anstalt passiert hatten und sich dem auf der Straße geparkten Mercedes des Rechtsanwalts näherten, ließ dieser sich taktvoll zurückfallen, um den Eheleuten die Möglichkeit für ein erstes Gespräch zu geben.

Hanne hatte bisher beharrlich geschwiegen, auch Kollmann hatte nicht gesprochen.

„Du willst jetzt sicherlich wissen", begann er, um durch ein abruptes „allerdings will ich wissen, was da vorgefallen ist", scharf unterbrochen zu werden.

„Weißt du eigentlich, was das für ein Gefühl ist, wenn man Stunde um Stunde zu Hause auf dich wartet, um dann von einem dieser Dorfpolizisten, ausgerechnet von einem dieser Trottel, zu erfahren, man habe dich in eine Klapse gebracht? Man habe dich zuvor hilflos auf einer Parkbank gefunden. Du seiest nicht ansprechbar gewesen und frühestens am nächsten Tag könne ich dich sehen. Weißt du das eigentlich, Heinrich? Also, was hast du dir dabei gedacht? Warum säufst du jetzt schon tagsüber so viel, dass du so stramm bist wie 1000 Russen? Ich bin es leid, endgültig leid. Entweder *ich* oder der Alkohol. Da musst du dich entscheiden, und zwar schnell. Denn sonst könnte es zu spät sein! Also: Was hast du mir zu sagen, verdammt noch mal?"

Kollmann überlegte. Wenn er ihr sagte, was er wusste, ginge das Gezeter in noch intensiverer Form weiter. Denn er wusste ja nur, dass die hübsche Kellnerin den Kaffee immer sofort nachgeschenkt hatte, kaum dass er die Tasse ausgetrunken hatte. Echt wahnsinnig!

„Heinrich, ich warte auf eine Erklärung, aber nicht mehr lange. Wo ist dein Auto überhaupt?"

Auto, wieso Auto? Ach ja, er war ja mit dem Auto nach Düsseldorf gefahren, wie hätte er da sonst hinkommen sollen? Aber er wusste nicht, wo das Auto stand. Vielleicht in der

Nähe des Hotels mit dem hübschen Kaffeemädchen. Aber wo war das Hotel?

„Hanne, das hört sich jetzt vielleicht komisch an, aber, also, es ist nämlich so, dass ......" – er zögerte, weil er fest damit rechnete, dass sie ihn unterbrechen würde, aber diesen Gefallen tat sie ihm nicht – „dass ... ach, ich gar nichts mehr weiß. Ich weiß nur, dass ich in einem Hotel gefrühstückt habe und dass ich danach irgendwo hinmusste, ich meine sogar dienstlich. Aber ich weiß es nicht mehr. Es ist alles, ja, alles ist weg. Tut mir leid!"

Sie sah ihn lange an, ohne etwas zu sagen, was kein gutes Zeichen war.

„Dr. zu Proppe", rief sie dem Rechtsanwalt zu, „wir bringen ihn zurück in die Klapse. Er ist nicht klar im Kopf!"

Der Anwalt kam näher und bat Hanne um ein kurzes „Vier-Augen-Gespräch".

„Was auch immer passiert ist, rate ich dazu, dass wir Ihren Gatten mit nach Malve nehmen. Wenn er einen Knacks hat, wird er in dieser Klinik nicht geheilt werden, und wenn er keinen hat, wovon ich nach wie vor ausgehe, wird er in dieser Klinik einen bekommen. Ich habe einen Korpsbruder an der Universitäts-Klinik in Münster, der sich Ihren Gatten morgen oder vielleicht sogar noch heute ansehen kann. Da ist er besser aufgehoben als in dieser Klapse. Sollen wir direkt nach Münster fahren?"

Hanne rang mit sich und sich dann dazu durch, Kollmann mit nach Malve zu nehmen.

„Wer weiß, was die ihm gegeben haben, vielleicht erholt er sich ja noch. Aber vorher müssen wir sein Auto finden."

In diesem Moment trat Kollmann zu Ihnen.

„Jetzt weiß ich wieder, wo ich war. Ich war in der Staatskanzlei zu einem vertraulichen Termin."

Hannes Reaktion ließ keine Sekunde auf sich warten: „Sofort nach Münster, es ist noch schlimmer als angenommen. Der erholt sich nicht mehr!"

Doch dann gab Kollmann ihr schweigend eine im Gemeindebüro zur Sicherheit von ihm gefertigte Fotokopie des vertraulichen Briefs. Nachdem Hanne den Brief studiert hatte, reichte sie ihn wortlos an den Anwalt weiter und beide kamen überein, das Auto in der Nähe der Staatskanzlei zu suchen.

Sie hatten Glück. Nach wenigen Minuten war der Benz gefunden, korrekt geparkt und abgeschlossen. Hanne nahm Kollmann den Autoschlüssel ab und setzte sich hinter das Steuer.

„Ich glaube, es ist besser, wenn du bei Dr. zu Proppe mitfährst, du darfst in deinem Zustand nicht fahren, und wenn wir zusammen in *einem* Auto fahren, befürchte ich einige Unannehmlichkeiten während der Fahrt."

So ließ sich Kollmann vom Anwalt nach Malve fahren. Nach einigen Versuchen, ein Gespräch in Gang zu bringen, gab dieser auf, Kollmann schlief ein und wachte erst kurz vor Ankunft auf seinem Hof wieder auf.

Hier wurde er von Elfriede freundlich empfangen: „Ach Heinrich, da sind Sie ja endlich wieder. Ewa und ich haben uns große Sorgen um Sie gemacht."

Ach Gott, Ewa, die hatte er ganz vergessen bei all dem Trubel. Aber er durfte sie nicht vergessen, das wusste er.

Wenig später traf auch Hanne ein, alles andere als gut gelaunt.

„Heinrich Kollmann, du glaubst doch nicht im Ernst, dass ich dir glaube, dass du nichts mehr weißt. Du kannst gerne bis morgen früh darüber nachdenken, was passiert ist. Das solltest du ganz in Ruhe tun, Elfriede wird deshalb das Fremdenzimmer für dich richten."

Kollmann wollte aufbegehren, besann sich aber eines Besseren. Vielleicht war es ja ganz gut, wenn er und Hanne sich ein wenig aus dem Weg gingen.

„Sicher, du hast recht, ich gehe dann schon mal hoch. Ich bin sehr müde. Vielleicht weiß ich ja morgen früh mehr oder ich rufe in der Staatskanzlei an und frage, ob da irgendetwas passiert ist. Also, gute Nacht, Hanne. Ich sage Elfriede dann selbst Bescheid."

Und damit verließ er die Stube.

16. Enttäuschung danach, Münster in Westfalen, Donnerstag, 18. Mai 1961

Inzwischen lag *das erste Mal* schon eine Woche zurück, aber Ste war noch nicht wieder aufgetaucht.

„Je nachdem wie die Schulung läuft, bin ich Anfang der kommenden Woche, spätestens aber am Donnerstag zurück", so hatte er sich nach ihrem ersten Mal verabschiedet. Montag, Dienstag und Mittwoch hatte Marie schon vergeblich Ausschau nach Ste gehalten, heute war *endlich* Donnerstag, heute würde sie ihren Schatz *endlich* wiedersehen.

Kurz vor zehn machte sie sich deshalb gut gelaunt auf den Weg zur Universität. „Strafrecht, Besonderer Teil: Vermögensdelikte" stand auf dem Lehrplan. Beschwingt nahm sie die zum Hörsaal führende Treppe, immer drei Stufen auf einmal. Jetzt war es gleich so weit! Mit einem schnellen Blick stellte sie fest, dass Ste noch nicht im Hörsaal war. Typisch für ihn, er kam häufig auf die letzte Minute.

Marie setzte sich deshalb auf eine Bank vor dem Hörsaal in der Nähe der Eingangstür, von wo aus sie die Treppe und einen Teil des Hörsaals überblicken konnte. Das Warten konnte nur noch fünf Minuten dauern, denn dann ging die Vorlesung los. Genau eine Minute – „nicht früher, nicht später!" – vor Vorlesungsbeginn ließ Professor Dr. Leber von einem seiner Assistenten die Türen nicht nur schließen, sondern verschließen.

Zu-Spät-Kommer hatten so keine Chance, noch in den Raum zu gelangen. Wenn jemand, dem diese Sitte nicht bekannt war, versuchte, die verschlossene Tür zu öffnen, pflegte der Professor spöttisch zu sagen: „Wer zu spät kommt, den bestraft der Leber!"

Außer ihm fand das niemand amüsant oder gar witzig, doch auch nach dem zehnten Mal kicherten die ersten fünf Reihen pflichtschuldig.

Marie bekam von all dem heute nichts mit, denn sie hatte den Zeitpunkt verpasst, in den Hörsaal zu gehen. Zwar hatte der schüchterne Assistent mit der dicken Brille dem Fräulein mehrfach gesagt, er müsse jetzt umschließen, doch hatte das Fräulein darauf nicht reagiert. Selbst als er sich direkt vor ihr aufbaute und sie bat, nun doch bitte endlich einzutreten, weil er jetzt sofort umschließen *müsse*, zeigte das Fräulein keine Regung, auch die zarte Röte, die sein Gesicht überzogen hatte, fiel ihr nicht auf.

Das Fräulein hörte auch nicht, dass sich der inzwischen im R3 eingetroffene Professor lauthals darüber mokierte, wieso denn bitteschön die Türen immer noch nicht umgeschlossen seien, um sodann zu beklagen, dass man sich bei der heutigen Jugend auf nichts mehr verlassen könne. Er habe Angst um Deutschland, wenn die elementaren deutschen Tugenden, Pünktlichkeit und Zuverlässigkeit, nicht mehr zählten. Damit schlossen sich die Türen, Marie blieb draußen vor der Tür.

Wieso war Ste immer noch nicht gekommen? Wollte er sie nicht sehen? Wollte er nicht mit ihr gesehen werden? Würde er sie jetzt hängen lassen, nachdem er seinen Spaß gehabt hatte? Nein, so einer war *ihr* Ste nicht. Andere Männer ja, aber *er* nicht! Wahrscheinlich hatte er ganz einfach verschlafen, ja klar, das war es, er hatte verschlafen. Er war ja ohnehin kein Frühaufsteher, vielleicht hatte diese Schulung in Düsseldorf aber auch länger gedauert.

‚Keine Panik auf der Titanic‘, dachte Marie, ‚er hat verschlafen und kommt erst um zwei Uhr zum Schuldrecht.‘

„Gott sei Dank, dass es so eine einfache Erklärung gibt", sagte sie zu sich selbst.

„Alles in Ordnung, Mariechen, tucke, tucke, alles in Ordnung", aber Ste kam auch um zwei Uhr nicht. Und am Freitag auch nicht. Wahrscheinlich kam er überhaupt nicht mehr. Nie mehr! Vielleicht hatte er das Studium geschmissen, um nach dem Vorfall mit Eining einer Exmatrikulation zuvorzukommen.

Marie ging es ob dieser Gedanken schlecht, sehr schlecht, sie aß wenig und weinte viel. In Malve erwartete sie ein schlimmes Wochenende voller Tränen und Kummer. Es war alles so hoffnungslos!

17. Pat und Patachon, Malve in Westfalen, Freitag, 19. Mai 1961

Kollmann schlief im Fremdenzimmer ruhig und fest bis gegen vier Uhr morgens. Als er erwachte, zermarterte er sich sofort das Hirn. Aber viel fiel ihm nicht ein. War er überhaupt in der Staatskanzlei gewesen? Was war dort geschehen? War er vielleicht schon vorher überfallen worden? Hatte er einen Schlag auf den Kopf bekommen? Oder hatte die hübsche Kaffeefee ihm etwas in den Kaffee getan?

„Ich weiß, dass ich nichts weiß!" Das wusste er noch aus dem Philosophiekurs an der VHS Menden, auch wenn er diesen nur zweimal besucht hatte.

Er blieb noch bis kurz vor sechs im Bett liegen, dann stand er auf und kümmerte sich zunächst um die Tiere. Danach frühstückte er zusammen mit Hanne, besser mit Hanne in einem Raum. Denn außer „kann ich den Kaffe haben?" oder „den Zucker bitte" wurde nicht gesprochen.

Nach dem Frühstück ging Kollmann in sein häusliches Arbeitszimmer, von Hanne etwas zu großspurig „Bibliothek" genannt. Von hier aus wollte er ungestört in der Staatskanzlei anrufen. Aber was wollte er überhaupt fragen? Etwa, ob er vorgestern dagewesen sei? Was wollte er auf die mögliche Frage, in welcher Angelegenheit er anrufe, antworten?

Während er noch grübelte, klingelte das Telefon. Eine weibliche Stimme erkundigte sich danach, ob der Herr Bürgermeister Kollmann zu sprechen sei. Sofort erklärte er ohne nach der Identität der Anruferin gefragt zu haben „ja, ja, am Apparat."

„Danke, ich verbinde mit Dr. Hahnenbücher." Es knackte in der Leitung und dann meldete sich Dr. Hahnenbücher.

„Na, mein lieber Herr Kollmann, da habe ich Ihnen vorgestern aber einen schönen Schrecken eingejagt, was? Auch im Namen des Herrn Staatssekretärs, der bedauert, Sie noch nicht persönlich kennengelernt zu haben, darf ich Ihnen mitteilen, dass dies nicht unsere Absicht war. Der Herr Staatssekretär, der Sie herzlich grüßen lässt, und ich gehen aber nicht zuletzt aufgrund Ihrer Reaktion mehr denn je davon aus, dass wir mit Ihnen den richtigen Mann angesprochen haben, verantwortungsbewusst, aufrichtig und intelligent."

Kollmann hörte staunend zu, der Hilfsreferent fuhr fort: „Einerseits haben Sie die Bedeutung und Tragweite des Projekts sofort erkannt, andererseits haben Sie die Implikationen, die auf Malve, aber auch auf Sie dienstlich wie auch persönlich zukommen, ganz offenbar sofort erfasst. Der Herr Staatssekretär hat es, wie ich meine, absolut treffend formuliert: ‚Kollmann überzeugen heißt alle überzeugen.‘ Deshalb möchten wir mit Ihnen ein weiteres Sondierungsgespräch führen. Passt es Ihnen heute Nachmittag? Sie müssen nicht erneut nach Düsseldorf kommen, wir sind ohnehin in der Gegend und kommen gern zu Ihnen nach Malve. Gerne ins Gemeindebüro, aber noch lieber zu Ihnen nach Hause. Sie wissen ja: Geheimhaltungsstufe I!"

Kollmann hatte geschwiegen. Was sollte er auch sagen? Immerhin wusste er jetzt, dass es um ein „Projekt" ging, aber er hatte keine Ahnung, um welches Projekt. Deshalb war es unmöglich, Fragen zu stellen, jedenfalls die richtigen Fragen. Aber es tat sich jetzt eine Möglichkeit auf, zu erfahren, was vorgestern passiert war. Jetzt wusste er auf jeden Fall schon mal, dass er tatsächlich in der Staatskanzlei gewesen war. Also sollte dieser Dr. Hahnenkampf oder wie immer der hieß doch kommen und seinen Staatssekretär gleich mitbringen. Warum denn nicht?

„Bei mir zu Hause passt es nicht, wir haben die Pinselquäler inne Bude", log Kollmann, „dann doch lieber im Gemeindebüro." Da war zwar die sehr interessierte Betti, aber zu Hause war die mehr als sehr interessierte Hanne. Man verabredete sich auf 15:30 Uhr.

Im Hausflur traf Kollmann auf Hanne und erklärte ihr, er müsse ins Gemeindebüro zu einer Besprechung.

„Nichts Wichtiges, aber was sein muss, muss sein", fügte er hinzu.

Hanne antwortete mit süffisantem Lächeln: „Ja, Heinrich, sicherlich, was sein muss, muss sein. Aber es wäre gut, wenn du dir bei der Gelegenheit endlich eine jedenfalls halbwegs plausible Erklärung für die Geschehnisse der letzten beiden Tage einfallen lassen könntest. Deine kleine Betti mit ihrer hochprozentigen Erfahrung wird dir sicherlich eine gute Hilfe sein."

Kollmann ärgerte sich gewaltig und überlegte einen Moment, ob er explodieren sollte. Warum musste Hanne Betti da mit hineinziehen? Ewig diese blöden Anspielungen auf deren lange überwundenen Alkoholprobleme. Aber Kollmann wusste nach so vielen Jahren Ehe, wann es besser war, zu schweigen.

Er dachte an das 2. Kollmann'sche Gesetz und verfuhr danach. Und deshalb schwieg er, und ging.

Da er bis zum Treffen um halb vier noch mehrere Stunden Zeit hatte, aber nicht zu Hause bleiben wollte, setzte er sich in sein Auto und fuhr planlos durch die Gegend. Erst jetzt fiel ihm ein, dass er Ewa heute noch gar nicht gesehen hatte, ja, er hatte nicht einmal an sie gedacht. Mein Gott, was war da in Düsseldorf passiert, was würde in Zukunft noch mit ihm passieren?

Kollmann bekam es mit der Angst zu tun. Nicht Hanne, nein, in erster Linie musste *er* wissen, was vorgefallen war. Gut, dass Dr. Hahnendingens und der Herr Staatssekretär in wenigen Stunden da sein würden. Aber was wollten die von ihm? Und warum kam dieser sonderliche Hilfsreferent nicht allein?

Kollmann hatte keine Vorstellungen von den Aufgaben eines Staatssekretärs, aber er wusste, dass das ein hohes Tier war. Was wollte so ein hohes Tier bei ihm, bei einem kleinen Dorfbürgermeister? Alles prasselte gleichzeitig auf Kollmann ein: Spannung, Anspannung, Unruhe, Nervosität, Unsicherheit, ja sogar Angst.

Er bemerkte eine deutliche Verschlechterung seines Befindens, als Reaktion verspürte er ein heftiges Verlangen nach einem Herrengedeck. Aber woher nehmen und nicht stehlen?

Annegret Stern, die „Anni", hatte ihren „Amtskrug" um diese Zeit noch nicht geöffnet, sodass er nicht „bei Anni" gehen konnte, wie es in Malve so schön hieß. Zu Hannes in die andere Dorfkneipe wollte er auf keinen Fall, denn Hannes war Hannes Vetter und einen Verwandten seiner Frau wollte er nun wirklich nicht sehen. Außerdem verfügte Hannes in keiner Weise über die vornehmste Tugend eines guten Wirts, im richtigen Moment nichts zu sehen und nichts zu hören und danach über das Nichtgesehene und Nichtgehörte zu schweigen wie ein Grab.

In dieser Hinsicht war Hannes eher ein Wasserfall und damit das Gegenteil eines guten Wirts: Er sah und hörte alles und erzählte danach noch mehr als er gehört und gesehen hatte. Das war in allen Fällen viel zu viel. Erschwerend kam hinzu, dass Hannes ein Geringschwätzer war.

Dass er Wirt der Dorfkneipe geworden war, war im Nachhinein schwer zu erklären. Mit dem Geld aus einer vorweggenommenen Erbfolge hatte Hannes im Nachbarort den „Goldenen Löwen" gekauft, ein stolzes Lokal mit ganzjährigem Saalbetrieb, einem großen Biergarten – dem einzigen weit und breit – und fast 20 Fremdenzimmern. Die ersten Jahre waren richtig gut gelaufen, Gaststätte, Saalbetrieb und Fremdenzimmer warfen große Gewinne ab, weil sein einziger Konkurrent vor Ort schwer erkrankte und dessen Herberge geschlossen wurde. Hannes' Misere wurde dadurch ausgelöst, dass er das Pech hatte, zu viel Glück zu haben, und dieses Glück mit Können verwechselte. Er genoss seine „Erfolge", stellte seine eigene Arbeit weitgehend ein und wurde schon bald sein bester Gast.

Immer wieder sagte er stolz lachend „die Mitarbeiter arbeiten, der Chef scheffelt". So verbrachte Hannes mehr Zeit vor als hinter der Theke und sein Elan, das Lokal zu führen, erlahmte von Glas zu Glas mehr. Bald hieß es im Ort: „Hannes ist jeden Abend steif wie'n Gaul, der isn richtiger Brenner geworden."

Das Ganze war folgenreich: Die Gäste blieben aus, Rechnungen wurden nicht bezahlt, das Personal sorgte mehr für sich als für den Betrieb und zu allem Überfluss erwies Hannes sich gegenüber allen Vorschlägen und Anregungen aus der Familie, von Kollegen und aus dem Kreis des Personals als äußerst beratungsresistent. Selbst die gut gemeinten Ratschläge seines treuesten Mitarbeiters, des schnellen Sigi, prallten von Hannes ab.

Nach nur etwas mehr als einem Jahr legte er einen saube-
ren Konkurs hin, das Objekt kam in die Zwangsversteige-
rung, seine Ehe wurde geschieden.

So war aus einem derer von Eschhausen, der in ganz besonderer Weise die vornehme Blässe in Gestalt einer fast
weißen Hautfarbe im Gesicht trug, ein schwarzes Schaf geworden.

Nach mehreren erfolglosen Entziehungskuren schaffte
Hannes dann endlich einen Neuanfang mit seinem „Plau-
derstübchen" in Malve, nur dass er das Motto zu ernst nahm.

Da Kollmann nicht nach plaudern zumute war und er wegen der Uhrzeit noch nicht „bei Anni" gehen konnte, entschied er sich zum Kotten zu fahren, zumal er dort alles finden würde, was er jetzt dringend brauchte. Nach der Ankunft genehmigte er sich einen Westfälischen und eine Flasche Bier. Beides tat ihm richtig gut, und da „man auf einem
Bein nicht stehen kann", wiederholte er die Prozedur. Die
dritte Runde stützte sich auf das Motto „dreimal ist dem Malver recht".

Langsam wichen Anspannung und Angst und eine leichte
Müdigkeit überkam Kollmann. Er legte sich aufs Bett und
schlief, Ewas Geruch wahrnehmend, gegen seinen Willen sofort ein.

Er wachte erst auf, als eine weibliche Stimme zunächst in
sein Ohr und dann in sein Bewusstsein drang.

„Heini, bist du da? Komm raus, dein Besuch aus Düsseldorf ist da."

Überraschend schnell war Kollmann klar, was geschehen
war. Und es bedurfte keines Blicks auf die Uhr, um zu wissen,
was die Stunde geschlagen hatte. Er hatte den Termin verschlafen. Kollmann, Kollmann, wie konnte das passieren? Es

konnte doch wohl kaum an den drei Herrengedecken liegen, die er sich gegönnt hatte.

Schon stand Betti vor ihm und schnatterte wie eine nervöse Ente: „Heini, steh auf, wir müssen uns beeilen. Hurtig, mach hinne. Die Herren waren wenig begeistert, als sie dich nicht angetroffen haben. Als ich in meiner Verzweiflung bei euch zu Hause angerufen und nach dir gefragt habe, hat deine Hanne einen mittleren Tobsuchtsanfall bekommen. Du sollst sie sofort, ja, sie betonte sofort anrufen, sobald ich dich gefunden habe."

Kollmann schauerte. Auch das noch. Er wusste nicht, wovor er mehr Angst hatte, vor den *zwei* Herren oder vor der *einen* Frau, seiner Frau, seiner Noch-Frau! Zum ersten Mal seit vielen Jahren, vielleicht sogar das allererste Mal überhaupt, dachte Kollmann daran, sich von Hanne zu trennen. Liebte er sie noch? Hatte er sich an sie gewöhnt oder hielt er sie nur noch aus? Oder lieferte der Ehevertrag das entscheidende Argument?

Hatte sich etwa der böse Spruch, den Hannes Vetter Hannes am Polterabend im volltrunkenen Zustand losgelassen hatte, bewahrheitet: „Die Liebe geht, die Ehe bleibt."

Und Kollmann wusste von einer Freundin von Hanne, dass es bisweilen sogar noch eine Fortsetzung gab: „Die Ehe geht, die Bürgschaft bleibt!"

So weit war es noch nicht, aber es stand fest, dass zwischen Hanne und ihm nicht mehr viel lief. Der Anfang von diesem Ende lag schon 20 Jahre zurück, es war nach Maries Geburt passiert.

Hanne hatte erklärt, drei Kinder seien genug und man müsse nicht unbedingt ohne Not weiter etwas tun, was zu noch mehr Kindern führen könne. Das hatte die Frequenz schon deutlich herabgesetzt. An ihrem 40. Geburtstag war dieses Etwas, das man ohne Not nicht tun musste, gänzlich zum Erliegen gekommen, denn Hanne hatte erklärt, für derlei sei sie jetzt zu alt. Das gelte im Übrigen auch für ihn. Da auch in dieser Sache Widerspruch zwecklos war, hatte Kollmann in der Folgezeit auf Handbetrieb umgestellt, doch auch diesen inzwischen fast ganz eingestellt.

Wie dem auch sei, für Trennungsgedanken war jetzt keine Zeit. Schließlich warteten die Herren.

„Wo sind sie, und was hast du denen gesagt?"

„Nun, ich habe ihnen gesagt, du würdest dich leider wegen deines Zahnarzttermins verspäten."

„Was ich, wieso Zahnarzt"?

„Ach Heinrich, du hattest doch letzte Woche diese böse Zahn-OP. Und nun hat sich doch die Wunde so plötzlich entzündet, dass die Schmerztabletten nicht mehr geholfen haben. Also bist du nach Menden zu Dr. Karitz gefahren, der dir eine Spritze geben soll. Kapierst du? Den Termin konntest du nicht mehr absagen, weil die Herren ja schon losgefahren waren. Na ja, und im Auto haben die ja nun leider kein Telefon. Wie sollte das auch gehen ohne die lange Leitung, auf der du gerade stehst?

Also los, komm jetzt. Mach endlich hinne! Ich habe die Herren beschäftigt. Sie erkunden mit Haui zusammen die Gegend. Haui hat versprochen, ein Zwei-Stunden-Programm aufzulegen. Aber dennoch: Leg mal nen Tacken zu, sonst kommen wa zu spät. Übrigens, Sie sehen aus wie Pat und Patachon", fügte sie amüsiert hinzu.

Endlich begriff Kollmann. Betti hatte geistesgegenwärtig eine gute Geschichte erfunden, die ihn vor einer Blamage bewahren würde.

„Hau mir eine ins Gesicht", forderte er Betti auf.

„Warum denn dat?"

„Damit ich eine dicke Backe habe. Das macht deine Geschichte noch besser. Betti, Betti, was bist du nur für ein Mädchen geworden!"

„Geworden ist gut, Heinrich. Das ist deine Schule, das habe ich von dir gelernt, du Politiker du! So, und nun komm endlich. Wir sollten Haui nicht unterschätzen, aber gut eine Stunde sind die drei schon unterwegs."

Eine Viertelstunde später fuhr Kollmann auf den Parkplatz des Gemeindebüros. Fast zeitgleich näherte sich ein schwarzer Mercedes mit dem Kennzeichen „D – 1". Im Fond machte Kollmann einen Fahrer mit Mütze aus, hinten links stieg der wohlbekannte hochgewachsene Hilfsreferent aus, rannte wie von einer Tarantel gestochen um das Auto herum und riss die rechte hintere Tür auf.

Mit einiger Mühe entstieg ein kleiner, rundlicher Herr mit freundlichem Gesicht dem Fahrzeug. Betti hatte recht. ‚Pat und Patachon', dachte Kollmann. Tatsächlich erinnerten die beiden stark an das dänische Komikerduo der Stummfilmzeit, das mit Filmen wie „Die verlorene Tochter", „Die Schwiegersöhne" und „Der König von Pelekanien" für Lachsalven bei den Zuschauern sorgte. Kollmann hatte zwar keinen dieser Filme gesehen, erinnerte sich aber an ein Filmplakat am „Lichtspielhaus" in Soest.

„Lieber Herr Kollmann, schön, Sie zu sehen. Ich hoffe, es geht Ihnen besser. Welche Seite ist es denn?", wollte der Referent wissen. Kollmann überlegte kurz, reagierte dann geistesgegenwärtig und schob seine Zunge in die linke Mundhöhle und streichelte mit der linken Hand ganz vorsichtig die linke Wange. „Ja, man kann es sehen, ganz schön dick."

Nun mischte sich der Staatssekretär ein. „Guten Tag, Herr Bürgermeister Kollmann. Leider erfordern die Umstände, dass wir trotz Ihres, sagen wir mal, kleinen Handicaps unsere Unterredung führen. Bitte lassen Sie uns möglichst schnell beginnen, zumal wir, sagen wir mal, schon viel Zeit verloren haben."

Kollmann bat die Besucher, ihm ins Gemeindebüro zu folgen. Mit den Worten „Ich darf mal vorgehen" ging er an Betti vorbei – „Guten Tag, Fräulein Riemenkemper. Wie geht's?" – in sein Dienstzimmer im ersten Stock, Pat und Patachon im Gefolge.

„Aus Gründen, die Sie gleich verstehen werden, schlage ich vor, dass wir diesen, na ja, sagen wir mal, kleinen Vorfall, der sich da unlängst in meinem Ministerium zugetragen hat, vergessen", begann der Staatssekretär die Unterredung.

„Also, Herr Hahnenberger, äh Hahnenbücher, dann erklären Sie Herrn Kollmann doch noch mal in der gebotenen Kürze, um was es geht", fuhr er fort.

Der Hilfsreferent entrollte mühsam eine Karte, die er unter seinem Arm getragen hatte. In diesem Augenblick klopfte es an der Tür und ehe Kollmann „herein" sagen konnte, stand Betti schon im Raum. Auf einem Tablett balancierte sie drei Tassen Kaffee, stellte das Tablett ab, um die Tassen zu verteilen.

Kollmann sah, dass der Referent die Karte schnell wieder aufrollte, und hörte den Staatssekretär sagen: „Herr Kollmann, bitte sorgen Sie dafür, dass wir ab sofort absolut ungestört bleiben", raunzte er Kollmann an.

Betti knallte die dritte Tasse Kaffee auf den Tisch, drehte sich um und verließ grußlos den Raum, wobei sie mit gut vernehmbarem Geräusch die Tür schloss.

„Nun, Herr Kollmann, ich schlage vor, dass wir diesem, sagen wir mal, kleinen Auftritt Ihrer Mitarbeiterin ganz schnell vergessen und in medias res gehen. Also Dokterchen, nun fangen Sie doch endlich an. Worauf warten Sie denn immer noch?"

Der Referent räusperte sich, straffte sich und rollte die Karte erneut auf dem runden Besprechungstisch aus. Kollmann hatte das Gefühl, die Karte schon einmal gesehen zu haben, und plötzlich war die Erinnerung zurück. Richtig, jetzt wusste er es wieder, die wollen Malve fluten, um eine riesige Talsperre zu bauen. Aber nicht mit ihm, das war klar. Was wollten die überhaupt von ihm? Er warf einen flüchtigen Blick auf die Karte und erschrak über das, was er zu sehen bekam. Alles blau, Wasser, Wasser, Wasser, alles blau.

„Was soll das, was wollen Sie von mir?", hörte er sich fragen. „Ich will nicht, dass hier eine Talsperre gebaut wird", fügte er fast trotzig hinzu.

„Mein lieber Kollmann", so der Staatssekretär, „was Sie wollen oder nicht wollen, ist, sagen wir mal, nicht einmal von eingeschränktem Interesse. Also sagen Sie uns bitte, wenn Sie nicht mit uns reden wollen. Dann nehmen die Dinge ihren Lauf, ohne dass wir Sie daran beteiligen. Sollten Sie aber später sagen, wir hätten Sie nicht beteiligt, wären wir genötigt, an geeigneter Stelle und in geeigneter Form darauf hinzuweisen, dass Sie jedwede Form der Kooperation haben vermissen lassen. Also, möchten Sie wissen, was geplant ist und welche Möglichkeiten für Sie persönlich, ich betone für Sie persönlich, bestehen, wenn wir uns dazu entschließen sollten, Sie in das Projekt einzubinden?"

Kollmann hatte Angst. Er zitterte leicht und stieß die Kaffeetasse, die vor ihm stand, um, zum Glück lief der Kaffee nicht auf die Zeichnung, sondern auf Kollmanns Hose und auf den Teppich.

„Also bitte, um was geht es und welche Rolle haben Sie mir zugedacht, dann erzählen Sie mal", stieß er nervös hervor.

„Wie ich Ihnen schon bei Ihrem, na ja, sagen wir mal, Besuch in Düsseldorf habe berichten lassen, sieht sich die Landesregierung vor die große Aufgabe gestellt, die Versorgung des nahen Ruhrgebiets mit Trinkwasser in ausreichender Menge langfristig sicherzustellen. Unsere Planungsabteilung hat drei Szenarien entwickelt, die im Kabinett ausführlich diskutiert worden sind.

Als technisch undurchführbar hat sich die Wassergewinnung aus Rhein und Ruhr erwiesen, dies gilt auch für die Bohrung weiterer Tiefbrunnen. Die einzige Möglichkeit, die sich in den nächsten fünf Jahren umsetzen lässt, ist der Bau mehrerer kleiner oder der Bau *einer* großen Talsperre. Dafür haben wir in einer groß angelegten Machbarkeitsstudie unter meiner Leitung verschiedene Standorte sorgfältig untersucht, und nun ist die Wahl auf Malve gefallen. Sie können absolut sicher sein, verehrter Herr Kollmann, dass genau hier an dieser Stelle, an der wir uns gerade befinden, eine Riesentalsperre gebaut wird."

„ABER DAS GEHT NICH! DAS GEHT NICH!"

„Und ob das geht. Über das ‚Ob' des Baus besteht nämlich überhaupt kein Zweifel mehr, auch nicht über den Ort. Die einzige noch offene Frage betrifft das ‚Wie'. *Mit* den Bewohnern oder *gegen* den Willen der Bewohner? Erfolgt die Landgewinnung auf der Grundlage fairer Kaufverträge oder im Wege der Enteignung? Sollen und wollen die betroffenen Bürger vom Projekt profitieren oder werden sie zu Verlierern? Können wir auf die Hilfe der Verantwortlichen vor Ort bauen oder erweisen sich diese als unbelehrbare Sturköpfe, die aus, sagen wir mal, rein egoistischen Motiven gegen die Interessen ihrer Gemeinden und ihrer Bewohner handeln? Darum geht es, Kollmann, um nicht mehr und nicht weniger, nur darum. Den Talsperrenbau in seinem Lauf halten weder Ochs noch Esel auf! Sie können gerne „Ochs´" durch „Heinrich" und „Esel" durch „Kollmann" ersetzen. Na, wie klingt das? Ich hoffe, Sie verstehen das!"

„Ja, ich glaube, ich habe Sie verstanden", sagte Kollmann zunächst ganz leise, „und ich hoffe, Sie verstehen mich jetzt auch. Sie rollen jetzt sofort, und ich meine sofort, wenn ich sofort sage, Sie rollen also sofort diese dämliche Karte auf, stehen danach sofort auf und schließen sofort diese Tür von außen. Raus, sofort raus, alle beide! Aber ganz hurtig!"

Beim letzten Satz war Kollmann richtig laut geworden, was seine Art sonst nicht war. Aber es tat sich nichts.

Pat und Patachon sahen sich an, zweifelnd, nachdenklich, überrascht.

Dann sagte der Staatssekretär anerkennend: „Respekt, Herr Kollmann, so treibt man die Preise hoch. Ihr kleiner Auftritt hat mir gefallen, Sie sollten vielleicht sofort in die, sagen wir mal, mittelgroße, später dann, sagen wir mal, in die ganz große Politik wechseln. Das Talent dafür haben Sie, ohne Frage, ganz ohne Frage!"

Der Referent wollte etwas hinzufügen, sah Kollmann aber direkt in die Augen und so sah er, dass Kollmann es ernst meinte, offenbar sogar sehr ernst.

„Ich glaube, Herr Staatssekretär, wir sollten Herrn Kollmann kurz allein lassen, damit er mit sich ins Reine kommt. Danach können wir ihm immer noch das Angebot machen,

Landrat oder mehr zu werden", und damit verließen beide Kollmanns Dienstzimmer, ohne die Zeichnung mitzunehmen.

Kollmann griff diese und wollte sie aus dem Fenster werfen, doch hielt er auf dem Weg inne.

‚Ganz große Politik, Talent, Landrat oder mehr, wird sowieso gebaut, faire Kaufverträge oder Enteignung, unbelehrbare Sturköppe, gegen den Willen der Bevölkerung' – all das raste durch seinen Kopf.

Er setzte sich an den Schreibtisch, zog die untere Lade auf und griff nach dem Westfälischen. Er nahm einen mehr als kräftigen Schluck und dann noch einen. Was sollte er machen? Er nahm an, dass die beiden noch in der Nähe waren. Sollte er doch noch einmal mit denen reden? Hatte er etwas zu verlieren, wenn er das tat? Hatte er etwas zu verlieren, wenn er es nicht tat? Konnte er, Heinrich Kollmann, Bürgermeister von Malve, hier überhaupt irgendetwas verhindern? Konnte er den Lauf der Geschichte anhalten? Würde er sich zum Ochsen oder Esel machen?

‚Nein', dachte er, ‚noch ist Malve nicht verloren! Ich werde noch heute den ganzen Ort informieren, und dann wollen wir mal sehen.'

Aber nein, das ging nicht. Es war einfach zu blöd, dass er diese dämliche Erklärung unterschrieben hatte, alle Informationen zum Talsperrenbau bis auf Weiteres vertraulich zu behandeln. Die hatte man ihm schon in Düsseldorf untergeschoben ("Für Ihre Fahrtkosten und so!"), bevor man in medias res gegangen war, und heute hatte man nicht weniger als dreimal auf die Erklärung und auf die „erhebliche strafrechtliche Relevanz" im Falle einer Nichtbeachtung hingewiesen.

„Sehr nah am Landesverrat wäre das, lieber Kollmann", hatte der Referent ihm leise drohend zugeflüstert.

‚Die haben mich in der Hand', durchfuhr es ihn. ‚Wenn ich rede ist es falsch, wenn ich schweige ist es falsch. Wenn ich mich querstelle wird die Talsperre gebaut, wenn ich mich nicht querstelle wird die Talsperre ebenfalls gebaut. Ich habe keine Chance, aber die muss ich nutzen.'

Jetzt fiel ihm doch tatsächlich einer dieser dämlichen Sprüche wieder ein, die der Referent, eben dieser dämliche Hilfsreferent in Soest abgelassen hatte.

„Gestalten, meine Herren, gestalten kann nur, wer gestaltet! Soll heißen: Wer dabei ist, nicht aber der, der sich nicht einbringt oder der sich gar verweigert. Nur wer dabei ist, kann gestalten und gewinnen! Also seien Sie dabei, wenn es in Ihrer Gemeinde etwas zu gestalten gibt, meine Herren."

Das war schon irgendwie richtig. Wenn die sowieso machten, was sie wollten, war es besser, wenn er wusste, was die machen wollten. Und wenn dabei auch noch was für ihn rausspringen würde, na ja, sei's drum. Hanne hatte mehr als einmal fallen lassen, als Frau Landrat könne sie sich sich ganz gut vorstellen. Aber dazu werde es ja kaum reichen, da sei wohl gar keine Hoffnung bei einem „Dorfbürgermeister aus Tradition". Und jetzt lockte sogar die große Politik: Das konnte nur Düsseldorf oder gar Bonn bedeuten. Oder mehr!

Über diese Gedanken hatte er, ohne es zu bemerken, die Flasche Westfälischen, die zuvor noch mehr als zu einem Drittel gefüllt war, wie Wasser ausgetrunken.

Er rang mit sich und sich dann dazu durch, doch noch einmal mit denen zu reden, aber nicht heute, nicht hier, nicht jetzt. Vielleicht morgen oder in der nächsten Woche, aber auf keinen Fall hier und jetzt.

Kollmann stand auf und öffnete die Tür, das Vorzimmer war leer. Er ging auf den Flur, ebenfalls leer. Trotz des erheblichen Alkoholkonsums ging er mit erstaunlich sicheren Schritten die Treppe nach unten, dann ins Freie und fand seine Besucher im Auto sitzend vor. Beide blieben sitzen, als sie Kollmann sahen, der Referent kurbelte immerhin die Scheibe herunter.

„Nun, Kollmann, haben Sie uns etwas zu sagen? Wenn, dann bitte schnell, wir müssen nämlich fahren."

Obwohl Kollmann stand und der Referent saß, hatte der dies von oben herab gesagt. Kollmann bemerkte es, ignorierte es aber.

„Ich bin gegebenenfalls zu einer Zusammenarbeit bereit, möchte aber noch mal drüber schlafen."

„Na, das hört sich doch schon besser an. Dann schlage ich vor, dass wir uns am Dienstag wieder treffen. Dann sind wir ohnehin in der Nachbargemeinde. Schlagen Sie hier in der Gegend einen Treffpunkt vor, an dem wir völlig ungestört sind. Man sollte uns am besten auch nicht zusammen sehen", forderte der Staatssekretär ihn auf.

„Ich habe im Wald eine kleine Jagdhütte, die sehr einsam liegt", entgegnete Kollmann und beschrieb dem Fahrer den Weg. Sodann verabredete man sich für den kommenden Dienstag um elf Uhr im Kotten. Kollmann ahnte in diesem Augenblick nicht, dass sich dieser Treffpunkt aus einem ganz anderen Grund als besonders gut und sinnvoll erweisen sollte.

Der Referent war derweil ins Gemeindebüro gegangen und hatte beim Zusammenrollen der Karte die leere Flasche des Westfälischen gesehen.

,Auch nicht schlecht', dachte er, ,daraus müsste sich was machen lassen.'

Als Kollmann wenig später das Gemeindebüro betrat, fragte der Referent ihn, wo er ungestört ein ganz kurzes Telefongespräch – „nur ein klitzekleines Minütchen!" – führen könne.

18. Der Anruf, Malve in Westfalen, Freitag, 19. Mai 1961

Wenige Minuten nach der Abfahrt von Pat und Patachon postierte sich ein Polizeifahrzeug so auf dem Marktplatz, dass die beiden Polizisten Kollmanns Benz gut im Auge hatten. So konnten sie kurz danach beobachten, wie Kollmann sich in das Auto setzte und losfuhr. Als er nach wenigen Metern die Polizeikelle sah, nahm Kollmann dies nicht sonderlich ernst. Er ahnte nicht, dass ihm Ärger, großer Ärger bevorstand, und dass es noch ärger kommen sollte, als er es sich vorstellen konnte. Zunächst einmal hielt er fast belustigt ordnungsgemäß an.

Der eine Polizist war Alex Steinig, der Vater eines der Mädchen, die sich damals auch auf die Lehrstelle bei der Gemeinde beworben hatten. Der andere war der Sohn von Fietche Schröders, der wie auch sein Vater wegen des Bebauungsplans „Am Weiher" alles andere als gut auf Kollmann zu sprechen war.

„Guten Tag, der Herr. Allgemeine Verkehrskontrolle. Bitte den Führerschein und den Kfz-Schein!", begann Steinig.

„Wat soll der Quatsch, Jungs, macht euch vom Acker", entgegnete Kollmann freundlich und gut gelaunt, denn er war es gewohnt, dass die Dorfpolizisten hin und wieder einen Scherz machten und eine solche „Kontrolle" durchführten. Noch nie hatte er dabei seinen Führerschein oder gar den Fahrzeugschein vorzeigen müssen. Wozu auch? Jeder im Dorf wusste, wer er war, und dass er das Auto nicht gestohlen hatte, war auch bekannt.

Beim letzten Mal hatte Kollmann „hoch und heilig und beim Leben der Mutter des Heiligen Vitus" versprechen müssen, in Zukunft nicht mehr mehr Sprit zu trinken als sein Auto auf 100 Kilometern verbrauchte.

„Jungs, macht Platz, ich hab's ein bisschen eilig", fügte er in Erinnerung an diesen Schwur lachend hinzu. Zu seiner Überraschung, die erst in Verwunderung und dann in Verärgerung umschlug, blieb Steinig unerbittlich: „Die Papiere, mein Herr."

Inzwischen war der junge Schröders ebenfalls aus dem Polizeifahrzeug ausgestiegen und hatte sich vor Kollmanns Auto postiert. Dieser lachte inzwischen nicht mehr, sondern fand das Ganze absolut lächerlich, legte den ersten Gang ein und fuhr langsam los. Der junge Schröders bequemte sich gemächlich einen Schritt zur Seite, sodass Kollmann seine Fahrt ohne Probleme fortsetzen konnte und davon ausging, damit sei die Angelegenheit erledigt. Doch weit gefehlt.

Im Protokoll der Polizisten las sich die weitere Entwicklung später wie folgt:

„Herr Bürgermeister Kollmann schrie laut: ‚Verpiss dich, Schröders, sonst bist du die längste Zeit Bulle gewesen. Ich mach dich platt wie ne Flunder, du Blindfisch!' Zugleich fuhr K. ruckartig und mit großem Tempo auf den Polizeimeister Schröders zu, sodass dieser sich nur durch einen beherzten Hechtsprung zur Seite retten konnte, wobei er erhebliche Verletzungen am Arm davontrug.

Bei der anschließenden mehrstündigen Verfolgung durch den gesamten Landkreis fuhr K. mit nicht angepasster, weit überhöhter Geschwindigkeit und unter Missachtung von Vorfahrtsregelungen. Erst nach Hinzurufen von zwei weiteren Einsatzfahrzeugen aus Soest gelang es, K. durch den Aufbau einer Straßensperre in Höhe der Ortschaft Blankenfurth zum Halten zu zwingen.

Der sich anschließenden vorläufigen Festnahme versuchte sich K. gewaltsam zu entziehen, sodass der Einsatz einfacher polizeilicher Gewalt geboten war. Die gegen den Widerstand des K. durch-

geführte Untersuchung ergab einem Blutalkoholgehalt von 1,35 Promille. K. blieb bis zum nächsten Morgen im polizeilichen Gewahrsam."

Kollmann hatte an die Ereignisse eine ganz andere Erinnerung, die über den Vorteil verfügte, viel näher an der Wahrheit zu liegen, aber den Nachteil aufwies, dass niemand sie mit ihm teilte. Der Promillegehalt war ohnehin aktenkundig, die Umstände seiner Festnahme, die Verfolgungsjagd durch den Landkreis einschließlich des von ihm nicht geleisteten Widerstands gegen die Staatsgewalt wurden von nicht weniger als sechs Polizisten bestätigt.

Nach einer ungemütlichen Nacht in der Ausnüchterungszelle des Polizeireviers in Soest, wohin man Kollmann verbracht hatte, wartete Rechtsanwalt Dr. zu Proppe auf ihn.

„Guten Morgen Heinrich, wie geht es Ihnen?"

„Ach, Herr Doktor, wie soll es mir schon gehen? Zwei wild gewordene rachsüchtige Dorfpolizisten haben diesen Zirkus ausgelöst. Die Pritsche war hart, ich habe kaum geschlafen und das Frühstück war mehr als bescheiden. Es gab altes Brot und lauwarmen Muckefuck. Ich freue mich auf das gute Frühstück zu Hause."

Dr. Proppe sah Kollmann lange an, zu lange, so lange, dass Kollmann Böses schwante.

„Was ist, stimmt was nicht?"

„Na ja, es gibt da zwei nicht ganz so gute Nachrichten. Die erste: Der Landrat hat Sie vorläufig des Amtes enthoben und in der Presse Voruntersuchungen für eine endgültige Amtsenthebung angekündigt."

„Wieso dat denn, es ist doch praktisch nix passiert, oder habe ich etwa ein altes Mütterchen totgefahren, oder wat?", schrie Kollmann.

Der Rechtsanwalt ging auf diesen Einwand nicht ein.

„Die zweite nicht so gute Nachricht. Ihre Frau hat gestern Abend Ihr Anwesen verlassen und ist mit dem Taxi zu ihrem Bruder Siegfried gefahren. Sie hat angekündigt, sich scheiden zu lassen. Sie hat mir gegenüber am Telefon erklärt, ihre Entscheidung sei endgültig und stehe unverrückbar fest."

In diesem Augenblick verlor der Rechtsanwalt ein Stück seiner professionellen Distanz, denn er begann, Mitleid mit seinem Mandanten zu empfinden und verfiel deshalb vorübergehend in das vertrauliche Du.

„Du hättest ihr die Entscheidung zum Schluss wirklich leichtgemacht. Erst die Klapse in Düsseldorf und nur zwei Tage später das nächste Besäufnis! Es reiche. Alles andere sollen wir Anwälte regeln, sie will kein Wort mehr mit dir wechseln!"

Kollmann wusste nicht, wann er das letzte Mal geweint hatte. Vielleicht mit vierzehn, als seine Oma gestorben war? Jetzt aber überkam es ihn, er weinte, er klagte, er winselte.

„Wieso dat denn? Es is doch praktisch nix passiert, das kann sie doch nich machen!"

Dann fügte er, der sich nie auch nur einen Dreck darum gekümmert hatte, was die Leute reden, hinzu: „Was sollen denn die Leute reden?"

Der alte Anwalt, der jeden körperlichen Kontakt scheute und sogar einen Händedruck als belastend empfand, nahm Kollmann väterlich, ja fast zärtlich in den Arm. So standen sie mehrere Sekunden, ein alter Mann, und ein Mann, der binnen weniger Minuten um Jahre gealtert war, tief in Gedanken versunken.

„Nun, Heinrich, ich bringe Sie erst mal nach Hause. Da ist ja eine, die in Treue zu Ihnen steht", löste der Anwalt die Situation auf.

‚Und dann ist da noch eine, die gar nicht da sein sollte‘, dachte Kollmann. Elfriede und eben auch Ewa! War denn nicht alles schon ohne Ewa kompliziert genug? Aber er sagte nur: „Ja, danke, lieber Doktor, bringen Sie mich bitte nach Hause."

Während der Fahrt wechselten die Männer kein Wort.

Elfriede empfing Kollmann an der Tür, sah ihn an, sagte aber außer „guten Tag, Heinrich" nichts. Was sollte sie auch sagen? Kollmann ging in die Küche und bat Elfriede, obwohl es schon fast Mittag war, ihm ein Frühstück zu machen, und zwar mit allem, was dazugehört. Serviert wurde das Frühstück von Ewa, die offensichtlich geweint hatte. Sie gab sich eine Mitschuld an Hannes Auszug und schaute Kollmann traurig an.

„Komm her, Ewa", sagte dieser und nahm sie in den Arm. „Da kommen jetzt harte Zeiten auf uns zu. Wenn Hanne Ernst und ihre Ansprüche aus unserem blöden Ehevertrag geltend macht, kann das hier alles den Bach runtergehen." Unwillkürlich musste Kollmann lachen und fügte hinzu: „Ach, is ja auch egal, woher das Wasser kommt. Nach dem Bau gibt es den Hof sowieso nicht mehr."

Ewa sah ihn verständnislos an, ohne nachzufragen, was es mit „dem Bau" auf sich habe, und ging, um den Hof zu säubern. Nach dem ausgiebigen Frühstück rief Kollmann Elfriede und bat darum, ihm dat olle Käseblatt zu bringen. Elfriede meinte, es sei vielleicht besser, wenn Kollmann den „Sauerländischen Boten. Christlich. Überparteilich" heute nicht lesen würde. Es stände etwas sehr Hässliches drin. „Sehr hässlich, Heinrich", fügte sie mit Nachdruck hinzu.

„Ich will das aber trotzdem lesen. Bring mir die Zeitung." Kollmann sah sofort das große Foto und die Überschrift:

„Bürgermeister K. sturzbetrunken. Amtsenthebung!"

Malve/Soest. Eigener Bericht: Der Bürgermeister von Malve, Heinrich K., lieferte sich gestern ein wildes Autorennen mit der Polizei. Aufgrund eines vertraulichen Telefonanrufs hatte die Polizei in Malve davon Kenntnis erlangt, dass Bürgermeister K. im Begriff war, unter erheblichem Alkoholgenuss ein Fahrzeug im Straßenverkehr zu führen. Zwei als besonders besonnen geltende Polizeibeamte erhielten die dienstliche Anweisung, die Fahrt zu unterbinden. Sie hielten das Fahrzeug des K. in unmittelbarer Nähe des Gemeindebüros an, wo K. die Fahrt begonnen haben soll. Wie dieser Zeitung aus gewöhnlich gut unterrichteter Quelle bekannt wurde, versuchte K. sich der Kontrolle durch Flucht zu entziehen. Er soll dabei mit hoher Geschwindigkeit auf den Polizeimeister Sch. zugefahren sein, der sich nur durch einen beherzten Sprung zur Seite retten konnte. Polizeimeister Sch. soll gegenüber einer Zeugin geäußert haben: „Ich dachte, der Kerl bringt mich um. Wenn ich nicht gesprungen wäre, wäre ich jetzt höchstwahrscheinlich tot oder säße im Rollstuhl. Ich überlege, den Polizeidienst zu quittieren."

Nach dem vorsätzlichen Angriff auf das Leben des Polizeibeamten kam es zu einer wilden Verfolgungsjagd quer durch den gesamten Landkreis. Dabei beging K. zahlreiche Verkehrsverstöße, aufgrund überhöhter Geschwindigkeit gefährdete er das Leben zahlreicher anderer Verkehrsteilnehmer. Erst durch eine aus sieben Fahrzeugen bestehende Straßensperre konnte K. bei Blankenfurth gestoppt werden. Er stand unter erheblichem Alkoholeinfluss (fast 2 Promille) und leistete erbitterten Widerstand gegen seine vorläufige Festnahme. Dabei soll er einem Polizeibeamten ein Ohr abgebissen und einem anderen einen Arm gebrochen haben.

Landrat Hans Meyer zu Barlage hat sofort nach Bekanntwerden des Vorfalls reagiert und K. vorläufig seines Amtes als Bürgermeister von Malve enthoben. Wie aus dem Landratsamt zu erfahren war, ist mit einer endgültigen Amtsenthebung zu rechnen, sollte sich auch nur ein kleiner Teil der Vorwürfe bestätigen.

Kollmann selbst war für eine Stellungnahme nicht zu erreichen, er verbrachte die Nacht in der Ausnüchterungszelle der Polizeistation in Soest. Nach unbestätigten Meldungen soll er heute im Laufe des Vormittags entlassen werden. Noch unklar ist, ob K. danach dem Haftrichter vorgeführt wird. Dies hängt davon ab, ob die Staatsanwaltschaft K. einen versuchten Totschlag oder gar einen versuchten Mord zum Nachteil des Polizeimeisters Sch. zur Last legt und den Erlass eines Haftbefehls beantragt. Anderenfalls könnte K. zunächst auf freien Fuß gesetzt werden."

Kollmann ließ die Zeitung sinken. Obwohl er noch nie im Kino gewesen war, wusste er, dass er jetzt mit Sicherheit im falschen Film war. Was hatte er da losgetreten?

Diese Schmierfinken von der Zeitung. Das war jetzt der Dank dafür, dass er der Lokalredaktion über Jahre Informationen zugespielt hatte. Dieser neue sogenannte Chefredakteur wusste wohl nicht, wer Kollmann war. Das würde der aber schon bald zu spüren bekommen. Noch heute würde er Betti einen Brief diktieren, der es in sich hatte.

Jetzt fiel Kollmann ein, dass er Betti im Augenblick gar nichts zu sagen, geschweige denn zu diktieren hatte. Schließlich war er „vorläufig amtsenthoben", obwohl er dies bisher nur von Dr. zu Proppe und aus der Zeitung erfahren hatte.

Das war alles einfach nur lächerlich, aber zum Lachen war ihm nicht zumute.

Bisher hatte sich niemand daran gestört oder gar darum gekümmert, wenn Kollmann oder andere mit weniger oder auch mehr Alkohol im Blut unterwegs waren. Dass man zum Beispiel nach Ratssitzungen nen Brand wie ne Bergziege hatte und deshalb ordentlich einen heben musste, war doch das Schöne an diesen Sitzungen. Davon wurde reichlich und parteiübergreifend Gebrauch gemacht, und vieles, was man in der Sitzung nicht geschafft hatte, bekam man in der „dritten Halbzeit" ohne Probleme hin.

Diese Nachspielzeit wurde stets dadurch eingeleitet, dass Kollmann mit einer von seinem Vater geerbten, auf dem Tisch des Sitzungssaals stehenden Glocke dreimal kurz läutete. *Einmal* für das Ende der Rednerliste, *einmal* für das Ende der Tagesordnung und *einmal* für das Ende der Sitzung. Damit war der offizielle Teil beendet, das Läuten der Glocke war das von niemanden hinterfragte Signal zum Aufbruch.

Inoffiziell ging es bei Anni aber über Stunden munter weiter: „Drei Herrengedecke und ich denk noch mal verschärft drüber nach", war ein gern praktiziertes Motto dieser Runde. Und alle waren sich einig, dass man nach der dritten Halbzeit besser mit dem Auto als mit dem Fahrrad nach Hause fuhr.

„Ein Auto kippt nicht so schnell um" wurde immer wieder als Begründung herangezogen. Dieser Satz hatte auch deshalb Konjunktur, weil man sich gerne an das Erlebnis von August Möllers, dem vormaligen Polizeichef von Malve, erinnerte. Möllers wollte den anderen Ratsherren mit gutem Beispiel vorangehen und war deshalb mit dem Fahrrad zur Ratssitzung gekommen.

Als er nach getaner Arbeit einschließlich einer sehr feuchten dritten Halbzeit auf sein Rad steigen wollte, fiel er auf der anderen Seite glatt wieder herunter.

Sein Kommentar „hat der alte Hottomax mich mal wieder abgeworfen" war heute noch in aller Munde, wenn ein Ratsmitglied unvorsichtigerweise mit dem Fahrrad zur Sitzung kam. Das war Malve. So war es bisher praktiziert worden: Mit irdischem Segen, weil der Bürgermeister immer bis zum Schluss der dritten Halbzeit Anteil nahm. Und auch mit himmlischem Segen, weil der Herr Kaplan, der als Aufpasser für Mutter Kirche an den Gemeinderatssitzungen teilnahm, als Stellvertreter Gottes auf Erden bis zum letzten Tropfen ausharrte.

Und nun kamen zwei wild gewordene kleine Polizisten daher, machten Krawall, sodass der regierende Bürgermeister in eine Ausnüchterungszelle kam, der Landrat eine vorläufige Amtsenthebung vornahm und die werte Ehefrau sich zu ihrem Bruder absetzte. Das war absurd! Wenn Kollmann Kafka gekannt hätte, hätte er eine treffende Bezeichnung für derlei Ungeheuerliches gehabt. Aber so musste Kollmann ohne Kafka zurechtkommen, was nicht gerade einfach war.

„Was tun, Kollmann? Was tun?" Ihm war klar, dass er etwas tun musste, es würde nicht reichen, diese Angelegenheit auszusitzen, so wie es die Politikergenerationen nach ihm kohlweislich und merkelhaft getan hätten.

19. Amors Pfeile, Hof Kollmann, Samstag, 20. Mai 1961

Ste war nicht gekommen, weder am Donnerstag noch am Freitag. Deprimiert und tief unglücklich bestieg Marie am Freitagabend den letzten Bus nach Malve. Sie nahm sich fest vor, sich ihren Gemütszustand zu Hause nicht anmerken zu lassen. Das gelang ihr zunächst sogar, da sie sich mit dem Hinweis, sie habe sich „in der Mensa so eine dumme Magen-Darmgeschichte eingefangen", sofort in ihr Zimmer verzogen hatte. Ihren Vater sah sie an diesem Tag nicht, er war wohl unterwegs, vielleicht fand ja auch eine Sitzung des Gemeinderats statt, die an Freitagen bisweilen sogar in die vierte Halbzeit ging.

Ihre Mutter hatte ihr spät am Freitagabend in einem der bei Hanne eher seltenen Anflüge mütterlicher Liebe eine Flasche Coca-Cola und Salzstangen aufs Zimmer gebracht, ein bewährtes Hausmittel gegen Maries angebliche Beschwerden. Marie ließ beides unberührt. Diese Mischung mochte bei Darmbeschwerden helfen, Marie war damit aber in ihrem Kummer nicht zu helfen, obwohl dieser ihr inzwischen auch auf den Magen geschlagen war.

Am Samstagmorgen war etwas höchst Sonderbares geschehen: Beide Elternteile waren nicht zu Hause!

Elfriede wollte so recht keine Auskunft geben, obwohl sie durch den sauerländischen Buschfunk jedenfalls im Groben wusste, was Kollmann widerfahren war, und sie sich denken konnte, dass Hanne mit dem Taxi zu ihrem Bruder Siegfried gefahren war. Sie begnügte sich aber mit dem Hinweis, ihr Vater habe wohl auswärts zu tun gehabt und ihre Frau Mutter sei „in Familie unterwegs", soweit sie wisse. Mit diesen vagen Erklärungen ließ sie die Geschwister etwas ratlos in der Küche zurück.

Zu allem Überfluss musste sich Marie von Thea beim Frühstück manche Hänselei gefallen lassen.

„Na, Mariannchen" – sie hasste es schon, wenn ein anderer sie Marianne nannte, und Mariannchen oder gar Mariechen konnte sie auf den Tod nicht ausstehen, nur sie selbst durfte sich so nennen, wenn sie gut, besonders gut, schlecht oder besonders schlecht gelaunt war –, „na Mariannchen, wat issen los? Hat Amor dich getroffen und dann ist der blöde, blöde Pfeil einfach so abgebrochen? Einfach so? Mitten im Herzen? Steckt er da etwa noch drinne, gaaaaanz tief drinne? Ja, ja, die Liebe, sie ist eine Himmelsmacht. Sie kann so schön und doch so grausam sein. Aber glaub mir, man kommt iiiiirgendwann darüber wech, Mariechen. Beim ersten Mal tut dat noch weh, beim zweiten nicht mehr so sehr, und iiiiiiirgendwann ..."

„Ach halt doch deinen Mund und verschone mich mit deinem Gerede. Es ist doch nur", weiter kam sie nicht, sondern rannte auf ihr Zimmer und warf sich heulend bäuchlings aufs Bett. Den verbleibenden Teil des Wochenendes verbrachte sie ganz überwiegend in dieser Position.

Ihr Vater versuchte sie nach seiner Rückkehr aus dem Polizeigewahrsam aufzumuntern, doch schlug der Versuch fehl und endete in einem Tränenschwall. Für so etwas wie Trost spenden war Vater Kollmann nun wirklich nicht zu gebrauchen, zumal er selbst dringend Trost benötigte.

Ihre am frühen Sonntagmorgen für zwei Stunden zum Kofferpacken anwesende Mutter fand derlei Getue unwürdig, das Kind sollte sich gefälligst zusammenreißen. Etwas Dümmeres als um einen Mann zu weinen oder ihm gar nachzutrauern, gab es nach Hannes Meinung nicht. Jedenfalls nicht auf dieser Welt. Und damit fuhr sie wieder zu ihrem Bruder Siegfried.

Und Ewa? Sie war völlig überfordert. Wie sollte ausgerechnet sie mit Marie über die Liebe sprechen?

Marie wollte im Übrigen fast nichts: Sie wollte sich nicht unterhalten und auch nicht unterhalten werden, sie wollte niemanden sehen und auch nicht gesehen werden, sie wollte nichts essen und auch nichts trinken. Sie wollte nur eines: In Ruhe gelassen werden. Ewa bemerkte das recht schnell und war taktvoll genug, in das Fremdenzimmer zu ziehen.

Marie lag stundenlang bäuchlings auf dem Bett und legte auf ihrem Plattenspieler abwechselnd La Paloma von Freddy und die weißen Rosen aus Athen von Nana Mouskouri auf.

Dagegen schmiss sie die Capri-Fischer von Rudi Schuricke aus dem Fenster. Zwei andere Schallplatten aus ihrem kleinen Bestand brach sie in der Mitte durch. Sie konnte Ivo Robic mit seinem blöden Lied „Mit 17 fängt das Leben erst an" nicht mehr hören. Das galt erst recht für Connie Francis mit ihrem noch blöderen „Die Liebe ist ein seltsames Spiel". So ein dummes Zeug. Und das Lied hatte sie mal gut gefunden. Früher. Ja früher. Früher, da war ja auch alles noch anders und besser gewesen. Ohne Ste.

20. In den Fängen des MfS, Hof Kollmann, Samstag, 20. Mai 1961

Eine halbe Stunde nachdem Kollmann sein spätes Frühstück beendet hatte, klingelte das Telefon. Am anderen Ende der Leitung meldete sich ein Reporter einer größeren überregionalen Tageszeitung und bat Kollmann um ein Interview zu den „skandalösen Vorfällen". Kollmann legte auf, bevor der Reporter den Satz beendet hatte, und so hörte er nicht mehr, dass der Reporter Kollmanns Sicht der Dinge erfahren und dem Leser hätte näherbringen wollen. Kurze Zeit später klingelte das Telefon erneut.

Kollmann stellte sich vor, wie nützlich es wäre, wenn man sehen könnte, wer der Anrufer ist. Dann könnte man jeweils entscheiden, ob man „drangeht oder ob man es einfach weiterbimmeln lässt". Aber so etwas gab es nicht, leider. Also bimmeln lassen oder rangehen? Kollmanns Neugierde siegte, doch verlief das Gespräch wie das vorherige. Auch diesmal ließ Kollmann den Schreiberling – es war ein anderer als beim ersten Mal – glatt abblitzen, ohne sich auch nur den Anschein der Höflichkeit zu geben.

Danach bat er Elfriede darum, ans Telefon zu gehen und, egal wer dran sei, ausrichten zu lassen, er sei nicht zu sprechen. Kollmann zog sich in die Stube zurück und nahm den Westfälischen aus dem Schrank. Ein Schlückchen zur Beruhigung konnte nicht schaden, zumal er ohnehin nicht wusste, wie er die Zeit totschlagen sollte.

Etwa vier Stunden und deutlich mehr als vier Westfälische später kam Elfriede in die Stube. „Heinrich, in der Bibliothek wartet ein Gast auf Sie. Ein Rechtsanwalt aus Düsseldorf. Was soll ich mit dem machen?", fragte sie.

„Ein Rechtsanwalt aus Düsseldorf, was soll ich mit dem machen?", äffte der inzwischen deutlich Betrunkene Elfriede nach, um danach zu explodieren: „Schmeiß den Kerl raus, ich will niemanden sehen, und schon gar keinen Rechtsverdreher aus Düsseldorf. Verdorri noch mal, ausgerechnet Düsseldorf, schmeiß den Kerl raus, bevor ich mich vergesse und das Jagdgewehr hole!"

Elfriede sah Kollmann das Nachäffen nach, dem kleinen Heinrichschen ging es gerade gar nicht gut. Sie erklärte ihm dann mit großer Ruhe, der Herr Rechtsanwalt lasse sich nicht hinauswerfen, das habe sie mehrfach versucht. Er bestehe darauf, Kollmann jedenfalls kurz persönlich zu sprechen, und zwar noch heute, bevor alles verloren sei. Am Wochenende ließe sich vielleicht noch was retten, am Montag sei es vermutlich zu spät, so habe er sich geäußert.

„Bitte, Heinrich, sprechen Sie doch jedenfalls kurz mit ihm, um zu sehen, wer ihn schickt und was er unternehmen will. Rausschmeißen können wir ihn danach immer noch, stimmt doch, oder?"

‚Wo sie recht hat, hat sie recht', dachte Kollmann und bat Elfriede, den Anwalt reinzubringen. Wenig später betrat ein ansehnlicher Mittvierziger den Raum und stellte sich als Dr. jur. Hans-Georg Lausemann vor. Beim Anblick des Westfälischen und angesichts von Kollmanns leichten Sprachproblemen verzog der Anwalt ganz kurz das Gesicht, so kurz, dass Kollmann es nicht einmal bemerkte, während Elfriede es durchaus wahrnahm, als sie den Raum verließ.

Schnell fand der Anwalt sein gewinnbringendes Lächeln wieder: „Herr Bürgermeister Kollmann, ich komme im Auftrag der Staatskanzlei, um Ihnen ein Stück weit juristischen Beistand zu leisten. Der Herr Staatssekretär bedauert Ihre augenblickliche, na ja, sagen wir mal, etwas missliche Lage sehr und hat versprochen, alles in seiner Macht Stehende zu tun, damit Sie sauber aus der Sache rauskommen."

In der folgenden halben Stunde trug der Anwalt vor, wie „die Sache geräuschlos erledigt werden könne", wenn er, also Kollmann, in dieser wie in der anderen Sache, er wisse ja in welcher, ein Stück weit kooperativ sei.

„Lieber Herr Kollmann, die Chance einer Krise besteht bekanntlich darin, gestärkt aus ihr hervorzugehen. Die vom Landrat verfügte vorläufige Amtsenthebung als Bürgermeister kann kurzfristig aufgehoben werden, fraglich ist für diesen Fall indes, ob der Landrat noch lange Landrat ist. Jemand, der so überreagiert, ist als Landrat wohl nicht länger tragbar. Da muss ein Neuer ran, der über politischen Instinkt und kommunale Erfahrung verfügt. Ich gehe davon aus, dass Sie verstehen, wen und was ich meine. Das Einzige, was Sie im Moment tun müssen, ist eine klitzekleine Unterschrift unter dieses Vollmachtsformular zu setzen."

Kollmann war benebelt vom Westfälischen, aber noch mehr von dem Geschwätz dieses Rechtsverdrehers. Wie wohltuend schweigsam und ruhig war Dr. zu Proppe im Verhältnis zu diesem Winkeladvokaten. Der Anwalt legte Kollmann das Formular vor, nickte ihm aufmunternd zu und drückte ihm einen goldenen Füllfederhalter in die Hand.

„So, nun unterschreiben Sie mal eben!"

Und so unterschrieb Kollmann mal eben die anwaltliche Vollmacht und auch die zwei weiteren Schreiben, die der Anwalt ihm vorlegte, ohne auch nur eines davon gelesen zu haben.

Im ersten Schreiben erklärte Kollmann „aus strategischen Gründen" nicht mit der Presse, dem Rundfunk oder gar dem

Fernsehen über den gestrigen Vorfall zu sprechen. Alle Wünsche nach Interviews werde er ablehnen.

Das zweite Schreiben betraf die „Individuelle Mitarbeit (IM)" beim Projekt „Sauerland-Talsperre", Codewort „Wasser marsch". Kollmann verpflichtete sich darin, als IM Karl alles Berichtenswerte in Dossiers oder in anderer geeigneter Form, auch mündlich oder telefonisch, an das Ministerium für Strategie (MfS) mitzuteilen. Sollte es vor Ort zu Widerstand in der Bevölkerung kommen, sollte Kollmann sich dem Widerstand aktiv anschließen und zeitnah über alle Pläne und Aktionen der Widerständler berichten. Rädelsführer waren namentlich zu benennen, auch wenn es sich um Familienangehörige, Nachbarn oder Freunde handeln sollte. Wenn es aus Gründen der Glaubwürdigkeit erforderlich erscheine, kleine Straftaten zu begehen, werde das für den IM Karl keine Folgen haben. Da halte der Herr Justizminister „seine große Hand drüber".

Die Brisanz dieses Schreibens war Kollmann im Moment schon deswegen nicht einmal im Ansatz klar, weil er es ja gar nicht gelesen hatte. Er verabschiedete den Anwalt, ließ die Durchschriften der Papiere einfach auf dem Tisch liegen und legte sich ins Bett. Die letzte Nacht und der Westfälische hatten ihn sehr müde werden lassen. Und er wusste nicht, dass die mit dem goldenen Füllfederhalter unterschriebenen Formulare alles andere als eine goldene Zukunft zur Folge haben würden.

Am Sonntagmorgen wachte Kollmann Punkt sechs Uhr auf und wunderte sich, dass Hanne nicht neben ihm lag. So früh stand sie doch nie auf. Als er sah, dass ihr Bett unberührt war, schoss er hoch: Schlagartig fiel ihm alles wieder ein! Erst jetzt wurde ihm das ganze Ausmaß der Misere bewusst.

Verdammt, Hanne hatte den Hof verlassen und er hatte diesem Rechtsverdreher aus Düsseldorf irgendwas unterschrieben, wo waren diese blöden Zettel denn bloß geblieben? Er sprang aus dem Bett und lief mit nackten Füßen in die Bibliothek, fand aber weder Reste des gestrigen Trinkgelages noch irgendwelche Papiere oder Schreiben vor. Elfriede hatte wohl schon aufgeräumt. Also hatte sie auch die komischen Zettel an sich genommen und bei ihr waren sie gut aufgehoben. Und irgendwie wollte er auch gar nicht wissen, was er da unterschrieben hatte.

Kollmann zog seine Arbeitskleidung an und ging in den Stall, um die Tiere zu versorgen. Er stellte sofort fest, dass ihm jemand zuvorgekommen war. Da Hanne sich für derlei zu fein war und sie im Übrigen den Hof verlassen hatte und Elfriede für solche Tätigkeiten zu alt war, konnte das nur Ewa gewesen sein. Das konnte sie also auch. Sie war wirklich eine große Hilfe auf dem Hof. Und auch sonst.

21. Eckes Edelkirsch, Münster in Westfalen, Sonntag, 21. Mai 1961

Marie war froh, als das elende, traurige Wochenende endlich vorbei war und sie den doofen Hänseleien ihrer blöden Schwester entfliehen konnte. Anders als sonst fuhr sie nicht erst am Montagmorgen nach Münster, sondern mit dem Sieben-Uhr-Bus schon am frühen Sonntagabend. Sie wollte ihre Ruhe haben, allein sein, allein mit sich, mit ihrem Unglück. Dieser Plan ging jedoch nicht auf.

Als Marie nämlich kurz nach acht Uhr ganz leise die Wohnungstür geöffnet hatte, um still und heimlich in ihr Zimmer zu huschen, kam die Vermieterin ihr schon im Flur entgegen.

‚Auch das noch‘, dachte Marie, sagte aber ganz brav: „Guten Abend, Frau Dr. Reimann, entschuldigen Sie, dass ich heute schon gekommen bin. Aber ich habe morgen bereits um acht Uhr eine Vorlesung, wir müssen die römische Rechtsgeschichte nachholen. Sie wissen ja, dass es dort ein paar Ausfälle gab.“

„Allerdings, das ist mir bekannt, aber wie das alles an einem Montagmorgen nachgeholt werden soll, möchte ich wirklich nicht wissen“, war die Antwort verbunden mit der nicht unfreundlichen Aufforderung einzutreten. Allerdings fügte Frau Reimann höflich, aber bestimmt hinzu, dass die Anreise am Sonntag die Ausnahme bleiben müsse.

„Lassen Sie das nicht zur Gewohnheit werden, denn schließlich haben Sie das Zimmer als Wochenendfahrerin gemietet. Das heißt von Montag bis Freitagmittag, nicht etwa von Sonntag bis Freitagabend oder gar bis samstags oder gar das ganze Wochenende.“

Marie antwortete leise, dass sie das natürlich wisse und dass es nicht wieder vorkommen werde. Damit wollte sie an der Vermieterin vorbei in ihr Zimmer gehen, doch Frau Reimann hinderte sie daran: „Was ist denn los Kindchen, Sie sehen ja ganz krank aus? Fehlt Ihnen etwas? Haben Sie Fieber? Nun kommen Sie erst mal rein!"

Damit zog sie Marie gegen deren Willen in die *gute* Stube, schließlich war es Sonntag.

Wenig später musste Marie die Prozedur des Fiebermessens über sich ergehen lassen, außerdem maß Frau Reimann ihren Puls.

„Alles unauffällig. Es ist nichts Organisches, also hat das Kindchen andere Sorgen. Schau mir mal in die Augen. Ach herrje, das" – das „das" sprach sie mit einem ganz langen „a" wie „daaaaas" – „daaaaas ist es also. Das Kindchen ist verliebt, unglücklich verliebt, ganz unglücklich sogar. Ach herrje herrjemine. "

Damit stand sie auf, ging zu dem im besten Gelsenkirchener Barock gehaltenen zweimeterachtzig breiten Wohnzimmerschrank und kam mit zwei in Bleikristall fein geschliffenen Gläsern und einer ebensolchen gläsernen Likörkaraffe zurück, in der sich eine rötliche Flüssigkeit befand. Frau Reimann nahm den rund geschliffenen gläsernen Stopfen der Karaffe ab, füllte die Gläser und gab eines an Marie.

„Nun trink erst mal, Kindchen. Eckes Edelkirsch, etwas angereichert mit einer Geheimtinktur. Das hilft immer. ‚Trinken bis besser', hat mein Gerd-Gott-hab-ihn-selig immer gesagt."

Marie kannte diesen Gerd nicht, aber egal. Sie wusste auch nicht, was sie im Glas hatte, auch egal, sie trank einfach, war sowieso alles, wirklich alles egal, aber auch sowas von egal.

„Trinken bis besser", das Motto gefiel ihr. Schnell war das Glas geleert, aber es war immer noch nicht besser.

„Auf einem Bein kann man nicht stehen", damit schenkte Frau Reimann nach.

‚Egal‘, dachte Marie, ‚Hauptsache besser.‘

„Dreimal ist Münsteraner Recht, hat mein Gerd-Gott-hab-ihn-selig immer gesagt!"

Und schon wieder waren die Gläser gefüllt.

‚Diese dummsinnigen Sprüche kenne ich doch alle aus Malve‘, dachte Marie, ‚aber egal, schaaaaanz egaaaall.‘ Marie trank, Frau Reimann trank und ermunterte Marie „nun sach mal, Kindchen, wie isser denn so?"

Marie wurde warm, der angereicherte Edelkirsch zeigte deutliche Wirkung. Frau Reimann war wohl auch warm, denn sie legte ihre Jacke ab und saß in einer frisch gestärkten weißen Rüschenbluse vor Marie. Da hatte Doktor-Hoffmanns-Ideal-Stärke wieder einmal eine große Leistung vollbracht.

„Kindchen, nun trink erst mal einen und erzähl, ich war mehr als einmal sterbensunglücklich verliebt, ich weiß, wie das ist."

Marie wusste nicht, was ihr geschah, was mit ihr geschah. Sie trank, sie erzählte von Ste, sie weinte und fand sich schließlich im Arm von Frau Reimann wieder.

Frau Reimann „nenn mich doch Tante Irmgard" litt mit, zumal es mit ihrem Hans-Joachim damals genauso gewesen war.

„Alles Schufte, diese Männer. Weißte, Marie, kennste einen, kennste alle. Einer ist wie der andere. Gerd war zwar ein bisschen besser, aber nicht viel. Natürlich habe ich von diesem Flettchen von der Post – sie sagte tatsächlich Flettchen, nicht Flittchen – gewusst, aber ich dachte, er wird sich bei dieser Christel die Hörner abstoßen, na ja, und danach lief es ja auch ganz gut bis zu Gerds ach so frühem, ich betone ach so frühem, aber nicht unbedingt zu frühem Tod. Immerhin hat er für mich, Gott-hab-ihn-selig, gut vorgesorgt und die Beamtenpension ist so übel nicht."

An alles, was danach geschah, konnte Marie sich am nächsten Morgen nicht erinnern. Irgendwie war es dank des vielen Trinkens wohl besser geworden, und irgendwie musste sie den Weg von der guten Stube in ihr Bett gefunden haben.

Die römische Rechtsgeschichte, die ohnehin nicht stattfand, aber auch alle anderen Vorlesungen, die an diesem Montag stattfanden, fanden ohne Marie statt.

Am Dienstag ging sie wieder zur Uni. In der Mittagspause sah sie zum ersten Mal seit zwei Jahren Heinzi Everswinkel wieder, der im Juridicum nach ihr gesucht hatte. Heinzi erzählte ihr etwas Unvorstellbares, sodass sie sich voller Sorge bemühte, sofort nach Malve zu kommen.

22. Die Räumung, Hof Kollmann, Montag, 22. Mai 1961

Der Sonntag war für Kollmann ohne große weitere Störungen verlaufen. Hanne war nach wie vor bei ihrem Bruder Siegfried, Ewa war er aus dem Weg gegangen, so gut es ging. Dass es Marie immer noch nicht besser ging, entging ihm genauso wie deren ungewöhnliche Abreise nach Münster bereits am Sonntag. Den Montag verbrachte er auf den Feldern. Als er am Abend nach getaner Arbeit zum Hof zurückkam, sah er den grün-weißen Käfer, der mit eingeschaltetem Blaulicht vor der Haustür stand.

In diesem Moment stiegen zwei Polizisten und – was Kollmann wunderte – Hans-Joachim Reismann aus. Dieser kam auf Kollmann zu und entnahm seiner schwarzen abgewetzten Aktentasche ein Briefkuvert.

„Mann Hajo, alters Haus! Willste hier wat pfänden, Hajo, oder wat haste vor?", fragte Kollmann, gut gelaunt, den Obergerichtsvollzieher, mit dem er zusammen im Kegelclub „Trinkende Pudel" und im Kirchenchor „Gotteslob" war.

„Herr Kollmann, dies ist ein dienstlicher Besuch. Ich habe hier die Ausfertigung einer einstweiligen Anordnung des Amtsgerichts Soest auf vorläufige Zuweisung der ehelichen Wohnung im Trennungsverfahren. Ich werde diese Anordnung hier jetzt förmlich zustellen."

Auch durch Kollmanns lautstarke Entgegnung „Biste bekloppt geworden, Hajo? Gezz hakt dat aber langsam bei dir aus!" ließ sich der Gerichtsvollzieher nicht von seinem Vorhaben abbringen und begann die Zustellungsurkunde auszufüllen. Weil Kollmann sich weigerte, das Schreiben anzunehmen, legte Reismann es im Hauseingang ab und nahm diesen Tatbestand fein säuberlich in die von Gesetzes wegen zu fertigende Niederschrift über die ersatzweise Zustellung eines amtlichen Schriftstücks auf.

Kollmann ging grußlos an Reismann vorbei und wollte das Haus betreten, aber nicht ohne zuvor absichtlich auf das Kuvert zu treten. Hier produzierte er, da er auf den Feldern gearbeitet hatte, einen feuchten, recht übel riechenden Abdruck eines Stiefels.

„Herr Heinrich Kollmann, Sie haben drei Stunden Zeit, das Haus zu räumen. Wenn Sie der Anordnung keine Folge leisten, werde ich mich genötigt sehen, weitere Polizeibeamte hinzuzuziehen und eine Zwangsräumung durchzuführen", rief der Obergerichtsvollzieher ihm nach, um dann leise hinzuzufügen: „Mensch, Heini, mach gezz keinen Mist. Du willst doch nich, dat ich hier mit zehn Polizisten auftauche. Hanne hat sich mit sonem Rechtsverdreher nen Beschluss vom Amtsgericht geholt, dat se eure Hütte erst mal alleine hat. Also musste raus. Kannste nich für ein paar Tage woanders hin?"

Kollmann hörte, was Hajo sagte, er verstand es sogar, aber verstehen konnte er es nicht. Was hatte er denn schon getan? War er etwa ein Schwerverbrecher, ein Frauenmörder oder ein Kinderschänder, den man mithilfe des Gerichts, des Gerichtsvollziehers und eines Dutzends Grüner aus dem eigenen Haus jagen durfte, um dieses für die vornehme Freifrau frei zu machen, auf dass sie dort allein und ungestört residiere?

Das Haus war groß genug. Darin konnte man zur Not auch zu zweit wohnen, ohne sich zu sehen. „Das wollen wir ja mal sehen, Herr Obergerichtsverbrecher. Ich bleibe. Bring genug Grüne mit, um mich zu vertreiben, freiwillig gehe ich nicht! Und jetzt hau ab, sonst vergesse ich mich noch!"

Kollmann griff nach einer Forke, die an der Hauswand lehnte, und ging drohend auf Reismann zu. Dieser flüchtete sich zu den Grünen in den grün-weißen Käfer, der mit Blaulicht und Martinshorn zügig davonfuhr.

Kurz nachdem Kollmann das Haus betreten hatte, gab Elfriede ihm das heftig stinkende Kuvert.

„Ich schlage vor, Sie öffnen das jetzt, damit ich das Kuvert wegwerfen kann. Das riecht ja fürchterlich."

„Das ist nicht das Kuvert, das da stinkt, das ist der Inhalt. Schmeiß alles zusammen in die Jauchegrube!"

„Nein, das tue ich nicht. Bitte sehen Sie nach, was da drin ist. Wir müssen das wissen. Vielleicht muss der Rechtsanwalt kommen!"

Kollmann verschränkte die Arme vor der Brust und signalisierte mit seiner ganzen Körperhaltung strikte Ablehnung, aber nach Elfriedes „bitte, Heinrich, tun Sie es mir zu Gefallen" und aus Achtung vor Elfriedes Lebensalter lenkte er widerwillig ein. „Also gut, Elfriede, meinetwegen. Mach den Wisch auf und sieh nach, was drinsteht."

Dann las Elfriede vor, was Kollmann im Kern schon vom Hajo gehört hatte. Dem Antragsgegner wurde eine Frist von drei Stunden für die Aufgabe des Besitzes eingeräumt. Für den Fall der Zuwiderhandlung wurde dem Antragsgegner angedroht, ihn zwangsweise aus dem Besitz zu setzen.

Zur Begründung wurde zunächst Bezug auf die letzte Trunkenheitsfahrt, aber auch auf länger zurückliegende Ereignisse genommen, bei denen der „unkontrollierte Alkoholgenuss" des Antragsgegners eine zentrale Rolle gespielt hätte. Auch die Ereignisse von Düsseldorf aus der letzten Woche waren fein säuberlich aufgeführt. Kollmann entriss Elfriede den Beschluss und las laut vor:

„Das erkennende Gericht hat im Rahmen dieses Verfahrens nicht darüber zu befinden, ob eine Unterbringung des Antragsgegners in einer geschlossenen Anstalt erforderlich ist. Diese Frage wird im Rahmen des zu erwartenden Strafverfahrens von Belang sein. Aufgrund des Sachverhalts steht indes fest, dass der Antragstellerin ein weiteres Zusammenleben mit dem Antragsgegner in der ehelichen Wohnung nicht zugemutet werden kann. Aufgrund der eidesstattlichen Versicherung der Antragstellerin und der gerichtsbekannten Tatsachen steht in einer für das vorläufige Verfahren ausreichenden Gewissheit zur Überzeugung des Gerichts auch fest, dass der Antragsgegner die alleinige Schuld am Scheitern der mit der Antragstellerin bestehenden Ehe trägt. Nach alledem war wie geschehen zu entscheiden. Für jeden Fall Zuwiderhandlung ist der Antragsgegner auf Antrag der Antragstellerin von dem Prozessgericht des ersten Rechtszuges zu einem Ordnungsgeld und für den Fall, dass dieses nicht beigetrieben werden kann, zur Ordnungshaft oder zur Ordnungshaft bis zu sechs Monaten zu verurteilen. Das einzelne Ordnungsgeld darf den Betrag von 500.000 Deutsche Mark, die Ordnungshaft insgesamt zwei Jahre nicht übersteigen."

Kollmann ließ das Blatt sinken und starrte ins Leere. So verharrte er sicherlich eine Viertelstunde, in der er mehrfach den endgültigen und unwiderruflichen Entschluss fasste, ab sofort keinen Tropfen Alkohol mehr zu trinken. Denn er musste schmerzhaft erkennen, wohin der Alkohol ihn gebracht hatte. Vieles hatte er schon verloren und er lief Gefahr, alles zu verlieren, wenn er weitermachte wie bisher.

Zugleich fasste Kollmann den Entschluss, sich gegen die bevorstehende Zwangsräumung zur Wehr zu setzen, indem er Fenster und Türen des Hauses verbarrikadierte. Er wollte es Hajo so schwer wie möglich machen, notfalls sollten die

Grünen eben eine schwere Eichentür oder ein Fenster gewaltsam öffnen müssen. So leicht gab ein Kollmann nicht auf! Und nach allem, was geschehen war, war er mehr denn je ein Kollmann! Sein Kampfgeist war erwacht. Denn wo Recht zu Unrecht wurde, war Widerstand Pflicht!

Als er mit der Verriegelung von Fenstern und Türen schon fast fertig war, kam Elfriede hinzu.

„Heinrich, ich habe meine Sachen schon gepackt. Ihre packe ich jetzt. Wir werden dieses Haus verlassen und ich für meinen Teil werde niemals hierhin zurückkehren. Ich schlage vor, wir ziehen einstweilen in den Kotten."

„Nein, auf keinen Fall. Ich gehe nicht freiwillig. Eher zünde ich den Hof an, als dass ich ihn Hanne überlasse."

Jetzt passierte etwas, was eigentlich unvorstellbar war. Elfriede widersprach zum ersten Mal seit 50 Jahren einem ihrer Brot- und Arbeitgeber! Sie nahm Heinrich in dieser Rolle nicht mehr an, sondern in den Arm.

„Heinrichschen, wir gehen. Ich gehe auf jeden Fall und du solltest mitkommen. Hier wirst du nicht mehr glücklich. Es ist schon genug passiert, denk an deine Kinder. Du musst jetzt *einmal* vernünftig sein, so schwer es dir auch fällt. Willst du wirklich, dass die Polizei dich gewaltsam vom Hof entfernt? Das wird sie tun, wenn du stur bleibst. Also, ich packe jetzt für dich und in einer halben Stunde können wir fahren. Ewa bleibt übrigens hier, sie wird der Ungnädigen zur Hand gehen."

Kollmann wollte aufbegehren, doch der Widerstand des kleinen Heinrichschen, der er nun plötzlich wieder war, war schon gebrochen. Und so verließ das ungleiche Paar knapp eine Stunde später den Hof und richtete sich mehr schlecht als recht im Kotten ein. Kollmann überließ Elfriede das kleine Schlafzimmer, er schlief im anderen Raum.

Am nächsten Tag wachte Kollmann gegen sechs Uhr mit schmerzenden Gliedern auf. Das Notlager, das er sich gebaut hatte, war nicht annähernd so komfortabel wie sein heimisches Bett. Er stand auf und machte sich nach einer Katzenwäsche bereit für einen kleinen Waldspaziergang. Er atmete intensiv die frische unverbrauchte Waldluft ein und wunderte sich über die vielen unterschiedlichen Gerüche und Geräusche des Waldes.

Er beobachtete ein Rehkitz, das versuchte, seiner Mutter zu entlaufen. Die Mutter gab dem Kitz einen kleinen Vorsprung, kontrollierte das Geschehen aber in jeder Hinsicht, denn sie war sofort zur Stelle, als ein Fuchs aus seinem Bau lugte.

Kollmann genoss die Ruhe des Waldes. Er fühlte sich wohl und war zufrieden, obwohl er dazu nun wirklich keinen Grund hatte. Seine Zufriedenheit steigerte sich, als er sich dem Kotten wieder näherte und ein feiner Duft von gebratenem Schinken ihn empfing. Elfriede hatte ein Frühstück gezaubert, das mehr als gelungen war. Sie musste in der kurzen Zeit strategisch sehr klug gepackt haben, denn auch das gestrige Abendbrot war schon „vom Feinsten" gewesen.

„Guten Morgen, Elfriede, wenn ich dich nicht hätte", begrüßte Kollmann sie, „dann wüsste ich überhaupt nicht, wie ich zurechtkommen sollte. Wahrscheinlich würde ich verhungern oder verdursten."

Elfriede widersprach, dieses Mal aber sehr zurückhaltend. Anschließend genossen beide das Frühstück, wobei Elfriede und Kollmann seit langer Zeit wieder einmal zusammen an *einem* Tisch saßen. Das wäre für Hanne unvorstellbar gewesen, mit einem Dienstboten ein Mahl einzunehmen.

Elfriede aß sehr wenig, Kollmann sehr viel. Zu seiner Verwunderung fühlte er sich immer noch wohl, eigentlich sogar sehr wohl. Doch plötzlich, ganz ohne konkreten Auslöser, wurde er erst nachdenklich, sodann traurig und schließlich sagte er fast verzweifelt: „Ach Elfriede, alles könnte so schön sein, wenn es nicht diese Probleme gäbe. Was ist mit mir passiert, warum ist das mit mir passiert?" Er stand kurz davor, im Selbstmitleid zu versinken, um im nächsten Moment zu verkünden: „So schlimm ist dat doch allet nich. Die neue Umgebung tut mir gut, ein wenig Abstand von der Ehe sogar sehr gut. Du wirst sehen", fügte er schon fast optimistisch hinzu, „Hanne beruhigt sich wieder und in ein paar Tagen geht's wieder nach Hause."

„Für Sie vielleicht, für mich auf keinen Fall. Ich werde dieses Haus nie wieder betreten und nie wieder ein Wort mit der ungnädigen Frau wechseln. Das steht fest!"

Das wollte Kollmann nicht gelten lassen, aber er kannte Elfriede nur zu gut, sodass er wusste, dass ihr letztes Wort auch ihr letztes Wort war.

23. Hannes Rückkehr, Hof Kollmann, Dienstag, 23. Mai 1961

Am Morgen des Tages, der auf den Tag folgte, an dem Kollmann den Hof verlassen hatte, kehrte Hanne auf diesen zurück. Sie ließ sich von ihrer Nichte Dorothea im Mercedes ihres Bruders Siegfried vorfahren wie eine Königin. Es hätte nur noch gefehlt, dass ein Butler die weit geschwungene Treppe des Hauses hinuntergeeilt und den Wagenschlag aufgerissen hätte. Aber es kam weder ein Butler noch sonst jemand. Es gab auch kein Empfangskomitee oder dergleichen. Denn außer Ewa war niemand auf dem Hof.

Aber diese war im Stall mit dem Füttern der Jungbullen beschäftigt und hatte Hannes Ankunft deshalb nicht einmal bemerkt. So stand nur Dorothea ihrer Tante beim Verbringen der drei Koffer bei, die Hanne bei ihrem Auszug mitgenommen hatte. Hanne hatte scheinbar beste Laune, jedenfalls gab sie sich alle Mühe, gut gelaunt zu wirken.

„Ja, Dorothea, so einfach ist das. Der Mann säuft ein bisschen viel, der Anwalt ist ein bisschen geschickt, das Gericht geht den Weg des geringsten Widerstands, indem es den Säufer aus dem Haus schmeißt und der ‚armen Ehefrau' die Wohnung zuweist, und schon hat man das ganze Reich für sich. Das wird vielleicht nicht so bleiben, aber es ist schon mal ein guter Anfang!"

Doris, wie sie von ihren Freundinnen genannt wurde, antwortete nicht. Ihr war nicht wohl, denn sie konnte Onkel Heini ganz gut leiden. Stand jetzt eine Scheidung bevor? Sollte sie Onkel Heini auf den zahlreichen Familienfeiern nicht mehr sehen? Er war immer der Lustigste von allen und sorgte für Stimmung, während Tante Hannelore oft schweigend dabeisaß, als könne sie das Ende der Feier gar nicht erwarten.

Zu dumm, dass Tante Hannelore die Schwester ihres Papas war, da konnte sie wohl kaum Partei für Onkel Heini ergreifen, na ja, jedenfalls nicht offen. Aber sie würde schon einen Weg finden, um ihn zu finden.

Dorothea fragte höflich, ob sie noch etwas tun könne, und entfernte sich erleichtert, als Hanne dies verneinte.

Das Letzte, was sie sah, war eine strahlende und aus der Haustür winkende Hanne. Was sie nicht sah, war, dass das Strahlen nur aufgesetzt war, dass es künstlich war, so wie Hanne es als höhere Tochter mit ausgezeichneter Erziehung, zum Teil in Internaten, gelernt hatte. Wie hatte die Gouvernante immer gesagt: „Es geht keinen etwas an, wenn es euch mal nicht gut geht. Also lasst niemanden hinter eure Fassade schauen."

Diese Losung hatte Hanne über Jahre beherzigt, auch in den schwierigen ersten Jahren ihrer Ehe, als sie zwei Fehlgeburten erlitten hatte, was dadurch noch schlimmer wurde, dass Heinrich sie dafür verantwortlich machte, auch wenn er das nicht offen aussprach. Ein Grund mehr, sich einzuigeln: Nicht einmal ihr Mann war deshalb richtig nah an sie herangekommen.

„Eine von Eschhausen zeigt keine Gefühle", pflegte schon ihre Großmutter zu sagen. Also hatte sie sich auch in den letzten Tagen zusammengerissen und auch gegenüber Dorothea keine Spur von Schwäche gezeigt.

„Gut gemacht, Freifrau!", sagte sie zu sich selbst. Aber sie wusste nur zu gut, dass die Situation alles andere als gut war. Sie hatte keine Vorstellung davon, wie es weitergehen könnte. Schon längst war sie sich nicht mehr sicher, dass sie

„diesen Säufer" für immer los sein und nie wieder sehen wollte. Was war sie denn ohne Heinrich? Eine geschiedene Frau! Nicht mit einem Finger, nein, mit der ganzen Hand hatte sie immer auf „derartige Frauenzimmer" gezeigt.

Auch ihre Mutter hatte ihr eindringlich nahegelegt, „diese dumme kleine Sache schnell wieder in Ordnung zu bringen", und unmissverständlich hinzugefügt, eine Scheidung käme für eine von Eschhausen nicht infrage. Dass Hannes Vetter Hannes geschieden war, stand dem nicht entgegen, denn Hannes war ein Mann.

Zum ersten Mal sprach Hannes Mutter mit Hanne über ihre eigene Ehe.

„Glaubst du, mit deinem Vater, Gott hab in selig, war es immer einfach? Kind, du weißt doch auch, dass die Sonne nicht immer scheint. Es gibt Tage, an denen sie nicht einmal aufgeht. Düstere, traurige Novembertage zum Beispiel. Und genau die gibt es auch in jeder Ehe. Aber das muss man als Frau aushalten, das ist kein Grund, sich scheiden zu lassen."

„Aber Mutter, ich kann Heinrich nicht mehr sehen, ich kann ihn nicht mehr riechen. Er wäscht sich nicht richtig, er stinkt nach Stall, er riecht nach Rauch und nach Alkohol, immer wieder und immer häufiger nach Alkohol. Ich ertrage das nicht mehr. Ich kann das nicht mehr. Und ich *will* das auch nicht mehr."

„Nun hör mal zu, mein gutes Kind. Einen Willen hast du in diesem Punkt überhaupt nicht zu haben. Du hast Heinrich geheiratet und deshalb bist und bleibst du seine Frau, bis dass der Tod euch scheidet. Und du wirst merken, dass du viel mehr aushalten kannst, als du dir bis heute vorstellen konntest. Ich weiß, wovon ich rede, das kannst du mir glauben. Die letzten fünf Jahre mit deinem Vater waren unerträglich, aber das war kein Grund, sie nicht zu ertragen."

Dann fügte sie mit einem eigenartig süffisanten Lächeln hinzu: „An Scheidung habe ich dennoch nie gedacht, eher an Mord! Mehr als einmal habe ich das Pflanzenschutzmittel in der Hand gehabt. Es wäre ein Leichtes gewesen, aber ich habe es *nicht* getan, sondern deinen Vater weiter ertragen."

Hanne war schockiert. Ihre Mutter, eine verhinderte Giftmörderin? Wie Gesche Gottfried, die Serienmörderin aus Bremen, die im 19. Jahrhundert 15 Menschen, unter anderem ihren Ehemann Johann Miltenberg und andere Angehörige, durch Gift getötet hatte. Das konnte, das durfte nicht sein.

„Das glaube ich nicht, Mutter. Ich hätte es merken müssen, wenn du so unglücklich gewesen wärst und dich durch einen Mord fast todunglücklich gemacht hättest."

„Ach Kind, was weißt du schon?", hatte ihre Mutter geantwortet und Hanne über das bereits leicht ergraute Haar gestrichen.

Jetzt saß Hanne allein in dem großen Haus auf dem großen Hof. Und wie sollte es weitergehen? Wo sollte sie hin? Was sollte sie jetzt tun? Etwa allein den Hof bewirtschaften, allein die Verantwortung für Mensch und Tier tragen? Dazu war sie doch gar nicht in der Lage. Wie hatte dieser blöde Richter nur entscheiden können, dass Heinrich den Hof zu verlassen habe. Der wurde hier doch gebraucht.

Da hatte ihr Anwalt sie ganz schlecht beraten, denn nun stand sie allein mit allem da. Allerdings nicht ganz allein, denn das Haus würde Elfriede weiter in Schuss halten. Um das Vieh konnte sich einstweilen Ewa kümmern und einen Knecht für die schweren Arbeiten würde sie schon irgendwie auftreiben, notfalls diesen sonderbaren Epi vom Krankenhaus. Aber halt mal: Wo war Elfriede überhaupt? Es war doch ungewöhnlich, dass sie noch gar nicht aufgetaucht war.

‚Oh nein, bitte nicht', schoss es Hanne durch den Kopf. ‚Die ist doch wohl nicht mit Heinrich gegangen? Doch, das wird so sein.' Elfriede hing an ihrem kleinen Heinrichschen, das wusste Hanne nur zu gut. Sie würde den kleinen Heini nicht ohne ihren Beistand in die große Welt gehen lassen.

Nun, dann jedenfalls Ewa. Sie hoffte inständig, dass Ewa, die sie zunächst gar nicht kennenlernen wollte und die die Stufen des Hauses eigentlich gar nicht überschreiten sollte, noch auf dem Hof war. Trotz ihrer Herkunft war Ewa eigentlich ein ganz brauchbares Ding, wunderte sich Hanne.

Sie rief nach Ewa, die, verschwitzt von der schweren Arbeit im Stall, das Haus betrat und eine Frau Kollmann vorfand, wie sie sie zuvor noch nicht gesehen hatte. Inzwischen war nämlich alles Souveräne, alles Strahlende von Hanne abgefallen.

Sie erschien nicht wie eine Siegerin, sie triumphierte nicht, sie wirkte eher wie eine Besiegte, eine Geschlagene, deren Maske zerbrochen war. Fast hatte Ewa ein wenig Mitleid.

Die Situation, die Ungewissheit, all das setzte Hanne merklich zu. Sie war nicht mehr die stolze Hannelore von Eschhausen, sondern höchst unglücklich, ein ‚traurig Häufchen klein Frau Kollmann', dachte Ewa. In sich gekehrt und still, nachdenklich, fast weinerlich. Und Hanne bemühte sich nicht einmal, sich zu verstellen, als sie Ewa ansprach: „Hallo Ewa, ich bin zurück. Weißt du, wo Elfriede ist? Ich kann sie im ganzen Haus nicht finden."

„Elfried ist mit Herr Kollmann gefahren zum Haus in Wald. Elfried sagt, sie gehört bei Herr Kollmann und kommt

nie nicht mehr zurück. Elfried sagt, ich soll helfen Frau Kollmann bei Haus und Hof."

„Ja, das mit Elfriede habe ich mir fast schon gedacht. So ist
sie. Dann wollen wir es mal mit dir versuchen. Da kommt viel
Arbeit auf dich zu, Ewa, ich hoffe, du schaffst das. In erster
Linie kümmerst du dich um das Vieh, in der Küche werde ich
mich selbst ein wenig betätigen. Und dann ..."

Hanne wurde durch das Klingeln des Telefons unterbrochen.

„Mama, was ist bei euch los? Wo ist Papa?", schrie Marie.
„Wie geht es ihm? Heinzi hat mir gerade erzählt, dass gestern die Polizei auf dem Hof war und Papa verhaftet hat! Ist
er im Gefängnis?", sprudelte es aus Marie raus.

Hanne meinte wieder, die Starke sein zu müssen:

„Das ist alles etwas kompliziert, meine liebe Marianne",
erwiderte sie kühl, „aber keine Sorge, dein Vater ist nicht im
Gefängnis, aber er ist auch nicht zu Hause, ich werde dir am
Wochenende alles erklären. Am Telefon werde ich nicht darüber sprechen!"

„Nein, nicht erst am Wochenende. Ich komme jetzt sofort", war das Letzte, was am Telefon gesprochen wurde.

Hanne legte den Telefonhörer auf die Gabel zurück und
ging in die Küche, um sich dort einen Überblick zu verschaffen. Zum ersten Mal seit Jahren betrat sie die Vorratskammer
und staunte, wie viele Lebensmittel dort verwahrt wurden.
Das hatte sie alles Elfriede überlassen, sie war an derlei Kü-
chendingen nicht interessiert. Hanne überlegte.

Wenn Elfriede nicht zurückkommen sollte, war es vielleicht besser, alle Aufgaben in Küche und Haus Ewa zu übertragen und für Stall und Hof einen Knecht zu suchen, ach
was: Heinrich würde in Kürze zurückkommen, hoffte sie. Sie

war sogar bereit, heimlich dafür zu beten, aber betteln würde sie nicht!

Im Gegenteil: Er sollte gefälligst kleinlaut zurückkehren, dann würde sie ihm zwar nicht verzeihen, ihn aber mit ihrer Großmut immerhin wieder aufnehmen. Allerdings würde sich einiges ändern: Ein gemeinsames Schlafzimmer würde es nicht mehr geben, an einen Austausch von Zärtlichkeiten oder gar mehr wäre nicht mehr zu denken. Na ja, das wäre nicht wirklich eine Änderung zum status quo. Aber immerhin würde sie diese Dinge ein für alle Mal klarstellen.

„Heinrich, so oder gar nicht", würde sie sagen, und sie konnte nur hoffen, dass er das schlucken würde. Notfalls würde sie in gewisser Hinsicht gewisse Zugeständnisse machen müssen, vielleicht einmal am Hochzeitstag und noch einmal an Heinrichs Geburtstag. Das sollte aber in jedem Fall auch reichen.

Knapp zwei Stunden nach ihrem Anruf traf Marie in Malve ein, in Begleitung eines recht bäuerlich und ärmlich aussehenden jungen Mannes, der Hanne an einen kleinen grünen Kaktus erinnerte. Mein Gott, in welch einfache Gesellschaft war das Kind in Münster geraten? Sie würde sich mehr um Kollmanns Tochter kümmern, wenn hier erst wieder alles in Ordnung war. Zum Glück stellte sich heraus, dass dieser Kleinbauernbengel Marie nur gefahren hatte und sofort nach Münster zurückfahren wollte. So erfuhr Hanne nicht, dass dieser Junge die völlig verwirrte Marie auf den Treppen des Juridicums aufgegabelt hatte. Da er unter einem ausgeprägten Helfersyndrom litt, hatte er sie sofort angesprochen und, wenn auch nicht ganz uneigennützig, denn Marie war schon ein hübsches Mädchen, spontan seine Hilfe angeboten. Danach waren beide mit dem Fahrrad nach Angelmodde gerast, um sich dort vom Miesters Onkel Jupp den alten Ford zu leihen. Und mit dieser alten, arg verdreckten Karre hatte er Marie nach Malve gefahren. Der gute Mensch von Havixbeck! Wie dem auch sei: Hanne blieb es durch seine sofortige Rückreise erspart, sich mit dem kleinen Kaktus unterhalten zu müssen.

Schon auf der Treppe fragte Marie: „Hallo Mama. Wo ist Papa? Was ist hier los?"

„Nun komm erst mal rein, Marianne. Ich werde dir alles bei einer Tasse Tee erklären."

„ICH WILL ABER KEINEN TEE! ICH WILL WISSEN, WAS HIER LOS IST! ALSO NOCH MAL! WO IST PAPA?", begehrte Marie auf.

„Nun, die Dinge haben sich recht schwierig entwickelt ..."

Danach schilderte Hanne die Entwicklung der Dinge aus ihrer Sicht.

Marie hörte aufmerksam zu, stellte kaum Fragen und begann, an ihren Fingernägeln zu kauen. Hanne sah dies, sagte dieses eine Mal aber nichts dazu.

24. Pat und Patachon, im Kotten, Dienstag, 23. Mai 1961

Etwa zwei Stunden nachdem Kollmann und Elfriede das erste Frühstück im Kotten beendet hatten, hörten die beiden plötzlich ein Motorengeräusch.

„Ach herrje, die habe ich ja total vergessen", entfuhr es Kollmann, als Pat und Patachon das Fahrzeug verließen. Sofort stürzte er sich auf den Hilfsreferenten und brüllte diesen an: „Da sehen Sie mal, was Sie angerichtet haben. Ich musste meine Wohnung räumen, das hier ist jetzt mein Zuhause. Warum haben Sie mich bei den Grünen verpfiffen?"

Der Staatssekretär schwieg, der Referent zeigte sich ehrlich überrascht. „Herr Kollmann, ich weiß nicht, wovon Sie sprechen. Ich habe Sie nirgendwo verpfiffen. Schon gar nicht bei den Grünen! Also lassen Sie bitte Ihre Unterstellungen, sonst kann das sehr unangenehm für Sie werden. Mein Anwalt wird ..."

„Ach", echote Kollmann, „es kann sehr unangenehm werden. Mein Anwalt wird was? Unangenehmer als das hier? Glauben Sie, die vorläufige Amtsenthebung ist angenehm? Oder dass meine Frau sich scheiden lassen will? Glauben Sie das, verdammt noch mal?"

„Um was geht es hier eigentlich?", schaltete sich der Staatssekretär ein.

„Ich weiß es nicht. Ich weiß nur, dass der gute Kollmann offenbar bis zu beiden Armen in der ... steckt und offenbar meint, ich hätte ihn da hineingeschubst. Ich weiß aber beim besten Willen nicht, wann, wie und wodurch ich das getan haben sollte! Also, Kollmann, helfen Sie mir auf die Sprünge."

„Nichts lieber als das. Sie haben doch am Freitag vom Gemeindebüro bei der Polizei angerufen und mich verpfiffen, weil ich ein paar Westfälische getrunken hatte. Sie hatten vorher scheinheilig gefragt, wo Sie ungestört ein kurzes Telefongespräch führen könnten. So war es. Genauso war es, verdammt noch mal!"

„Das ist doch Unsinn, ich habe nur", was der Wahrheit entsprach, „ich habe nur ..."

„Ruhe jetzt! Für dieses Theater haben wir keine Zeit." Damit machte der Staatssekretär dem unerquicklichen Dialog ein Ende.

Zögernd betraten die Herren den Kotten.

„Olalla, zurück zur Natur, hahaha, Spaß muss sein", bellte Dr. Hahnenbücher, während der Staatssekretär bemerkte, unter einer Jagdhütte habe er sich eigentlich etwas anderes vorgestellt. Aber sei's drum, auch die Tage dieser Hütte seien ja gezählt.

Elfriede hatte sich bereits zuvor mit den Worten „Heinrich, tue nur das, was du vor dir selbst verantworten kannst" in das kleine Schlafzimmer zurückgezogen.

Kollmann war merkwürdig berührt, denn etwas Vergleichbares hatte er von Elfriede bis dahin noch nie zu hören bekommen. Außerdem hatte sie dabei, fast schon theatralisch, seine beiden Hände in ihre Hände genommen, gepaart mit „Mach's gut, mein Heinrichschen".

Sonderbar, was war nur mit Elfriede los? Doch Kollmann blieb keine Zeit, um darüber nachzudenken, weil Dr. Hahnenbücher schon wieder in medias res gehen wollte. Das nervte allmählich.

Es folgte ein mehr als einstündiges, für Kollmann mehr als anstrengendes Gespräch. Er erhielt so viele Informationen zum Projekt „Wasser marsch", dass sein Kopf rauschte. Er war erschöpft, zugleich aber in aufgekratzter Stimmung.

Der Staatssekretär hatte ihm den Posten des Landrats „nicht etwa nur in Aussicht gestellt, lieber Kollmann", sondern „fest versprochen".

„Wir brauchen Sie *zunächst* genau an dieser Stelle, verehrter Herr Kollege Kollmann, wir rechnen mit Ihnen. Und *Sie* brauchen eine solche Stelle. Bei Ihren Fähigkeiten sind Sie in Malve doch völlig unterfordert. Nichts gegen das Bürgermeisteramt in Malve, aber man muss die Pferde dort anspannen, wo sie am besten ziehen, das wissen Sie doch als Großbauer am besten."

Dann zeigten Sie Kollmann die Papiere, die er unterschrieben hatte, als dieser Dr. Lausemann bei ihm gewesen war, und erklärten ihm im Detail, was er zu tun habe. Sie legten Kollmann ein Muster für die Anfertigung eines Dossiers vor, an dem er sich orientieren sollte, das er aber auch bei Bedarf verändern, insbesondere ergänzen durfte.

Über besondere Vorkommnisse sollte er Aktenvermerke fertigen, ganz wichtige Informationen waren unverzüglich an eine Kollmann mitgeteilte, streng geheime Telefonnummer, die Kollmann auswendig lernen musste, zu übermitteln. Die schriftlichen Unterlagen sollten dienstags und freitags abgeholt werden, Kollmann sollte außerhalb des Ortes einen dafür geeigneten toten Briefkasten einrichten. Zugleich übergaben sie Kollmann einen Aktenordner mit dem Titel: „Die Agentenschule."

Kollmann war wie erschlagen. Er wollte das eigentlich nicht, aber er hatte unterschrieben – und natürlich hatte der Staatssekretär recht, denn er war schließlich der Staatssekretär: Er, Heinrich Kollmann, war eindeutig zu Höherem berufen. Landrat? Selbst damit sei das Ende der Fahnenstange noch nicht erreicht, so der Staatssekretär: Düsseldorf. Bonn.

Nach Brüssel zur EWG, oder als Botschafter zur UNO nach New York? Warum denn nicht? Alles war möglich. Das war Kollmann nun endlich klar geworden.

Der Hilfsreferent sagte noch zu, dass die vorläufige Amtsenthebung noch in dieser Woche aufgehoben werde, auch wenn es sich eigentlich wegen der bevorstehenden Ernennung zum Landrat gar nicht mehr lohne, hahaha. Die Unterlagen seien jedenfalls schon vorbereitet und würden schon in Bälde auf den Weg gebracht und dem Landrat, dem „Noch-Landrat, hahaha" übergeben.

Alles Weitere werde ebenso diskret wie erfolgreich Rechtsanwalt Dr. Lausemann regeln, bei der Polizei in Malve werde es in den nächsten Tagen wohl einige Versetzungen geben. Und wegen dieses kleinen Autorennens und dieser kleinen Auseinandersetzung mit diesen kleinen Polizisten müsse er sich nicht einmal kleine Sorgen machen, diese kleine Sache bekäme man um der großen Sache willen in den Griff.

„Eine Hand wäscht die andere, lieber Kollmann, passend zum Projekt ‚Wasser marsch', hahaha! Spaß muss sein, sonst geht keiner mit auf die Beerdigung."

Dann verabschiedeten sich die Herren.

25. Elfriedes Tod, im Kotten, Dienstag, 23. Mai 1961

Kollmann atmete tief durch, doch dann wurde sein Atem ganz schnell. Ach herrje, durchfuhr es Kollmann, Elfriede war ja die ganze Zeit im Schlafzimmer gewesen und hatte womöglich alles oder doch fast alles gehört. Denn während der Referent sehr leise gesprochen hatte, war die Stimme des Staatsekretärs eher laut. „Landrat!" „Fahnenstange!" Auch Kollmann hatte von Haus aus eine kräftige Stimme. Wie hatte er nur Elfriede vergessen können? Was sollte die jetzt von ihm denken?

Er hatte den Herren versprochen, im Verborgenen als IM Karl jede erdenkliche Hilfe beim Bau der Talsperre zu leisten, bis hin zur Bespitzelung der anderen Dorfbewohner. Vielleicht musste er sogar seine eigene Frau, seine Kinder und seine Freunde oder gar Elfriede bespitzeln. Doch dazu würde er nicht, dazu würde kein Mensch je fähig sein, dachte Kollmann.

Er setzte sich an den Tisch. Seinen erst gestern gefassten Entschluss, keinen Tropfen Alkohol mehr zu trinken, konnte er zumindest heute nicht durchhalten, denn sonst würde er durchdrehen. Nach einigen Westfälischen legte sich die Anspannung ein wenig, aber nervös war Kollmann immer noch. Warum kam Elfriede nicht aus dem Schlafzimmer? Sie musste wütend auf ihn sein, ziemlich wütend, oder enttäuscht, maßlos enttäuscht von ihm.

Er dachte nach. Es wäre ihm lieber, wenn Elfriede wütend wäre, denn die Wut würde vergehen, zwar nicht heute, vielleicht auch nicht morgen, aber doch in absehbarer Zeit. Eine Enttäuschung, eine richtige Enttäuschung, würde hingegen bleiben, lange bleiben, vielleicht für immer.

Kollmann dachte an zwei Enttäuschungen, die er Elfriede schon bereitet hatte. Beide lagen sehr lange zurück, er erinnerte sich aber ganz genau.

Er war 15 Jahre alt gewesen und stand vor dem Abschluss in der Mittelschule. Die Aussichten waren nicht schlecht gewesen, aber Kollmann hatte in der Abschlussarbeit im Rechnen vollkommen versagt. Seine Arbeit war mit „ungenügend" bewertet worden, mit der Folge, dass er das letzte Schuljahr wiederholen musste. Elfriede, die wochenlang Rechnen mit ihm geübt hatte, hatte ihm nie gezeigt oder gar gesagt, dass sie enttäuscht von ihm war. Aber er hatte es gespürt und er hatte gefragt: „Elfriede, was ist los? Du bist so anders."

„Nichts ist, Heinrich, nichts. Es ist alles in Ordnung."

Aber Kollmann wusste, dass nicht alles in Ordnung war.

Vor einigen Jahren hatte Kollmann die Gelegenheit gehabt, seine damals missglückte Rechenarbeit einzusehen. Als er zum Elternsprechtag gegangen war und der Rechenlehrer Maries guten Leistungen besonders im Rechnen lobend erwähnt hatte, hatte Kollmann von seinem damaligen Malheur erzählt und dass er bis heute nicht wisse, warum er die Arbeit nicht bestanden habe. Schließlich habe er alle vier Aufgaben im Rekordtempo gelöst gehabt.

Der Rechenlehrer bot Kollmann an, zusammen mit ihm auf dem Speicher der Schule nachzusehen, ob die Arbeiten von damals dort noch lagerten. Und tatsächlich: Nach einigen Suchen fanden sie die Arbeit.

1. Aufgabe:

Ein Händler hat 10 Mark in der Kasse. Er kauft einen Schinken für 6 Mark. Dann verkauft er den Schinken für 7 Mark. Anschließend kauft er den Schinken für 8 Mark zurück und verkauft ihn für

9 Mark an einen anderen Käufer. Wie viele Mark hat der Händler jetzt in der Kasse?

Kollmann hatte elf Mark hingeschrieben, was mit „falsch" bewertet worden war. Warum das falsch sein sollte, verstand er nicht.

Der Händler hatte zwar zunächst eine Mark Gewinn gemacht, den Schinken dann aber für eine Mark mehr zurückgekauft. Also war der Gewinn wieder weg. Aus dem zweiten Geschäft hatte er dann einen Gewinn von einer Mark erzielt, macht summa summarum elf Mark.

„Das hört sich gut an, das verstehe ich so schnell auch nicht, da muss ein Trick dabei sein", meinte der leicht irritierte Rechenlehrer. Nach fünf Minuten hatte er die Aufgabe dann aber gelöst. Es waren nicht elf, sondern zwölf Mark. Sowohl aus dem ersten als auch aus dem zweiten Geschäft hatte der Händler eine Mark übrig behalten.

Beim ersten Geschäft hatte der Händler von zehn Mark sechs Mark ausgegeben – noch vier Mark in der Kasse – und dann sieben Mark eingenommen, also waren elf Mark in der Kasse. Dann hatte er acht Mark ausgegeben – noch drei Mark in der Kasse – und neun Mark eingenommen, was zu einem Kassenbestand von zwölf Mark führte. Kollmann fand das im Gegensatz zum Rechenlehrer eigentlich nicht logisch, aber sei's drum.

2. Aufgabe:

Ein Händler verkauft eine Flasche Westfälischen für 10 Mark. Der Inhalt der Flasche kostet 9 Mark mehr als die Flasche. Was kostet die Flasche?

Hier hatte Kollmann ohne nachzudenken eine Mark hingeschrieben und sich gewundert, warum die Aufgaben so leicht waren. Wiederum stand am Rand ein dickes rotes

„falsch". Angeblich sollten es 50 Pfennig sein. Der Rechenlehrer versuchte ihn davon zu überzeugen, dass 50 Pfennig die richtige Lösung sei. Das ergäbe sich aus der Gleichung

$$x + (x+9) = 10.$$

Daraus folge $2x + 9 = 10$

$$2x = 10\text{-}9$$

$$2x = 1$$

$$x = \tfrac{1}{2}, \text{ also 50 Pfennig.}$$

Kollmann erwiderte schon mehr als leicht verärgert, was der Unsinn solle, denn schließlich gehe es nicht um irgendein „x", sondern um den Preis der Flasche. Also was das mit dem „x" solle, das verstehe er nicht.

Der Rechenlehrer ersetzte x durch Flaschenpreis.

Flaschenpreis und (Flaschenpreis + 9 Mark) = 10 Mark.

Daraus leite sich ab, dass 2 x Flaschenpreis + 9 Mark = 10 Mark sei, woraus folge, dass 2 Flaschenpreise = 1 Mark sei, also der Preis für eine Flasche eine halbe Mark, also 50 Pfennig betrage. Kollmann verstand gar nichts mehr und wunderte sich, dass damals fast alle Schüler außer ihm die Arbeit bestanden hatten. Dennoch erklärte er, ja klar, das mache Sinn, damit könne er gut leben. Das sei logisch!

3. Aufgabe:

Ein Bauer hat eine bestimmte Zahl Eier, die er auf dem Markt verkauft. Er verkauft dreimal nacheinander rechnerisch die Hälfte der Eier und ein halbes Ei, ohne ein Ei zu beschädigen. Zum Schluss hat er alle Eier verkauft. Wie viele Eier hatte er am Anfang?

Kollmann hatte statt einer Lösung hingeschrieben:

„Diese Aufgabe ist Unsinn, weil man keine halben Eier verkaufen kann, ohne sie zu beschädigen. Man kann aber auch kein beschädigtes halbes Ei verkaufen."

Der Rechenlehrer hatte an den Rand geschrieben:

„Diese Bemerkung ist eine Frechheit! Sie zeigt, dass Heinrich die mittlere Reife nicht verdient hat."

Als Lösung hatte der Lehrer die 7 notiert.

Der Rechenlehrer hatte sofort zu rechnen begonnen:

Die Hälfte von 7 ist 3,5. Dazu ein halbes Ei, also 0,5, das macht 4 verkaufte Eier, also Rest 3 Eier.

Die Hälfte von 3 Eiern ist 1,5 + 0,5, macht 2 verkaufte Eier, Rest *ein* Ei.

Die Hälfte von *einem* Ei ist 0,5 + 0,5 macht ein verkauftes Ei, Rest null. Kein Ei mehr vorhanden.

„Tolle Aufgabe! Sieben ist richtig", hatte der Rechenlehrer voller Begeisterung gerufen.

Kollmann hatte nichts verstanden, ließ sich aber erneut nichts anmerken. Sonst lief er Gefahr, dass der Rechenlehrer im Dorf erzählen könnte, dass Kollmann die Lösung zu einfachsten Rechenaufgaben nicht verstehen würde. Sicherlich würde der Satz folgen, dass „die dümmsten Bauern bekanntlich die dicksten Töürffeln hätten".

4. Aufgabe

Ein Bauer muss eine Wiese auf einem Hügel mähen. Der Weg ist 5 km lang. Für den Hinweg nach oben benötigen die Pferde eine Stunde, für den Rückweg nach unten 20 Minuten. Wie hoch ist die Durchschnittsgeschwindigkeit?

Nun, auf dem Hinweg 5 km in der Stunde, das war ja gar nicht mal so schwer. Auf dem Rückweg benötigte das Gespann nur 20 Minuten, war also dreimal so schnell, woraus eine Geschwindigkeit von 15 km/Stunde folgte. Das musste man nur noch eben zusammenzählen und durch zwei teilen.

Also 5 + 15 = 20, geteilt durch 2 = 10 km/Stunde.

Das hatte Kollmann nach kurzer Überlegung herausbekommen und auch so hingeschrieben.

Eine schöne Aufgabe, aber auch ganz schön schwer, hatte Kollmann gedacht, und war ein bisschen stolz auf sich. Damit hatte er alle vier Aufgaben als Erster in der Klasse gelöst.

Auch hier stand aber wieder ein großes dickes rotes „falsch" am Rand. Angeblich sollten es 7,5 km/Stunde sein. Warum, wusste keiner, auch der Rechenlehrer nicht.

„Sonderbar, sonderbar, das verstehe ich im Augenblick ad hoc im Detail aus dem Stehgreif auch gar nicht so ganz genau", hatte er sich kunstvoll herauszureden versucht.

Nachdem Kollmann die vier echt komplizierten Rechenaufgaben noch einmal gelesen hatte, war er nicht mehr enttäuscht, dass er damals durch die Prüfung gerasselt war.

Wenn Elfriede diese Aufgaben gekannt hätte, wäre sie sicher auch nicht enttäuscht gewesen. Die waren eindeutig zu schwer, zum Teil gar nicht lösbar. Wieso alle anderen die Abschlussarbeit bestanden hatten, konnte Kollmann weniger denn je verstehen.

Am nächsten Tag hatte der Rechenlehrer bei Kollmann angerufen und erklärt, er habe noch mal ganz kurz drüber nachgedacht.

„Die Geschwindigkeit vom Hinweg muss mal drei angesetzt werden, weil der Hinweg ja dreimal so lange gedauert hat. Der Bauer ist also viel länger langsam hoch als schnell runter gefahren. Dann muss man alles durch vier teilen."

„Stimmt genau, da bin ich auch schon drauf gekommen", hatte Kollmann geantwortet, obwohl er nicht einmal im Ansatz verstanden hatte, warum er die Geschwindigkeit vom Hinweg gleich dreimal ansetzen und wieso er das Zwischenergebnis dann durch vier teilen sollte. Es ging doch nur um zwei und nicht um vier Fahrten. Son dumm Tuig!

Diese verunglückte Arbeit im Rechnen war die erste große Enttäuschung gewesen, die das Heinrichschen Elfriede bereitet hatte.

Die zweite große Enttäuschung folgte Jahre später, als er seine Verlobung mit Bernhardine Brockmann löste und sich der Freifrau zuwandte. Elfriede, die Bernhardine in ihr Herz geschlossen hatte, lebte diese Enttäuschung aber nicht an Heinrich, sondern an Hanne aus. Nicht direkt, aber doch mit vielen kleinen und scheinbar belanglosen Gesten. Hanne hatte sich daran gewöhnt.

„Sie stand über derlei Flegeleien von Dienstbooten", aber Kollmann hatte es über die Jahre immer wieder bemerkt.

Bernhardine hatte den Schock der Entlobung nicht verkraftet, sie war dem Alkohol anheimgefallen und vor etwa zehn Jahren als einsame, alte Frau in einem Nachbarort von Malve gestorben.

Und nun hatte Heinrich Elfriede die dritte, vielleicht größte aller Enttäuschungen bereitet. Dennoch klopfte er an die Tür: „Elfriede, bitte komm doch raus. Ich kann dir das alles erklären. Glaube mir, es ist nicht so, wie du denkst. Ich musste auf das Angebot eingehen, um Schlimmeres zu verhindern. Das Dorf hat keine Chance, und deshalb müssen wir sie nutzen."

Keine Reaktion, aber eine Hoffnung. Sollte Elfriede auf ihre alten Tage diskret durch das Fenster gestiegen sein, um die Unterredung nicht anhören zu müssen? Ja, so wird es sein, zumal sich jetzt draußen Schritte näherten. Gott sei Dank, Elfriede kam zurück. Da hatte Kollmann aber noch einmal richtig Glück gehabt, Elfriede hat nichts mitbekommen, jubilierte er. Das war auch richtig, aber es war ganz anders, als er dachte.

Die Schritte kamen schnell näher. „Hallo Elfrie, öh, Marie, was machst du denn hier? Heute ist doch Dienstag?", fragte Kollmann überrascht.

„Ja, heute ist Dienstag, Papa, und eigentlich sollte ich im „Schuldrecht" sitzen. Aber ich habe heute Heinzi getroffen und der hat mir erzählt, dass du verhaftet worden seiest. Schuldrecht hin, Schuldrecht her, habe ich mir gedacht, und mich sofort auf den Weg gemacht. Auf dem Hof war ich schon, Mama hat mir alles erzählt!"

„Na, wenn deine Frau Mutter dir schon alles erzählt hat, denn weißt du ja jetzt endlich, was für einen nichtsnutzigen, verlogenen und versoffenen Mann sie vor 31 Jahren geheiratet hat. Man muss sich wundern, dass sie so lange gebraucht hat, um das zu bemerken", fügte er zynisch hinzu.

„Sie hat mächtig geschimpft und gezetert, das stimmt schon, aber ich glaube, sie möchte, dass du wieder nach Hause kommst. Denn sie hat Angst, große Angst, dass sie das alles allein nicht schafft."

„Den Gefallen tue ich ihr nicht, sie hat mich durch die Staatsgewalt rauswerfen lassen, also bleibe ich auch draußen, es sei denn, die vornehme Freifrau zu Eschhausen würde einmal, jedenfalls einmal der Freifrau von Droste zu Vischering nacheifern."

Marie erinnerte sich an das Lied aus alten Kindertagen. „Sie tät sich sehr genieren, sie kroch auf allen Vieren, sie wollte ohne Krücken, durch dieses Leben rücken", hatten sie gesungen.

„Ach Papa, das wird Mama nie tun. Das weißt du doch besser als ich. Aber ich glaube, wenn du sie bittest, wird sie keine Scheidungsklage einreichen. Sie hat davon gesprochen, man könne, nein, man müsse sich wohl oder übel arrangieren, so schwer das auch sei."

Kollmann dachte nach. Als Landrat kamen viele repräsentative Pflichten auf ihn zu, bei denen die schlanke Hanne im wahrsten Sinne des Wortes eine gute Figur abgeben würde. Und außerdem, eigentlich und vielleicht besser doch?

„Wo ist Elfriede überhaupt?", wurde er von Marie aus seinen Gedanken gerissen.

Und ohne es zu wissen, wusste er es. Sofort. In diesem Augenblick. Nein, er wusste es natürlich nicht, aber er fühlte es. Und dieses Gefühl war so stark, er war sich so sicher, so furchtbar sicher, dass es keinen Zweifel gab. Er sprang und riss die Tür zum Schlafzimmer auf.

Erst sah er ihre Beine, die herabhingen, dann sah er nichts mehr, denn ihm wurde schwarz vor Augen, er sackte zusammen und fiel schließlich um.

„Seine kleine Schwäche", wie er den Zusammenbruch später herunterspielen wollte, dauerte nur etwa fünf Minuten, die Marie aber wie eine Ewigkeit vorkamen. Aber es gelang ihr, Kollmann ins Leben zurückzuholen. Diese Aufgabe beanspruchte sie so sehr, dass sie Elfriedes Ableben zunächst gar nicht registrierte.

Sie hatte Kollmann sofort das Hemd geöffnet, ihn in die in der Führerscheinausbildung gerade erlernte stabile Seitenlage gebracht und ihn mit der flachen Hand immer wieder in das Gesicht geschlagen.

„Nein, Papa, nein. Nicht sterben! Wach endlich auf! Ich brauche dich doch! Nicht sterben, nein, wach wieder auf, bitte Pappaaaaa, wach endlich wieder auf!"

Kollmann tat *ihr* den Gefallen, bezweifelte aber später, dass er *sich* damit einen Gefallen getan hatte. Denn das wenige, das in seinem Leben noch kommen sollte, machte es wenig lebenswert.

Auch nachdem Kollmann nach „seinem Schwächeanfall" wieder zu sich gekommen war, behielt Marie die Zügel in der Hand. Das war auch bitter nötig, weil Kollmann sich weigerte, irgendetwas zu unternehmen.

Er jammerte und lamentierte, er habe Elfriede auf dem Gewissen. Die Rechenarbeit, die Entlobung und was noch alles zwischendurch, und heute, hier und heute habe er den letzten Sargnagel eingeschlagen.

Marie verstand das alles nicht, hatte für dieses Lamentieren aber auch keine Zeit, denn jetzt steuerten die Eschhausen-Gene ihr Verhalten. Sie wuchs in dieser schwierigen Situation über sich hinaus, wurde endgültig erwachsen, und tat wie selbstverständlich all das, was getan werden musste.

Zunächst schloss sie Elfriede die Augen, dann legte sie den Leichnam ganz auf das Bett und faltete der Verstorbenen die Hände, nicht ohne zuvor einen Rosenkranz, den sie in einer der Schubladen gefunden hatte, hineinzulegen. Das an der Wand hängende Kreuz bedeckte sie mit einem schlichten dunklen Geschirrhandtuch.

Danach nahm sie, wortlos und wie beiläufig, den Westfälischen, der auf dem Tisch stand, an sich und goss die Flasche aus. Sie wusste allerdings nicht, dass sich noch weitere Flaschen im Kotten befanden.

„Papa, willst du nicht mitfahren? Ich bin mit Flicka und dem Einspänner hier und fahre jetzt zum Leichenbestatter und sage Doktor Bauernschulte Bescheid, damit dieser den Totenschein ausstellen kann. Also was ist, kommst du mit?"

„Fahr nur, Kind, ich bleibe hier. Ich möchte allein Abschied von Elfriede nehmen."

„Papa, es wäre besser, wenn du mitkämst. Ich möchte dich hier nicht gerne allein lassen. Ich mache mir große Sorgen um dich."

„Das musst du nicht. Mir geht es schon wieder besser und meinen kleinen Seelentröster hast du ja vernichtet. Da kann ja eigentlich nicht mehr viel passieren."

Marie nahm nicht den Einspänner, sondern Kollmanns Auto. Vor zwei Monaten hatte sie nach nur sechs Fahrstunden den Führerschein erworben und traute sich, obwohl gänzlich ohne Fahrpraxis, zu, Kollmanns Auto zu fahren. So fuhr Marie los und erledigte das Erforderliche. Zwei Stunden später kamen der Arzt und der Bestatter. Dr. Große Bauernschulte ließ sich von Marie beschreiben, wie sie Elfriede gefunden hatten, untersuchte die Leiche recht oberflächlich und bescheinigte eine natürliche Todesursache:

„Akutes Herzversagen" schrieb er in den Totenschein.

Der Bestatter besprach mit Marie – Kollmann war nicht ansprechbar, weil er sich nicht ansprechen ließ – einige Fragen zur Beerdigung und transportierte Elfriedes Leichnam ab.

Kollmann und Marie blieben allein zurück.

„Mein Gott, Elfriede. Wie konntest du mir das antun? Gerade jetzt, ausgerechnet jetzt?", fragte Kollmann, aber mehr sich selbst.

„Ach Papa, Elfriede war alt und hat ihr ganzes Leben gearbeitet, hart gearbeitet. Nun hat sich ihr Lebenskreis geschlossen. Sie ist gestorben, ohne dass sie vorher krank war. Sie wurde mitten aus dem Leben gerissen, wie man so sagt. Dass das hier und heute und unter diesen Umständen passiert ist, hat sich niemand gewünscht, aber es hat Gott so gefallen. Hör auf zu grübeln. Du musst nach vorne schauen.

Eine ganz tolle Nachfolgerin für Elfriede ist ja schon im Haus. Sogar Mama ist mit Ewas Leistungen ‚durchaus nicht unzufrieden', und das heißt bei Mama schon mal was. Ewa hat mir gesagt, dass sie gerne bleiben würde, wenn sie denn dürfe."

„Nein, das geht nicht! Das möchte ich auf keinen Fall", hörte Kollmann sich sagen, gab aber keine weitere Erklärung ab. Marie war klug genug, nicht nachzufragen. Sie erklärte sich seine Vorbehalte aus dem ganz besonderen Verhältnis, das ihr Papa und *seine* Elfriede gehabt hatten.

Auf einer feucht-fröhlichen Geburtstagsfeier hatten sich alle vergeblich bemüht, ihren sturzbetrunkenen Vater vom Weitertrinken abzuhalten. Kollmann war partout nicht dazu zu bewegen, ins Bett zu gehen. Dann hatte Elfriede, die für Nachschub gesorgt hatte, ihm etwas ins Ohr geflüstert. Marie hatte es trotzdem verstanden.

„Heinrichschen, ich glaube, du hast doch jetzt genug gehabt, geh doch besser ins Bett! Tu mir doch bitte den Gefallen."

Nie zuvor hatte Marie dieses Kosewort gehört: „Heinrichschen!" Aber es wirkte:

„Isch bin müde und geh inne Heia", hatte Papa mehr gelallt als gesprochen und war von Elfriede und seinem Schwager Günter mit Mühe ins Bett verbracht worden. Warum Elfriede das „Heinrichschen" so verehrte, während sie gegenüber Mama nicht unfreundlich, aber doch sehr reserviert und bisweilen kühl war, wusste Marie nicht.

Auf jeden Fall war Elfriedes Tod für Papa ein schwerer Schicksalsschlag, und so war es verständlich, dass er wenige Stunden nach ihrem Tod weder Ewa noch eine andere als Nachfolgerin akzeptieren mochte. Aber das würde schon werden, denn Ewa war ein tolles Mädchen. Wie sie die Dinge anpackte, das würde Papa sicher sehr imponieren.

Marie versuchte noch einmal, Kollmann dazu zu bewegen, den Kotten mit ihr zu verlassen.

„Papa, du kannst hier nicht allein im Kotten bleiben. Ich schlage vor, du kommst jetzt mit nach Hause. Du kannst hier nicht allein bleiben, bitte komm mit!"

„Mag sein, Marie, dass ich hier nicht allein bleiben sollte. Aber nach Hause komme ich nicht, das dürfte ich ja auch gar nicht. Ich will doch nicht 500.000 Mark bezahlen oder ins Gefängnis. Ich werde aber für ein paar Tage verreisen, um Abstand zu gewinnen. Du kannst deiner Mutter ausrichten, dass ich zu Elfriedes Beerdigung zurückkomme. Den Termin werde ich von Betti erfragen."

Marie kannte ihren Vater nur zu gut und wusste deshalb, dass es ihr nicht gelingen würde, ihn umzustimmen. Im Übrigen war ein Ortswechsel eine gute Idee. Was Marie aber maßlos ärgerte war, dass ihr Papa nicht bereit war zu sagen, wohin er fahren würde. Er packte ganz einfach schweigend die wenigen Sachen, die Elfriede für ihn gepackt hatte, zusammen, setzte sich in den Benz und fuhr los.

Vorher hatte er versucht, Marie in den Arm zu nehmen, was aber grandios gescheitert war, weil Vater und Tochter in Bezug auf eine väterliche Umarmung ganz und gar ungeübt waren. Etwas peinlich berührt dachten sich beide ihren Teil: ‚Das hat mit Ewa viel besser geklappt', ‚das hat mit Ste viel besser geklappt!'

Marie brachte den Einspänner zum Hof zurück und machte sich mit dem letzten Bus auf den Weg nach Münster, Kollmann mit dem Benz auf den nach Düsseldorf. Er griff in seine Tasche, das Portemonnaie war prall gefüllt. Er war noch bei der Sparkasse vorbeigefahren und hatte sich, obwohl die Kasse eigentlich schon geschlossen war, noch schnell 1000 Mark auszahlen lassen.

„Mensch, Heini, wat haste denn so spät noch vor? So viel Möpse haste ja noch nie abgeholt. Willste Schweine kaufen oder willste inne Stadt fahrn und einen draufmachen oder wat?", hatte Fräulein Kettkamp, die seit unvordenkbar langer Zeit als Kassiererin tätig war, ihn gefragt.

„Wer weiß, wer weiß", hatte Kollmann scherzhaft geantwortet, obwohl ihm nicht nach Scherzen zumute war.

26. Wenn Dr. Stückweit kommt, Düsseldorf, Dienstag, 23. Mai 1961

Kollmann erinnerte sich nach seiner Ankunft in Düsseldorf an das Hotel mit dem teuren Frühstück und der Kaffeefee. Er entschied sich, dort einzukehren und zu nächtigen, koste es, was es wolle. So buchte „der Herr, aber sehr gerne der Herr" sich für eine Nacht im Hotel Königspalast an der Königsallee ein. Nachdem er in dem mit Marmor gestalteten Badezimmer, das hier „Bad" genannt wurde und – welch ein Luxus – ausschließlich zu Kollmanns Zimmer gehörte, ein „Wannenbad mit exklusivem Badezusatz" genommen hatte, verspürte er einen riesigen Hunger.

Er fuhr mit dem Fahrstuhl von der vierten Etage, in der sich sein Zimmer befand, in das Erdgeschoss und ging in die Kneipe, so dachte er. In Wirklichkeit fand er sich aber in keiner Kneipe, sondern im „Restaurant Lukullus" wieder. Ein freundlicher Kellner, hier „Herr Ober" genannt, fragte ihn, „ob der Herr allein zu speisen gedenke und ob der Herr doch hoffentlich reserviert habe", was Kollmann bejahte und verneinte. Da er augenscheinlich allein war und im Restaurant vielleicht drei von 20 Tischen besetzt waren, empfand Kollmann beide Fragen als zutiefst unsinnig. Denn wer sollte abends um halb neun, wenn die Küche bei Anni schon fast geschlossen war, noch zum Essen kommen? Und mit wem sollte er essen? Er kannte doch niemanden in Düsseldorf.

Der Kellner sah die Sache offenbar ganz anders, denn Kollmann sah, dass dieser ein angestrengtes Gesicht machte. Mit „Bitte geben Sie mir einen winzigen Augenblick, mein Herr" entfernte er sich, um schon nach wenigen Sekunden zurückzukommen. „Wir haben Glück! Da müsste sich doch noch etwas machen lassen, wenn ich bitte vorgehen darf."

So begleitete er Kollmann an zahlreichen leeren Tischen vorbei in den hinteren Teil des Restaurants und wies ihm einen Tisch zu. Dann zog er einen der beiden Stühle zunächst vom Tisch ab, wies Kollmann mit der linken Hand den Weg in die entstandene Lücke, um Kollmann den Stuhl sodann ganz leicht von hinten in die Knie zu schieben. Als wenn Kollmann sich nicht allein hinsetzen könnte!

„Ist es so recht, der Herr?" Dann entfernte sich der Stuhlober mit leichten, kaum hörbaren Schritten.

Kollmann war verwirrt. An dem Tisch standen nur zwei Stühle, auf dem Tisch aber sicherlich 15 oder noch mehr Gläser verschiedener Größen. Was sollte das? Kaum hatte Kollmann Platz genommen, erschien ein anderer sehr junger Ober und räumte die Hälfte der Gläser ab. Dieser Glasober stellte hernach die verbliebenen Gläser etwas anders auf und verschwand mit einem „sehr gerne, mein Herr".

Jetzt erschien ein älterer Ober, wohl der Oberober: „Guten Abend, der Herr. Darf ich dem Herrn zunächst einen Aperitif servieren?"

Auf Kollmanns verunsicherten Blick „Wenn der Herr erlauben, würde ich gern eine kleine Empfehlung aussprechen" und nach Kollmanns Zögern gab dieser Oberober eine Empfehlung für den Aperitif, für die Starters, die Suppe, für diverse Haupt- und Nebengänge und für das Dessert ab, jeweils „nebst den korrespondierenden Weinen".

Nachdem Kollmann zu allen Vorschlägen ohne groß nachzudenken „Ja und Amen" gesagt hatte, beglückwünschte der Oberober ihn zu seiner, besser *seiner* ausgezeichneten Wahl.

„Sie haben da eine perfekte, will sagen sehr ausgewogene, zugleich aber persönliche, fast intime Speisenabfolge gewählt. Kompliment, mein Herr."

Kollmann erinnerte sich an das Theaterstück „Die Reise nach Absurdistan", das der Heimatverein Malve im letzten Jahr im Saal bei Gustav aufgeführt hatte. Er hätte nicht gedacht, dass Absurdistan im Westen liegt und Düsseldorf heißt. Er hatte es irgendwo im Osten, weit hinten im Osten gewähnt.

Die gestelzte Sprache erinnerte Kollmann im Übrigen daran, dass Hanne ihn vor gut einem Jahr zu einem „Benimmkurs", wie er es nannte, in die Tanzschule Weinholdt mitgeschleppt hatte. Dort sollte er „endlich lernen", so Hanne, „richtig mit Messer und Gabel zu essen" und „sich bei Tische gepflegt auszudrücken". Die Sache mit „Messer und Gabel" hatte keine nachhaltige Wirkung hervorgerufen: Kollmann aß weiter lieber mit den Fingern und lehnte es ab, ein Messerbänkchen zu benutzen, weil ein Messer sich nicht auf einer Bank ausruhen müsse. Aber da Kollmann ein gutes Gedächtnis hatte, wenn auch nicht für Zahlen und Daten, waren ihm mehrere der dort abgelassenen Sprüche, pardon will sagen „der wohlgesetzten Worte", in guter Erinnerung geblieben. Er ging vollkommen zu Recht davon aus, dass er derlei in den nächsten Stunden gut würde gebrauchen können.

Wenig später kam der Glasober erneut, räumte bis auf zwei alle vorhandenen Gläser ab und stellte zu den zwei verbliebenen mit „bitte gerne der Herr" fünf neue Gläser auf den Tisch. Dann kam der Aperitif, serviert vom Weinober, wobei Kollmann nicht sagen konnte, was sich im Glas befand. Danach passierte etwa zehn Minuten nichts.

Dann erschien ein weiterer Ober, stellte einen Riesenteller vor Kollmann ab, auf dem sich eine halbe Erdbeere, eine Scheibe Tomate, ein Salatblatt und ein ganz kleines Stück Fleisch, Fisch oder was auch immer befanden. Jedenfalls war das Stück so klein, dass Kollmann dafür keines der zahlreichen vor ihm liegenden Messer in die Hand nahm.

„Ein Gruß aus der Küche, mein Herr." Der „Gruß-aus-der-Küche-Ober" entfernte, Kollmann wunderte sich. Er kannte niemanden in der Küche, und er glaubte auch nicht, dass ihn jemand aus der Küche kannte. Aber wenn einer aus der Küche ihn grüßen wollte, warum nicht? Der sonderliche Küchengruß war schnell verzehrt, und Kollmann fragte sich, warum man diese wenigen Kleinigkeiten auf einem so großen Teller serviert hatte. Eine Untertasse hätte es auch getan.

Kollmann sah sich im Restaurant um und machte dabei eine interessante Entdeckung. Fast genau in seinem Blickfeld saß ein Herr, der deutlich älter als Kollmann war, mit einer Frau zusammen, die auf keinen Fall deutlich älter als Ewa war. Kollmann sah beide im Profil, beide hatten wohlgeformte Rundungen, wenn auch an unterschiedlichen Stellen. Beide waren sehr elegant gekleidet, der Mann hatte eine Gurke, ne, einen Zinken als Nase, die junge blonde Frau hatte eine auffallend gute Figur und trug ein auffallend tiefes Dekolleté zur Schau. Ja, zur Schau, so nahm es Kollmann wahr. Der Mann hat richtig Asche, da war Kollmann sich sicher.

An eben diesem Tisch konnte Kollmann jetzt ein fantastisches Schauspiel beobachten. Der Zinken und Sandy, so nannte der Zinken die junge Frau, hatten offenbar ein ganz besonderes Getränk bestellt. Es wurde in sehr hohen Gläsern serviert. Das Interessante dabei war der Serviervorgang.

Zunächst erschien der Krümelober. Das war ein junger Mann, dessen Hauptbeschäftigung darin bestand, nach jedem Gang die Brotkrümel und andere kleine Gegenstände mit einem kleinen Handfeger von den weißen Tischdecken zu fegen. Jetzt hatte er eine wichtigere, weil tragende Rolle: Auf einem Tablett balancierte er feierlich und mit großem Ernst die beiden hohen Gläser. Er baute sich am Tisch auf und wartete. Jetzt erschienen aus dem Hintergrund langsam schreitend der Oberober und der Glasober. Sie nahmen absolut synchron je ein Glas vom Tablett und stellten es absolut synchron vorm Zinken und vor Sandy ab. Das sah toll aus. Dafür mussten die beiden lange geübt haben. Das sah so aus, wie Kollmann sich eine Ballettaufführung vorstellte.

Kollmann erinnerte sich daran, dass Hanne vor ein paar Jahren zwei Karten für eine solche Aufführung in Münster gekauft hatte. Auf dem Programm stand irgendein Stück mit einem Schwan. Zwei Stunden vor der Abreise nach Münster hatte Kollmann aber urplötzlich eine heftige Migräne bekommen. An seiner Stelle war deshalb eine Freundin von Hanne mitgefahren, Bernadette Karin Freifrau von Klein-Giesen und zu Hammelwarden. Die beiden Damen waren nach der Aufführung völlig aus dem Häuschen gewesen, und die Freifrau hatte Kollmann gleich mehrfach für die Freikarte gedankt. Die Damen wären vermutlich noch begeisterter gewesen, wenn sie auch nur geahnt hätten, dass in den Jahren 2006 bis 2008 ein schwarzer Schwan namens Petra auf dem Münsteraner Aasee aufgrund seiner Zuneigung zu einem überlebensgroßen weißen Tretboot in Schwanenform weltweite Berühmtheit erlangen sollte.

Nun, begeistert war Kollmann auch: Das, was die beiden Ober hier gerade veranstaltet hatten, war nach seiner Meinung absolut ballettreif. Sicher war er sich aber nicht, weil er ja noch nie eine Ballettaufführung gesehen hatte. Wenn dies kein Ballett gewesen sein sollte, dann war das gesamte Abendessen aber auf jeden Fall ein Schauspiel. Und er, Heinrich-Wilhelm Kollmann aus dem kleinen Malve, war einer der Schauspieler, der im Laufe des Abends mehr und mehr in seine Rolle hineinwachsen und diese schließlich mehr als perfekt ausfüllen sollte.

Der alte Herr himmelte die junge Frau an, und die junge Frau himmelte zurück. „Geld macht sexy", so sollte man dieses Phänomen in späteren Jahren nennen. Kollmann dachte an Ewa. Macht Macht auch sexy? Die Macht, jemanden vor einer Vergewaltigung zu schützen? Ihn in letzter Sekunde aus den Klauen des Peinigers zu befreien? Ihm eine Zukunft zu geben? Vermutlich ja, musste Kollmann sich eingestehen. Denn bei Licht besehen war er bestenfalls ein klein wenig attraktiv. Und richtig voll im Saft stand er auch nicht mehr, wie er bei schweren Arbeiten auf dem Hof ab und an schmerzhaft bemerkte. So ganz unrecht hatte dieser Quacksalber im Kreiskrankenhaus, der Kollmann vor einigen Wochen als „altersgemäß degeneriert" bezeichnet hatte, wohl doch nicht gehabt.

Kollmann wurde aus diesen Gedanken gerissen, weil sich am Nebentisch etwas tat. Die Blondine beugte sich weit über den Tisch, um ihrem Gönner, und dass der Alte ihr Gönner war, stand für Kollmann fest, einen Kuss mitten auf den Mund zu geben. Kollmann wunderte sich über derlei Sitten und konnte dem „Sandy, bitte lass das doch" des Zinken nur beipflichten.

Dass Kollmann diese Szene so bemerkenswert fand, lag nicht so sehr am Kuss, sondern in erster Linie am Dekolletee der Blondine. Ihre Vorwärtsbewegung über den Tisch eröffnete Kollmann einen kurzen, aber sehr tief gehenden Blick auf ihre Bütters. ‚Mann', dachte er, ‚wie damals diese Pohlmeyer auf dem Abiball von Marie.' Kollmann entschloss sich, den Tisch im Auge zu behalten. Und es sollte sich lohnen, auch wenn es zu keinen weiteren Intimitäten und insoweit zu keinen damit einhergehenden tief gehenden Einsichten kam. Kollmann erhielt aber Einsichten in ganz andere Dinge.

Am Nachbartisch wurde ein Rotwein serviert. Der Weinober erschien mit einer noch geschlossenen Flasche, hielt die Flasche so hin, dass der Zinken das Etikett studieren konnte, was einige Zeit in Anspruch nahm und durch ein ganz kurzes Nicken beendet wurde. Dann entkorkte der Weinober sehr kunstvoll die Flasche, roch am Korken, gab dem Zinken den Korken, der ebenfalls daran roch. Der Korken wanderte wieder zum Weinober, der ihn auf einem Nachbartisch ablegte.

Der Weinober schenkte sodann in eines der zahlreichen vor dem Alten stehenden Gläser ein ganz wenig Rotwein ein, praktisch nur eine Pfütze, zog sich einen Meter und fünfzig zurück, ging in eine gelangweilte Habachtstellung und betrachtete mit innigem Desinteresse aus den Augenwinkeln die weitere Entwicklung.

Der Zinken fasste das Glas mit ganz sonderbar gespreizten Fingern und dem Daumen am Fuß an, ohne den Stil oder den Kelch zu berühren. Dann schüttelte er den Wein, steckte seinen Zinken fast vollständig in das Glas, schüttelte den Wein erneut, hielt das Glas gegen das Licht, roch noch einmal daran, wobei der Zinken fast wieder komplett im Glas verschwand, schüttelte den Wein noch einmal und nahm endlich einen winzigen Schluck.

‚Ohne Zinken niemals Trinken', dachte Kollmann. Während der Alte das Glas absetzte, spülte er den Wein in der Mundhöhle hin und her, nahm den Kopf ein wenig nach hinten, dann nach links, dann nach rechts, als müsse er nachdenken, kaute mehrfach, spülte erneut und dann kam es zum Äußersten: Er ließ den Wein durch die Kehle rinnen. Zack!

Der Weinober hatte sein beachtliches Desinteresse durchgehend und auf gleichbleibend hohem professionellem Niveau konserviert. Jetzt gab er seine Habachtstellung auf und machte drei betont langsame Schritte zum Tisch. Er sah den Alten eher gelangweilt an, als sei er seines Sieges sicher, der Zinken sah den Weinober an, griff erneut nach dem Glas, schüttelte den Inhalt, hielt das Glas gegen das Licht, setzte nochmals den Zinken ein, und nickte dann fast unmerklich.

Der Weinober registrierte das ohne jede Regung, nahm die Flasche, dienerte halb um den Tisch und schenkte der Blondine in ein sehr großes Glas ganz, ganz wenig Wein ein, sodass das Glas höchstens zu einem Achtel gefüllt war. Die kleine Sandy vertrug wohl nicht so viel und sollte deshalb nicht so viel trinken. Aber der Alte bekam auch nicht mehr Wein eingeschenkt. Danach nahm der Weinober die Flasche mit, obwohl sie fast noch ganz voll war. Was waren denn das für sonderbare Sitten? Kollmann hatte so ein Schauspiel noch nie in seinem Leben gesehen. Einen Reim auf all das konnte er sich im Augenblick noch nicht machen. Aber der Abend war ja noch lang. Inzwischen hatte er den Entschluss gefasst, sich nicht mehr zu wundern, komme, was da wolle.

„Ist es dem Herrn recht, wenn ich die Vorspeise serviere?", riss der Vorspeisenober, der, wenn Kollmann sich nicht täuschte, zugleich der Glasober war, aus seinen Gedanken. Kollmann erlaubte dies gönnerhaft mit einer kleinen Handbewegung. Keine fünf Minuten später standen die „Salatvariationen an Wer-weiß-was-für-ein-Dressing" auf dem Tisch, dazu eine „Fröllinger Kreuzspinne aus reiner Westlage".

Kollmann hatte einen mächtigen Brand und wollte deshalb spontan nach dem Glas greifen, um einen kräftigen Schluck zu nehmen, doch besann er sich eines Besseren und so nahm er das Glas so gepflegt, wie es ihm mit seinen großen Bauernhänden nur möglich war, in die Hand. Er schüttelte den Wein, hielt das Glas gegen das Licht, roch, schüttelte nochmal, nahm einen kleinen Schluck, spülte, überlegte, kaute, und schluckte das Schlückchen Wein hinunter.

Danach legte er den Kopf leicht zur Seite, spitzte die Lippen und entlockte diesen ein „wunderbar. Sehr fein abgestimmt." In Wirklichkeit hatte ihm der Wein überhaupt nicht geschmeckt, weil er total sauer war.

„De Weyn, dei was säo siuer, iëck gloiwe, dat dai säogar bey me Meygen stuiwet", erzählte Kollmann später, was bedeutet, dass der Wein so sauer war, dass er sogar wohl noch beim späteren Wasserlassen staubte.

Deshalb trank Kollmann das Glas nur halb leer.

Erneut machte er eine interessante Beobachtung am Nachbartisch. Der blonden Sandy war die Serviette von den überaus hübschen Knien gerutscht und auf den Fußboden gefallen. Bevor sie den Verlust überhaupt bemerkt hatte, kam wie aus dem Nichts ein Ober, ging am Tisch vorbei, bückte sich dabei kaum merklich und nahm, scheinbar ohne überhaupt hinzusehen und ohne seinen federnden Gang zu verändern, die Serviette zutiefst beiläufig auf.

Das war hohe Oberkunst: Etwas aufzuheben, ohne Aufhebens davon zu machen. Keine drei Sekunden später kam ein anderer Ober und reichte Sandy, die immer noch nichts gemerkt hatte, mit großer Selbstverständlichkeit eine neue Serviette. Sandy fragte sich, wo denn die andere geblieben war.

Kollmann musste lachen, natürlich nicht laut, das verboten die äußeren Umstände. Es war deshalb mehr ein kleines, von innen kommendes Schmunzeln. Er dachte an einen Vorfall in Soest vor zwei Wochen. In der Mittagspause waren sie in ein italienisches Eiscafé gegangen, nach Kollmanns Kenntnis eines der ersten im Sauerland überhaupt. Am Nachbartisch saßen fünf junge Mädchen, vielleicht 14 oder 15 Jahre alt, die fast ihr ganzes Taschengeld in der Eisdiele verschnuckerten. Alle fünf waren sehr albern und ausgelassen und spielten das „Löffelspiel", wie sie sich ausdrückten. Die Spielregel war sehr einfach.

Hin und wieder ließ eine der fünf wie unbeabsichtigt den Eislöffel auf den gefliesten Boden fallen. Das gab zum einen ein nett klirrendes Geräusch, zum anderen näherte sich ganz schnell und übertrieben eilfertig der drahtige und sehr hübsche italienische Kellner, was bei allen fünf jungen Damen Einfluss auf die Gesichtsfarbe hatte. Er bückte sich nach dem Löffel und hob diesen mit spitzen Fingern, die in weißen Handschuhen steckten, auf.

Beim Bücken füllte sein knackiger Hintern die schwarze, sehr eng geschnittene elegante Stoffhose vollständig aus, was für die fünf offenbar das Größte war. Der Kenner flüsterte mit rauer Stimme „una momento, Signorina", ging zur Theke, legte den gefallenen Löffel ab, griff nach einem neuen und legte ihn auf den Tisch: „per favore, Signorina, nixe für Ungut."

Gegenüber seinem Chef schimpfte Adriano hingegen wie ein leibhaftiger Fußballtrainer: „Was erlauben Mädchen? Sinte zu doof für halten Löffel, mamma mia. Becher erst halbe leer. Löffel immer aufe Fußeboden."

Kollmann schmunzelte weiter vor sich hin und genoss den Abend. Zu den nächsten Gängen gab es immer wieder neue Weine in neuen Gläsern, wobei Kollmann das Weintheater – riechen, schütteln, kauen, riechen, schauen, kauen, riechen usw. – nicht nur stetig wiederholte, sondern mit allerlei kleinen Einfällen bereicherte.

So bat er den Weinober, die Verfüllung der edlen Tropfen erst am Tische – er sagte wirklich „Verfüllung am Tische", es lebe der von Hanne aufgezwungene Benimmkurs! – vorzunehmen und ihm überdies vorab einen kleinen, bescheidenen Blick auf das Etikett zu gewähren. Obwohl Kollmann von alledem, was er dabei las, rein gar nichts verstand, verstand er sich prächtig darauf, zu alledem etwas zu sagen und alles und jedes zu kommentieren.

Beim zweiten Hauptgang ließ er sich gar zu der Bemerkung hinreißen, er halte *diesen* Franzosen zu *diesem* Hauptgang für gekonnt, ja sogar für überaus kreativ. So verbrachte er einen wunderbaren Abend, auch weil das Essen zwar recht ungewohnt war, aber so weit ganz gut schmeckte, pardon will sagen „weil die erlesenen Speisen nebst der korrespondierenden Weine exorbitant mundeten".

Nach einer besonders vollmundigen Beschreibung zum „Charakter" des zum Dessert kredenzten Weins, die der Weinober gleich zweimal abzugeben sich genötigt sah, ritt Kollmann der Teufel. Er wartete, bis der Weinober den „vom Charakter her im Abgang absolut ehrlichen" Dessertwein serviert hatte. Bevor er das Dessert „Variationen über Liebe,

Leidenschaft und Tod" – was für ein Unsinn! – probierte, nahm er nach dem üblichen Vorspiel einen kleinen Schluck Wein, spülte ihn ein wenig im Mund und verzog kaum merklich denselben.

Er stellte das Glas sodann sorgsam ab und schob dieses wie auch den noch unberührten Dessertteller ganz wenige Zentimeter zur Tischmitte. Dann tupfte er sich, wie er es am Nachbartisch gesehen hatte, mit der weißen Dessertstoffserviette, die der Serviettenober ihm mit „Pardon, mein Herr" zuvor schwungvoll auf die Hose drapiert hatte, die Mundwinkel. Die Serviette legte er gefaltet neben den Dessertteller. Mehr tat er nicht, aber dieses wenige reichte aus, um eine grandiose Wirkung hervorzurufen.

Der Oberober, der Kollmann das Menü zusammengestellt und der bisher nur den dritten Hauptgang serviert hatte, erschien wie aus dem Nichts. „Ist etwas nicht in Ordnung, mein Herr?", fragte er besorgt.

Kollmann hatte sich seine Worte sorgfältig zurechtgelegt. „Der Dessertwein scheint mir ein Grad zu warm zu sein und außerdem, ich bedauere, dies sagen zu müssen zutiefst, ist er im Abgang ein Stück weit unehrlich." Peng! Das saß!

„Mein Herr, erlauben Sie, dass ich den Wein entferne und in der Küche einer Überprüfung unterziehe?"

„Tun Sie das, aber Sie werden mir recht geben müssen."

Der Oberober zögerte einen Moment mit dem sich Entfernen, Kollmann wartete gespannt, was denn jetzt noch kommen sollte. Der Oberober sah in fragend an: „Geruhen der Herr vielleicht zwischenzeitlich einen Blick in unsere vor weniger als zwei Wochen völlig neu und erheblich differenzierter gestaltete Weinkarte zu werfen?"

Kollmann fragte sich, warum er sich zu einem Blick in die Karte „geruhen sollte". Was war das für eine sonderbare Sprache? Wie herrlich direkt war es doch in Malve: Wenn es denn überhaupt mal eine Karte bei Anni gab, fragte Anni: „Heini, willste wie immer oder willste die Karte und *dann* wie immer?"

Er entschied sich fast immer für „wie immer ohne Karte" und erhielt wenig später das „Westfälische Krüstchen mit einmal Bratskartoffel extra". Auch wenn er ausnahmsweise mal in die Karte guckte, bestellte er danach ausnahmslos das „Westfälische Krüstchen mit einmal Bratskartoffel extra", weil ein Bremsklotz oder ein Solei „wenn man so richtig Schmacht hatte, nur wat für den hohlen Zahn war. Dat war wat für zwischendurch oder fürn Nachtisch!"

Sei's drum, heute wollte er sich geruhen, einen Blick in die Karte zu werfen. „Ja doch, sehr gerne, ich glaube, ein solcher Blick könnte zur Abrundung des Bilds durchaus beitragen."

Der Oberober entfernte sich mit leicht hängenden Schultern und nur noch leicht wieselnden Schritten, um den unehrlichen Wein einer ehrlichen Untersuchung zuzuführen.

Wenig später brachte der Krümelober die Weinkarte. Was Kollmann jetzt zu lesen bekam, übertraf seine schon hohen Erwartungen haushoch. Nicht weniger als 250 Weine wurden vollmundig auf das Genaueste beschrieben.

Etwa so: *Kräftig würzige halbgelbe, indes im frühen Abendlicht ins dunkelgelbe schattierende Farbe, etwas reife Pflaume und Mineralität bestimmen dezent die Nase mit überaus vollen Fruchtaromen, schlanker, aber gleichwohl kraftvoll jugendlicher Körper, nicht zu dicht, zugleich aber sehr kompakt, äußerst dezente und zurückhaltende Säure, unscheinbar cremig, lange Präsenz am Gaumen, mit fein zurückhaltender charaktervoller, absolut reiner Würze.*

Bei einem anderen Wein kam neben Wald- und Johannisbeeren eine dezente Pfeffernote zum Tragen. *„Am Gaumen"*, so las Kollmann, *„fühlt sich der Wein cremig, beerig und harmonisch an, während der Abgang von einer dezenten Fruchtsüße begleitet wird."*

Kollmann traute seinen Augen nicht. Er konnte nicht verhehlen, Menschen zu bewundern, die sich so einen Unsinn — und dass es Unsinn war, stand ja nun mal fest — ausdenken konnten, für die, die an dergleichen glauben mochten, hatte er nur ein spöttisches Lächeln übrig.

Aber fasziniert war er trotzdem, und so las er noch mehrere Beschreibungen, die den ersten in nichts nachstanden.

Ein Wein, der angeblich über *„viel Frucht"* verfügte, sorgte damit für *„Spaß im Glas"*, einem anderen wurde die Fähigkeit zugeschrieben, in der Nase *„feine Noten nach rotem Apfel und halbreifer"* — nicht etwa reifer! — nein, *„halbreifer Mandarine zu erzeugen und am Gaumen einen ganzen Strauß voller tropischer Früchte zu hinterlassen."*

Kollmann gab sich ehrlich Mühe, aber es gelang ihm einfach nicht, sich vorzustellen, wie Erdbeeren und Blaubeeren deutlich in der Nase zu erkennen waren, wozu sich, wie großartig war das denn?, auch noch Paprika und Tomate gesellten.

Er fand das alles so abstrus, dass er sich auf einem kleinen Zettel so unauffällig wie möglich, aber eben nicht unauffällig genug, ein paar Notizen zu den Beschreibungen der Weine machte. Die wollte er bei Anni zum Besten geben — das würde ein Spaß außerhalb des Glases werden mit dem Geschmack von Hopfen und Malz am Gaumen und der kurzen Präsenz westfälischen Korns im Rachen. Dazu ein „Solei im Weckglas" oder gar eine „Frikadelle an Senf". Herrlich!

Die verspinnerten Weinbeschreibungen würden sicherlich auch den fünf Golden Girls – Detti, Dörte, Doris, Ingrid und Marlies – gefallen, die sich immer donnerstags in ungeraden Wochen bei Anni zum Doppelkopfspielen trafen, aber fast immer so viel zu erzählen hatten, dass sie vor lauter föhlen fast nie zum Spielen kamen.

In stiller Vorfreude auf das, was bei Anni passieren sollte, entschloss Kollmann sich, beim Affentheater in Düsseldorf noch einen draufzupacken. Die Gelegenheit dazu sollte sich schon bald ergeben.

Wie gerne hätte Kollmann jetzt ein, zwei oder auch drei Herrengedecke weggezischt, aber was nicht war, konnte ja noch werden. Er sehnte sich nach „bei Anni" und nahm sich fest vor, sich eine schöne Pinte zu suchen, um sich dort ein paar Herrengedecke zur Brust zu nehmen, sobald dieses Theater zu Ende war.

Der Oberober kam in Begleitung des Weinobers zurück: Der Oberober hatte in einer Hand das Weinglas, der Weinober ein Gerät, das sich als Weinthermometer herausstellte. Nun fand eine feierliche Messung statt. Wortlos reichte der Weinober dem Oberober das Messgerät. Dieser schüttelte leicht den Kopf und raunzte ganz leise vor sich hin: „Das darf einfach nicht passieren!"

Zu Kollmann gewandt erklärte er: „Mein Herr, Sie haben leider recht. Der Wein ist tatsächlich über ein halbes Grad zu warm, sehen Sie. Dadurch kann es in der Tat zu Irritationen im Abgang kommen, was hier leider der Fall zu sein scheint. Darf ich Ihnen als Versuch einer Entschädigung unseren besten Dessertwein kredenzen?"

Kollmann wand sich angemessen lang, gab sich dann aber gönnerhaft: „Aber natürlich. Derlei" – Hanne ließ grüßen – „habe ich in anderen Häusern auch schon erlebt, allerdings wurde dort durchaus nicht so professionell mit diesem, sagen wir mal, kleinen Missgeschick, umgegangen. Ich werde Ihre Professionalität bei passender Gelegenheit lobend zu erwähnen wissen, Herr …?" Kollmann sah den Oberober fragend an, der eilfertig, wenn auch fast hinter der Hand „Kleinschmidt, schmidt mit dt" hauchte.

Wo, wann und wem gegenüber Kollmann was erwähnen würde, blieb im Dunkeln. Kollmann dachte an sein neues Leben als Landrat, das ihn in Zusammenhang mit dem Talsperrenbau sicherlich häufiger in die Staatskanzlei führen würde. Da könnte er das Restaurant erwähnen. An was der Oberober, der von all dem ja nichts wissen konnte, dachte, wusste Kollmann nicht. War ja auch egal. Aber er stellte fest, dass seine Worte eine Wirkung hervorriefen, die er nicht für möglich gehalten hätte.

„Gestatten Sie mir eine Bemerkung, mein Herr. Ich habe es schon den ganzen Abend stark vermutet, aber bis jetzt nicht ganz sicher gewusst, dass Sie kein Gast im klassischen Sinne sind, sondern dass ein anderer Grund Sie herführt", ließ der Oberober fast verschwörerisch verlauten.

„Mein lieber, verehrter Herr Kleinschmidt. Sie und ich, wir wissen doch beide, dass ich dazu nichts, aber auch gar nichts sagen darf, nicht wahr?", erwiderte Kollmann ins Blaue hinein ganz leise in einem fast vertraulichen Ton.

„Natürlich, mein Herr, ich weiß. Ich werde mich persönlich um den Dessertwein sorgen."

Der neue Dessertwein kam, er war leider auch nicht süß, aber schon viel besser als die bisher servierten sauren Weine. Inzwischen wurde Kollmann ausschließlich vom Oberober bedient.

Kollmann winkte ihn heran. „Viel darf und kann ich Ihnen heute noch nicht sagen, Herr Klein… äh", „Kleinschmidt", „genau, Herr Kleinschmidt. Aber vielleicht gestatten Sie mir eine einzige winzige Bemerkung zu diesem Küchengruß."

Der Oberober stand wie angewurzelt. Jeder Muskel seines Körpers war angespannt. Kollmann gewärtigte sich noch einmal der lächerlichen Zusammenstellung des Küchengrußes: Eine halbe Erdbeere, eine Scheibe Tomate, ein Salatblatt und ein ganz kleines Stück Fleisch oder Fisch auf einem viel zu großen Teller.

„Also", begann Kollmann, um sofort eine gemeine Pause einzulegen, „das Fleisch", „der Herr meinen der Fisch", „ja, natürlich der Fisch, pardon, ich war unkonzentriert", wieder eine Pause, „der Fisch war, um ehrlich zu sein, ganz … vorzüglich." Hörbares Aufatmen beim Oberober.

Kollmann schwieg.

„Also, wie gesagt, der Fisch war vorzüglich, aber insgesamt", wieder eine Kunstpause, die wegen des vorgestellten „aber insgesamt" ganz besonders wirkungsvoll war, sodass der Oberober mehr und mehr verkrampfte, „also insgesamt hatte die Kreation, na ja, ich würde mal sagen, zu wenig Demut und, entschuldigen Sie meine Offenheit, ein Stück weit zu wenig Klarheit. Ich habe die Struktur vermisst, die Botschaft. Mehr noch: Ich meine sogar, jedenfalls im Ansatz, ein Stück weit Beliebigkeit gespürt zu haben. Wohl nur eine lässliche, aber leider eben doch eine Sünde."

Toll, dieser Benimmkurs! Hanne sei Dank! Es war viel mehr, verdammt viel mehr hängen geblieben, als Kollmann vermutet hatte. Wie gut, dass er ein so gutes Gedächtnis hatte, wenn auch nicht für Zahlen und Daten.

Der Oberober schwieg, Kollmann fuhr ganz leise fort. „Deshalb möchte ich Ihnen, wenn Sie erlauben, anraten", Kollmann machte wieder eine Pause, der Oberober sah ihn an, als hätte Kollmann soeben die ersten neun Gebote verkündet und jetzt komme es in Bälde zur Verkündung des zehnten, des letzten und des wichtigsten Gebots.

Kollmann genoss die Wirkung der Pause und entschloss sich erst nach angemessener Zeit zum Weitersprechen, „möchte ich Ihnen anraten, also Sie sollten, nein Sie *müssen* die Zusammenstellung unbedingt modifizieren, oder nein, seien Sie radikaler: Ändern Sie die Zusammenstellung."

Nun war es raus!

Der Kellner verlor die Körperspannung und sackte in sich zusammen. „Mein Herr, ich danke für Ihre Offenheit. Aber", fügte er ganz kleinschmidt hinzu, „ich weiß mir keinen Rat, was und wie wir, also", „ach", sagte Kollmann „ich halte das für lösbar."

Obwohl der Oberober sicherlich 1,85 m groß war und stand, während Kollmann nur 1,76 m maß und saß, hing der Oberober an Kollmanns Lippen. Das konnte nur jemand schaffen, der seit fast 40 Jahren in der Gastronomie tätig und es gewohnt war, zu dienern. Wenn angezeigt, wurde der Rücken so weit gebogen, dass der Kopf sich in Höhe der eigenen Knie befand.

Nun rückte Kollmann wie ein Messias mit seinem Vorschlag heraus: „Wie wäre es, wenn Sie die Tomatenscheibe gegen ein weiteres Salatblatt tauschten? Das müsste eigentlich schon fast genügen."

„Sie meinen, eine schlichte Substitution Salatblatt gegen Tomate? Könnte dadurch nicht, ich erlaube mir dies zu bedenken, könnte dadurch nicht, und ich meine das durchaus nicht nur optisch, die wohldosierte Ausgeglichenheit der Kreation verloren gehen, mehr noch, könnte nicht vielleicht sogar ein zerstörerisches grünes Übergewicht entstehen?"

Kollmann dachte: ‚Was für ein dummes Zeug, so stelle ich mir das Irrenhaus vor.' Aber weil ihm das Spiel gefiel, spielte er weiter mit. So legte er den Kopf ein wenig zur Seite, zögerte, er überlegte, wog den Kopf leicht hin und her, als müsse er nicht nur jedes Wort, jeden Buchstaben, nein, sogar jedes Satzzeichen sorgfältig abwägen.

„Sie haben recht, aber ich glaube, bei aller Bescheidenheit, ich habe den Ansatz einer denkbaren Lösung für Sie. Lassen Sie das Salatblatt ganz weg. Radikal! Dann sollte die Tomatenscheibe bleiben können, ihr Rot würde in fast erotischer Weise mit dem Rot der halben Erdbeere kontrastieren."

Der Oberober war überwältigt. Er verlor für einen Augenblick seine professionelle Distanz und drückte Kollmann dankbar und anerkennend die Hand. „Danke, Herr Dr. Hirschberger, vielen herzlichen Dank."

„Dr. Hirschberger?" Kollmann war inzwischen an einem Punkt angelangt, an dem er sich über gar nichts mehr wunderte, auch nicht darüber, dass er sich über gar nichts mehr wunderte.

„Entschuldigung, Herr Kleinschmidt, da liegt eine Verwechslung vor. Ich bin nicht Dr. Hirschberger, sondern Heinrich Kollmann, der Bürgermeister von Malve."

Der Oberober sah Kollmann in einer Art an, dass dieser sah, dass sein Gegenüber ihm nicht glaubte, obzwar er, insoweit wieder ganz Oberober, sagte „aber natürlich, Herr Kohlmann, ich verstehe, eine Verwechslung. Entschuldigen Sie bitte."

Und nach einer angemessenen Pause fügte der Oberober ganz kleinschmidt hinzu: „Darf ich den geschätzten Herrn Kohlmann gleichviel um eine allgemeine Einschätzung zur Qualität unserer Weine bitten?"

Kollmann schien zu überlegen, ob er eine solche geben dürfe, in Wirklichkeit dachte er aber an die heute noch wegzuzischenden Herrengedecke. Doch dann: „Also, die Weine waren ... durchgehend sicherlich gut, zum Teil sogar ... sehr gut, aber: Der zum zweiten Nebengang servierte Wein, also der, na, Mensch, wie hieß der noch?" – „Schwarzer Afghane!" – „ja richtig, der Schwarze Afghane ... kam mir etwas zu sehr ... auf der Hüfte daher!"

Etwas Blöderes war Kollmann auf die Schnelle nicht eingefallen und er rechnete damit, dass der Oberober sich empört umdrehen und beleidigt entfernen würde. Weit gefehlt. Er ging nicht, er wankte, er drohte gar zu Boden zu gehen wie ein Boxer nach einem linken Aufwärtshaken, den Kollmann ihm mit dem „unehrlichen Wein" zuvor verpasst hatte und dem gerade verpassten rechten Aufwärtshaken zum Schwarzen Afghanen. Jetzt musste es aber auch genug sein, der Unsinn musste sofort sein Ende haben, selbst wenn der Oberober immer noch nicht genug davon haben und um eine Fortsetzung betteln sollte. Er musste den Oberober wieder aufbauen. Aber wie?

Kollmann dachte an „bei Anni" und daran, dass er Anni Stern keine größere Freude bereiten konnte als zu sagen, das „westfälische Krüstchen mit einmal Bratskartoffel extra" verdiene heute wieder mal mindestens einen „Anni-Stern" oder kurz einen „A-Stern".

Um den Oberober auf den Beinen zu halten, sagte er deshalb verschwörerisch und fast tröstend: „Über alles gesehen reicht die Qualität der Speisen und Getränke schon heute uneingeschränkt sicherlich mindestens für *einen* ‚A-Stern‘. Wenn es gelingen sollte, einige lässliche Sünden – Unehrlichkeit im Abgang, zu sehr auf der Hüfte daher, ein Stück weit Beliebigkeit beim Küchengruß – abzustellen, seien über kurz oder lang auch 1,5 ‚A-Sterne‘ nicht unerreichbar, zwei ‚A-Sterne‘ sollten das ehrgeizige, aber vielleicht doch mit großer Anstrengung erreichbare Ziel für die nächsten zehn bis fünfzehn Jahre sein.“

Nun, einen „A-Stern“ gab es 1961 und auch danach so wenig wie eine deutsche Ausgabe des Michelin Guide, die erstmals 1966 erschien und 66 Restaurants mit einem Michelin-Stern auszeichnete.

Wie es nicht anders sein konnte, hatte der Oberober noch nie etwas von einem „A-Stern“ gehört, aber das machte rein gar nichts, weil er gehört hatte, was er hatte hören wollen. *Sein* Lukullus würde einen, vielleicht sogar 1,5 Sterne erhalten in einem wohl bald erscheinenden neuen Restaurantführer mit einer neuen Sternebezeichnung.

Nach einem 10-sekündigen, fast andächtigen Kopfnicken wieselte der Oberober mehr als zufrieden, ja geradezu beschwingt von dannen, wobei er – ein unverzeihlicher Fauxpas – laut pfeifend den Radetzky-Marsch intonierte. Aber der Oberober hatte nun mal Oberwasser, weil auch ein Oberober bei aller Professionalität im Grunde seines Herzens auch nur ein Mensch ist.

Kollmann nahm noch einen türkischen Kaffee – viel zu wenig Kaffee drin inne Tasse, aber immerhin schön süß – und rauchte eine dicke Havanna, die der Oberober aus einem riesigen Zigarrenkasten entnahm.

Der Zinken und die blonde Sandy waren inzwischen gegangen, wobei sie ihm zugeflüstert hatte, sie wolle jetzt sofort seinen großen, großen Schatz heben. „Aber Sandymaus", hatte der Zinken vorfreudig geantwortet.

Die ganze Prozedur des Essens hatte mehr als drei Stunden in Anspruch genommen, Kollmann war satt, zufrieden und ein ganz klein wenig angetrunken, denn sein Körper reagierte auf den vielen Wein viel stärker als auf viele Herrengedecke. Plötzlich fiel ihm Elfriede ein und er bekam ein schlechtes Gewissen, weil er sich einer solchen Völlerei hingegeben hatte, während ihr Leichnam noch über der Erde stand. Aber was passiert war, war passiert, jetzt konnte er es nicht mehr ändern.

Er bat den Oberober um die Rechnung, die ihm aber verweigert wurde. „Das geht aufs Haus, Herr Dr. Hirsch..., pardon, Herr Kohlmann natürlich."

„Aber ich habe Ihnen doch gesagt, dass ich nicht dieser Dr. Hischdingsda bin", protestierte Kollmann.

Doch es half nichts, der Oberober blieb unerbittlich und weigerte sich standhaft, die Rechnung zu bringen. So erfuhr Kollmann nicht, dass die Rechungssumme höher gewesen wäre als das Gehalt, das Betti in einem Monat von der Gemeinde Malve erhielt.

Zufrieden mit sich und der Welt begab sich Kollmann zu seinem Zimmer, um seinen Mantel zu holen. Ihm war nach Herrengedecken, wofür er das Hotel verlassen und sich eine Pinte suchen musste.

Auf seinem Zimmer erlebte er die nächste Überraschung: Als er die Tür geöffnet hatte, brannten mehrere Lampen, aus dem Radio erscholl die kleine Nachtmusik, die Hanne daheim oft auflegte, auf dem Tisch stand ein Blumenstrauß, daneben waren ein Korb mit frischem Obst und eine Flasche Champagner platziert. Also erst das edle Getränk und dann die Herrengedecke.

„Herrn Kohlmann mit einem freundlichen Gruß von der Hotelleitung", las Kollmann zu seiner Überraschung auf einem kleinen Zettel.

Daneben lag die aktuelle Ausgabe der „Restaurantzeitung", in der Kollmann, mit einem Gläschen Champagner in der Hand, gelangweilt blätterte, bis er auf einen Artikel stieß, der die Überschrift *„Wenn Dr. Stückweit kommt"* trug.

Kollmann erfuhr aus dem Artikel, dass dieser „Dr. Stückweit" in Wirklichkeit Dr. Hirschberger hieß und Restauranttester war. Seine Aufgabe bestand darin, inkognito Restaurants unter die Lupe zu nehmen. Er ging dabei, so war zu lesen, häufig so vor, dass er sich ein wenig bauernhaft und unbedarft präsentierte. Sein Alter wurde mit Anfang 60, seine Größe mit circa 1,75 m angegeben. Ein sehr rundlicher Bauch und ein spärlicher Haarwuchs rundeten das Profil ab.

‚Alles klar', dachte Kollmann, ‚daher diese übertriebene Freundlichkeit.' Er musste das richtigstellen, gleich morgen früh. Dann musste er auch das Essen bezahlen. Aber andererseits: Was hatte er schon getan? Er hatte am Wein geschnuppert wie der Zinken und die anderen vier sonderbaren Gäste auch, allesamt blasierte Typen. Die Sache mit dem Salatblatt und der Tomate sollte doch ein Witz sein. Dieser Oberober Kleinschmidt war in Wirklichkeit ein Kleinlicht!

Na ja, und der erste Dessertwein war im Verhältnis zu einem gepflegten Pils wirklich zu warm gewesen. Mehr hatte er eigentlich gar nicht sagen wollen.

Gut, das mit dem „im Abgang ein Stück weit unehrlich", das hätte er weglassen können, aber insoweit hatte der

Weinober ihn provoziert, weil er den Dessertwein zuvor gleich zweimal „vom Charakter her im Abgang absolut ehrlich" angepriesen hatte. Einmal hätte Kollmann diesen Unsinn vielleicht durchgehen lassen, aber gleich zweimal? Da durfte man doch wohl etwas erwidern, oder etwa nicht? Man konnte einem Heinrich Kollmann doch nicht ungestraft jeden Quatsch erzählen. Sollten sich doch der Zinken, Sandymaus und andere Gäste für blöd verkaufen lassen, Heinrich Kollmann nicht.

Na ja, und das mit der „Hüfte", das war ihm so rausgerutscht, das war doch eindeutig Unsinn gewesen, das hätte nicht einmal Flicka ernst genommen, obwohl sie Kollmann aufs Wort gehorchte.

Mit diesen Gedanken wollte sich Kollmann, inzwischen am Fuße der Champagnerflasche angelangt, in die Heia legen, pardon, er beliebte zu Bett zu gehen. Dass er ein eigenes Bad hatte, war sehr praktisch, weil er das Zimmer nicht mehr verlassen musste. ‚Nicht mal Spesen sind gewesen', dachte er. Auf die Herrengedecke würde er morgen ausführlich zurückkommen.

Das, was Kollmann heute widerfahren war, war so außergewöhnlich gewesen, dass er Elfriedes Tod nahezu vollständig verdrängt hatte, er hatte bisher nicht eine Träne um sie geweint, was ihn später mehr als verwunderte.

Am nächsten Morgen entschloss sich Kollmann, seinen eigentlich für ein paar Tage geplanten Aufenthalt in Düsseldorf schon heute zu beenden und nach Malve zurückzufahren. Er wollte lieber wieder in den Kotten ziehen als noch eine weitere Nacht in Absurdistan zu verbringen.

Obwohl Kollmann die hübsche Kaffeefee gern noch einmal in Aktion gesehen hätte, zog er es vor, auf das Frühstück im Hotel zu verzichten. Wenn man die Verwechslung noch nicht bemerkt haben sollte, würde das Theater weitergehen. Wenn man ihn enttarnt hätte, wäre das Ganze mehr als peinlich gewesen. Auf keinen Fall wollte Kollmann den Oberober noch einmal sehen, zumal er nicht wusste, wie er diesem in die Augen schauen sollte.

Kollmann ging deshalb direkt an die Rezeption, um die Übernachtung zu bezahlen und hurtig zu verschwinden. Als er den Zimmerschlüssel auf die Theke legte und um die Rechnung bat, erklärte man ihm mit großer Freundlichkeit, der Herr Direktor habe die Anweisung gegeben, keine Rechnung zu stellen.

Der „Herr Doktor" solle sich nicht nur wie ein gern gesehener Gast, sondern wie ein wirklicher Freund des Hauses fühlen. Kollmann unternahm den Versuch einer Richtigstellung, doch wurde dieser schon im Ansatz abgeblockt. Die Mitarbeiterin an der Rezeption hatte sich wie das gesamte Hotelpersonal, angefangen vom Pagen bis hin zum Direktor, seine Meinung gebildet: Dieser unscheinbare Mann war „Dr. Stückweit" und nicht etwa ein Herr Kohlmann.

Kollmann blieb nichts anderes übrig, als resignierend sein Gepäck zu nehmen und das Hotel zu verlassen. Da er für sein Auto einen guten Parkplatz gefunden hatte, verstaute er das Gepäck im Benz und machte einen kurzen Spaziergang über die Kö. In einer Seitenstraße fand er eine kleine Bäckerei, in der er das „komplette deutsche Frühstück", bestehend aus einer Tasse Kaffee, zwei Brötchen, Butter, Marmelade und Honig bestellte. Gegen einen Aufpreis gönnte er sich eine Scheibe Käse, zwei Scheiben Dauerwurst und eine zweite Tasse Kaffee. Marmelade und Honig ließ er unberührt.

27. Nietenhosen, Münster in Westfalen, Mittwoch, 24. Mai 1961

Marie war noch am Dienstagabend nach Münster zurückgefahren. Zu ihrer Mutter auf den Hof wollte sie nicht, ihr Vater war mit unbekanntem Ziel davongerauscht.

Mittwochs fuhr sie schlecht gelaunt mit dem Fahrrad zur Uni. Als sie gegen zehn Uhr den Innenhof des Juridicums betrat, machte ihr Herz jedoch einen Luftsprung, während der Magen ihr in die Knie sackte: Völlig überraschend und vollkommen unvorbereitet sah sie fast zwei Wochen nach dem ersten Mal zum ersten Mal ihren Schatz wieder. Welche Freude („endlich, endlich, endlich!"), welche Erleichterung („alles wird gut, alles wird gut, alles wird gut!"), welche Zuversicht („endlich wird alles gut, endlich wird alles gut, endlich wird alles gut").

Ste saß auf einer der Bänke, die im Innenhof des Juridicums standen. Aber er war nicht allein. Neben ihm saß ein junges Mädchen, das auf Marie sehr ungepflegt wirkte. Seine langen struppigen Haare bedurften, auch wenn noch kein Wochenende war, dringend einer Wäsche, dieses galt auch für seine Kleidung. Aber es imponierte Marie mächtig, dass das Mädchen eine Hose trug.

Nie wäre Marie auch nur auf die Idee gekommen, die Universität in einer Hose statt eines züchtigen Rocks zu betreten. Es gehörte sich einfach nicht für eine Studentin, in einer Hose zu erscheinen. Und dann noch in einer dieser neumodischen Nietenhosen, die aus Amerika nach Deutschland gekommen waren.

Einzelheiten wusste Marie natürlich nicht. Deswegen war ihr auch nicht bekannt, dass der in Franken geborene Levi

Strauss die neue Hose erfunden hatte. Allerdings war sie nicht als Symbol für die rebellierende Jugend im Europa der Sechziger- und Siebzigerjahre des 20. Jahrhunderts gedacht, sondern als robuste Arbeitsbekleidung für Goldgräber in Form einer strapazierfähigen, aus brauner Zeltplane genähten Baumwollhose.

1870 waren die ersten Jeans aus blauem Denimstoff mit dicken gelben Nähten hergestellt worden. Die Idee zur Verwendung dieser Materialien hatte der polnische Schneider Jacob Davis. Da er seine Erfindung gern schützen lassen wollte, aber die Gebühren für die Erteilung eines Patents nicht allein aufbringen konnte, kam es zur Zusammenarbeit mit Levi Strauss und damit zur Geburt der Nietenhose, die einen ungeahnten Siegeszug um die ganze Welt antreten sollte.

Für viele Menschen, die hinter dem Eisernen Vorhang lebten, gab es über Jahre kaum etwas Erstrebenswerteres als eine echte Jeans zu besitzen.

In Zeiten der Globalisierung fast unvorstellbar erscheint, dass die erste Jeans in Deutschland erst circa 80 Jahre später als in Amerika hergestellt wurde. Im Jahre 1948 fertigte die Kleiderfabrik L. Hermann aus dem schwäbischen Künzelsau eine Nietenhose, die unter der heute noch bekannten Marke „Mustang" vertrieben wurde. Ein Jahr bevor sich das „Wunder von Bern" ereignete, folgte schließlich die erste Jeans für Mädchen.

Zu Beginn der Sechzigerjahre wurde die Jeans nicht nur in Deutschland zum Zeichen des Jugendprotests gegen das Establishment. Die Wiederaufbauphase nach dem Zweiten Weltkrieg unter dem langjährigen Wirtschaftsminister (1949-1963) und späteren Bundeskanzler Ludwig Erhard

(1963-1966) war in der noch jungen Bundesrepublik inzwischen weitgehend beendet.

Ein Land, das 45 in Schutt und Asche gelegen hatte, erlebte sein Wirtschaftswunder. Der Großteil der deutschen Bevölkerung strebte nach Wohlstand, während ein Teil der Jugend sich diesem Zeitgeist nicht anpassen wollte und aufbegehrte. Ein – wenn nicht das – Statussymbol für dieses Aufbegehren war die im Bürgertum verhasste Jeans.

Die Ablehnung, gar Aversion ging so weit, dass das Tragen von Nietenhosen in Schulen, Behörden und Unternehmen unerwünscht, zum Teil sogar ausdrücklich verboten war. Diese Zurückweisung wiederum war sicherlich ein Grund dafür, dass in der zweiten Hälfte des 20. Jahrhunderts ganze Generationen von Jugendlichen nur Jeans trugen, dazu ganzjährig einen olivgrünen Parka, aus dem man im Sommer das Innenfutter herausknüpfen konnte. Außerdem ließ man die Haare wachsen, beim permanent ausgetragenen Kampf gegen die Eltern ging es häufig um wenige Zentimeter Haarlänge. Jeans, Parka, „lange", bis auf die Ohren reichende Haare, und – wenn er denn schon wuchs – ein ungepflegter Bart: Fertig war der „Gammler".

Diese Uniformierung ganzer Jahrgänge hatte durchaus nicht immer einen politischen Hintergrund. Es reichte aus, dass man gegen irgendetwas war, notfalls gegen die Eltern, die eine zumindest unterschwellige Ablehnung gegen Jeans hatten.

Gut 20 Jahre später waren sich auch Kriegsdienstverweigerer nicht zu schade, in Jeans und original Bundeswehrparkas an den großen Friedensdemonstrationen gegen den Nato-Doppelbeschluss vom 12. Dezember 1979 teilzunehmen.

Am 22. Oktober 1983 demonstrierten etwa 1,3 Millionen Menschen in der Bundesrepublik Deutschland gegen die Nachrüstung, davon allein 500.000 im Bonner Hofgarten. Unter den Demonstranten befanden sich trotz eines Verbots uniformierte Bundeswehrsoldaten, der allergrößte Teil der Nichtuniformierten hatte sich mit Jeans und Parka uniformiert.

Dies alles, wie auch die spätere Perversion, fabrikneue Edeljeans in aufwendigen Verfahren vor dem Verkauf absichtlich mit Rissen, Löchern und anderen Beschädigungen zu „gestalten", konnte 1961 niemand, wahrhaftig niemand, und schon gar nicht die kleine Marie Kollmann aus Malve auch nur ahnen. Die konnte nicht einmal verstehen, wie ein Mädchen es wagen konnte, mit einer Hose, einer Nietenhose gar, das Münsteraner Juridicum zu betreten.

Aber dann dachte Marie: ‚Warum eigentlich nicht? Was spricht denn gegen eine Hose? Zumal diese beim Fahrradfahren viel praktischer ist.‘ Gerade gestern war Maries Rock wieder einmal in die Speichen des Hinterrads ihres Rads gekommen.

‚Morgen kaufe ich mir eine Nietenhose‘, dachte sie, aber sie wusste ganz genau, dass ihr schon zum Kauf der Mut fehlen würde, und daran, die Hose in der Öffentlichkeit oder gar in der Universität zu tragen, wagte sie nicht einmal ernsthaft zu denken. Das war ein Gedanke, den sie nicht denken konnte.

Inzwischen hatte Marie sich der Bank genähert, jetzt hatte Ste sie entdeckt.

„Guten Tag, Marie", begrüßte er sie recht förmlich. „Schön, dass wir uns mal wiedersehen. Willst du dich vielleicht für einen Moment zu uns setzen?", fügte er hinzu. Damit rückte er ein kleines Stück zur Seite, sodass Marie sich zwischen Ste und das Mädchen setzen konnte.

„Hallo, ich bin Rosa L., eine Genossin von Ste. Ich habe schon so einiges von dir gehört."

Marie war unangenehm berührt. Wieso sprach diese Rosa, die in Wirklichkeit Rosemarie Lichtenstein hieß, sich aber gerne „Rosa L." nannte, sie mit „du" an? Sie kannten sich doch gar nicht. Und was hatte Rosa von ihr gehört? Was war *einiges*"?

Bevor sie nachfragen konnte, erklärte Rosa L., sie müsse gehen. Sie wolle bei der Aussprache nicht stören. Ste wisse auch allein, was er zu tun und zu sagen habe. Damit entschwand sie, nicht ohne Ste zuvor einen, wenn auch flüchtigen, Kuss auf den Mund zu geben. Marie war schockiert: Unglaublich! Ein Mädchen in Nietenhose küsst auf dem heiligen Grund des Münsteraner Juridicums einen Studenten der Rechtswissenschaften mitten auf den Mund! Unglaublich war das. Ganz und gar unglaublich!

„Was war das denn gerade hier? Wo warst du die ganze Zeit? Was soll diese Inszenierung? Habt ihr etwa auf mich gewartet? Ich kann das nicht glauben. Und was soll das heißen, dass sie ‚einiges über mich gehört hat'? Was hast du ihr erzählt? Ist das deine Neue? Hat die dumme Marie schon ausgedient, nachdem du deinen Spaß gehabt hast?", sprudelte es aus ihr heraus.

Ste machte mehrfach den Versuch, eine Erklärung abzugeben, es gelang ihm aber nicht, ihren Redeschwall zu stoppen. Nachdem sie hinzugefügt hatte, es sei typisch für ihn, nicht zu antworten, stand sie auf und wollte gehen. Er griff aber nach ihrer Hand und zog sie auf die Bank zurück.

„Marie", begann er zu wimmern, „bitte setz dich wieder. Ich kann dir das alles erklären. Es ist nämlich so, dass die Genossen ..."

„Hör auf, dich ständig hinter deinen blöden Genossen zu verstecken, sei doch einmal du selbst", fuhr sie ihn an.

„Aber die Genossen meinen, dass alles Persönliche hintanstehen muss, um die Revolution voranzubringen. Das bedeutet, dass ich heute ..."

Dieses Gerede hörte Marie nicht mehr, weil sie sich bereits mit schnellen Schritten entfernt hatte. Sie war schon am Fürstenberghaus vorbei und über den Domplatz gerannt, als sie die Tränen in ihren Augen bemerkte, ohne zu wissen, ob sie vor Wut oder vor Enttäuschung weinte.

Wie dem auch sei. Für heute hatte sie genug von Münster. Ohne zu überlegen, setzte sie sich, obwohl es erst Mittwoch war, in den nächsten Bus, der nach Malve fuhr.

28. Anonyme Briefe, Malve im Sauerland, Mittwoch, 24. Mai 1961

Kollmann verließ Absurdistan gegen Mittag und kam gegen zwei Uhr in Malve an. Ein wenig unschlüssig, was er tun sollte, fuhr er zum Gemeindebüro. Zu seiner Überraschung war Betti nicht im Vorzimmer.

Kollmann sah die eingegangene Post durch und fand obenauf ein offizielles, vom Ministerpräsidenten Dr. Franz Meyers unterzeichnetes Schreiben aus Düsseldorf vor, durch das die vom Landrat verfügte vorläufige Amtsenthebung aufgehoben wurde. Damit war Kollmann wieder in Amt und Würden.

In einem weiteren Brief wurde ihm von der Staatsanwaltschaft mitgeteilt, dass die Ermittlungen wegen der Trunkenheitsfahrt und wegen Widerstands gegen die Staatsgewalt „vorläufig eingestellt" worden seien.

Na also. Geht doch. Pat und Patachon hatten Wort gehalten.

Er maß deshalb zwei anonymen Schreiben keine Bedeutung zu, da diese wegen der Wiedereinsetzung zum Bürgermeister schon nicht mehr aktuell waren.

Im ersten Schreiben las er eher amüsiert: *„Das geschieht dir recht, Kollmann. So einer wie du kann und darf nicht Bürgermeister bleiben. Das meinen fast alle im Ort.*
Hochachtungsvoll
Ein Demokrat."

Kollmann vermutete sehr stark, dass dieses Schreiben von Herbert Wörner stammte, einem Ratsherrn, der immer wieder, aber auch immer wieder ohne Erfolg versuchte, Kollmann Probleme zu bereiten.

Im zweiten Schreiben hieß es ganz knapp:

„Juppheidi, juppheida, das find ich ganz wunderbar.

Juppheidi, juppheida, die Aufsicht ist für alle da!"

Hier war Kollmann sich sicher, dass Hans Kachelström der Absender war. Nun, dieser arme Kerl würde in Bälde richtig tief fallen, während Kollmann die Treppe gerade nach oben fiel. Also „nixe für ungut", wie der Italiener zu sagen pflegte. Nachdem Kollmann die weitere Post durchgesehen hatte und keine andere Beschäftigung mehr fand, fuhr er zum Kotten.

Er versuchte sich einzureden, dass er es sich so richtig gemütlich machen würde und dass er sich darauf freue, die Stille und das Alleinsein zu genießen. Nur er, er ganz allein. Herrlich, einfach herrlich. Keine Hanne, keine Arbeit. Herrlich!

Doch so recht wollte keine Gemütlichkeit aufkommen, er war einsam und allein. In diesem Moment der Einsamkeit begriff er, welche Lücke sich durch Elfriedes Tod auftun würde. Elfriede, die immer dagewesen war, solange Kollmann denken konnte. Elfriede, die immer zu ihm gestanden hatte, auch wenn er sie mehrfach enttäuscht hatte. Er war sicher, dass sie ihm die Enttäuschungen, die er ihr bereitet hatte, vor ihrem Tod verziehen hatte. Aber sie hatte sie nicht vergessen.

Verzeihen ist leichter als vergessen, weil man verzeihen steuern kann, vergessen aber nicht. Und dann dieser schreckliche Tod, an dem er eine große Mitschuld trug, auch wenn der Arzt ihm einreden wollte, Elfriede sei an „plötzlichem Herzversagen" gestorben und habe es deshalb nicht mehr ganz bis in das Bett geschafft.

Wieder hatte Kollmann das Bild vor sich: Elfriedes Beine, die vom Bett herabhingen, weil ihr die Zeit nicht vergönnt war, sich hinzulegen, um im Liegen zu sterben.

Kollmann saß am Tisch, starrte auf ein Astloch in der Tür zu dem Zimmer, in dem Elfriede gestorben war, und dann begann er unvermittelt so heftig zu weinen, wie er noch nie in seinem Leben geweint hatte. Davor hatte er 50 Jahre oder länger gar nicht geweint.

Und nun hatte er bei Elfriedes Beerdigung schon ein paar Tränen vergossen, heute weinte er binnen einer Woche bereits das zweite Mal. Sehr sonderbar für einen Mann. Und er wunderte sich, dass er das Weinen nicht verlernt hatte. Und heute gelang es ihm sogar besonders gut. Es rührte ihn, er sah sich selbst dabei zu, wie er so dasaß und weinte, was die Intensität zusätzlich verstärkte.

Nach einer halben Stunde hatte er sich endlich ausgeweint. Er sammelte sich, streckte sich und fand eine Art von äußerer Ruhe, die zu seiner inneren Unruhe kontrastierte. Was war nur aus ihm geworden? Was hatten die, was hatte er selbst aus sich gemacht? Bisher hatte er sein Leben einfach so gelebt, ohne eine Vorstellung davon zu haben, wie es weitergehen würde. Und nun das alles!

So hatte Kollmann sich das nicht vorgestellt. So nicht. Aber er musste zugeben, dass alles so gekommen war, wie er es in den letzten Tagen befürchtet hatte. Denn er war schlicht und einfach überfordert, völlig überfordert gewesen mit all diesen Dingen, mit Hanne, mit der blöden Talsperre, und dann war da auch noch die Sache mit Ewa, aber die ging keinen etwas an, so dachte er immer noch.

Doch nur zwei Tage später sollte er eines Besseren belehrt werden. Denn da war nichts mehr, wie es vorher war. Und er bemerkte mit einem bitteren Lachen, das andere für eine feine Ironie halten mochten, dass ein Kartenhaus stabiler war als das, was er sich als sein Leben aufgebaut hatte. Mein

Gott, wie hatte all das passieren können? Wie hatte er glauben können, dass es so gehen könnte? Welch ein Trugschluss! Welch ein Betrug gegenüber seiner Familie, seiner Gemeinde, vor allem aber gegenüber sich selbst.

Kollmann war am Ende, er spürte das Ende kommen, und er dachte daran, ein wenig nachzuhelfen. Wozu denn noch? Mit wem, warum und wie? Hanne, Ewa, Talsperre! Ewa, Hanne, Talsperre! Talsperre, Hanne, Ewa. Aus. Das Ende. Es ging nicht mehr, es konnte nicht mehr gehen.

„Elfriede, ich komme", hörte er sich sagen. „Ich komme gleich. Dann ist das Heinrichschen wieder bei seiner Elfriede. Doch vorher möchte ich aufschreiben, was war. Hanne, die Kinder, sie sollen es lesen, danach, wenn ich nicht mehr bin."

So begann Kollmann, den ihm vom Referenten übergebenen Aktenordner „Die Agentenschule" zu missbrauchen, besser zu gebrauchen, indem er auf den Rückseiten der darin enthaltenen Blätter die Geschichte, *seine* Geschichte aufschrieb.

Das war schwierig genug, denn er war wenig geübt im Schreiben. Schon die Überschrift bereitete ihm Kopfschmerzen. Die verrücktesten Ideen sausten durch seinen Kopf.

„Mein Kampf", „Kollmanns Leiden oder Lehrbuch des Talsperrenbaus" oder „So sterb ich hier, ich kann nicht anders".

Er entschloss sich, die Überschrift zunächst wegzulassen. Die würde sich später schon noch finden. Er wollte sofort mit dem Text beginnen. Aber *womit* wollte er beginnen? *Wann* sollte sein Bericht einsetzen? Und für *wen* war er bestimmt? *Wer* sollte, *wer* würde ihn lesen?

Er überlegte, mit dem Brief aus Düsseldorf zu beginnen. Damit hatte doch eigentlich alles angefangen, denn ohne den Brief wäre er nicht nach Düsseldorf gefahren, nicht in die

Klapse gekommen, wäre nicht sturzbetrunken mit dem Auto erwischt, nicht amtsenthoben worden, und hätte sich nie und nimmer auf das schmutzige Spiel mit Pat und Patachon eingelassen – kurzum: Alles wäre gut geblieben.

Aber ganz stimmte das nicht. Drei Tage davor war Ewa in sein Leben getreten, nein, er hatte sie in sein Leben geholt. Ewa, ach Ewa. Über Ewa konnte er eigentlich gar nichts schreiben, nichts zu der versuchten Vergewaltigung, die er verhindert hatte, und erst recht nichts zu dem, was er danach nicht verhindert, sondern hatte geschehen lassen.

Beides durfte nicht bekannt werden, weil es peinlich für Ewa war, weil es ihr sehr schaden konnte. Hanne würde sie dreikantig aus dem Haus werfen und Ewa stünde wieder vor dem Nichts. Aber Ewa gehörte dazu, zu seinen Problemen. Er konnte sie nicht einfach weglassen. Er musste deshalb dafür sorgen, dass sein Bericht erst so spät gefunden würde, dass er Ewa nicht mehr schaden konnte. Er würde den Bericht deshalb verstecken, gut verstecken.

Damit begann Kollmann zu schreiben. Er schrieb langsam, formulierte sorgfältig und dachte bisweilen mehrere Minuten über einen einzigen Satz nach: „Ich, Heinrich-Wilhelm Kollmann, verheiratet mit Hannelore Klara Greta Ida Maja Josefine Mathilda Freifrau von Eschhausen, Vater von drei Kindern, Bauer und Bürgermeister von Malve, weiß mir keinen Rat mehr. Es sind Dinge in meinem Leben passiert, die ein Weiterleben für mich unerträglich machen. Ich habe mit einem jungen Mädchen, das meine Tochter sein könnte, Dinge getan, die kein Vater mit seiner Tochter tun darf."

Diesen Satz strich er wieder, er machte ja irgendwie keinen Sinn. Es ging ja nicht darum, was er mit seiner Tochter getan haben konnte, sondern darum, was er mit einem Mädchen getan hatte, das so alt war wie seine Töchter. So ging das mit dem Schreiben nicht. Er kam nicht voran. Der erste und der zweite Satz konnten vorerst so stehen bleiben, aber wie sollte er den dritten abfassen?

So sehr er sich auch mühte, merkte er mehr und mehr, dass er für das Schreiben nicht geboren war. Er riss das halb vollgeschriebene Blatt durch und begann erneut anzusetzen.

Und zu seiner Überraschung floss es plötzlich wie gedruckt aus der Feder: „Als Bürgermeister einer Gemeinde sollte man für die Bürger da sein und nicht gegen sie arbeiten. Wenn man aber – aus welchen Gründen auch immer – gegen die Bürger arbeitet, dann sollte man es offen und ehrlich tun. Dann sollte man sich dazu bekennen. Was von mir verlangt wird, ist aber Heimlichtuerei. Ich soll Informationen sammeln und weitergeben und auch im Übrigen ein falsches Spiel spielen. Das möchte ich nicht, das kann ich nicht. Das werde ich nicht tun!

Aber ich habe mich in einem unbedachten Augenblick dazu hinreißen lassen, ein Papier zu unterschreiben, das mich genau dazu verpflichtet. Ich weiß nicht, wie ich da wieder rauskommen soll. Ich weiß, dass mich die „Herren aus Düsseldorf" über den Tisch gezogen haben. Aber unterschrieben ist unterschrieben. Was kann ich da noch machen?

Weiteres Problem: Ich habe mich mit meiner Frau zerstritten. Sie hat mich mithilfe eines Gerichtsvollziehers vom Hof gejagt. Statt zu Hause zu wohnen, hause ich hier in einem Kotten, der einfachsten Ansprüchen nicht genügt.

Drittens gibt es Probleme in einem anderen Bereich, die ich nicht zu Papier bringen möchte. Aber auch sie wiegen schwer und haben zu meinem Entschluss beigetragen.

Es geht nicht mehr. Lebt wohl ..."

In dem Augenblick, als Kollmann seine Unterschrift unter das Papier setzen wollte, hörte er eine Fahrradklingel. Er sah durch das kleine Fenster des Kottens und erkannte Marie, die das Rad steuerte.

„Wieso ist Marie mitten in der Woche in Malve?", fragte sich Kollmann. „Und wieso sitzt Ewa auf dem Rücksitz des Fahrrads? Was wollen die Mädchen von mir?"

Marie und Ewa lachten und freuten sich ganz offenbar ihres Lebens.

„Hallo Papa, wo steckst du?", hörte er Marie rufen, gefolgt von einem „Hallo Herr Kollmann, wo steckst du?"

Marie und Ewa, die hatten ihm gerade noch gefehlt. Hastig nahm Kollmann das Papier, „wohin damit, wohin damit?", und steckte es in einen Spalt, den einer der aufstrebenden Ständer des Fachwerks in einer Höhe von knapp zwei Metern aufwies. Im nächsten Moment war das Papier verschwunden und sein Besuch im Kotten.

Sie hatten Essen mitgebracht, ein typisches sauerländisches Essen: Schweinebraten, Kartoffeln und Rotkohl.

„Du musst zu Kraft kommen, Herr Kollmann", sagte Ewa, während Marie versuchte, den kleinen Herd in Gang zu setzen, um das Essen aufzuwärmen.

„Ewa, was willst du hier? Was soll das? Wieso bist du gekommen?", fuhr Kollmann sie mit gedämpfter, aber zorniger Stimme an.

„Ich wollte dich sehen, lieber Heini, dich sehen und wie es geht dir. Ich war in große Sehnsucht."

„Du weißt, dass das nicht geht. Es ist schon alles schwer genug mit Hanne."

„Hanne hat dich geschmissen aus Haus und gedroht mit Polizei, ich bin gekommen. Das ist großer Unterschied."

„Unsinn ist das, großer Unsinn. Du weißt genau, dass ...", weiter kam Kollmann nicht, denn Marie gesellte sich zu ihnen.

„Was habt ihr denn zu flüstern? Wer puspelt, der lügt. Man könnte meinen, ihr hättet ein Geheimnis miteinander."

„Red doch keinen Quatsch, Marie, was sollten Ewa und ich denn für ein Geheimnis haben?"

„Man weiß ja nie, je oller, desto doller", antwortete Marie, um unmittelbar danach in ein stürmisches Gelächter auszubrechen, als hätte sie einen besonders guten Witz gemacht.

Kollmann und Ewa nahmen die Einladung dankend an und lachten wie von Sinnen.

„Marie, Marie, hat zu viel Fantasie", brüllte Kollmann, immer wieder von Lachanfällen geschüttelt. Doch dieses Lachen und die Fröhlichkeit, die sich scheinbar verbreitete, waren nicht echt, es war eine falsche Fröhlichkeit. Jeder und jede spielte jeder und jedem etwas vor.

In Kollmanns scheinbare Fröhlichkeit mischte sich, drängte sich eine tiefe Traurigkeit. Er trauerte um Elfriede, die Sache mit Hanne machte ihm zu schaffen, von Ewa ganz zu schweigen, doch am meisten machte Kollmann Kollmann traurig. Auf was hatte er sich da eingelassen? Wie hatte er da hineingeraten können und welchen Rat konnte man ihm geben, um da wieder herauszukommen? Kollmann wusste es nicht.

Ewa trauerte um Elfried. Sie hatte sie nur kurz gekannt, aber sie war traurig, dass sie sie nicht länger und besser hatte kennenlernen dürfen. Elfried wäre sicherlich ihre Vertraute, vielleicht sogar ihre Freundin geworden: Elfried hätte ihr alles zeigen können, alles beibringen können, was zur Führung des Haushalts nützlich war. In ein paar Jahren wäre sie dann an Elfrieds Stelle getreten, eventuell, oder sie hätte eine Stelle in einem anderen Haushalt angetreten. Ewa trauerte aber besonders, weil der liebe Heini und sie nicht lieb zueinander sein durften, so richtig lieb, wie bei Mann und Frau.

Marie bedrückte Elfriedes Tod auch, aber nicht so stark wie die anderen. Sie hatte den Weg in Elfriedes Herz nie so ganz gefunden, weil in deren Herz nur wenig freier Platz gewesen war. Der allergrößte Teil war für Papa reserviert gewesen, auch als dieser längst erwachsen war. Ein ganz kleines Fleckchen Herz hatte ihr Bruder Karl-Wilhelm erobert, wohl deshalb, weil er dem Heinrichschen wie aus dem Gesicht geschnitten war. Für Thea war gar kein Platz, für Marie war nur ganz wenig Platz geblieben.

Nun war Elfriede tot, nun ja, das war traurig, besonders für Papa, aber das Leben ging weiter.

Stärker belastete Marie die Auseinandersetzung zwischen ihren Eltern, zumal sie sich eigentlich nicht erinnern konnte, dass Papa und Mama jemals ernsthafte Probleme miteinander gehabt hätten. Doch dann fiel ihr ein Vorfall wieder ein:

Vor etwa einem Jahr war sie freitags nachmittags aus Münster nach Hause gekommen und unfreiwillig Zeugin einer lebhaften Auseinandersetzung zwischen ihren Eltern geworden. Mama hatte Papa in rüdem Ton vorgeworfen, er saufe zu viel und benehme sich betrunken schlimmer als ein Stallknecht. So wolle und könne sie mit ihm nicht weiterleben.

Papa hatte zurückgeschrien, sie übertreibe wie immer. Kein vernünftiger Mensch könne etwas dagegen haben, wenn ein Mann sich hin und wieder einen zur Brust nehme.

Solange er Bürgermeister sei, werde er wie sein Vater und sein Großvater zuvor die Ratssitzungen in gemütlicher Runde bei Anni ausklingen lassen. Daran werde ihr ewiges Gemaule nichts ändern. Er habe überhaupt kein Verständnis dafür, dass sie dafür überhaupt kein Verständnis habe.

Ihre Mutter hatte erwidert: „Was heißt kein Verständnis? Wie soll ein kultivierter Mensch dafür Verständnis haben, wenn du dich mit deinen sogenannten Ratsherren, besser wäre mit deinen Saufbrüdern, nach jeder Sitzung dieser Laienspielschar bis an den Rand der Bewusstlosigkeit zuschüttest?"

„Halt endlich deinen Mund, ich kann dein ewiges Gezeter nicht mehr ertragen", hatte ihr Vater geschrien und war aus dem Zimmer und sogleich der völlig verdutzten und verschüchterten Marie in die Arme gerannt.

„Papa, was ist denn los?"

„Ach nichts, du weißt doch, dass ein Gewitter die Luft reinigt. Also mach dir keine Sorgen. Deine Frau Mutter beruhigt sich schon wieder."

Genauso war es. Beim Abendessen, das nur zwei Stunden später stattfand, hatte Hanne sich beruhigt. Sie war ausgeglichen, höflich und kultiviert wie immer, und wenn Marie deren Wutausbruch nicht mit eigenen Ohren gehört hätte, hätte sie es nicht für möglich gehalten, dass es ihn gegeben hatte.

Jetzt hatte es offenbar vor einigen Tagen erneut ein Gewitter, nein, wohl besser ein Unwetter mit Sturm, Donner, Blitz und Hagel gegeben, vielleicht sogar ein Erdbeben mit einer Magnitude von zehn oder mehr auf der nach oben offenen Richterskala. Denn dass Mama gerichtlich gegen Papa vorgegangen war und ihn aus dem Haus, aus *seinem* Haus hatte werfen lassen, konnte kaum die Folge eines normalen ehelichen Gewitters sein. Marie war in großer Sorge, ob es ihren Eltern je gelingen würde, die Folgen dieser Naturkatastrophe zu beseitigen.

So war jeder der drei im Kotten anwesenden Personen traurig und in Sorge, aber bemüht, es die anderen nicht merken zu lassen. Das Essen verlief deshalb in fast heiterer Atmosphäre.

Allerdings konnte Kollmann nicht verhindern, dass Ewa ihn immer wieder wie zufällig berührte. Mal war es ihre Hand, die an seine Hand stieß, mal war es ihr Bein unter dem Tisch, das sich gegen sein Bein drückte. Als er plötzlich ihre Hand auf seinem Oberschenkel spürte, stand er abrupt auf, sah Ewa böse an und erklärte den Mädchen wirsch, er sei müde und bitte sie, sofort zu gehen.

„Papa, was soll das? Jedenfalls zu Ewa könntest du ein wenig freundlicher sein. Sie hat dir nichts getan und ist nicht daran schuld, dass du hier hockst und nicht zu Hause bist. Komm, Ewa, wir fahren, ich bringe dich zum Hof zurück und danach fahre ich wieder nach Münster, wir sind hier ganz offenbar nicht willkommen."

Damit standen die beiden auf und gingen, Marie, in diesem Moment ganz Hanne, stolz und mit festen Schritten voran.

In der Tür drehte sich Ewa um und warf Kollmann einen Blick voller Sehnsucht und Kummer zu.

Kollmann schaute zurück, sodass sich ihre Blicke eine kurze Sekunde lang trafen. Das war eine Sekunde zu lang, wie Kollmann sofort merkte. Er und Ewa, das war absurd, das war gerade lächerlich, das war unvorstellbar, das ging einfach nicht. Er jedenfalls würde toben, wenn Marie mit einem Kerl aufkreuzen würde, der 30 Jahre älter war als sie.

In zehn Jahren wäre er 67 und Ewa Anfang 30, in 20 Jahren – nein, das war gar nicht auszudenken, so alt würde er wohl gar nicht werden. Wie konnte er dann auch nur im Ansatz darüber nachdenken, mit Ewa zu leben. Wie gesagt, das war ein geradezu lächerlicher Gedanke. Aber er dachte ihn dennoch.

Nachdem die Mädchen den Kotten verlassen hatten, unternahm Kollmann einen langen Sparziergang, um auf andere Gedanken zu kommen, erfolglos.

Wieder im Kotten, wollte er seine Unterschrift unter seine Lebensbeichte setzen, doch gelang es ihm nicht, das hastig in den Spalt des Balkens gesteckte Papier wieder herauszuziehen. Kollmann beruhigte sich damit, dass dies anderen auch nicht gelingen würde. Und wenn doch: Es würde ihn nichts mehr angehen, denn lange würde er nicht mehr auf dieser Welt sein.

Kollmann dachte an die Beerdigung seines Vaters. Dabei war ihm aufgefallen, dass Hanne Schwarz ganz ausgezeichnet stand. Sie würde zwar keine lustige, aber doch eine sehr schöne Witwe abgeben, und der Schmach einer Scheidung würde ihr durch Kollmanns Tod erspart bleiben.

Aber Kollmann wusste nicht, ob er tatsächlich die Kraft haben würde, diesen eigentlich unausweichlichen Schritt zu tun. Heute jedenfalls noch nicht.

Marie fuhr nach Münster zurück. Sie wollte nicht auf dem Hof bei ihrer Mutter bleiben, aber auch nicht im Kotten bei ihrem Vater.

29. Erste Dossiers, im Kotten, Donnerstag, 25. Mai 1961

Um irgendetwas zu tun, entrollte Kollmann am nächsten Morgen die Karte mit den Planungen für den Bau der Talsperre. Nicht, dass es ihn interessierte oder dass er in irgendeiner Weise an dem Projekt mitwirken würde, nein, er wollte nur mal so reinschauen. Rein aus Neugier, aus Langeweile, streng aus dienstlichem Interesse, versteht sich, denn schließlich war er ja wieder der Bürgermeister.

Na ja, und wenn er schon mal dabei war, konnte er eine Liste der Eigentümer der Grundstücke erstellen, die dem Wasser würden weichen müssen. Er kam auf neunzehn Namen.

Ganz oben auf der Liste fand er sich selbst wieder. Nur aus Spaß begann er nach den Vorgaben von Pat und Patachon, ein Dossier über sich zu schreiben.

Name: Kollmann, Heinrich, geboren 10. März 1914
Beruf: Bauer und Bürgermeister
Wirtschaftliche Verhältnisse: gut
Eigenschaften:

Das mit den Eigenschaften war schwierig. Was würde jemand, der Kollmann gut kannte, hier eintragen? Was meinten die überhaupt mit „Eigenschaften"? Worum ging es denen? Wenn er es richtig verstanden hatte, wollten die wissen, wie man den Besitzer von Grund und Boden dazu bringen könnte, möglichst billig und geräuschlos zu verkaufen.

Welche Eigenschaften waren dafür von Interesse? Klug? Dumm? Stur? Kompromissbereit? Hinterm Geld her? Ja, das war sicher wichtig, ob einer hinterm Geld her war. Dann konnte man ihn mit der schnellen Mark locken. Kollmann entschied sich, diese Eigenschaft zur wichtigsten zu erheben. Danach kam „verhandlungsbereit", was ja irgendwie zusammenhing. Denn wer hinterm Geld her war, der würde auch bereit sein zu verhandeln, um ans Geld zu kommen.

Zur besseren Übersichtlichkeit würde er Schulnoten vergeben: Eine „1" für enorm hinterm Geld her („gierig") und eine „5" für „Geld ist dem egal". Eine „1" für „mit dem kann man über alles reden" und eine „5" für „sturer Bock". Toll, so war das Ganze für jeden zu kapieren.

Ein ausgezeichnetes System und zugleich ein erneuter Beweis dafür, dass er zu Höherem berufen war. Er war stolz auf sein Allgemeines Bewertungssystem, auf sein ABS.

Kollmann war seit langer Zeit zum ersten Mal wieder mit sich selbst zufrieden und stellte deshalb selbstzufrieden fest, dass er ein kluger Kopf sei, der mindestens das Zeug für den Landrat habe. Landrat, das war ja schon mal was!

„Und es muss ja nicht das Ende der Fahnenstange sein, lieber Kollmann!", so hatte sich der Staatssekretär völlig zu Recht geäußert.

Der Gedanke, seinem Leben ein Ende zu setzen, trat darüber mehr und mehr in den Hintergrund.

Vielleicht, so dachte Kollmann, würde sein Weg ihn ja zunächst nach Düsseldorf führen und danach nach Bonn, in die Bundeshauptstadt. Er sah sich schon mit „dem Alten" am Rheinufer promenieren und träumte davon, dass der Olle aus Rhöndorf seinen Rat einholte. Und wer weiß, wer weiß, was noch möglich war: EWG in Brüssel, UNO in New York!

„Landrat! Nicht das Ende der Fahnenstange, lieber Kollege Kollmann!"

Großartig, diese Zukunft. Er wunderte sich sehr, dass er noch vor einem Tag bereit gewesen war, auf jedwede Zukunft zu verzichten, weil ihm die Gegenwart unerträglich erschienen war.

„Kollmann, so schlimm ist dat doch gar nich", sagte er zu sich selbst. „Die Kartoffeln werden nicht so heiß gegessen, wie sie aufn Tisch kommen. Das Spiel dauert 90 Minuten. Der nächste Gegner ist immer der schwerste. Andere Mütter haben auch hübsche Töchter."

Doch plötzlich hielt er inne. Was war das wieder für ein Unsinn! Was hatten Kartoffeln, Fußballspiele, Töchter und Mütter mit seinen Problemen zu tun? Nichts, gar nichts. Oder doch? Und dann schon wieder: Ewa, verdammt, Ewa, sie spukte ihm wieder im Kopf herum. Mehr noch: Sie hatte sich in sein Herz geschlichen und dort festgesetzt.

An die Arbeit, Kollmann, reiß dich zusammen. Füll den blöden Bogen aus. Also los. Mit seinem ABS war das ja nicht schwer. Und wer konnte ein besseres Testobjekt sein als er selbst. Er kannte zwar auch alle anderen im Dorf, aber sich selbst kannte er natürlich am besten. Das war doch wohl klar.

Eigenschaften:	
-	Ist hinterm Geld her:
-	Mit dem kann man über alles reden:

War er hinterm Geld her?

Eigentlich nicht besonders, aber andererseits, die letzte Reparatur der Scheune hatte er schwarz erledigen lassen, und er hatte sogar die Bank gewechselt, wegen 0,5 % mehr Zinsen auf 780 Mark. Na ja, das war ja nur vernünftig, das würde doch jeder machen, der was in der Birne hat. Er gab sich eine „3". Das war unverfänglich. Weder gierig noch verschwenderisch, also genau richtig.

Da würden andere ganz andere Noten bekommen, Jan Möllenhaus zum Beispiel, der alte Geizkragen. Der hatte Asche wie Stroh, wollte aber alles für lau.

Aber zunächst wollte Kollmann die Eintragungen über sich selbst fertigstellen.

Also: „Mit dem kann man über alles reden." Ohne zu zögern trug er eine „1" ein, denn er war ja wirklich jemand, mit dem man über alles reden konnte. Natürlich nicht jeder. Und auch nicht in jedem Ton. Und auch nicht über alles. Das zwar nicht. Denn in bestimmten Punkten kannte Kollmann „null Toleranz", zum Beispiel wenn es um die ausufernde Unterstützung der Kriegsflüchtlinge aus dem Osten durch die Gemeinde ging.

Hilfe in Maßen ja, da war nichts gegen zu sagen, aber diese Buiterlinge verlangten immer mehr. Da konnte er richtig sauer werden und auch schon mal eine Entscheidung treffen, die nach der Gesetzeslage schlicht und einfach falsch oder zumindest wenig christlich war. Vielleicht also doch keine „1". Aber eine „2" war sicherlich angebracht. Kollmann strich also die „1" durch und ersetzte sie durch eine „2."

Name: Kollmann, Heinrich, geboren 10. März 1904
Beruf: Landwirt und Bürgermeister
Wirtschaftliche Verhältnisse: gut
Eigenschaften:
        Ist hinterm Geld her: 3
        Mit dem kann man über alles reden: 2

Er besah sein Werk. Toll war das nicht, und er glaubte auch nicht, dass diese wenigen Informationen für das MfS von Bedeutung sein konnten. Er musste den Bogen erweitern. Vielleicht sollte er dazuschreiben, wer wie viel Land hatte. Auch Schulden waren sicherlich von Interesse. Denn wer viele Schulden hatte, war wohl eher zu einem Verkauf bereit.

So fügte er bei den „Wirtschaftlichen Verhältnissen" die Unterpunkte „Grundbesitz" und „Schulden" ein. Aber wo sollte er diese Informationen herbekommen? Das mit dem Grundbesitz war zwar nicht so schwer, er kannte sich ja in der Gemeinde aus. Aber Schulden? Darüber wurde nicht offen geredet, im Dorf gab es eigentlich nur Gerüchte, dass es dem oder dem nicht so gut gehe und dass dem oder dem das Wasser bis zum Hals stehe.

„Das Wasser bis zum Hals stehen", diese Redewendung bekam angesichts des geplanten Talsperrenbaus eine ganz neue Bedeutung.

Zurück an die Arbeit, Kollmann: Auf Gerüchte konnte er seine Berichte nicht aufbauen, er musste zuverlässige Informationen beschaffen, zum Beispiel von der Bank. Genau! Von der Bank! Da hatte Kollmann gleich in zweifacher Hinsicht Glück.

Erstens waren in Malve 90 % oder mehr der Einwohner bei der örtlichen Raiffeisenbank. Und zweitens arbeitete Thea dort. Also musste er seine Tochter einspannen.

Aber Thea war geradezu bösartig korrekt, viel schlimmer, als man es sich von einer Bankbeamtin wünscht. Das würde ein ganz harter Brocken werden, zumal Kollmann Thea ja kaum erzählen konnte, zu welchem Zweck er die Informationen benötigte. Da müsste er sich eine andere Geschichte ausdenken. Doch dazu später.

Kollmann nahm sich seinen Bogen wieder vor.

```
Wirtschaftliche Verhältnisse
-        Grundbesitz: 83 ha mit Hofgebäude und
-        Stallungen, guter Zustand
-        Schulden: 3.000 DM Hypothek RaiBa
```

So war das schon viel besser. Die aus Düsseldorf würden zufrieden sein.

So, jetzt kam der alte Möllenhaus an die Reihe:

```
Möllenhaus, Jan, geb. ca. 1900
Beruf: Bauer
Wirtschaftliche Verhältnisse:
- Grundbesitz: ca. 30 ha mit kleinem Haus, ungepflegt
- Schulden: wohl nicht, eher Guthaben, da geizig
Eigenschaften:
- Ist hinterm Geld her: 1
- Mit dem kann man über alles reden: 5
```

Die Bewertungen waren Kollmann schnell von der Hand gegangen, aber dennoch war er nicht zufrieden. So ging das nicht. Zu „Schulden oder Guthaben" musste er Thea irgendwie überzeugen, ihm ein paar Informationen zu geben. „Geldgierig" stimmte, „Sturkopp" stimmte eigentlich auch. Aber beides passte nicht zusammen. Kollmann war überzeugt, dass man mit Möllenhaus doch reden konnte, und zwar über Geld. Wenn man dem nur genug bieten würde, würde der als Erster ohne nachzudenken alles verkaufen, auch seine eigene Mutter.

Die Eigenschaft „Mit dem kann man über alles reden" musste also weg. Die führte in die Irre. Stattdessen war es besser, die „Mögliche Verkaufsbereitschaft" zu bewerten. Kollmann nahm seinen eigenen Bogen wieder zur Hand. Für eine „Große Verkaufsbereitschaft" wollte er eine „1" vergeben, für „Verkauf praktisch ausgeschlossen" eine „5".

Ohne zu zögern trug er eine „5" ein. Er würde auf keinen Fall verkaufen, wozu auch? Haus und Hof waren gut bestellt, wozu also verkaufen? Aber wenn er nicht verkaufen würde, warum sollten dann die anderen verkaufen?

Verdammt noch mal, was war das alles für ein Mist. Was machte er hier überhaupt? Wieso hatte er diesem blöden Lausemann nur diese blöden Zettel unterschrieben?

„Ich kann das nicht, ich mache das nicht", sagte er zu sich selbst. „Ganz egal, was passiert. Ich mache da nicht mit. Ich steige aus. Aus! Aus! Aus! Ich werde Thea nicht um Informationen zu den Bankkunden bitten, ich werde überhaupt keine Berichte über irgendjemand schreiben. Die können sich den Landrat an den Hut stecken. Und meinetwegen auch den Bürgermeister. Heinrich Kollmann ist kein Verräter. Aus! Aus! Aus!"

Aber was würde aus seinem Hof werden, wenn Hanne Ernst machte? Laut Ehevertrag musste er im Falle einer Scheidung neben dem gesamten Hausrat die Hälfte seiner 83 ha und die Hälfte des Viehbestands auf sie übertragen.

Kollmann hatte neulich im Landboten gelesen, dass ein Reiter ohne Pferd nur ein Mensch sei, während ein Pferd ohne Reiter immer noch ein Pferd sei.

Er wäre nach einer Scheidung zwar immer noch ein Bauer, aber mit gut 40 ha kein Großbauer mehr.

Kollmann war dennoch erleichtert, dass seine Entscheidung, bei diesem Spiel nicht mitzumachen, nun endlich gefallen war. Er wunderte sich, dass er nicht früher darauf gekommen war. Eine heftige Wut stieg in ihm auf, die sich gegen diese lächerlichen Vögel aus Düsseldorf richtete. Gleich morgen würde er die anrufen und kündigen. Basta!

30. Der Weckruf, Münster in Westfalen, Donnerstag, 24. Mai 1961

Am Donnerstag mied Marie das Juridicum aus Angst, diesen Schuft nach dem gestrigen Vorfall dort noch einmal zu treffen, womöglich in Gesellschaft dieser Rosa. Am Abend zuvor hatte sie Frau Reimann gemieden aus Angst, nochmals von Eckes Edelkirsch getroffen zu werden. Marie verließ morgens wie üblich die Wohnung, ging aber nicht zum Juridicum, sondern in die Seminarbibliothek der Soziologen. Nicht einmal sah sie dabei in den „Larenz, Schuldrecht Teil I, Band II", obwohl sie das dicke Buch mitgeschleppt hatte.

Stattdessen blätterte sie in soziologischen Büchern, freilich ohne besonders viel zu verstehen. Die Sprache der Juristen war schon sonderbar, aber im Verhältnis zu dem, was die Soziologen von sich gaben, noch verständlich und halbwegs klar.

Später wusste sie nicht, ob es Zufall oder eine Art Vorsehung war, dass sie das soziologische Seminar aufgesucht hatte. Sie hatte auch nicht gewusst, dass drei Minuten ausreichen würden, um sie endgültig zu desillusionieren. Drei Minuten! Nur drei Minuten.

Erst hatte sie weitergehen wollen, als sie die Stimmen aus einem gerade nicht genutzten Hörsaal hörte, denn es gehörte sich nicht zu lauschen. Aber dann war sie doch stehen geblieben, weil sie durch die offene Tür des Hörsaals ihren Namen hörte.

Da sie nicht in den Raum hineinsehen konnte, die Stimmen ihr aber bekannt vorkamen, konnte sie nur vermuten, dass eine der am Gespräch beteiligten Personen Rosa L. war. Das konnte ihr egal sein. Aber wem die andere Stimme gehörte, das war ihr nicht egal. Sie gehörte Ste. Rosa L. und Ste stritten heftig, dabei ging es um sie.

„Du weißt, dass die Position der Zelle klar ist, keine Freundschaften oder gar Beziehungen zu Personen außerhalb der Zelle. Dagegen hast du nicht das erste Mal verstoßen. Wir haben das bisher toleriert, weil es ja immer Eintagsfliegen waren. Aber mit dieser Marie scheint das etwas anderes zu sein. Ich glaube, du bist verliebt. Diese Reaktionärin hat dich verhext. Aber so geht das nicht!"

„Nein, Rosa", machte er den Versuch einer Erklärung.

„Sei still. Wir haben uns über deine kleine Marie erkundigt. Genosse Heinz kennt sie von der Schule her. Ich glaube, der hatte sogar mal was mit der. Vielleicht wird er deswegen jetzt Pfaffe. Heinz hat ein Dossier gefertigt. Hier, ich zitiere:

‚Reicher Landadel, 100 ha Hof, Vater als Bürgermeister absolut systemtreu, die Mutter eine von und zu, die sich wie eine spätpubertierende Landpomeranze aufführt.' Ende des Zitats.

Wie sind uns sicher, dass aus dem verwöhnten Töchterchen auch was *Rechtes* werden wird. So eine können und wollen wir nicht aufnehmen. Selbst wenn die es wollte, wir würden die nicht wollen. Ja, mein lieber Ste, so wird aus der kleinen Glücksmarie eine große Pechmarie. Dir bleibt keine andere Wahl: Beende diese schädliche Beziehung. Wenn du dich sexuell austoben willst, hast du in der Zelle Gelegenheit, das weißt du doch. Solltest du was für sie empfinden, was wir befürchten, dann musst du das alles erst recht beenden. Ich bin sicher, ich habe mich klar genug ausgedrückt", fügte Rosa L. hinzu.

Ste hatte lange geschwiegen, typisch. Nun versuchte er mit leiser Stimme erneut eine Erklärung: „Das ist nicht wie ihr denkt, Rosa. Marie ist absolut in Ordnung, für ihre Eltern kann sie doch nichts. Sie wäre eine totale Bereicherung für die Zelle. Sie ist klug, sie kann sich ausdrücken, sie ist ..." Weiter kam Ste nicht.

„Hör mit deinem bourgeoisen Geschwätz auf. Sie ist klug, sie kann sich ausdrücken", äffte sie ihn nach. „Setz endlich deine rosa Brille ab", forderte sie ihn auf, „sonst wirst du aus der Zelle entfernt. Ich bin beauftragt, dir eine Frist von 30 Stunden zu setzen. Die Zelle oder sie! Wir erwarten deine Entscheidung bis spätestens morgen Abend."

Wenn Ste jetzt geschwiegen, einfach geschwiegen hätte, wäre alles zwar schlimm, aber nicht so schlimm gewesen. Denn dann hätte Marie, der Rosa L. durch dieses Gespräch die Ohren geöffnet hatte, nochmals mit ihm reden können. Denn jetzt konnte sie sein sonderbares Verhalten besser verstehen, auch wenn sie es letztlich nicht verstand. Wie konnte diese Zelle so wichtig sein? Was waren das für sonderbare Regeln? Was hatte man gegen ihre Eltern vorzubringen?

Und war dieser Genosse Heinz tatsächlich „ihr" Heinzi vom Abiball? Hatte der werdende Priester Heinzi sich wirklich dieser Zelle angeschlossen? Kaum vorstellbar für einen Studenten der katholischen Theologie.

Aber Ste schwieg nicht. Er nutzte die Gunst der 30 Stunden, die man ihm gewährt hatte, nicht.

„Es fällt mir schwer, denn ich mag sie wirklich. Sie ist ein tolles Mädchen. Offen, ehrlich, frisch und klug. Aber ihr habt recht, ich kann, ich darf nicht länger mit ihr befreundet sein." Er schluckte und machte eine kleine Pause. „Sie lenkt mich ab von dem, wofür die Zelle steht. Ich werde mich nicht mehr mit ihr treffen." Dann fügte er ganz leise hinzu: „Es lebe die Revolution. Hoch die internationale Solidarität!"

Marie atmete nur noch ganz flach.

Aus dem Seminarraum hörte sie hingegen seinen schnellen Atem. „Nimm die Hand da weg, Rosa. Nicht hier! Lass uns zu mir gehen."

„Nein", zischte sie, „hic and nunc!"

Danach hörte Marie, wie ein Reisverschluss aufgezogen wurde. Jetzt reichte es ihr. Sie betrat den Hörsaal und sagte nur ein einziges Wort: „Schwein!"

Danach steuerten die von-Eschhausen-Gene sie voller Würde aus dem Saal. Ganz kontrolliert sagte sie im Hinausgehen wie zu einem Theaterpublikum: „Ich will und ich werde dieses Schwein nie wiedersehen! Niemals!"

Nun, dieser Wunsch ging nicht in Erfüllung. Aber noch ahnte Marie nicht, dass sie Ste schon sehr bald wiedersehen sollte, an einem Ort, an dem sie es nie vermutet hätte, und in einer Situation, die sie sich nicht hätte vorstellen können.

Marie ging einige Stunden ziellos durch Münster, dann nahm sie den Fünf-Uhr-Bus nach Malve, um am nächsten Tag an Elfriedes Beerdigung teilzunehmen. Dieses Ereignis war traurig genug, aber immer noch besser als das, was Münster ihr zu bieten hatte.

31. Erstes Aufbegehren, Malve im Sauerland, Freitag, 26. Mai 1961

Als Kollmann am Freitag aufwachte, hatte er einen dicken Kopp, weil er den Sieg über die Düsseldorfer ausgiebig mit seinem besten Freund gefeiert hatte. Westfalen hatte wirklich seine schönen Seiten. Aber auch hier war es wie anderswo: Wenn man zu viel von dem Schönen konsumierte, war der Tag danach nicht schön.

Inzwischen hatte eine stille Freude von Kollmann Besitz ergriffen, weil er im Suff einen, wie er fand, genialen Plan entwickelt hatte: Statt zum Verräter der anderen Malver zu werden, würde er die in Düsseldorf verraten. Zwar würde er denen wie gewünscht Informationen liefern, doch die Informationen würden falsch sein. Und zwar sehr geschickt gefälscht! So vermied er eine offene Konfrontation, zugleich konnte und würde er aber niemandem aus dem Dorf schaden. Großartig! Ein toller Plan. Weiterer Vorteil: Der Landrat war gerettet. Der Beginn der Fahnenstange, wenn man so wollte.

Aber all das stand erst am nächsten Tag auf dem Programm. Heute war der Tag, an dem Elfriede zu Grabe getragen wurde. Bei dem Gedanken an die Beerdigung bemerkte Kollmann, dass er seinen schwarzen Anzug benötigte. Er war wohl oder übel gezwungen, zum Hof zu fahren, was ihm aber gerichtlich untersagt war. Doch dann fiel ihm ein, dass das gute Stück immer noch im Gemeindebüro hing. Also machte er sich gegen Mittag auf den Weg dorthin.

Als er sein Auto wie immer auf dem Platz des Bürgermeisters abstellen wollte, bemerkte er, dass der Platz besetzt war. Auch alle anderen Parkplätze waren belegt, was sehr ungewöhnlich war. Im Flur des Gemeindebüros war der Teufel los. Kollmann schätzte, dass sich etwa 40 Männer dort aufhielten und sehr erregt waren. Bevor er den Grund für die Aufregung gefunden hatte, hatten die ersten Männer Kollmann entdeckt.

„Da is der Verräter. Dat der sich hier herwagt. Man sollte ihm eins inne Schnute geben", brüllte der alte Jan Möllenhaus.

„Heinrich, in aller Freundschaft: Verzieh dich, denn das werden wir dir nicht verzeihen, das nicht", schrie der Dorfpfarrer.

Zahlreiche weitere Männer beteiligten sich lauthals an den Beschimpfungen, sodass Kollmann zunächst überhaupt nicht zu Wort kam.

„Kollmann kein böser Mann, Kollmann kein böser Mann. Aber sicher nicht!" Nur Epi verteufelte ihn nicht.

‚Mist, die wissen was', durchfuhr es Kollmann. Aber was und von wem? Das musste er herausbekommen. Jetzt war er wieder ganz der souveräne Bürgermeister.

„Leute, so beruhigt euch doch. Wir gehen jetzt in das Sitzungszimmer und dann erzählt ihr mir ganz in Ruhe, was passiert ist."

Widerwillig folgten die Männer Kollmann, der, während er voranging, Betti beiläufig den Wink gab, Getränke zu servieren. Da es im Sitzungszimmer nur 20 Sitzgelegenheiten gab, musste die Hälfte der Männer stehen, was nicht zur Entspannung beitrug.

„Also, was hast du uns zu sagen?", fuhr der Schreiner Schönemann Kollmann wütend an. Daraufhin brach eine Art Tumult aus, aus dem Kollmann Sätze wie „genau, raus mit der Sprache", „er soll endlich die Wahrheit sagen", „wir sind doch nicht blöd", „der luchst den Leuten ab, was er kann, die linke Bazille", „gezz aber Butter bei de Fische" und „Schluss gezz, der blubbert mir nich länger ne Klinke annen Kopp" heraushörte.

Er wartete aber erst einmal ab. Da er nicht wusste, was die wussten, wusste er nicht, wie er anfangen sollte, ohne mehr zuzugeben, als er zugeben musste, weil sie es ohnehin schon wussten.

„Leute, was ist los? Sagt mir, was ihr wollt. Nur dann kann ich euch antworten. Aber erst mal prost!"

Die gute Betti hatte in Windeseile drei Kisten Bier und sechs Flaschen Westfälischen von Gütebier herbeigeschafft.

Nachdem die Männer zu trinken hatten, kehrte ein wenig Ruhe ein. Dann begann der Schreiner Schönemann, von dem Kollmann wusste, dass er gerne Bürgermeister werden wollte, gestelzt zu reden: „Wir wissen aus gewöhnlich gut unterrichteter Quelle, dass in Düsseldorf große Pläne geschmiedet werden. Außerdem wissen wir, dass du in letzter Zeit mehrfach in Düsseldorf warst und dass du mindestens zweimal Besuch aus Düsseldorf hattest. Du magst ja alle im Dorf für Trottel halten, aber so blöd sind wir dann doch nicht. Gestern stand in den ‚Düsseldorfer Nachrichten', dass die Landesregierung den Bau einer Riesentalsperre plant. Dafür soll ein ganzes Dorf im Sauerland geopfert werden."

Und damit hielt er Kollmann einen Artikel mit der Überschrift unter die Nase: „Neue Talsperre. Dorf muss weichen".

„Also, Kollmann, was weißt du? Wir wissen genug. Diese Landvermesser vor ein paar Wochen haben wir nicht vergessen. Außerdem hat *unser* Epi uns schon mehrfach gewarnt!"

Dass Epi, der sonst im Dorf gehänselt, verspottet, missachtet oder – wenn er Glück hatte – bestenfalls *nicht* beachtet wurde, plötzlich *unser* Epi" war, fand Kollmann schon bemerkenswert. Aber er hatte nicht die Zeit, sich darüber Gedanken zu machen. Plötzlich war es ganz still im Raum. Fast alle Männer hatten die Arme vor dem Leib verschränkt und sahen Kollmann feindselig an.

Dieser stand auf, straffte sich, sah einen nach dem anderen an, schüttelte leicht den Kopf und sagte ganz ruhig: „Niemand hat die Absicht, eine Talsperre zu errichten."

Sofort setzte ein ohrenbetäubender Lärm ein. „Das glauben wir dir nicht, du lügst. Du steckst mit denen unter einer Decke und willst dich auf unsere Kosten bereichern. Hör auf mit dem Gesocks, du linke Bazille!"

Mit einer herrischen Bewegung gebot Kollmann Ruhe. Und er wunderte sich nicht einmal, dass sie ihm gehorchten.

„So ist das nicht richtig. Richtig ist aber, dass ich im Augenblick verstärkt Kontakte nach Düsseldorf aufgebaut habe. Das habt ihr schon sehr gut beobachtet. Das ist aber auch gar kein Geheimnis, das kann jeder wissen."

Der Lärm nahm wieder zu. „Hör auf rumzureden und erzähl endlich, was los ist", forderte der neue Dorflehrer ihn auf.

Kollmann erinnerte sich nicht, mit dem Lehrer, der erst wenige Wochen in Malve tätig war, auf „Du" zu sein. Außerdem gefiel ihm der Ton ganz und gar nicht. Darüber würde er sich als Landrat mit dem Schulrat unterhalten, sobald dieser Spuk vorbei war.

Kollmann brüllte gegen den Lärm an: „Seid endlich still und hört zu, sonst gehe ich. Also, es ist nicht so, wie es aussieht, denn ..." Kollmann stockte, sein Puls begann zu rasen, verdammt, was sollte er sagen?

„Also noch einmal, und das müsst ihr mir glauben: Niemand hat die Absicht, eine Talsperre zu errichten. Es geht um etwas anderes, aber darüber darf und kann ich heute noch nicht sprechen. Ich bin zu absolutem Stillschweigen verpflichtet, Geheimnisstufe I. Nicht einmal Hanne habe ich ..."

„Was wunder, du bist doch zu Hause rausgeflogen."

„Nicht einmal mit meiner Frau darf ich darüber reden."

„Dat is eine Frechheit, ihr plant da wat hinter unserem Puckel und wir solln et nich erfahren. Wenn dat Demokratie is, will ich den Adolf wiederhaben", schrie einer.

„Genau. So wat hätte es bei Adolf nich gegeben", brüllte ein anderer.

Es wurde laut, richtig laut, immer lauter. Die Verärgerung drohte endgültig in blanke Aggressivität umzuschlagen. Kollmanns Versuch, wieder Ruhe herzustellen, misslang. Er hatte seine Autorität verloren. Er versuchte sich nochmals Gehör zu verschaffen: „Ruhe, verdammt noch mal. Ich werde in der nächsten Sitzung des Gemeinderats ausführlich ...", doch niemand hörte ihm zu. Alle waren davon überzeugt, dass der zur Lüge neigende Dorftrottel die Wahrheit sagte und der Bürgermeister log. Wohin war der Ort gekommen? Was waren das für Zeiten?

Kollmann hatte Angst, große Angst. Aus der Anonymität der Menge kam erneut die Forderung, Kollmann gezz aber ganz gehörig eins inne Fresse zu geben, ach was, am besten gleich zu vierteilen.

Er konnte sich kaum noch bewegen, weil die Meute Zentimeter um Zentimeter näher an ihn heranrückte. Er fürchtete, erdrückt zu werden. Er sah nur noch *einen* Ausweg. Er musste es schaffen, von seinem Platz an die Stirnseite des Sitzungssaals zu kommen, auf seinen angestammten Platz, auf den Platz des Bürgermeisters. Aber wie sollte er diese Mauer von wütenden und aggressiven Männern überwinden? Keine Chance, keine Möglichkeit. Und mit jeder Sekunde rückte die Meute näher an ihn heran. Kollmann war sich sicher, nicht mehr unverletzt zu entkommen, er fürchtete sogar um sein Leben.

„Kollmann ist ein Hampelmann! Doch gezz ist der Kollmann dran! Kollmann ist ein Hampelmann! Doch gezz ist der Kollmann dran!", skandierte die Menge, leise, aber drohend.

Doch dann plötzlich ein markerschütternder Schrei aus der Tiefe des Raums: „Nommen est ommen! Nommen est ommen!"

Epi brüllte wie von Sinnen! Die aggressive Stimmung im Raum hatte einen seiner befürchteten Anfälle ausgelöst. Er zitterte, er taumelte, er schrie: „Nommen est ommen! Nommen est ommen!"

Epi, der in Kollmanns Nähe stand, ging mit unsicheren Schritten in den Saal hinein Richtung Stirnseite, Kollmann schloss sich ihm geistesgegenwärtig an. Und siehe da: Die Meute wich zurück, sie bildete eine Gasse, und wie weiland Moses die Israelis durch das Rote Meer geführt und damit vor den Ägyptern gerettet hatte, führte Eberhard Moses mit ständig wiederholten „Nommen est ommen" Kollmann zu dem erhöhten Platz des Bürgermeisters und rettete ihn vor den aufgebrachten Dörflern.

Allein der Umstand, dass Kollmann hier Platz nahm, verhalf ihm dazu, ein Stück Autorität zurückzugewinnen. Und jetzt tat er mit seinem großen politischen Instinkt, „den man hat oder nich hat, aber nich kaufen kann", das einzig Richtige: Er sagte nichts, sondern nahm betont langsam die Glocke des Bürgermeisters und läutete diese dreimal.

Das war das Zeichen, das nicht nur die Mitglieder des Gemeinderats, sondern alle anwesenden Männer kannten, weil mit dieser Glocke auch das Feuerwehrfest, das Erntedankfest, die Frühjahrskirmes und das Schützenfest in eben dieser Weise beendet wurden.

Die Reaktion der Männer war so überraschend wie eindeutig: Alle wussten, dass die Aktion zu Ende war und es hier nichts mehr zu tun gab.

Und weil das Bier und der Westfälische Appetit auf mehr gemacht hatten, machten sich die Männer, wie nach getaner Arbeit, befreit auf den Weg bei Anni, die den Amtskrug, sollte er denn noch geschlossen sein, für 40 Männer sicher ganz schnell und spontan öffnen würde. Kollmann blieb allein zurück, auch sein Schwager Ernst hatte sich der Meute angeschlossen.

Kollmann wusste, dass er Massel, viel Massel, massenhaft Massel gehabt hatte. Epi Moses hatte ihn gerettet.

Nach zwei, drei Minuten, in denen Kollmann sich beruhigte und sein Puls wieder im normalen Bereich schlug, kam Betti herein. „Das war nicht klug von dir, Heinrich. Du hättest den Männern ruhig sagen können, dass in Malve eine Flurbereinigung stattfinden soll."

„Eine wat?"

„Eine Flurbereinigung. Grund und Boden werden neu verteilt, um die Anfahrtswege für die einzelnen Bauern zu reduzieren. Mehrere kleine Flächen werden zu einer großen zusammengelegt, um die Arbeitsabläufe zu optimieren. Die Landvermessung im März diente einer ersten Bestandsaufnahme."

Kollmann starrte Betti mit offenem Mund an. Was redete das Mädchen da für ein wirres Zeug? Woher hatte sie die sonderbaren Ausdrücke? Woher wusste sie so kluge Sachen?

„Betti, was redest du da? Was ist denn eine Flurreinigung?"

Betti legte eine Ausgabe der Zeitschrift „Der kleine Verwaltungsbote" auf den Tisch. „Lesen bildet, Heini. Das war schon immer so." Damit schlug sie die Zeitschrift auf, sodass Kollmann die Überschrift eines Beitrags lesen konnte: „Die Flurbereinigung. Eine Herausforderung für die nächsten zwei Jahrzehnte."

„Mensch, Betti. Das könnte mich retten, wenn es, ja, wenn es tatsächlich um eine Flurbereinigung gehen würde. Aber dem ist leider nicht so. Die wollen wirklich eine Talsperre bauen. Die Hälfte des Orts soll verschwinden, wir sollen fast alle umgesiedelt werden. Ich weiß überhaupt nicht, wie …"

„Lass gut sein, Heini. Ich weiß, ich weiß. Schließlich habe ich die Zeichnung gesehen, als Pat und Patachon hier waren. Aber mit der Geschichte von der Flurbereinigung könntest du deine Haut retten. Denn wer sagt denn, dass sie dir die Wahrheit gesagt haben? Die können dich doch angelogen haben."

Als Kollmann sie zweifelnd ansah, wiederholte sie: „*Die* haben *dich* angelogen!"

„Wer hat mich angelogen? Ich verstehe nicht. Die haben mir doch von Anfang an gesagt, dass sie eine Talsperre bauen wollen. Nicht *die*, ich habe gelogen."

„Du bist blöder als die Polizei erlaubt. Es weiß doch keiner außer denen, was die dir erzählt haben. Wem glaubt man im Dorf wohl mehr? Diesen sonderlichen Bürokraten aus Düsseldorf oder unserem Bürgermeister Heinrich Kollmann?"

„Betti, ich habe Papiere unterschrieben, dass ich mitmache und Informationen liefern werde. Ich bin ein Spion, der …"

„Wo sind die Papiere, was steht da genau drin? Kann man das auf eine Flurbereinigung umdichten?"

„Zu Hause, in der Bibliothek. Im Sekretär. Ich habe die Tür abgeschlossen, der Schlüssel ist hier ..."

„Hast du auch einen Hausschlüssel? Dann hole ich die Papiere, wenn ihr zur Beerdigung geht."

„Du kannst nicht einfach in unser Haus gehen und ..."

„Hast du eine bessere Idee? Du darfst das Haus doch nicht einmal betreten, wenn ich nicht irre. Also gehe ich. Oder soll das die liebe kleine Ewa für dich erledigen?"

Kollmann wäre um ein Haar die Hand ausgerutscht. Was fiel Betti ein, so zu reden. Woher wusste sie überhaupt von diesem Verhältnis zwischen Ewa und ihm? Kollmann bemerkte erneut, dass er Betti unterschätzt hatte, erheblich unterschätzt. Verdammt, er musste noch vorsichtiger sein, was Betti bemerkt hatte, konnten auch andere bemerken.

Er entschloss sich deshalb, die letzte Bemerkung zu übergehen. Er brauchte Betti mehr denn je, denn sie war nicht nur klug und beschlagen, sondern jetzt auch seine Mitwisserin. Erst jetzt wurde ihm klar, dass er Betti gerade alles erzählt hatte.

Verdammt noch mal, warum hatte er das nur getan? Am liebsten würde er sich auf die Zunge beißen, aber er konnte seine Beichte nicht mehr rückgängig machen.

„Also gut, Betti. Vielleicht ist es doch sinnvoll, wenn du die Papiere holst. Du hast recht, während Elfriedes Beerdigung wird niemand im Hause sein. Und außerdem, wie spät ist es eigentlich? Wie viel Zeit habe ich noch bis zum Beginn der Totenmesse?"

Betti sah auf ihre Uhr. „Genau fünf Minuten."

In diesem Augenblick begannen die Glocken von St. Vitus bereits zu läuten.

Kollmann rannte in sein Dienstzimmer, riss sich die Kleider vom Leib und schlüpfte, nein, er sprang in das weiße Hemd und den schwarzen Anzug. Er band hastig die schwarze Krawatte und eilte aus dem Gemeindebüro Richtung St. Vitus.

Plötzlich rannte Betti neben ihm her. „Die Hausschlüssel, Heini!"

„Die müssen in der anderen Hose stecken. Hier habe ich sie jedenfalls nicht."

32. Elfriedes Beerdigung, Malve im Sauerland, Freitag, 26. Mai 1961

Kollmann betrat das Gotteshaus schnellen Schrittes durch die große Eingangstür. Der geschlossene Sarg stand vor dem Altar. Es waren etwa 30 Trauernde anwesend. Das war in Malve eine „kleine Beerdigung". Bei einer großen kamen bis zu 300 Personen, bei der Beerdigung von Kollmanns Vater waren es fast 500 gewesen, was Kollmann sehr stolz registriert und seine Trauer sehr stark relativiert hatte.

Heute saßen in der ersten Reihe links Hanne, Marie und Thea, in der zweiten drei Nachbarinnen und Ewa, rechts Karl-Wilhelm und Epi, dahinter in der zweiten Reihe einige Nachbarn. Während die dritte Reihe unbesetzt blieb, fanden sich in den weiteren Reihen einige Dienstmädchen und Knechte von anderen Höfen.

Epi liebte Beerdigungen. Er ließ keine aus und weinte nahezu ununterbrochen, auch wenn er den Toten oder die Tote gar nicht gekannt hatte. Elfriede hatte er gekannt, sie hatte ihm häufig etwas zugesteckt. Deshalb war sein Wehklagen heute besonders intensiv und laut. Kollmann blieb dennoch nichts anderes übrig, als sich neben Epi zu setzen, denn er musste ja auf der rechten Seite, der „Männerseite", in der ersten Reihe Platz nehmen, er konnte sich nicht in die zweite Reihe zu den Nachbarn setzen.

„Doch, Kollmann doch, sie haben die Absicht. Aber doch sicher, und früher war besser!", flüsterte Epi Kollmann zu, kaum dass dieser Platz genommen hatte.

Da Epi im Flüstern wenig geübt war, hörten alle Anwesenden diesen Satz, ohne ihn deuten zu können. Kollmann forderte Epi barsch auf, ruhig zu sein, zu barsch, wie Marie später meinte.

Inzwischen hatte die Totenmesse begonnen. Die ganze Prozedur einschließlich der Beisetzung sollte kaum 30 Minuten in Anspruch nehmen. Routiniert und ohne jede Anteilnahme spulte der Pfarrer das „Kurzprogramm" herunter. Auf eine Ansprache verzichtete er unter Hinweis darauf, dass er einige Worte am offenen Grab sprechen werde.

Kurz vor Ende der Messe erschienen sechs Totengräber und rollten den Sarg auf einem verkleideten Handwagen durch den Mittelgang nach draußen. Die kleine Trauergemeinde folgte ihm auf dem kurzen Weg zum Friedhof. Kollmann ging direkt hinter dem Sarg, schräg neben ihm Hanne, gefolgt von Marie, Thea, Karl-Wilhelm und Ewa und den Nachbarn, am Ende der laut schluchzende Epi und die Knechte und Mägde.

Im Trubel der letzten Tage hatte Kollmann sich keine Gedanken darüber gemacht, wo Elfriede ihre letzte Ruhestätte finden würde. Auch deshalb war er mehr als überrascht, als der kleine Trauerzug vor der Grabstätte der Familie Kollmann anhielt. Das musste Hanne so angeordnet oder doch jedenfalls genehmigt haben, dachte Kollmann und wurde rührselig.

Das hätte er Hanne nicht zugetraut. Zum ersten Mal heute sah er Hanne kurz an, die ihr Gesicht hinter einem Schleier verborgen hatte.

Als der Sarg ins Grab gelassen wurde, kämpften Marie und Thea mit den Tränen. Auch Kollmann hatte zu kämpfen, was Hanne dazu brachte, ihren Kopf missbilligend ganz leicht zu heben. Mehr tat sie nicht. Doch schon für dieses wenige hasste er sie.

Nun hob der Pfarrer an: „Liebe Trauergemeinde, wir sind heute hier zusammengekommen, um den Tod unserer Schwester Henriette zu beklagen."

Dafür verachtete Kollmann den Pfarrer, der nach dem dritten heftigen Protest von Epi mehr als beiläufig von Henriette zu Elfriede wechselte. Kollmann nahm den Kranz in Augenschein, auch darum hatte er sich nicht gekümmert. Verdammt, er hatte sich um nichts, um rein gar nichts gekümmert, nur um sich. Das war eindeutig nicht genug.

„Elfriede, Ruhe in Frieden, Familie Kollmann" stand auf der einen Schleife. Auf der anderen waren die Worte „Danke für alles, dein Heinrichschen" zu lesen. Kollmann trieb es einige Tränen in die Augen. Das konnte nur Marie arrangiert haben.

Nachdem die kurze Trauerfeier vorbei war, stand Kollmann am Ausgang des Friedhofs. Die männlichen Nachbarn, Marie und Ewa hatten sich zu ihm gesellt, während Hanne, seine beiden anderen Kinder und die Nachbarinnen eine zweite Gruppe bildeten. Die Knechte und Mägde waren gegangen, Epi war wie immer am Grab geblieben und wartete auf den Friedhofsgärtner, der das Grab zuschütten würde.

Hanne löste sich aus ihrer Gruppe und ging auf Kollmann zu. „Guten Tag, Heinrich. Wir müssen reden. Das ist kein Zustand, dass du in dieser Hütte haust. Also komm zurück nach Hause."

Kollmann wunderte sich sehr über diesen plötzlichen Sinneswandel. War das die Frau, die ihn vor nicht einmal einer Woche per Gerichtsbeschluss aus seinem Haus hatte werfen lassen? Was führte sie im Schilde? Was sollte das?

„Was ist, Heinrich, hat es dir die Sprache verschlagen?" Ihre Worte klangen fast ängstlich.

„Nein, öh, doch. Ich wundere mich nur. Erst lässt du mich gerichtlich aus *meinem* Haus entfernen und dann soll ich plötzlich zurückkommen? Das dürfte ich ja gar nicht, selbst wenn ich es wollte. Ich würde ja gegen den Gerichtsbeschluss verstoßen, müsste eine halbe Millionen Mark bezahlen oder ich käme ins Gefängnis. Nein, nein, Hannelore, lassen wir es zumindest einstweilen wie es ist."

„Heinrich, nun sei doch nicht so stur. Diesen blöden Beschluss lasse ich aufheben. Und im Haus können wir uns aus dem Weg gehen, wenn du das möchtest. Das Haus ist ja groß genug." Sie versuchte ganz offenbar, ihn wieder einzufangen.

Nun redeten die Kinder ebenfalls auf Kollmann ein. „Mama hat recht, komm zurück, Papa. Wir möchten das auch."

Kollmann drehte sich um und ging ein paar Schritte, sodass niemand sein Gesicht sehen konnte. So sahen sie nicht, was sich dort abzeichnete. Es war kein großer Triumph, kein Gefühl eines *großen* Siegs, aber doch so etwas wie eine stille Zufriedenheit, die sich in einem kleinen, kaum erkennbaren Lächeln zeigte.

,Sieh an, sieh an. Die tolle Hanne kommt ohne mich nicht zurecht! Sie hat Angst vor dem Alleinsein, Angst vor der endgültigen Trennung. Interessant, interessant. Natürlich werde ich ihre Einladung annehmen, aber nicht sofort. So leicht soll sie es nicht haben. Und ich werde Bedingungen stellen!'

Kollmann atmete schwer, absichtlich schwer, und ohne jemanden anzusehen, sagte er so leise, dass alle sich bemühen mussten, ihn zu verstehen: „So einfach ist das nicht, Hannelore. Ich habe in den letzten Nächten viel nachgedacht und beschlossen, aus Malve wegzuziehen. Ich habe ein interessantes Angebot aus Düsseldorf, und, na ja, so eine Chance bekomme ich nie wieder."

Die einzige Reaktion auf diese dreiste Lüge war, dass Hanne sich abrupt umdrehte und ging.

Kollmann schloss die Augen. Er hörte, dass Hannes Schritte sich entfernten. Aber die Schritte klangen heute ganz anders als die, die er kannte: Es waren nicht die harten, kurzen, knackigen, selbstbewussten Schritte, die er über Jahre gehört hatte, sondern langsame, eher weiche, suchende, tastende, ja fast ängstliche.

Ganz offenbar setzte Hanne die Sache mehr zu, als er gedacht hatte. Und er hatte noch einen draufgesetzt. Das war nicht unbedingt fair gewesen, aber Hanne war auch nicht fair zu ihm gewesen. Fast tat sie ihm ein wenig leid, aber eben nur fast.

„Papa, kommst du wenigstens mit zum Beerdigungskaffee? Auch wenn du böse auf Mama bist, sollte das doch möglich sein, oder?", fragte Marie etwas gereizt.

Kollmann zeigte sich unschlüssig, obwohl er sich längst dazu entschieden hatte mitzugehen. „Wenn du es gerne möchtest, komme ich mit. Aber ich habe nur wenig Zeit."

Das war schon wieder schlicht und einfach gelogen, denn Kollmann hatte alle Zeit der Welt. So fanden sie sich kurze Zeit später bei Anni wieder, wo sich die Trauergemeinden nach Beerdigungen trafen.

Neben der kleinen Trauergesellschaft waren Pfarrer, Küster, etwas später der Totengräber und die sechs Sargträger anwesend.

Pfarrer, Küster und Totengräber erhielten ihre Vergütung, die ehrenamtlich tätigen Sargträger bekamen ein Trinkgeld und in den folgenden zwei Stunden reichlich zu trinken. Die Bezeichnung „Beerdigungs*kaffee*" war für diese Herren in keiner Weise zutreffend, weil sie nach übereinstimmender Aussage allesamt allergisch auf Kaffee reagierten und ihre Trauer deshalb mit einigen Bierchen und Westfälischen zu bekämpfen versuchten.

Es ließ sich nicht verhindern, dass Kollmann seinen Platz zwischen Ewa und Marie fand, aber immerhin saß Hanne ganz am anderen Ende des langen Tisches. Da sie auf derselben Tischseite saßen, konnten sie sich nicht sehen, auch war kein Gespräch zwischen ihnen möglich. Marie antwortete eher unwillig auch Kollmanns Fragen nach Fortschritten im Studium.

Sie berichtete aber von einer Hausarbeit, in der es darum ging, ob ein achtjähriger Junge einen Lottogewinn von 50.000,-- DM behalten dürfe oder an seine Eltern abgeben müsse.

„Das Geld muss er abgeben, das ist doch ganz klar", meinte Kollmann.

„Die Sache ist nicht so einfach, Papa, weil er den Gewinn mit Mitteln erzielt hat, die ihm zur freien Verfügung überlassen waren. § 110 BGB, Papa, 110!"

„Wieso redest du so geschwollen daher, Marie? Geht es dir nicht gut?"

„Keine Sorge, Papa, ich bin in Ordnung. Das war eben der Taschengeldparagraf."

„Was ist das", mischte sich Ewa ein, „Paragraf für Taschengeld?"

Marie bemühte sich, ausgehend von ihrem gefährlichen Halbwissen, redlich darum, Ewa diesen für das deutsche Recht offenbar fundamental wichtigen Paragrafen näherzubringen.

‚Mein Gott, in was ist das Kind da hineingeraten?', dachte Kollmann, sagte aber nichts. Nach einer Tasse Kaffee war er auf Bier umgestiegen. Jetzt trank er sein drittes Bier zu Ende und erhob sich um kurz nach vier als Erster.

„Ich muss gehen, ich habe noch zu tun. Bitte sag deiner Mutter, dass ich im Moment noch nichts dazu sagen kann, ob ich eventuell wieder in *mein* Haus einziehen werde. Ich muss erst sehen, wie sich die anderen Dinge entwickeln."

Kollmann verabschiedete sich knapp von seinen Kindern, von Ewa, vom Pfarrer und den inzwischen deutlich angeheiterten Sargträgern. Hanne sah er nur kurz an, ohne „Auf Wiedersehen" zu sagen.

Nachdem Kollmann auf die Straße getreten war, wusste er nicht, was er jetzt machen und wohin er gehen sollte. Wie einfach wäre es gewesen, Hannes Angebot anzunehmen und wieder zu Hause einzuziehen. Und überdies: Heute war sie noch kleinlaut und bittend gewesen, das konnte sich schon morgen vollständig geändert haben.

‚Warum einfach, wenn's auch schwierig geht?', dachte Kollmann. Also wohin? Er hatte keinen Schnief, in den Kotten zu fahren, um dort einen weiteren einsamen Spätnachmittag, gefolgt von einem sehr einsamen Abend und einer noch einsameren Nacht zu verbringen. Nein, er wollte was erleben.

Er wollte unter Menschen sein. Vielleicht könnte er zu einem der Lehrgangskollegen fahren, die er aus Soest kannte. Aber was wollte und sollte er mit denen reden? Im Grunde genommen kannte er die ja gar nicht, eigentlich kannte er nur deren Namen. Womöglich hatten die Familien keine Zeit oder keine Lust auf einen Besuch von ihm oder alles zusammen.

Kollmann versuchte sich vorzustellen, wie er und wie vor allen Dingen Hanne reagieren würde, wenn einer der Soester plötzlich vor der Tür stehen würde. „Guten Tag Frau Kollmann, ich bin der Arni und würde gern den Heini besuchen. Wir kennen uns aus Soest von der Fortbildung."

„Heinrich, für dich, ein gewisser Arni", würde Hanne spitz sagen und sich abwenden. Wie würde es weitergehen? Natürlich musste und würde er den Arni oder wen auch immer hineinbitten. Sicherlich konnte man eine Tasse Kaffee oder eine Flaschenlänge Bier lang so etwas wie ein Gespräch führen.

„Wat machste denn so und weißte noch in Soest und so?" Aber zu viel mehr würde es kaum reichen. Schon wäre das noch gar nicht richtig begonnene Gespräch zu Ende und Arni würde nach Minuten quälender Stille sagen, dass er „gehen müsse", obwohl er lieber bleiben würde, und Kollmann würde sagen, dass er doch ein bisschen bleiben solle, obwohl er erleichtert wäre, dass Arni endlich gehen wollte.

Ne, diese Peinlichkeit würde Kollmann sich nicht antun. Da er aber auch keine Lust auf die Einsamkeit des Kottens hatte, ging er die wenigen Schritte zum Gemeindebüro.

33. Revolution in Malve, Malve im Sauerland, Freitag, 26. Mai 1961

‚Schade‘, dachte Kollmann, ‚dass Betti sich des Westfälischen enthalten muss.‘ Sonst könnten sie zusammen ein kleines bis mittelgroßes Gelage veranstalten. Ach, egal, sie sollte ihm einfach die Sache mit der Flurbereinigung genauer erklären. Er wusste bisher nur, dass Acker- und Weideflächen so zusammengelegt werden, dass sie effizienter und besser bearbeitet werden können.

Das Gemeindebüro sah seltsam unbelebt aus, obwohl am Freitagnachmittag von drei bis halb fünf die „Einwohnersprechstunde" stattfand. Beim Näherkommen sah Kollmann den Grund: Die Eingangstür war unbenutzbar, sie war mit Brettern zugenagelt. Auf den Stufen saß eine heulende Betti, den Kopf zwischen die Schultern gesteckt, von Weinkrämpfen geschüttelt. Die anderen sechs Gemeindemitarbeiter saßen ebenfalls auf den Stufen. Sie weinten zwar nicht, sahen Kollmann aber ausdruckslos an.

Jetzt entdeckte Kollmann das Transparent über der zugenagelten Eingangstür: „Von Lügnern lassen wir uns nicht regieren!"

„Dieser Gammler hat uns rausgeschmissen und was von einer Talsperre gebrüllt", begann Jürgen Kleier.

„Wir hatten die Wahl, uns das ganze Wochenende einsperren zu lassen oder sofort rauszugehen. Fünf aus dem Dorf sind noch drinnen, und der Gammler, das ist der Anführer, ein echter Gammler mit langen Haaren und Bart. Der kommt nicht von Malve wech. Die wollen das Gemeindebüro so lange besetzen, bis die Wahrheit aufm Tisch ist, hat der gesagt. Die ganze Wahrheit. Was issen los, Bürgermeister, verdorri noch mal?"

„Nun beruhigt euch erst mal. Und du, Betti, hör auf zu flennen. Es ist doch gar nichts passiert."

„Wenn das gar nichts ist, wenn daaaas gar nicht ist, was ist dann waaas?", schrie Betti hysterisch. „Dieser Kommunist hat mich aus *meinem* Gemeindebüro geworfen, weil *du* ein falsches Spiel spielst. Von wegen ‚Niemand hat die Absicht, eine Talsperre zu errichten', ich weiß es besser. Du steckst mit denen aus Düsseldorf unter einer Decke."

Die anderen sechs Gemeindemitarbeiter hielten den Atem an. Was redete Betti dar? War sie durchgedreht?

Auf sein „Betti, sei still! Mit deinem Gerede machst du alles noch schlimmer" lief diese weinend und schimpfend davon, kam aber nach kurzer Zeit zurück und setzte sich leise, aber vorwurfsvoll weinend auf die andere Seite der Treppe.

Kollmann wandte sich vertraulich den anderen zu und sagte leise: „Ich wollte aus strategischen Gründen eigentlich erst in der nächsten Sitzung des Gemeinderats umfänglich darüber informieren. Jetzt muss ich das aber wohl vorziehen. Na schön, ihr sollt es sofort erfahren. In unserer Gemeinde soll eine Flurbereinigung durchgeführt werden. Wisst ihr, was das ist?"

Kopfschütteln.

„Ganz kurz: Also es geht darum, dass Acker- und Weideflächen so zusammengelegt werden, dass sie effizienter und besser bearbeitet werden können. Verstanden?"

Kopfschütteln.

„Verstehe ich nicht genau, man kann doch Grundstücke nicht wie Handtücher zusammenlegen, und was bedeutet noch mal ganz genau ‚effizient'?", fragte Ulli Koslowski.

„Ich kann euch das jetzt nicht genauer erklären", was stimmte, weil Kollmann selbst nicht mehr wusste. Deshalb fuhr er fort: „Alle Einzelheiten sollen von uns mit denen in Düsseldorf abgesprochen werden, da ist dann eure ganze Erfahrung gefordert. Ihr werdet direkt mit den Experten aus der Staatskanzlei zusammenarbeiten, wenn, ja, wenn …", Kollmann machte eine Pause, „wenn ihr 150 % loyal seid, nur dann! Ist das klar?"

„Klar doch, Bürgermeister, klar, auf uns kannst du dich verlassen. Was sollen wir machen?", fragten alle sechs wie aus einem Munde.

„Zunächst einmal: Die Sache muss bis zur nächsten Woche absolut geheim bleiben. Also kein Wort zu niemandem. Vor allem nicht zu euren Frauen. Denn ihr wisst ja", und dabei zwinkerte Kollmann zunächst mit den Augen, um sie dann zu Betti schweifen und kurz mit leichtem Zwinkern auf ihr ruhen zu lassen.

„Geht klar, Bürgermeister, geht klar!"

In der Tat. Kollmann war sicher, dass sein Plan klargehen würde. Keine drei Stunden, und der ganze Ort würde Bescheid wissen. Dafür würden die sechs, ihre Frauen und der sauerländische Buschfunk sorgen.

„Fiete", sagte Kollmann leise zu Fritz Henneberg, „ein Spezialauftrag für dich. Geh doch mal zur Wache und hole ein paar Grüne, damit die die Tür wieder aufmachen."

Und als Fiete sich nicht sofort in Bewegung setzte, fügte Kollmann hinzu: „Mach hinne, du alter Drömelfutt."

Jetzt machte Fiete sich mit der ihm eigenen Geschwindigkeit stolz über das in ihn gesetzte Vertrauen – „Spezialauftrag!" – auf den Weg.

Betti war indes aufgestanden und funkelte Kollmann böse an: „So, so, eine Flurbereinigung. Das Wasser wird Wald und Flure reinigen, daher kommt sicherlich auch der Name. Das wusste ich bisher gar nicht. Interessant, wirklich interessant, Herr Bürgermeister Heinrich Kollmann!"

„Betti, sei still. Nur dieses eine Mal. Ich habe dir doch schon alles erklärt, verdammt noch mal!"

Fiete kam zurück, aber ohne Polizeibegleitung. „Bei der Polizei ist grad niemand frei, sagen die, obwohl da zwei rumsitzen und nichts zu tun haben. Ich glaube bald, die wollen uns nicht helfen. Die haben sich sogar irgendwie gefreut, nicht richtig, aber doch irgendwie."

„Sind denn gezz alle verrückt geworden?", Kollmann brauste auf, konnte aber vorerst nichts machen. „Fiete, dann geh zu Alwin. Der soll mit drei Feuerwehrleuten und den großen Sägen anrücken, um die blöde Tür zu öffnen."

Fiete kam nach wenigen Minuten zurück. „Alwin meint, die Feuerwehr ist nicht zuständig, weil keine Katastrophe vorliegt. Wir sollen uns an die Polizei wenden."

„Hast du ihm denn nicht gesagt, dass ...?"

„Doch klar, habe ich, aber Alwin will einfach nicht."

Kollmann wurde klar, dass der Ort sich gegen ihn verschworen hatte. Die Polizei war nicht mehr sein Freund und schon gar nicht sein Helfer. Und der Oberbrandmeister verschanzte sich hinter Zuständigkeiten, die bisher noch nie eine Rolle gespielt hatten. Beim Abbrennen des Osterfeuers und beim Schützenumzug galten jedenfalls andere Regeln.

In diesem Augenblick wurde im Obergeschoss das Fenster von Kollmanns Dienstzimmer aufgerissen. Ein junger Mann, den Kollmann nicht kannte und der wild und ungepflegt aussah, ganz offenbar ein Gammler oder ein Kommunist oder gar beides, trat ans Fenster.

„Bürgermeister Kollmann. Wir haben gerade an deinem runden Tisch unsere Forderungen fixiert, die ich jetzt verlesen werde:

1. Kein Polizeieinsatz gegen die Blockierer.
2. Keine strafrechtliche oder sonstige Verfolgung nach Ende der Blockade.
3. Umfassende Information über den Stand und das Ausmaß der Planung des Talsperrenbaus.
4. Dazu Einladung des Ministerpräsidenten oder des zuständigen Staatssekretärs.
5. Schonungslose Aufdeckung der Rolle des Bürgermeisters.
6. Volksentscheid aller Malver über den Bau der Talsperre, der für das weitere Verfahren verbindlich ist.
7. Diese Forderungen sind nicht verhandelbar. Bis sie erfüllt sind, bleibt das Gemeindebüro besetzt.

Ende der Durchsage!"

Kollmann stand mit offenem Mund auf den Stufen zum Gemeindebüro. Klar, er hatte in seinem Leben schon einiges erlebt und er hatte auch schon Albträume gehabt, aber das hier gehörte in eine andere Dimension. In seinem Gemeindebüro hatte sich ein kommunistischer Gammler, denn was sollte dieser Rauschebart sonst schon sein, mit Einwohnern *seiner* Gemeinde verschanzt. Man stelle sich das mal vor, mit Einwohnern *seiner* Gemeinde, mit *seinen* Freunden und *seinen* Bekannten.

‚Ja sach mal, Kollmann, wo sind wir denn hier? Dat darf ja woll nicht wahr sein‘, dachte Kollmann. Aber dat kümmerte sich nicht darum, ob et wahr sein durfte, denn et war wahr.

317

Kollmann fühlte sich ohnmächtig und sehr allein, obwohl sich der Marktplatz inzwischen mit Menschen gefüllt hatte. Auch wenn es in der Gemeinde nur wenige Telefonanschlüsse gab, wussten offenbar alle Einwohner Bescheid. Wie der sauerländische Buschfunk funktionierte, war Kollmann nicht klar, er wusste nur, *dass* er funktionierte. Und das alles Jahrzehnte vor der Erfindung von Facebook, Instagram und WhatsApp.

In diesem Augenblick ertönten fast zeitgleich die Glocken von St. Vitus und die Sirene der Feuerwehr. Das hatte es in Malve bisher erst einmal gegeben, als der Feuerwehrkamerad Manni Hinrichsen Drillinge bekommen hatte. Na ja, eigentlich war es ja die Frau Hinrichsen gewesen, aber in diesen Dingen sollte man nicht so genau sein.

Was jetzt passieren würde, war klar. Innerhalb von höchstens zehn Minuten würden 99 % der Malver auf dem Markplatz versammelt sein. Und dann würde es für Kollmann richtig eng werden, nicht nur in Bezug auf seine körperliche Bewegungsfreiheit.

Wie befürchtet, strömten schon nach einer Minute aus allen Richtungen weitere Malver auf den Platz. Kollmann ging schnell die drei letzten Stufen zum Gemeindebüro hoch und stand direkt vor der vernagelten Tür. Er drehte sich um, doch sah er vor lauter Menschen keinen einzigen. Er war eingekesselt. Hinter ihm die unpassierbare Tür, vor ihm, neben ihm und scheinbar auch über und unter ihm eine dunkle Wand, mehr als ein Meer von Menschen, ein Ozean, ein riesiger dunkler, tiefer, bedrohlicher Ozean. Dazu ein lautes Rauschen und ein dumpfes Grollen.

‚Ich ertrinke, ich sterbe. Ich denke, dass ich bald nicht mehr bin‘, oder wie hatte das bei diesem blöden Philosophiekurs geheißen, an den er jetzt, ausgerechnet jetzt denken musste?

Kollmann sah, dass er nichts sah. Er hörte auch nichts mehr, nur dieses Rauschen, dieses wahnsinnige Rauschen in seinen Ohren. Todesangst überkam ihn, ergriff Besitz von ihm. Eine kräftige Hand umklammerte sein Herz so fest, dass es sich jeden Schlag mühsam erkämpfen musste.

„Lieber Gott, ich mache alles, was du willst. Aber verschone mich. Ich will noch nicht sterben. Ich will leben. Ich habe doch nichts getan", winselte er. Er begann zu schwitzen, er zitterte, fror, er befürchtete, ohnmächtig zu werden. Er war unter Hunderten, aber so allein, wie ein Mensch nur sein kann. Er schloss die Augen, er ergab sich, wem auch immer.

Das Rauschen ließ ein wenig nach, er hörte Rufe, von vielen, von allen zusammen gar: „Wir sind das Volk! Wir sind das Volk! Wir sind das Volk!"

Kollmann dachte an nichts, er brüllte einfach mit: „Wir sind das Volk! Wir sind das Volk! Wir sind das Volk!"

Er bemerkte nicht, dass die Menschen aufhörten zu rufen, sobald sie wahrgenommen hatten, dass er sich ihnen angeschlossen hatte. Wie eine sanfte Welle setzte sich die Ruhe von den ersten Reihen aus zu den letzten Reihen fort. Zum Schluss rief nur noch einer. Kollmann.

Er war wie in Ekstase, zugleich wirkte er trauriger als der Ritter von der traurigen Gestalt. Aber er fühlte sich wohl, das Rufen tat ihm gut, sehr gut sogar. So konnte es weitergehen. Keine Gefahr weit und breit.

„Wir sind das Volk!", schrie Kollmann voller Inbrunst.

Jetzt drangen ein Pfeifen, ein Brüllen und die Rufe „Aufhören" an ihn heran, abgelöst von „Kollmann ist ein Hampelmann, aus Düsseldorf, die ziehn daran!".

Immer wieder, immer wieder. Wieso war er ein Hampelmann? Er hatte doch nichts getan. Nur seine Pflicht als Bürgermeister, um Schlimmeres zu verhindern.

Er hörte den Staatssekretär reden, er wähnte ihn sogar direkt neben sich auf der Treppe stehen: „Bester Kollmann: Über das ,Ob' des Baus besteht überhaupt kein Zweifel mehr, auch nicht über den Ort. Die einzige Frage betrifft das ,Wie'. *Mit* den Bewohnern oder *gegen* den Willen der Bewohner? Erfolgt die Landgewinnung auf der Grundlage fairer Kaufverträge oder im Wege der Enteignung? Sollen und wollen die betroffenen Bürger vom Projekt profitieren oder werden sie zu Verlierern? Können wir auf die Hilfe der Verantwortlichen vor Ort hoffen oder erweisen sich diese als Querköpfe, die aus egoistischen Motiven gegen die Interessen ihrer Gemeinden und ihrer Bewohner handeln? Darum geht es, Kollmann, um nicht mehr und nicht weniger, nur darum. Ich hoffe, Sie verstehen das!"

So war das gewesen, genau so. Was hätte er denn machen sollen? Jeder an seiner Stelle hätte so gehandelt, zumindest jeder Vernünftige, jeder, der ein wenig denken konnte und über politischen Instinkt verfügte. Wenn man keine Chance hat, muss man sie nutzen. So isses doch!

„Kollmann ist 'ne Wasserflasche, alles Geld in seine Tasche", brüllte der junge Mann aus dem Fenster von Kollmanns Dienstzimmer, und alle brüllten mit.

,Führer befiel, wir folgen, so einfach *ist* das gewesen und so einfach ist es immer noch', dachte Kollmann.

In diesem Augenblick sah er sie und dass sich ihre Lippen bewegten. Er hörte sie trotz des Lärms, noch ohne sie zu verstehen. Marie hatte sich durch die wogende Menge den Weg nach vorne erkämpft, fasste ihn heftig an den Schultern und redete auf Kollmann ein.

Sie hatte bei Anni den Lärm gehört und war losgelaufen und erinnerte sich an einen schrecklichen Traum, der sie in der letzten Nacht gequält hatte: Papa und Ste waren darin vorgekommen, sie hatten sich angriffslustig gegenübergestanden. ‚Was für ein Unsinn‘, hatte Marie nach dem Aufwachen gedacht, ‚die beiden kennen sich ja gar nicht!‘

Aber die Realität hatte den Traum eingeholt, nein, überholt. Ste hatte sich mit einigen Einwohnern im Gemeindebüro verschanzt, ihr Vater stand draußen und lief Gefahr, von den Einwohnern Malves, die sich in eine tosende Menge verwandelt hatten, erdrückt oder gar gelyncht zu werden.

Marie redete heftig auf Kollmann ein. Mit viel Anstrengung und Konzentration gelang es ihm, die Hohngesänge wie bei einem Radio zuerst leise zu drehen und dann fast ganz auszuschalten, sodass er ein Ohr für Marie hatte.

„Papa, Papa, was hast du getan? Stimmt das, was die sagen? Wird hier eine Talsperre gebaut? Müssen wir alle woanders hinziehen? Das kann doch gar nicht sein, das ist verfassungswidrig, glaube ich.“

„Ach, Marie, ich weiß es nicht. Ich weiß gar nichts mehr. Hilf mir, die bringen mich um!“

„Mach die Tür auf, Ste, wir sind bereit zu verhandeln“, brüllte Marie plötzlich nach oben.

„Du kannst reinkommen, dieser Kollmann aber nicht“, war die Antwort. „Ich mache das Fenster neben der Eingangstür auf. Da kannst du durchsteigen.“

„Nein, wenn Papa nicht mit reindarf, bleibe ich auch draußen. Wenn ihm hier was passiert, trägst du die Schuld. Also lass Papa gefälligst mit rein, denn wie soll ich mit euch verhandeln. Ich weiß ja nichts!“

„Moment, Marie. Das muss das Kollektiv entscheiden.“

Damit zog sich Ste vom Fenster zurück. Die Menge hatte sich beruhigt und Teile des Wortwechsels mitbekommen.

Kollmann versuchte, sich Gehör zu verschaffen: „Ihr müsst mir glauben", brüllte er, „dass an den Gerüchten nichts dran ist. Niemand hat die Absicht, eine Talsperre ...", weiter kam er nicht, denn aus vielen Kehlen schallte es ihm entgegen: „Lüg nicht, Kollmann, lüg nicht!"

Außerdem machte das Gerücht die Runde, dass auch Kollmanns Marie ganz tief in der Sache drinsteckte. Denn woher sollte sie den jungen Mann sonst kennen?

„Gut, Kollmann kann auch reinkommen." Das Kollektiv hatte entschieden. „Ich mach das Fenster auf."

„Komm, Papa, wir klettern durch das Fenster und reden mit denen. Wir müssen wissen, was die ..."

„Nein, ich steige durch kein Fenster, entweder durch die Tür oder gar nicht."

Marie ließ Kollmann wortlos stehen und ging zu dem inzwischen geöffneten Fenster.

„Ste, was machst du hier? Was soll das?", flüsterte Marie Ste zu. Dann sagte sie sehr laut: „Bürgermeister Kollmann weigert sich, durch das Fenster zu steigen. Also mach gefälligst die Tür auf!"

„Marie, wir stellen hier die Forderungen und Bedingungen, nicht dieser Kollmann."

„Rede nicht in diesem Ton über meinen Vater, sonst vergesse ich mich", zischte sie ihn wütend an.

„Wenn du wüsstest, was ich weiß, würdest du kleinere Brötchen backen. Da ist so einiges auch strafrechtlich sehr interessant, Amtsmissbrauch und so."

Marie fröstelte. Was wusste Ste? Was wusste Ste, was sie nicht wusste? Und woher wusste er, was er wusste, sie aber nicht?

Auf diese Fragen bekam sie erst Jahre später eine Antwort. Das Leck, durch das die Informationen zum Talsperrenbau und zu Kollmanns unrühmlicher Rolle geströmt waren, hatte sich direkt in der Staatskanzlei befunden. Die Empfangsdame, die Kollmann für „ein winziges Minütchen" vertröstet und sich danach verplattert hatte, war Stes große Schwester Gerda.

Obwohl sie dagegen ankämpfte, war Gerda auf alles, was einen Rock trug und sich in der Nähe ihres kleinen Bruders Klaus – einen „Ste" kannte sie nicht – aufhielt, eifersüchtig.

Klaus hatte große Freude daran, Gerdas Kampf gegen die Eifersucht immer wieder neu anzufachen. Nicht zuletzt deshalb hatte er begeistert von seiner Kleinen, von seiner kleinen Marie aus dem kleinen Malve erzählt, aus der mal was Großes werden würde.

Als dann im Laufe des Gesprächs der Name Kollmann fiel, war Gerda sehr nachdenklich geworden. Auf seine mehrfache Nachfrage nach dem Grund hatte sie nur geantwortet, dazu könne und dürfe sie nichts sagen. Aber Klaus wäre nicht Klaus gewesen, wenn er sie nicht dahin gebracht hätte, ihm alles „voll im Vertrauen" anzuvertrauen. So hatte Ste zwar nicht sämtliche Details, aber doch sehr viele erfahren.

In der Staatskanzlei war es üblich, nach Gesprächen sogenannte Memos anzulegen. Diese Memos – die mit „Vertraulich. Nur für den Dienstgebrauch" gestempelt waren – hatte Gerda eingesehen und einen Teil der darin enthaltenen Informationen an den kleinen Klaus weitergegeben.

Ihr war dabei sehr wohl bewusst, dass sie damit nicht nur gegen ihren Arbeitsvertrag verstieß, sondern sich vielleicht sogar strafbar machte, aber dieses Risiko nahm sie in Kauf. Denn sie sah es als ihre Pflicht an, ihrem Bruder in Bezug auf diese Kollmann'sche die Augen zu öffnen. Sie gab die Geheimnisse preis, um ihren Bruder davor zu bewahren, noch länger mit der Tochter eines Verräters befreundet zu sein.

Ihr kleiner Verrat hätte keine Folgen gehabt, wenn Ste die Informationen, wie er es hoch und heilig versprochen hatte – „Ehrenwort, Gerdachen, großes Indianerehrenwort. Du kennst mich doch!" –, für sich behalten hätte. Darum hatte er sich aus Rücksicht auf Gerda und aus Liebe zu Marie auch ernsthaft bemüht. Aber Rosa L. hatte etwas geahnt. Und Rosa L. wäre nicht Rosa L. gewesen, wenn sie Ste die Informationen nicht in einer schwachen Minute entlockt hätte.

Die anderen Genossen waren begeistert. Endlich mal eine praktische Aktion. So entstand, ausgelöst durch zwei schwache Minütchen, die „Operation Aquastop".

Das alles wusste Marie in diesem Augenblick natürlich nicht. Sie wusste nur, dass sie überfordert war, total überfordert. In was war sie da hineingeraten, besser, in was hatte ihr Vater sie da hineingeraten lassen? Aber es musste weitergehen, sie musste etwas tun, um die Situation zu entschärfen.

Wieder wandte sie sich an Ste: „Mach jedenfalls die Tür an der Seite auf. Oder willst du meinen Vater zum Gespött der Leute machen? Was hast du mir erzählt? Verhandeln kann man nur auf Augenhöhe! Deshalb müssten die Werktätigen gebildet werden. Deshalb müssten Arbeiterkinder auf die Uni. So ein Quatsch. Aber den erzählst du doch immer. Also was willst du? Eine Demütigung oder eine Lösung im Verhandlungswege?"

„Ich habe dir schon gesagt, dass *wir* hier die Forderungen stellen, also."

„Hör auf mit deinem Gefasel! Werde endlich mal konstruktiv, verdammt noch mal! Mach diese blöde Tür auf!"

Ste rieb sich das Kinn, ein unverrückbares Zeichen, dass er nachdachte. Die Kleine, so nannte er sie immer noch, hatte eine erstaunliche Entwicklung genommen. Schade, dass sie sich der Zelle noch nicht angeschlossen hatte, als Tochter eines Reaktionärs wohl auch gar nicht anschließen konnte. Aus der hätte was werden können.

„Ich werde das mit dem Kollektiv ..."

„Hör doch auf, ich scheiß auf das Kollektiv. Entscheide doch mal allein etwas und versteck dich nicht immer hinter anderen. Also mach die Tür auf, sofort. Das wird hier draußen allmählich sehr, sehr ungemütlich. Also mach sofort die verdammte Tür auf, verdammt noch mal!"

„Na gut, ich mach die Tür auf."

So gelangten Kollmann und Marie durch den Nebeneingang in das Gebäude. Kollmann sah sein Gemeindebüro mit gänzlich anderen Augen als bisher: Noch nie hatte er es durch den „Dienstboteneingang" betreten. War das überhaupt noch *sein* Gemeindebüro? Die neue Perspektive führte dazu, dass Kollmann alles klein und muffig vorkam, geradezu hinterwäldlerisch.

Die Situation war im Übrigen irreal. Da hatte ein ungepflegter rotziger Junge, eigentlich noch ein Kind, die Macht an sich gerissen und einige tumpe Dörfler waren ihm gefolgt. Ja, „tumpe Dörfler", das war der richtige Ausdruck für die „Besetzer", wie sie sich selbst nannten. Was wollten die überhaupt, die hatten doch nichts zu sagen oder gar zu bestimmen? Er, Heinrich Kollmann, war hier der Bürgermeister, so wie es schon sein Vater und sein Großvater gewesen waren. Punktum.

Kollmann bemerkte zu seiner Überraschung, dass Marie und dieser Jüngling in ein heftiges Streitgespräch verwickelt waren. Noch nie hatte er seine kleine Marie so wütend gesehen.

‚Richtig so, Marie, gib's ihm', dachte Kollmann, ‚was will dieser Jüngling überhaupt hier? Was fällt dem eigentlich ein? Man müsste dem mal richtig eine verpassen, so richtig einen mittig in die Fresse.'

Marie schrie diesen Gammler an: „Du bist ein Schwein, du hast mich ausgenutzt. Ich könnte dich umbringen."

„Nein, Marie, es ist nicht so, sondern ..."

„Deine Erklärungen kannst du dir sparen. Verschwinde aus diesem Haus und aus meinem Leben. Es wäre besser gewesen, wenn du dieses Haus nie betreten und nie in mein Leben getreten wärst. Also hau ab, sofort. Ich will dich nie wieder sehen."

Damit drehte Marie sich um und stampfte wutentbrannt aus dem Raum. Der Jüngling wirkte konsterniert, die Dörfler waren ratlos. Was hatte ihr Anführer mit Kollmanns Marie zu tun? Oder vielleicht besser: Was hatte ihre Kollmanns Marie mit diesem Gammler zu tun? Was wurde hier gespielt? Alles war so verworren. Und schuld war der Gammler, aber doch nicht der Bürgermeister! In diese Richtung gingen ihre Gedanken.

Kollmann fasste sich als Erster. „Also, liebe Leute, was soll das hier und wie soll es weitergehen? Was wollt ihr überhaupt?"

Als der Jüngling das Wort ergreifen wollte, fuhr Hermann Kreisschulte ihm über den Mund: „Halt deine Klappe. Du hast uns das doch alles eingebrockt mit deinem Gequatsche von der Talsperre. Also, Heini, is da wat dran? Stimmt et, dat wir alle umgesiedelt werden sollen und dat der ganze Ort geflutet wird? Oder wat is da innen Busch? Epi sagt, dat die in Düsseldorf schon längst ..."

Mit einer schlichten Handbewegung brachte Kollmann Kreienschulte zum Schweigen. Alle anderen schwiegen ebenfalls. Kollmann ließ drei, vielleicht auch fünf Sekunden verstreichen. Er wusste, jetzt kam's drauf an, es stand Spitz auf Knopf. Er hatte nur eine, *eine* einzige Chance. Falls er jetzt richtig reagierte, konnte er ungeschoren aus dieser Sache rauskommen. Jedenfalls fürs Erste.

„Leute, noch einmal: Niemand hat die Absicht, eine Talsperre zu errichten. Wenn überhaupt, denn auch das ist nicht sicher, dann wird in Malve vielleicht eine Flurbereinigung durchgeführt, und das bedeutet ..." Die Dörfler waren noch skeptisch, aber sie ließen Kollmann das wenige, das er von Betti gehört hatte, erzählen.

„Und nun zu Epi", fuhr er fort. „Leute, denkt doch mal nach. Was hat Epi nicht schon alles erzählt! Wenn wir das alles geglaubt hätten, ja dann, also wirklich, Leute. Wisst ihr noch", und damit wandte er sich lachend an alle, „als er erzählt hat, er sei der Sohn von Heinrich Lübke und Lieschen Bockkamp? Also Epi, das ist aber auch eine Marke! Aber das Beste, dass Allerbeste wisst ihr noch gar nicht. Gestern hat Epi mir ,ganz im Vertrauen, lieber Heini' erzählt, die aus Düsseldorf hätten ihm als Schweigegeld versprochen, dass er nach der Flutung des Ortes ,Erster Kapitän auf großer Fahrt', nochmal für alle: ,Erster Kapitän auf großer Fahrt' auf einem der Ausflugsschiffe wird, die auf der Talsperre fahren würden, und außerdem aber doch sicher und früher war besser."

Weiter kam Kollmann nicht, weil alle loslachten und voller Begeisterung, ja Inbrunst anfingen, Geschichten über, von und zu Epi zu erzählen.

„Wisst ihr noch", „also damals" und „aber doch sicher, und früher war besser!" und „und, und, und ..." Die bis dahin äußerst angespannte, aggressive Atmosphäre war wie weggeblasen, alle waren froh, dass der Spuk vorbei war. Na ja, fast alle.

Der „weiße Hai", wie Ste sich selbst nannte, verstand die Welt nicht mehr. Die „Operation Aquastop" drohte sang- und klanglos zu scheitern, nein, ganz banal, das Ding war schon in die Hose gegangen, weil ein gewisser Epi im Dorf nicht nur nicht ernst genommen wurde, sondern offenbar für alles und jedes herhalten musste.

In der Tat: Epi hatte den Bürgermeister heute zum zweiten Mal gerettet, das eine Mal mit seinem „nommen est ommen" wie weiland Moses, das andere Mal, weil die Dörfler nicht erkannten, dass der geborene Lügner dieses *eine Mal* nicht gelogen hatte, aber sicher doch.

Und so überschlugen sich die Anwesenden geradezu, immer tollere Geschichten zu erzählen oder auch zu erfinden. Die Revolution war vergessen. Wegen dieses Epi!

Außer Kollmann, der zufrieden vor sich hin lächelte, und Ste, der unzufrieden und wütend auf das gerade Passierte zurücksah, redeten alle, und zwar gleichzeitig. Jeder erzählte jedem Epi-Geschichten, keiner hörte auch nur einem zu. Ste war entsetzt, zugleich aber fasziniert.

Das, was hier gerade passierte, passte in keine seiner revolutionären Theorien. Aber man konnte versuchen, es zu beschreiben, und Ste war sich sicher, dass die gerade gemachten Erfahrungen nützlich wären, wenn es endlich zur Weltrevolution käme.

Mein Gott, wie leicht sich die Dörfler von diesem Speichellecker der Staatskanzlei beeinflussen ließen. Bei aller Verachtung für diesen Kollmann musste Ste ihm wider Willen Hochachtung für sein taktisches Vorgehen, eine Meisterleistung, zollen. Leider.

Von *dem* hatte die Kleine also ihre Begabung. Ach, die Kleine. Auch *diese* Operation war gescheitert, aber daran mochte Ste im Augenblick noch gar nicht denken.

Er dachte vielmehr an etwas ganz anderes: Er musste jetzt ganz schnell die Biege machen, oder wie er es bei den christlichen Pfadfindern Sankt Georg im Zeltlager gelernt hatte, den geordneten Rückzug antreten. Ste bewegte sich deshalb so unauffällig wie möglich Richtung Tür, fast beiläufig ging er hindurch.

‚Bloß weg von hier, bevor die mit ihren Epi-Geschichten fertig sind und ich dran bin', war sein Gedanke. Im Flur atmete er hörbar auf, bevor er erstarrte. Denn direkt vor ihm stand, mit Zornesfalten im Gesicht, seine Marie.

„Na, will der Herr Revolutionär sich vom Acker machen?", verhöhnte sie ihn. „Dass eine Revolution an Epi scheitert, wird sicher später in allen Geschichtsbüchern oder zumindest im Heimatbuch von Malve stehen."

„Marie, es ist nicht, wie du denkst ...", setzte er wieder einmal an, um erneut sofort unterbrochen zu werden.

„Spar dir dein Gerede, setz dich stattdessen in deine Ente und fahr nach Entenhausen oder sonst wo hin. Aber lass mich in Ruhe!" Und damit spuckte sie ihm vor die Füße.

Das war eine Premiere im doppelten Sinn. Noch nie hatte Marie einem Menschen vor die Füße gespuckt und sie hatte als eine derer von Eschhausen auch nicht geglaubt, zu derlei fähig zu sein. Sie ärgerte sich, denn sie hatte sich nicht unter

Kontrolle gehabt, mehr noch, sie hatte jede Kontrolle verloren. Da war die Kollmannlinie voll zum Durchbruch gekommen, die von Eschhausen-Gene waren vollständig ausgeschaltet gewesen.

Auch für Ste war diese Art der Verachtung neu. Gertraud Tuttmann war damals sauer auf ihn gewesen, aber nicht so wütend, so verletzt wie Marie. Gertraud hatte mit einer Flasche nach ihm geworfen, die seinen Kopf aber deutlich verfehlt hatte. So deutlich, dass er inzwischen überzeugt war, dass die talentierte Sportlerin ihn gar nicht hatte treffen wollen.

Egal, er musste sofort von hier weg. Das letzte, was Ste hörte, bevor er die rettende Nebeneingangstür erreichte, war, dass eine Glocke dreimal geläutet wurde. Sonst nichts. Keine Stimme, keine Ansage. Doch noch ehe die Glocke verklungen war, setzte ein tierisches Gebrüll ein, dem eine begeisterte Zustimmung zu entnehmen war.

Ste war entsetzt. Es war nicht zu fassen. Die Dörfler waren offenbar wie pawlowsche Hunde, denn nachdem sie diese sonderbare Glocke gehört hatten, hechelten sie los, begannen zu singen und machten sich auf den Weg nach wo auch immer.

Da die Revolution vom Lande ausgehen sollte, musste man das Verhalten dieser Dörfler ganz genau studieren. Ste nahm sich vor, sich für einen freiwilligen Ernteeinsatz zu melden, um einer von ihnen zu werden und um sie so besser kennenzulernen. ‚Ich werde an ihrem Leben teilnehmen und sie dabei genau beobachten‘, nahm er sich vor. Teilnehmende Beobachtung, das sollte die Losung sein.

Als Ste das Gemeindebüro verließ, sah er, dass sich die eben noch wogende und wütende Menge aufgelöst hatte.

Nachdem er diesem Kollmann die Tür geöffnet hatte, waren die Leute einfach nach Hause gegangen, weil es Abendbrotzeit war und es ja auch nix mehr zu sehen gab.

Er durfte gegenüber der Zelle auf keinen Fall zugeben, dass er ohne Rücksprache mit dem Kollektiv auf Maries Drängen hin die Tür geöffnet hatte. Ein unverzeihlicher Anfängerfehler! So wird das nichts mit der Weltrevolution. Er würde deshalb sagen, dass ein Kollaborateur aus dem Westen der Türöffner gewesen sei.

34. Widerstand gegen die Staatsgewalt, Malve im Sauerland, Freitag, 26. Mai 1961

Als Ste das Freie erreicht hatte, setzte ein gewaltiger Regenschauer ein, begleitet von schier endlosen Blitzen und gewaltigen Donnerschlägen, unter denen er zusammenzuckte. Als Mitglied der Zelle glaubte Ste selbstverständlich nicht an Gott, aber in diesem Augenblick hielt er es dennoch für möglich, dass Gott seine Hand im Spiel haben könnte. Es war eine unwirkliche Szenerie, die andererseits fast surreal anmutete.

Ste, der sich für Malerei interessierte, war so fasziniert, dass er sich nicht entscheiden konnte, ob diese schier unglaubliche Erscheinung der Natur besser einem Gemälde von Caspar David Friedrich oder von Salvatore Dali zu Gesicht gestanden hätte. Immer wieder wurde der Marktplatz in grelles, kaltes, gleißendes Licht getaucht, danach war es sekundenlang stockdunkel, und das zu einer frühen Abendstunde im Mai. Die ohnehin schummerige Ortsbeleuchtung brannte noch nicht, auch in den Häusern war es dunkel. Nur in der Ferne sah er einen rötlichen Lichtschein.

Keine Sekunde später heulte die Feuerwehrsirene auf. Ste konnte nicht viel erkennen, aber immer dann, wenn es blitzte, sah er schemenhaft, dass aus allen Richtungen Männer kamen, im Laufschritt, mit dem Fahrrad, mit dem Auto, und einer kam mit dem Moped. Schon waren die Türen des Spritzenhauses geöffnet und mit lautem Lalülala kam ein Feuerwehrfahrzeug herausgefahren.

Einige Männer sprangen in dessen Kabine, andere auf die offene Ladefläche, auf der sich eine große Drehleiter befand. Ste verharrte wie angewurzelt, er war nicht in der Lage, seinen Rückzug fortzusetzen.

Nicht einmal drei Minuten nach dem Alarm setzte sich der Diesel in Bewegung, mit circa zehn bis zwölf Feuerwehrleuten an Bord. Wo waren die alle so schnell hergekommen? Die mussten alles stehen und liegen gelassen haben, um zu helfen. Welch eine Solidarität! Auch davon musste er den Genossen berichten. Das war schlicht und einfach sensationell.

Immer noch strömten Männer wie Ameisen zum Feuerwehrhaus, ein zweites Fahrzeug kam zum Vorschein. Die Männer wirkten ruhig und konzentriert, nur der, der mit dem Moped gekommen war, verhielt sich sonderbar. Er versuchte immer wieder, in das Fahrzeug zu steigen, wurde aber immer wieder von einem der Männer zurückgestoßen. Das alles wirkte wie abgesprochen, obwohl kein Wort gesprochen wurde.

Dann verlor einer der Männer die Geduld: „Epi, mach dich von dannen, du weißt doch, dat du nich mitfahren darfst", fuhr er ihn an, bevor das Fahrzeug losfuhr. Das war also dieser Epi! Das war der Kerl, der alles verbockt, der die revolutionäre „Operation Aquastop" gestoppt hatte. Ein Typ, der in der Hierarchie des Dorfes offenbar auf ganz unterster Stufe stand, der nicht einmal in der Freiwilligen Feuerwehr geduldet war, bei der sie doch eigentlich jeden Mann gebrauchen konnten. Dieses Dorf war unglaublich. Alles, was hier passierte, konnte eigentlich gar nicht passieren. Das stand in keinem seiner Revolutionsbücher! Das hatte er auf keiner seiner fast zwanzig Schulungen gelernt.

Ste nahm sich deshalb vor, einen Aufsatz für die „Revolutionären Roten Blätter" zu schreiben mit Ratschlägen, wie man seine gerade gewonnenen Erkenntnisse für die Revolution auf dem Lande nutzen konnte.

Inzwischen war es auf dem Markplatz ruhig geworden. Dieser Epi war mit seinem Moped hinter dem zweiten Feuerwehrfahrzeug hergerast, laut „lalülala, lalülala" brüllend. Der war eindeutig nicht klar im Kopf, das stand fest. Der hatte einen an der Waffel.

Ste war unschlüssig, schlenderte dann, um nicht aufzufallen, langsam um die Kirche herum, und kam schließlich zu seinem Auto. Der Feueralarm hatte ihn gerettet!

„Hallo hässliches Entlein, wir fahren", begrüßte er das Gefährt. Doch das Entlein teilte diesen Entschluss nicht. Zwar widersprach es nicht direkt, das tat es nie. Aber es machte gar kein Geräusch. Sooft Ste auch den Versuch machte, den Motor in Gang zu bringen, so oft scheiterte er. Selbst als er das Kosewort „Agamemnon" verwendete, änderte sich nichts.

„Ein Satz mit x, das war wohl nix."

Verdammt, wie konnte er diese Karre in Gang bringen? Er wollte weg von hier, dem Ort seiner Niederlage. Da nahte eine unerwartete Hilfe in Gestalt des „freundlichen Dorfpolizisten", dachte Ste.

Obwohl er die Polizei als Teil des staatlichen, kapitalistischen Unterdrückungsapparats begriff, war er über das Erscheinen *dieses* Polizisten froh. Er bemühte sich um einen freundlichen Ton, was ihm bei einem Bullen sehr viel abverlangte. „Herr Wachtmeister, gut, dass Sie kommen. Ich bekomme mein Fahrzeug nicht in Gang. Wahrscheinlich die Nässe, schätze ich. Nässe mag das Entlein gar nicht, witzig, nicht!"

Der Polizist sah in schweigend an.

Ste hielt inne. Verdammt noch mal, wie viel Unsinn sollte er noch reden, bis dieser Typ reagierte?

„Allgemeine Verkehrskontrolle, den Führerschein und die Fahrzeugpapiere bitte!"

Das war nun eine Reaktion, die Ste nicht erwartet hatte. Was sollte das? Wie kam der Bulle auf so eine blöde Idee? Aber besser tun, was der sagte. Ste holte also eilfertig die gewünschten Papiere hervor.

„Nanu, ‚muss beim Fahren Brille tragen'. Ich sehe keine Brille. Also, wo ist sie?"

„Die ist mir gerade runtergefallen, ich habe sie hier in der Tasche. Bitte." Ste reichte ihm die Brille.

„Da fehlt ja ein Glas, so können Sie selbstverständlich nicht fahren."

„Aber ich bin nur auf dem anderen Auge ..."

„Seien Sie still und sorgen Sie dafür, dass das Fahrzeug von seinem Standort entfernt wird. Wenn Sie Ihre Brille getragen hätten, hätten Sie sicherlich gesehen, dass hier Halteverbot ist. Also sehen Sie zu, dass das Fahrzeug von hier verschwindet. Aber setzen Sie sich auf keinen Fall ohne Brille hinters Steuer."

Ste merkte, dass er sauer wurde, ziemlich sauer, so richtig sauer sogar. Dieser Blödmann von Bulle war ja noch schlimmer als der traurige Rest der tumpen Dörfler. Aber es half nichts. Er musste ruhig bleiben. „Geben Sie mir bitte meine Papiere zurück?"

Er erhielt nur den Kraftfahrzeugschein.

„Meinen Führerschein möchte ich auch zurück!"

„Kein Problem, junger Mann, sobald Sie Ihre Brille repariert haben, bekommen sie ihn selbstverständlich zurück. Bis dahin ist der Führerschein vorläufig sichergestellt."

„Das ist eine Frechheit. Ich werde mich beschwer..."

Weiter kam Ste nicht, weil die zur Faust geballte Hand des Polizisten den Weg in sein Gesicht gesucht und treffsicher gefunden hatte. Der Aufprall war mittig, die Nase blutig.

„Jetzt haste noch mehr Grund dich zu beschweren, du Gammler", sagte der Polizist, während er scheinbar unmotiviert seine Uniformjacke am Ärmel einriss und seine Brille auf den Boden warf, um zweimal draufzutreten.

„Ei, was haben wir denn da, einen hübschen kleinen Widerstand gegen die Staatsgewalt verbunden mit einer Beschädigung von Staatseigentum. Da wirst du noch lange dran denken! Such dir schon mal nen guten Anwalt. Schönen Abend dann noch und bitte, wie gesagt, das Fahrzeug aus dem Halteverbot entfernen, sonst muss ich das im Wege einer Ersatzvornahme veranlassen, selbstverständlich kostenpflichtig!"

Damit verschwand der Polizist und ließ einen ziemlich verdutzten Revolutionär zurück. Die Revolution hatte sich soeben eine blutige Nase geholt. Ste war ratlos. Was nun? Wie sollte er das Entlein vom Fleck bekommen? Dass er nicht fahren durfte, war nicht so problematisch, weil das Ding ja vermutlich ohnehin nicht ansprang.

Nach zehn Minuten, in denen nichts passiert war, donnerte der Verrückte mit dem Moped vorbei, der konnte ihm vielleicht helfen.

Ste gelang es, diesen Epi zum Halten zu bewegen. „Können Sie mir helfen?", sprach er ihn an.

„Ich kenn dich nicht. Wer bist du? Epi hilft gern. Aber doch sicher, und früher war besser!", war die Antwort.

„Also Epi, mein Auto muss hier weg. Kannst du Auto fahren?"

„Epi kann alles fahren, sehr gut. Moped, Trecker, Auto, alles!"

Ste bezweifelte das, aber er wollte es drauf ankommen lassen. Wenn, ja wenn das Ding doch noch irgendwann anspringen sollte, sollte dieser Epi es bis zum Dorfausgang fahren, dann würde er sich hinters Steuer setzen und auf den Rückweg nach Münster machen. Doch das Entlein sprang trotz weiterer Versuche nicht an.

Jetzt bestand dieser Epi darauf, die Ente mit seinem Moped abzuschleppen. Nachdem sie mit viel Mühe Moped und Ente mittels des Abschleppseils verbunden hatten, stellte sich heraus, dass das Moped für einen solchen Einsatz nicht geeignet war. Epi bot an, ein Pferd zu holen, um die Ente vom Platz zu bewegen. Ste stimmte zu, nachdem der Versuch, das Fahrzeug wegzuschieben, wegen einer kleinen, eigentlich kaum merkbaren Steigung gescheitert war.

„Epi macht schnell. Epi gleich mit Pferd wieder da. Aber doch sicher, und früher war besser."

Damit entfernte sich dieser eigentlich ganz sympathische Verrückte. Ste war verzweifelt. Diese ganze Aktion war eine Schnapsidee gewesen. Wie hatte er sich nur darauf einlassen können, hier zu agitieren, ohne die Sitten und Gebräuche der Dörfler zu kennen? Und dann auch noch gegen den Vater von Marie, der lieben Marie, seiner Kleinen.

Seine Zelle, Rosa L. vorneweg, hatte gemeint, genau darin liege der besondere Wert der Aktion. Jedwede persönlichen Interessen oder gar Gefühle müssten hintangestellt werden. Und ganz überhaupt habe man überhaupt kein Verständnis dafür, dass er mit dieser Reaktionärin rumgemacht habe. Auf irgendwelche bourgeoisen Sentimentalitäten könne die Revolution jedenfalls keine Rücksicht nehmen. Das sei ein Faktum.

So hatte er sich breitschlagen lassen, auch und weil er hoffte, Kader zu werden und dadurch in den innersten Zirkel der Zelle vorzudringen. Jetzt fragte er sich, warum er das eigentlich wollte.

Was sollte daran erstrebenswert sein? Was hatte er davon? Im gleichen Moment schämte er sich für diese Gedanken. So etwas auch nur zu denken, war schon Verrat an der Zelle, an der Weltrevolution, die sie doch alle wollten und von der sie wussten, dass sie kommen würde, dass sie kommen musste, damit die Völker der Welt in Frieden und ohne die Knechtschaft des Kapitals leben konnten.

Das hatte er so gelernt, das hatte er bis heute auch so geglaubt. Für diesen Glauben hatte er gelebt, wollte er auch in Zukunft leben. Er war sogar bereit, das verhasste juristische Studium abzuschließen, um so die Möglichkeit zu haben, den Marsch durch die Institutionen anzutreten. Er würde ein revolutionärer Rechtsanwalt, ach was, besser noch ein revolutionärer Richter werden. Das hatte er der Zelle versprochen, daran würde er sich halten.

Bei so viel Großem musste die Kleine halt geopfert werden, auch wenn es schwerfiel, verdammt schwer sogar. Denn die Kleine war einfach zu nett, zu lieb, zu klar und zu ehrlich. Sie war wunderbar, er begehrte sie. Scheiße, er war in sie verknallt. Aber so was von verknallt, und das seit heute mehr denn je. So einfach war das. Aber es war eben nicht einfach: Denn, wenn er das eine tun wollte, tun musste, dann musste er das andere lassen, durfte es nicht tun.

Marie oder die Zelle, Freundschaft oder Weltrevolution? Ste merkte, dass seine Augen feucht wurden, dass er nicht wusste, wie es weitergehen sollte.

Er wurde wütend und ließ seine Wut an der Ente aus, indem er mit voller Wucht gegen den vorderen rechten Kotflügel trat. Er hatte „Erfolg": Der Kotflügel sprang ab und fiel scheppernd auf die Straße. Darüber wurde er noch wütender, fast jähzornig. „Du Mistkarre, dir werde ich es zeigen!"

So gelang es ihm auf die gleiche Weise, auch den hinteren rechten Kotflügel zu separieren. Die beiden anderen leisteten hingegen erfolgreich Widerstand. Ste setzte sich auf die Erde, auf den nassen Boden in der Nähe des Ortstors. Er begann zu weinen, ein für einen Revolutionär völlig inakzeptables Verhalten. Da saß er nun ganz nah am Tor, verzweifelt wie noch nie zuvor.

Dieser Epi war zwar gegen Mitternacht zurückgekommen, aber ohne Pferd, und so auch keine Hilfe gewesen. Im Morgengrauen war Agamemnon jedoch endlich angesprungen und so hatte sich die Ente mit einem begossenen Pudel und nur zwei Kotflügeln auf den Weg nach Münster gemacht. „Kot"flügel war passend, denn diese Aktion und die Heimfahrt waren für die Ente und den begossenen Pudel alles andere als ein tierisches Vergnügen.

35. Das große Feuer, Hof Kollmann, Freitag, 26. Mai auf Samstag, 27. Mai 1961

Marie war nach dem Ende der Revolution zu ihrer Freundin Moni gegangen, die in Malve lebte. Als die Feuersirenen gingen, waren beide auf Monis Fahrrad zum nahen Spritzenhaus gefahren. Hier hatte Marie es gehört, aber nicht glauben wollen.

„Zum Bürgermeister!", brüllten die Feuerwehrleute, als sie in die roten Autos sprangen.

„Nein, lieber Gott, nicht das auch noch. Bitte nicht", flehte sie den Allerhöchsten an. „Ich will nicht alles verlieren, meinen Vater, meine Mutter, meinen Freund und jetzt auch noch mein Zuhause."

„Neiiiiiiin", ein langer Schrei war ihrer Kehle entrückt. Im nächsten Moment hatte sie sich Monis Fahrrad geliehen – „ich nehm das mal!" – und war auf Teufel komm raus dem Hof zugerast. Schon von Weitem sah sie die Feuersbrunst und bemerkte nicht einmal, dass sie schon wieder Gott anrief. „Lieber Gott, lass es die Scheune sein, lass es die Scheune sein, lass es die Scheune sein, lieber Gott", immer wieder wiederholte sie gebetsmühlenartig ihr Flehen, rhythmisch, wie von der Welt entrückt.

Als sie sich dem Hof bis auf 100 Meter genähert hatte, erstarb die Hoffnung. Ihre schlimmste Befürchtung wurde zur quälenden Gewissheit. Was da lichterloh in Flammen stand, war das Wohnhaus. Die Feuerwehr versuchte, das Feuer zu löschen, richtete ihr Hauptaugenmerk aber darauf, dass die Flammen nicht auf die angrenzende Scheune übergriffen. Zum Glück hatte sich der Wind ein wenig gelegt, außerdem gab es ausreichend Löschwasser aus einem auf dem Hofgelände liegenden Teich.

Marie entdeckte ihren Vater, der mit leerem Blick ein wenig abseitsstand. Er war trotz des gerichtlichen Verbots zum Hof geeilt, nachdem er von dem Brand erfahren hatte.

Ihr Vater hatte ihre Mutter in die Arme genommen, Mama hatte ihr Gesicht auf Papas Schulter gelegt. Ein Bild voller Harmonie, voller Vertrauen, wie Marie es bisher nur selten gesehen hatte. Wie hatte sie als Kind unter dem wenig persönlichen, zwar nicht unfreundlichen, aber auch nicht freundlichen Ton gelitten, der zwischen ihren Eltern geherrscht hatte. ‚Warum können sich meine Eltern nicht verstehen, richtig gut verstehen und einfach lieb zueinander sein?‘, hatte sie als Kind gedacht.

So wie Marie und Anton. Nie ein böses Wort, viel Kuscheln und Streicheln und immer für den anderen da sein, zum Beispiel wenn er Hunger hat. Aber mit einem Meerschweinchen war offenbar alles einfacher als mit einem Menschen, wie sie gerade selbst erfahren hatte.

Marie ging zu ihren Eltern, ihre Geschwister gesellten sich dazu. Keiner sagte auch nur ein einziges Wort. Alle sahen in die leeren Gesichter der anderen, in den Rauch oder in die rauchgeschwängerte Luft. Wie aus dem Nichts kam plötzlich Leben in Kollmann, er riss sich los und rannte auf das Haus zu.

„Heini, bleib stehen. Du kannst da nicht rein. Das ist zu gefährlich“, riefen mehrere Anwesende wie einstudiert fast gleichzeitig.

„Ich muss da rein. Ich muss wat holen“, brüllte Kollmann zurück.

Zwei Feuerwehrleute, beide einen Kopf größer als Kollmann, die sich ihm in den Weg stellten, rannte er einfach über den Haufen. Nichts und niemand konnte ihn aufhalten, nur noch wenige Meter trennten ihn von der großen hölzernen, schon brennenden Eingangstür, als eine durchdringende Stimme rief: „NEIN, LIEBER HEINI, NEIN!"

Kollmann stoppte in der Bewegung, zuckte mit den Schultern, drehte sich um und ging ganz langsam auf Ewa zu, die am Rand des Hofes einsam und allein auf einem großen Findling kauerte.

Das alles hatte kaum mehr als fünf Sekunden gedauert, aber dieser zwölfte Teil einer Minute änderte alles. Hanne, den Kindern, einfach allen, die Ewas Schrei gehört und Kollmanns Reaktion gesehen hatten, wurde alles klar, schlagartig alles klar.

„Also doch", zischte Hanne.

„Aber Papa, das geht doch nicht", stammelte eine ungläubige Marie.

Kollmann hatte sich inzwischen zu Ewa gesetzt und den Arm um sie gelegt, Ewa schmiegte sich zärtlich und vertraut an ihn. Ein sehr romantisches Bild unter dem vom Feuer rot gefärbten Nachthimmel.

„Mama, ich verstehe nicht, was ...", stotterte Marie.

„Das kann man auch nicht verstehen, es sei denn, man akzeptiert, dass dein Vater verrückt ist. Die Anzeichen dafür beobachte ich seit Jahren, die Abstände zwischen den Vorfällen wurden immer kürzer, seit heute habe ich nun Gewissheit. Und ich weiß nicht einmal, ob es eine traurige Gewissheit ist. Wie dem auch sei, ich fahre jetzt wieder zu Onkel Siegfried. Möchte jemand mitkommen? Wenn nein, fahre ich allein. Und zwar für immer. An diesen Ort werde ich nie wieder zurückkehren. Ich verfluche den Tag, an dem ich ihn das erste Mal betreten habe. Also, was ist, will jemand mitkommen?"

Maries Bruder Karl-Wilhelm war der Erste, der die Sprache wiederfand: „Wir können den Hof nicht einfach verlassen. Wenn das Feuer gelöscht ist, muss jemand da sein und Brandwache halten. Außerdem müssen wir retten, was noch zu retten ist. Ich bleibe deshalb auf jeden Fall hier. Ihr könnt", und damit wandte er sich an Marie und Thea, „gern mit Mama fahren."

Während Thea sich unschlüssig zeigte, hatte Marie sich schon entschieden: „Ich bleibe auch hier."

„Dann bleibe ich auch", fügte Thea hinzu.

Hanne war inzwischen in den Käfer gestiegen, den sie sich vor ein paar Tagen von Siegfried geliehen hatte, fand aber noch nicht die Kraft zum Abfahren. Sie starrte vielmehr durch die verrußte Windschutzscheibe auf das, was sich ihr bot. Im Hintergrund brannte das Haus nieder, in dem sie über 30 Jahre gelebt hatte. Die ersten Jahre mit den zwei Fehlgeburten waren schwierig, nach der Geburt des Stammhalters waren die nächsten zehn Jahre recht gute Jahre gewesen, die zweiten zehn waren zu ertragen gewesen, die dritten wären hingegen besser nicht gewesen, weitere zehn würde es nicht geben.

Ihr Blick streifte ihre drei Kinder: Karl-Wilhelm würde seinen Weg als Lehrer machen, ganz ohne Frage. Es würde kein breiter und schöner oder gar glänzender Weg sein, aber er würde den Jungen trockenen Fußes überall hinführen.

Thea war nur ein Mädchen. Die Ausbildung bei der Bank war mehr als angemessen. Vermutlich würde sie das dort Erlernte nie anwenden müssen. Wenn sie erst verheiratet wäre, hätte sich das mit der Arbeit ohnehin erledigt. Die Lehre hätte sich aber aus einem ganz anderen Grund gelohnt, wenn es Thea gelingen sollte, den aufstrebenden jungen Mann aus der Zentrale der Bank an sich zu binden. Aus diesem Albert, der in Münster Betriebswirtschaftslehre studiert hatte, war schon etwas geworden und es würde sicherlich noch viel mehr aus ihm werden, der war schon jetzt eine gute Partie. Aber Thea müsste sich ein wenig mehr Mühe geben und sich vor allen Dingen diesen Willi aus dem Kopf schlagen.

Klar, der Willi sah gut aus und war ein netter Kerl, aber der würde es zu nichts bringen. Zwar hatte er als Knecht genug Stallgeruch, aber der beruhte nicht auf seinem *eigenen* Stall. Da sollte Thea über die langweilige und etwas umständliche Art des kleinen Bankers mit der großen Zukunft hinwegsehen und sich dem zuwenden, der ihr später viel mehr würde bieten können.

Hanne hoffte, dass das Mädchen das irgendwann auch so sehen würde. Notfalls würde sie ein wenig nachhelfen müssen, denn auf Theas Einsicht oder auf die göttliche Fügung allein konnte und wollte sie sich nicht verlassen.

Dann war da noch Marianne, wie sie ja eigentlich hieß. Ihr schwierigster Fall. Marianne hatte eindeutig zu viel Kollmann im Blut. Sie war eigensinnig und ließ sich nicht führen und häufig sehr weit davon entfernt, an eine derer von Eschhausen auch nur zu erinnern. Das würde alles andere als einfach werden, hier eine gute Partie zu arrangieren. Das Mädchen hatte einen sehr eigenen Kopf, wusste fast immer alles besser als andere, Hanne eingeschlossen, und ließ sich nicht belehren. Marie konnte ein richtig zickiges Mädchen, also eine echte Hitte sein.

Wenn es nach Hanne gegangen wäre, hätte Marie das Jura-Studium gar nicht erst aufgenommen. Ein ganz und gar unpassendes Fach für ein Mädchen. Aber Marie hatte es schon immer verstanden, ihren Vater um den kleinen Finger zu wickeln. Und um einem großen Streit aus dem Weg zu gehen, hatte Hanne Maries Wunsch, Jura zu studieren, zwar nicht zugestimmt, sich aber auch nicht offen widersetzt. So hatte das Mädchen dieses sonderbare Fach zu studieren begonnen. Ob sie mit dem Studium der Rechte wohl zurechtkam?

Hanne fiel auf, dass sie es nicht wusste. Es hatte sie auch nie interessiert. Und es interessierte sie auch jetzt nicht wirklich.

Während Karl-Wilhelm und Thea *ihre* Kinder waren, war Marianne schon immer Kollmanns Kind gewesen, begleitet von der Übermutter Elfriede. Die drei hatten eine Familie in der Familie gebildet. Hanne hatte sehr wohl gemerkt, dass sie hier nicht gebraucht wurde, und so hatte ihr Interesse an Marie mehr und mehr nachgelassen.

Hanne hielt nichts von der Phrase, dass eine Mutter allen Kindern eine gleich gute Mutter sein müsse. Das war Gefühlsduselei. Aber es sollte schon halbwegs gerecht zugehen bei der Verteilung der Aufmerksamkeit für die Kinder. Bei Marianne hatte sie dieses Streben nach der Verteilungsgerechtigkeit aber irgendwann aufgegeben, freilich ohne Marie *gänzlich* aufzugeben. Diese hatte nur einfach weniger an mütterlicher Zuwendung abbekommen als die beiden anderen Kinder. Marianne hatte ja ihren Herrn Vater, der der kleinen Marie nichts abschlagen konnte.

Woran Hanne gar nicht denken mochte, war die Frage, welchen Mann Marianne irgendwann nach Hause bringen würde. Einen tollen Vorgeschmack hatte Kollmanns Tochter ja neulich mit diesem Kleinbauernbengel mit seinem kleinen dreckigen Auto schon geliefert.

Auch wenn Mariannes Beteuerung stimmen sollte, dieser Mensch sei nur ein Bekannter, der sie freundlicherweise schnell hergefahren habe, war es schon schlimm genug. Mit derlei Menschen sollte ihre Marianne nicht einmal reden, geschweige denn Umgang pflegen. Sonst lief sie Gefahr, auf geradem Weg in ihr Verderben zu rennen, das stand fest. Da gegenzusteuern, würde nicht ganz einfach werden.

Obwohl Marie Kollmanns Tochter war, nahm Hanne sich vor, dies dennoch zu versuchen. Dabei trieb sie nicht so sehr die mütterliche Liebe – schon wieder so eine Phrase –, sondern mehr der Wunsch, aus Marie Kollmann doch noch eine Marianne von Eschhausen zu machen. Aber sie war sich darüber im Klaren, dass das alles andere als leicht werden würde. Zuerst einmal müsste sie das Mädchen dazu bringen, Abschied von „Marie" zu nehmen und ihren Taufnamen „Marianne" zu nutzen, aber schon das würde, so wusste Hanne, ihr kaum gelingen. Wie schon gesagt, Marie konnte eine Hitte sein.

Hannes Blick wanderte weiter und nun entdeckte sie Kollmann und Ewa, in stiller Eintracht, Harmonie und Vertrautheit verbunden. Das war das Letzte, was sie sehen wollte, deshalb verschwand sie, jedenfalls bis auf Weiteres, aus Kollmanns Leben.

Dieser bemerkte gar nicht, wie vertraut Ewa und er zusammensaßen, fast so, als sei es immer so gewesen, und wenn es nach Kollmann ging, auch immer so bleiben könnte.

‚Kollmann, du bist verrückt', dachte er. ‚Dein Haus brennt bis auf die Grundmauern nieder, deine Frau hat dich gerade, nunmehr wohl endgültig verlassen, und deine Gemeinde wird deine Lügengeschichten bald aufdecken. Wie kannst du da glücklich sein, nur weil du die kleine Ewa im Arm hältst?'

Kollmann wurde durch Marie aus seinen Gedanken gerissen: „Könnt ihr mir mal sagen, was das hier soll? Ihr seid wohl nicht ganz bei Trost, ich fasse es nicht", fuhr Marie sie an.

„Marie, es ist ...", wollte Ewa erwidern, doch Marie fuhr ihr über den Mund: „Sei still, ich will gar nichts hören. Es reicht mir, was ich sehen muss! Ich fahre nach Münster zurück. Wenn ich keinen Bus mehr bekomme, dann eben per Autostopp. "

„Das wirst du nicht tun, Marie, du bleibst hier", schrie Kollmann.

„Du bist der Letzte, der mir was zu sagen hat. Du solltest dich was schämen, Mama zu belügen und zu betrügen. Ich habe immer zu dir und Mamas Gejammer für übertrieben gehalten, aber es ist ja noch schlimmer, als sie es dargestellt hat." Damit drehte Marie sich um und ging, ohne Ewa auch nur eines Blickes zu würdigen.

Das war zu viel für Ewa. Sie hätte es ertragen, wenn Marie sie ebenfalls angeschrien hätte, wenn sie sie verachtet und mit ihren Blicken getötet hätte. Aber sie ertrug es nicht, dass Marie sie nicht einmal ansah. Marie, ihre Freundin Marie, die sie gerade gefunden, und doch schon wieder verloren hatte.

Kollmann sah Marie auf ein Fahrrad steigen und ihre Silhouette im immer noch rot gefärbten Himmel kleiner werden. Er wollte ihr nacheilen, er wollte seine kleine Marie zurückhalten, aber er konnte nicht. Er war unfähig aufzustehen, er war unfähig, ihr zu folgen, es gelang ihm nicht einmal, ihr nachzurufen, dass sie doch bleiben möge.

In der Zwischenzeit hatten sich Karl-Wilhelm und Thea bis auf wenige Meter genähert, waren aber unschlüssig, wie sie sich weiter verhalten sollten. Ewa hatte sich aus Kollmanns Armen befreit und war aufgestanden.

Sie ging, ohne ein Wort zu sagen, an den Geschwistern vorbei und verschwand im Dunkel der Nacht. Noch wusste niemand, dass es für immer sein sollte. Sie kam weder in dieser Nacht noch an den folgenden Tagen oder den Nächten zurück. Sie hinterließ Erinnerungen, aber keine Spuren, und niemand wusste, wohin und mit wem sie gegangen war.

Im Dorf deutete einer ganz vage die Möglichkeit an, dass sich das Polenmädchen umgebracht haben *könnte*. Der Nächste meinte, man müsse sich nicht wundern, *wenn* sie sich umgebracht hätte. Daraus wurde schon bald: „Kein Wunder, *dass* sie sich umgebracht hat."

Grund genug hatte sie gehabt. Irgendwie fand man es auch nicht wirklich bedauerlich, dass sie tot war. Schließlich hatte sie eine kleine Schwäche des Bürgermeisters in einem unbedachten Augenblick ausgenutzt und so eine mehr als vorbildliche Ehe zerstört. Dass die wütende Ehefrau ihren Mann bereits einige Tage vor dem Brand per Gerichtsbeschluss vom Hof gejagt hatte, geriet in Vergessenheit oder wurde als kleiner Betriebsunfall abgetan, den man durchaus vernachlässigen konnte. Schuld an allem war einzig und allein die Polin, das stand nun mal fest.

„Was machen wir nun, Papa?", fragte Karl-Wilhelm.

„Ihr könnt gehen", sagte Kollmann, „ich bleibe hier, bis der Brand gelöscht ist. Danach werde ich die Brandwache halten, um sicher zu gehen, dass sich das Feuer nicht erneut entfacht."

„Wo sollen wir denn hingehen, Papa? Wir wohnen doch hier, nein, wir haben hier gewohnt."

Thea hatte recht. Das hatte Kollmann nicht bedacht. Das Haus war das Zuhause der Kinder gewesen, und dieses Haus gab es nicht mehr.

„Ich schlage vor, dass du zu Onkel Ernst gehst, da kannst du sicher heute Nacht erst mal bleiben, Thea. Du", und damit wandte er ich an Karl-Wilhelm, „könntest bei mir bleiben, damit wir uns bei der Brandwache abwechseln können. Einer kann in der Scheune schlafen, der andere hält die Wache."

Thea protestierte leicht dagegen, dass man sie fortschickte, machte sich dann aber doch erleichtert auf den Weg. Sie hatte nur das dabei, was sie am Leibe trug, alles andere war ein Opfer der Flammen geworden. Kollmann und sein Sohn blieben zurück, starrten ins Feuer und waren sprachlos.

Nachdem die Feuerwehr abgerückt war und auf Kollmanns Anordnung kein Feuerwehrmann als Brandwache zurückbleiben durfte, gelang es Karl-Wilhelm, seinen Vater dazu zu bewegen, sich als Erster schlafen zu legen. Der begab sich in die Scheune, errichtete sich aus Heu ein Lager und fiel, obwohl er „überhaupt nicht müde war und sowieso nicht schlafen konnte", sofort in einen tiefen Schlaf.

Sein Körper besiegte den widerstrebenden Geist und holte sich, was er brauchte: Schlaf, viel Schlaf. Kollmann träumte. Von Hanne, von Ewa und von Marie. Sie hatten sich zusammengetan, sie waren hinter ihm her, sie wollten ihn zur Rede stellen und bestrafen.

„Ins Fegefeuer mit dem Schuft. Er soll schmoren für seine Sünden!", brüllte Hanne.

Das fand Kollmann nicht dramatisch. Das war ja nur Hanne.

Was ihm Angst und Bange machte war, dass die Mädchen Hanne unterstützten. Das konnte nicht sein, das waren doch *seine* Mädchen. Kollmann blieb stehen, um mit den Mädchen zu reden. Einfach nur zu reden. Er wollte alles erklären. Er wollte sie wieder für sich gewinnen, nicht für immer verlieren. Es waren doch *seine* Mädchen. Aber seine Mädchen ließen nicht mit sich reden, so sehr er sich auch bemühte.

Sie hörten ihm nicht zu, sie zerrten an ihm, sie rissen an ihm und sie beschimpften ihn. Marie spuckte gar vor ihm aus. „Büßen sollst du, ins Fegefeuer mit dir!", riefen sie im Chor.

Kollmann wachte schweißgebadet auf. Nach einiger Zeit wurde ihm klar, wo er war, und er wusste auch wieder, warum er hier war und dass er vom Trio Infernal nur geträumt hatte, Gott sei Dank nur geträumt. Kurz danach schlief er wieder ein, dieses Mal zum Glück traumlos.

36. Ewas Abschied, Freitag, 26. Mai 1961

Ewa hatte sich inzwischen schon ein Stück vom Hof entfernt, ohne zu wissen, wie es weitergehen sollte. Wo wollte sie hingehen? Hier war der Weg nicht das Ziel, nein, es ging einzig und allein darum wegzukommen. Weg vom lieben Heini, dem lieben Heini, ihrem lieben Heini, der nicht ihr lieber Heini sein konnte, sein durfte, vielleicht auch gar nicht mehr sein wollte.

Sie musste gehen, wohin auch immer, zu wem auch immer. Wech, nur wech, ohne zu wissen, wohin der Weg sie führen sollte. Sie hatte Glück im Unglück, denn nach etwa einem Kilometer fand sie neben dem Weg ein schwarzes Herrenrad. Sie hob es auf und stellte zu ihrer Freude und Überraschung fest, dass es offenbar intakt war. Es gehörte wohl einem der Feuerwehrleute, der an dieser Stelle von seinem Fahrrad in eines der roten Feuerwehrautos gesprungen war.

„Du bist Glück in dem Unglück", sagte Ewa zu dem Fahrrad. Sie schob das Gefährt ein kleines Stück und wollte es schon an sich nehmen, als Zweifel sie befielen.

„Du darfst nicht stehlen", das war siebtes Gebot.

Also ließ sie das Fahrrad los, sodass es umfiel. Ewa setzte ihren Weg zu Fuß fort, während sie zu rechnen begann. ‚Schaffe ich mit Füße fünf Kilometer in Stunde, schaffe ich viel mehr mit Fahrrad. Wie viel mehr? Zehn oder fünfzehn oder zwanzig Kilometers?'

Sie wusste es nicht, sie wusste nur, dass auch eine ungeübte Radfahrerin wie sie schneller war als eine ungeübte Fußgängerin. Sie blieb stehen, überlegte kurz und kehrte um.

„Mache ich Test für Gottesurteil", sagte sie. „Stelle ich Rad hin, so gerade wie geht, fallte es links, nehme ich. Fallte es rechts, lasse es bleiben."

Und so geschah es. Ewa richtete das Rad auf und stellte es ganz gerade hin. Dann ließ sie es los. Das Rad blieb zunächst einige Sekunden in der Balance, dann begann es leicht zu schwanken und fiel schließlich um. Nach links!

Ewa schickte ganz schnell ein „Danke lieber Gott für Farrad" nach oben, bevor Gott sich die Sache anders überlegen konnte. Doch damit begannen die Schwierigkeiten erst.

Ewa konnte leidlich auf einem Damenfahrrad fahren, aber dies war ein Herrenfahrrad. Die ersten zwei Versuche aufzusteigen gelangen nicht, sie stürzte und zog sich Hautabschürfungen zu. Sie überlegte: Oft hatte sie gesehen, dass betrunken Mann vor Wirtschaft, auch der liebe Heini, auf Fahrrad stiegen, aber sie hatte nicht geachtet, *wie* Männer auf Fahrrad stiegen. Sie beschloss, das Fahrrad zu schieben, obwohl sie wusste, dass dies nicht Sinn von Fahrrad war.

So wie „Wasser ist zum Waschen da, falleri und fallera" gilt „Farrad ist zum Farren da, falleri und fallera". Komisches deutsches Lied, aber schön. Ewa sang immer wieder: „Farrrad ist zum Farren da, falleri und fallera, nicht zum Zähnepuuutzen, kann man es benuuutzen."

Während sie das Fahrrad mit „falleri" und „fallera" schob, begann sie nachzudenken, wobei sie zwei Dinge beschäftigten: ,Erstens: Wo will ich hin? Nur wech vom lieben Heini war kein Ziel. Also wohin?' Sie wusste es nicht.

,Also erstes Mal andere Frage: Wie soll Farrad heißen? Am liebsten Rosnante. So wie Pferd, wo Ritter mit der traurig Gestalt geritten war.'

Ewa hatte das Buch, unterstützt von Marie, an ihrem ersten gemeinsamen Wochenende gelesen und sich köstlich amüsiert über den Ritter und sein Pferd.

‚Wollte der kämpfen gegen Mühlen von Wind. Aber Rosnante war Name für ein weiblich Pferd, dieser Farrad ist Farrad für Mann.‘

Also Heini? Nein, Heini, das ging nicht. Das wäre zu viel Erinnerung, und sie wollte sich nicht erinnern, sie wollte vergessen, nicht ganz, aber doch sehr viel. Darum ging sie ja wech, ohne zu wissen, wohin sie ging. Dann hatte sie eine Idee. Nicht Heini, aber doch in Familie. Sie nannte das Fahrrad „Kawillem“, also wie Sohn von Heini.

Wenig später kam sie an einer Sitzbank vorbei und diese Bank verhalf ihr auf das Fahrrad. Sie lehnte Kawillem an die Bank, stieg auf die Bank und von dort auf Kawillem. Sie stieß sich ab, und weil es leicht bergab ging, nahm Kawillem sofort mächtig Fahrt auf. Viel Fahrt, zu viel Fahrt für eine ungeübte Fahrradfahrerin.

Da sie vor Schreck weder daran dachte zu lenken noch daran, dass Kawillem Bremsen hatte, war die Fahrt nach etwa 30 Metern zu Ende. Ewa und ihr neuer Begleiter lagen am Boden. Ewa verstauchte sich bei dem Sturz die rechte Hand, Kawillem war hart im Nehmen und zeigte keinerlei Beschädigung, nicht einmal einen Kratzer.

Ewa wagte es nicht, erneut aufzusteigen, auch wenn ihr das Schieben wegen der verstauchten Hand sehr schwerfiel. So ging es nur langsam voran, was ihr aber völlig gleichgültig war, weil sie ohnehin kein Ziel hatte. ‚Wenn man kein Ziel hat‘, dachte sie, ‚muss man sich nicht wundern, wenn man nirgendwo, irgendwo oder ganz woanders ankommt.‘ Sie ging langsam weiter. Dann endlich ein Hoffungsschimmer: Nach etwa zwei Stunden erreichte sie einen kleinen Ort.

Da es stockdunkel war, konnte Ewa nur wenig erkennen. Erst im letzten Moment bemerkte sie den Bahnhof und den dort abgestellten Güterzug. Sie hatte Glück. Der zweitletzte Waggon war nicht verschlossen, die Tür weit geöffnet. Der Waggon stand an einer kleinen Rampe, auf die sich Kawillem sogar mit der verletzten Hand ohne Probleme schieben ließ. Ewa sah durch die geöffnete Tür. Sie konnte einige Strohballen sehen, im Übrigen schien der Waggon leer zu sein. Obwohl es dunkel war und das Stroh weder Augen noch Mund hatte, lachte und sprach es Ewa an.

„Komm rein", schien es freundlich zu sagen, „und ruhe dich ein wenig aus. Ich habe schon auf dich gewartet."

„Sollen wir rein?", fragte Ewa Kawillem. Seinem Schweigen entnahm sie Zustimmung. So begaben sich Ewa und Kawillem in den Waggon.

Jetzt spürte sie ihre Müdigkeit und so konnte sie der Versuchung nicht widerstehen, sich „eine Mütze Schlaf" zu holen, wie der liebe Heini es genannt hätte. Sie legte Kawillem auf den Boden und gab ihm die Anweisung, gut auf sie und auf sich aufzupassen.

Danach baute sie sich ein Lager aus Stroh, legte sich hin und schlief sofort ein, weil sie von dem Marsch völlig entkräftet und außerdem eine fiebrige Erkältung im Anmarsch war. Während Ewa schlief, übernahm das Fieber die Kontrolle über sie. Sie hatte Träume, in denen sich Ängste und Hoffnungen abwechselten.

Irgendwann träumte sie, dass ihr treuer Begleiter Kawillem ihre verstauchte Hand leckte. Das fand sie nett, wunderte sich aber ein wenig darüber, dass ein Fahrrad dazu in der Lage war. Aber in einem Fiebertraum war vieles möglich, vielleicht sogar alles, auch ein Leben mit dem lieben Heini!

Kawillems Massage tat ihrer Hand jedenfalls gut und so beschloss sie, die Augen nicht zu öffnen, um nachzusehen, ob es tatsächlich Kawillem war, der sie so nett behandelte. Schließlich wurde ihr die Sache aber doch unheimlich und sie öffnete das rechte Auge einen ganz kleinen Spalt. Sie bemerkte, dass es inzwischen hell geworden war. Sie sah außerdem in zwei große, unendlich traurige Augen. Schnell schloss sie das rechte Auge wieder. Panik überkam sie. Wer immer das war, Kawillem war es nicht! Dieser Schuft hatte ihre Bitte, gut auf sie acht zu geben, nicht erfüllt.

„Du musst getäuscht haben, Ewa", sagte sie leise zu sich und öffnete das linke Auge einen kleinen Spalt breit. Erneut blickten zwei Augen sie an. Zwei große, traurige Augen. So traurig wie bei einem Fisch, oder, und jetzt fiel es wie Schuppen von ihren Augen, wie bei einer Kuh.

Das war eine Kuh, ohne Frage, sie kannte diese großen traurigen Kuhaugen. Ihre Gedanken überschlugen sich. Wo war sie? Hatte sie im Kuhstall geschlafen, weil eine der Kühe ein Kälbchen bekommen sollte? Sie ließ die Augen geschlossen und strengte ihre Ohren an, um herauszufinden, ob sie wirklich im Stall war. Ja, sie war im Kuhstall, da sie Geräusche von weiteren Kühen hörte.

Sie nahm die Nase hinzu: Eindeutig, es roch nach Kuh. Nach viel Kuh sogar. Mit allem, was dazugehört. Aber dann sah sie Kawillem neben sich liegen. Wie kam dieser in den Kuhstall? Das passte doch alles nicht zusammen. Dann hörte sie das Rattern, zong-zong, zong-zong und erinnerte sich, dass sie in einen Eisenbahnwaggon gestiegen war. Sie hatte doch nur „eine Mütze schlafen" wollen, und jetzt? Ewa riss die Augen so heftig auf, dass die eben noch so traurigen Augen der Kuh verängstigt wirkten.

Auch Ewa wurde angst und bange, als sie sah, dass sich viele Kühe im Waggon befanden und dass die Tür des Waggons geschlossen war.

„Kawillem, wir sitzen in Falle. Tu doch was!"

Kawillem antwortete nichts und tat auch nichts. Typisch! Er blieb einfach liegen, als ginge ihn das alles nichts an. Der nützte ihr gar nichts, das stand schon mal fest. Inzwischen hatte die Kuh das Interesse an Ewa verloren und das Gucken eingestellt.

Ewa stand auf und ging zur Tür. Durch ein nicht verglastes Fenster konnte sie nach draußen sehen. Es war taghell, sogar die Sonne schien. Wenn die Sonne schien, dann konnte es nur ein guter Tag werden, auch wenn es danach im Augenblick noch nicht aussah.

„Wohin geht Reise? Wohin fährt diese Zug?"

Ewa wurde es ganz anders. Sie konnte nichts tun, nur warten, warten auf das, was kommen sollte.

Was man wohl mit ihr machen würde, wenn man sie entdeckte? Sie musste sich setzen, ihr war schwindelig, sie fror, sie zitterte. Und sie träumte: Vielleicht hatte sie ja Glück und konnte unentdeckt entkommen. Vielleicht, vielleicht, vielleicht.

Da Kawillem nach wie vor jede Unterhaltung ablehnte, wandte sich Ewa fiebrig fragend an *ihre* Kuh, die sich ihr vorsichtig wieder zugewandt hatte. Sie beschloss, die Kuh Lisa zu nennen.

„Lisa, weißt du, wo wir fahren hin?"

Die Kuh tat das, was Kühe am besten können. Sie käute wieder.

Ewa las ihr vom Maul ab. Mit ein wenig Fantasie, unterstützt durch fast 40 Grad Fieber, konnte man aus der Kaubewegung eine Antwort ablesen.

37. Schutt und Asche, Hof Kollmann, Samstag, 27. Mai 1961

Kollmann wachte auf, als die ersten Sonnenstrahlen durch das Scheunenfenster auf sein Gesicht fielen. Dieses Mal brauchte er nicht lange, um zu wissen, was er nicht wissen wollte. Allein schon infolge des intensiven Brandgeruchs ließ die Erinnerung an das, was geschehen war, nicht lange auf sich warten. Nein, sie war sofort da.

Sein Haus war ein Opfer der Flammen geworden, seine Frau hatte ihn erneut verlassen, jetzt wohl für immer, und mit seinen Töchtern hatte es einen heftigen Streit gegeben, seine Marie war wutentbrannt weggerannt.

Zum Glück blieb ihm noch Ewa, dachte er, und so etwas wie Zuversicht stellte sich ein. Noch wusste Kollmann nicht, dass Ewa auf Nimmerwiedersehen gegangen war.

Er stand auf und ging aus dem Stall auf den Hof. In einem alten Autositz fand er seinen Sohn Karl-Wilhelm vor, der die erste Brandwache übernommen hatte und Kollmann nach drei Stunden hätte wecken sollen, aber wohl sofort eingeschlafen war. Kollmann betrachtete seinen Sohn, der so wenig von ihm hatte.

Karl-Wilhelm war *kein* Kollmann, er hatte die falschen Gene. Zwar sah er aus wie Kollmann, aber er konnte nicht zupacken, er konnte sich nicht durchsetzen, er war schwach. Dass er eingeschlafen war, passte zu seinem Naturell. Obwohl Kollmann es wusste, wunderte sich er auch jetzt wieder darüber, wie klein, fast zart Karl-Wilhelms Hände waren. Wunderbar geeignet, um mit der Frau Mutter vierhändig Klavier zu spielen, aber nicht geeignet, um damit auf einem Bauernhof oder irgendwo sonst körperlich zu arbeiten. Wenn

Karl-Wilhelm davon leben müsste, was er mit seiner Hände Arbeit würde verdienen können, wäre sein Hungertod unvermeidlich. Als Hoferbe kam er nicht in Betracht.

Deswegen war es gut, dass der Junge sich entschieden hatte, Lehrer zu werden, denn so bestand jedenfalls die Hoffnung, dass er im Leben zurechtkommen könnte.

Wie anders war da doch seine Marie, sein wilder Feger, wie Kollmann sie gerne nannte. Der traute er sogar den erfolgreichen Abschluss des Jurastudiums zu. Und wer weiß?

Vielleicht würde sie Richterin oder Rechtsanwältin werden oder gar in die Politik gehen. Das Zeug dazu hatte sie, das war klar, denn sie verfügte über Eigenschaften, die sonst nur bei Jungs anzutreffen waren.

Kollmann erinnerte sich daran, dass Marie als Kind trotzig darauf bestanden hatte, die Lederhose von Karl-Wilhelm nachzutragen. Es war eine kurze Lederhose, sodass Maries dünne weiße Beinchen zu sehen waren. Die dünnen Beinchen einer Achtjährigen, die insgesamt nur wenig auf den Rippen hatte. Das sollte sich auch in den nächsten Jahren nicht ändern. Marie blieb so schmal, dass sie sich hinter einem Laternenmast umziehen konnte.

Marie war und blieb also eine dünne Lange, aber langweilig war sie schon als Kind nicht gewesen. Beim Räuber- und Gendarmspiel im Dorf führte sie stets eine der beiden Gruppen an, und die anderen Mitspieler, allesamt ältere Jungs, störten sich nicht daran, dass Marie „eigentlich ein Mädchen" war. Sie gehörte einfach dazu, sie war immer dabei.

Da Marie keine Angst vor Schmutz und Dreck hatte, nutzte sie als Räuberhauptmann – nicht etwa Räuberhauptfrau – auch solche Verstecke, die stark verschmutzt waren. Dadurch fing sie sich den Spitznamen „Morle" ein. Später, nachdem die Räuber- und Gendarmspiele schon längst der Vergangenheit angehörten, hatte sie Schwierigkeiten, diesen Namen, der ihr inzwischen nicht mehr recht war, wieder loszuwerden. Für einige der Mitspieler aus Kindertagen war sie im Dorf auch heute noch „die Morle".

Kollmann dachte an die Dritte im Bunde: Thea vereinte im Ansatz die Eigenschaften beider Geschwister in sich, aber jeweils weniger stark ausgeprägt als bei den anderen. Sie konnte sich durchsetzen, verfügte aber nicht über die Durchsetzungskraft, die Marie hatte. Ihr Talent am Klavier reichte für eine gepflegte Hausmusik, aber nicht zu mehr, wie bei Karl-Wilhelm. Hanne hatte jedenfalls nach einigen Versuchen resigniert aufgegeben, mit Thea vierhändig zu musizieren.

Während Kollmann diesen Gedanken nachhing, war Karl-Wilhelm aufgewacht. „Oh, ich bin wohl gerade ein wenig eingenickt, aber zum Glück ist ja nichts passiert. Was machen wir jetzt?"

„Lass uns mal das Haus inspizieren, ob noch was zu retten ist", erwiderte Kollmann.

Nach weniger als zehn Minuten war aus ihrer Vermutung eine traurige Gewissheit geworden. Das Feuer hatte ganze Arbeit geleistet. Es war nichts mehr zu retten. Das Haus war hin, die Möbel waren hin und alles andere, das sich im Haus befunden hatte, war hin. Alles war hin. Allein der Keller machte noch einen halbwegs unbeschädigten Eindruck. Zwar stand das Löschwasser fast einen Meter hoch, doch die Gegenstände, die in den Regalen oben lagen, waren weitgehend unbeschädigt.

„Und nun, was machen wir nun, was machen wir denn nun?", jammerte *Hannes* Sohn.

„Ich weiß nicht, was du machst, ich ziehe wieder in den Kotten. Ich denke, du solltest nach Münster fahren. Geh wieder zur PH und besuch deine Vorlesungen. Hier wird ein Abbruchunternehmer gebraucht, du kannst hier nichts ausrichten."

Kollmann merkte Hannes Sohn die Erleichterung an, auch wenn dieser sagte: „Ich würde lieber hierbleiben, aber wenn du meinst, werde ich das tun. Dann kann ich um zehn das wichtige Pädagogikseminar besuchen."

„Ja, *mein* Junge, mach das", wollte Kollmann sagen, doch er brachte nur ein „Ja, mach das" heraus und fügte hinzu: „Den Bus um acht schaffste dicke." Dieses Kind war weniger denn je *sein* Kind.

Die nächste Stunde war Kollmann allein. Später wusste er nicht, was er in dieser Stunde gemacht hatte. Er konnte sich nur daran erinnern, dass Karl-Wilhelm gegangen und Marie mit einem Frühstückskorb gekommen war. Kollmann wusste nicht, dass Marie die Nacht bei Moni verbracht und deren Mutter den Frühstückskorb gefüllt hatte.

Sie hatten schweigend gefrühstückt und auch danach wieter geschwiegen, bis Marie „diese Sache" ansprach. „Papa, was soll das? Warum hast du das getan? Was um Gottes willen hast du dir dabei gedacht? Bist du verrückt geworden?"

Kollmann bemühte sich, nicht zu verstehen, was Marie von ihm wollte. Doch sie ließ nicht locker. Und weil er wusste, dass sie nicht lockerlassen würde, sie war ja *seine* Tochter, trat er die Flucht nach vorn an. „Es ist einfach so passiert, Marie. Du musst mir ..."

Sie fuhr dazwischen: „Hör auf, so etwas passiert nicht einfach so. Hast du mal daran gedacht, was du Mama damit angetan hast? Und hast du mal an uns gedacht? Oder vielleicht mal an Ewa? Wo ist Ewa überhaupt?"

„Ich weiß es nicht, sie ist gestern Abend weggegangen, ohne sich zu verabschieden."

„Das hast du ja alles ganz toll hingekriegt. Ich hasse dich!" Marie hatte geschrien, obwohl sie wusste, dass sie ihren Vater nicht anschreien durfte und auch nicht anschreien wollte, denn er war ihr Vater. So fügte sie ganz leise, fast flüsternd hinzu: „Nein, ich hasse dich nicht, Papa. Entschuldige bitte. Aber ich verstehe dich einfach nicht. Unsere Familie ist keine Familie mehr. Alles bricht auseinander. Warum? Warum?"

Kollmann antwortete nicht, er nahm Marie in seine Arme. Und sein wilder Feger ließ diese Nähe zu, zum ersten Mal, seit sie den Tanzkursus besucht hatte. Beide genossen die Berührung, regungslos, überwältigt von all den Dingen, die in den letzten 15 Stunden passiert waren. Sie kämpften beide tapfer gegen die Tränen, doch es war ein Kampf, den sie beide nicht gewinnen konnten, aber auch gar nicht gewinnen wollten.

In Maries Tränen mischte sich ein unmotiviertes Lachen, ganz und gar unangemessen für diese Situation.

„Warum lachst du? Marie, was ist?"

„Ach, es ist wegen Ewa. Sie sagt, sie sei ein Drinkeling."

„Was ist sie?"

„Ein Drinkeling. Sie drinke ein in fremde Zimmer!"

Marie verstand, dass ihr Vater die Geschichte nicht verstand, gab ihm aber keine nähere Erklärung.

Nach einiger Zeit schlug Kollmann Marie vor, nach Münster zu fahren, denn dort hatte sie jedenfalls ein Dach über dem Kopf. Marie war einerseits dafür, andererseits dagegen. Das mit dem Dach stimmte, obwohl Frau Reimann nicht glücklich wäre, wenn Marie am Wochenende ihr Zimmer nutzen würde. Aber hier konnte sie kaum etwas Sinnvolles machen, doch in Münster konnte sie auf Ste treffen, und sie wusste nicht, ob sie das wollte. Einerseits schon, aber andererseits auf keinen Fall. Sie wollte ihn ganz entschieden zur Rede stellen, aber auf keinen Fall mit ihm sprechen. Verdammt, war das alles kompliziert!

Und Papa? Einerseits wollte sie bei ihm bleiben und ihm beistehen, andererseits wollte sie ihn ganz bewusst im Stich lassen, weil er sie alle im Stich gelassen hatte.

Und Ewa? Die wollte sie nie mehr wiedersehen, da war sie sich sicher, aber sie sehnte sich schon jetzt nach ihr, nach ihrer Freundin Ewa! Aber wie konnte Ewa ihre Freundin sein und gleichzeitig die, wie nennt man das? Von Papa die Geliebte?, die Mätresse?

Vor zwei Semestern hatten sie in einer Vorlesung die Frage der Wirksamkeit eines sogenannten „Mätressentestaments" behandelt: Verstieß ein Testament gegen die guten Sitten, durch das ein alter Mann seine um viele Jahre jüngere Geliebte unter Ausschluss seiner Ehefrau und seiner Kinder zur Alleinerbin einsetzte?

Der Professor hatte erklärt, mit den guten Sitten sei das Anstandsgefühl aller billig und gerecht Denkenden gemeint, und sich dann in einem fast jovialen, gar nicht zu ihm passenden Ton zu der Aussage versteift, entscheidend käme es nach der Rechtsprechung des BGH darauf an, „ob die sexuelle Hingabe *ausschließlich* für die Hergabe erfolgt sei".

Wie brav und unschuldig hatten sie alle gelacht, besonders die, die noch unschuldig waren. Auch Marie war damals noch eine Unschuld vom Lande. Damit war es jetzt vorbei, dank Ste. Allerdings erst einmal. Das war nicht gerade häufig. Man konnte auch von einem einmaligen Ausrutscher sprechen. In einem Zeugnis würde stehen: „Unschuld vom Lande, bis auf einen Fall."

Aber das musste ja nicht so bleiben, wenn sie erst wieder in Münster war. Also doch zurück in die Stadt des Westfälischen Friedens, um schnell Frieden mit Ste zu schließen?

Dem im Rathaus in Münster im Jahre 1648 besiegelten Friedensschluss war ein dreißigjähriger Krieg vorausgegangen. In 30 Jahren wäre sie 51!

So lange würde sie auf keinen Fall warten, nein, dieser Frieden sollte nicht nach 30 Jahren, sondern nach 30 Tagen, ach was, nach spätestens 30 Stunden geschlossen werden. Aber Ste war ein Schuft. Mit dem durfte es keinen Frieden geben, doch andererseits ohne Ste? Ste war sicher nicht alles, aber ohne Ste war alles nichts. „Und mit Ste war besser", dachte sie epihaft.

Oder doch nicht? Verdammt, war das alles kompliziert. Marie konnte sich keinen *Reim* auf all das machen: „Verdammt ich lieb ihn, ich lieb ihn nicht. Verdammt ich brauch ihn, ich brauch ihn nicht. Verdammt ich will ihn, ich will ihn nicht, ich will ihn nicht verlier'n."

Also zurück nach Münster – noch heute, und dann würde man weitersehen. Vielleicht würde doch noch alles gut. Oder es würde richtig schlecht, aber schlechter konnte es eigentlich nicht mehr werden. Besser ein Ende mit Schrecken als ein Schrecken ohne Ende.

„Kann ich dich wirklich allein lassen, Papa? Kommst du denn ohne mich zurecht?", fragte sie halb herzig, halb halbherzig.

„Das wird schon irgendwie gehen, ich bin schon Kummer gewöhnt, und Thea ist ja in der Nähe. Also fahre nach Münster und genieße das Leben. Du siehst ja, wie schnell sich alles ändern kann."

Nachdem Kollmann dies gesagt hatte, drehte er sich um und starrte auf das wenige, das vom Haus übrig geblieben war.

Marie unternahm mehrfach den Versuch, ihn anzusprechen, doch er reagierte nicht. Er nahm sie einfach nicht mehr wahr, er war wie von der Welt entrückt. Marie war unschlüssig, was sie tun sollte. In diesem Zustand konnte sie Papa jedenfalls nicht allein lassen. Sie sprach ihn nochmals an: „Papa, nun hör doch mal zu. Was ist denn los mit dir? Was hast du jetzt vor? So antworte doch endlich!"

Sie schrie fast, doch obwohl sie direkt neben ihm stand, kam sie nicht an ihn heran. Er starrte, wohl ohne etwas zu sehen, in das verkohlte Haus und in die Brandasche.

‚Ich muss etwas tun!', dachte Marie, ‚Papa hat einen Schock. Ich muss mit ihm zum Arzt, zu Dr. Große Bauernschule.'

Seit ihrer Kindheit dachten sie und ihre Geschwister immer an Dr. Große Bauernschule statt richtig Dr. Große Bauernschulte. Immer wieder hatten sie Witze darüber gemacht, was die Bauern denn in einer Schule lernen sollten, die seien doch sowieso für alles zu doof.

„Außer fürs Kinderkriegen", hatte Karl-Wilhelm stets hinzugefügt, wobei er zu gerne gewusst hätte, was man dafür können und tun musste. Schwer konnte es eigentlich nicht sein, weil selbst die Bauern das ganz oft hinbekamen, einige sogar zehnmal oder öfter.

Ihr Vater war selbstredend vom Spott der Kinder ausgenommen, denn er war kein Bauer, sondern ein Landwirt und außerdem war er der Bürgermeister. Nie wären sie auf die

Idee gekommen, ihren Vater einen „dummen Bauern" zu nennen.

Diese Einstellung war ganz eindeutig der Einfluss von Hanne, die es niemals akzeptiert hätte, wenn man sie als „Bäuerin" oder gar als „Bauersfrau" bezeichnet hätte. Sie war die Frau des Bürgermeisters, nicht weniger, aber leider auch nicht mehr. Zu dumm, dass sie einen „Dorfbürgermeister aus Tradition" geehelicht hatte. Sie hätte länger warten sollen, das war ihr schon nach ein paar Jahren klar geworden. Aber Hanne wusste, dass sie die Chance auf Höheres vertan hatte, sie konnte nicht noch einmal über „Los gehen".

Marie sah ihren Vater an und dachte: ‚Papa muss sofort zum Arzt.' Aber an Kollmanns Auto waren zwei Reifen platt, möglicherweise aufgrund der Hitze. Dann eben mit Pferd und Wagen.

Sie ging in den Stall und holte die gute alte Flicka, führte sie zum Einspänner und spannte sie ein. Bis hierhin ging ihr Plan auf. Das Problem war ihr Vater. „Komm, Papa, steig ein, wir machen eine kleine Fahrt!"

Wie oft hatte Kollmann das früher zu Marie gesagt. „Komm, Marie, steig ein, wir machen eine kleine Fahrt!"

Für sie hatte es nichts Schöneres gegeben als diese Ausflüge mit Flicka und Papa. Auch heute schien Flicka bereit zu sein, aber ihr Vater zeigte keine Bereitschaft einzusteigen. Er starrte, er reagierte nicht auf ihre Ansprache. Was tun? Sie wollte, sie konnte ihn nicht allein zurücklassen, um Dr. Große Bauernschulte zu holen. Marie war verzweifelt.

Auch nach einer halben Stunde war die Situation unverändert. Kollmann reagierte immer noch nicht auf ihre Ansprache, Marie wusste immer noch nicht, was sie tun sollte.

Dann hörte sie Motorengeräusche. Kurze Zeit später kam Onkel Ernst mit seinem grünen Opel Laubfrosch auf den Hof gefahren. Mit vereinten Kräften machten sie sich daran, Kollmann in das Auto zu bugsieren. Dieser setzte sich nicht zur Wehr, er tat einfach nichts, gar nichts. Er machte sich nicht absichtlich schwer, sein beträchtliches Gewicht machte den beiden aber auch schon so schwer zu schaffen.

Die nur wenige Kilometer lange Fahrt verlief schweigend. Zum Glück war der Arzt in der Praxis. Nachdem Marie diesen informiert hatte, unterbrach er die Behandlung einer Patientin und eilte auf die Straße. Er musste nur einen Blick in Kollmanns Gesicht werfen, um die Situation zu erfassen. Keiner der Beteiligten sagte etwas, alle verharrten einen kurzen Moment.

Dann durchbrach Dr. Große Bauernschulte das Schweigen: „Heinrich, steig mal eben aus. Ich muss dir was zeigen! Nun komm schon. Das wird dir gefallen!"

Doch Kollmann rührte sich nicht. Der Arzt war sich nicht sicher, ob seine Worte Kollmann erreicht hatten. Dieser saß regungslos auf der Rückbank des Autos, wie entrückt von der Welt. Oder ,wie verrückt', dachte der Arzt. In den letzten Wochen hatte es einige Anzeichen für eine schwere Erkrankung gegeben, die Ereignisse der letzten 24 Stunden hätten sogar bei einem gesunden Menschen das Fass zum Überlaufen bringen können.

„Was machen wir denn jetzt?", jammerte Marie. „Wir können Papa doch nicht mit Gewalt aus dem Auto zerren!"

„Ich werde ihm eine Spritze geben, etwas zur Aufmunterung", sagte der Arzt und verschwand in der Praxis.

Marie und ihr Onkel Ernst blieben zurück, sahen nachdenklich vor sich hin. Kollmann ließ sich von dem inzwischen zurückgekommenen Arzt anteilslos eine Spritze in den Arm geben.

„Die wirkt in fünf bis zehn Minuten, dann versuchen wir es noch einmal. Einer von euch beiden muss Heinrich ständig im Auge behalten. Ich glaube es zwar nicht, aber wenn er aussteigen will, sagt mir sofort Bescheid."

Dr. Große Bauernschulte ging ins Haus zurück und wandte sich wieder der Patientin zu, deren Behandlung er unterbrochen hatte. Draußen schlichen die Minuten dahin, ohne dass etwas passierte. Kollmann saß im Auto, starrte vor sich hin, ohne etwas zu sehen. Er wirkte ganz ruhig, geradezu entspannt, bisweilen lachte er leise und wie zufrieden vor sich hin.

Ernst schwieg, Marie sagte auch nichts. Ein unwissender Betrachter hätte das alles nicht deuten können.

Marie ärgerte sich, dass sie ausgerechnet in diesem Moment an *ihre* Zukunft denken musste und sich fragte, ob und welche Rolle Ste darin spielen würde.

‚Das ist jetzt doch ganz und gar unwichtig‘, schalt sie sich, aber sie konnte diesen Mistkerl nicht aus ihren Gedanken verdrängen. Zum ersten Mal in ihrem Leben dachte sie auch daran, wie es wohl mit ihrem Leben wäre, wenn Papa und Mama nicht mehr leben würden. ‚Klar, sie werden irgendwann sterben und dann sind wir allein.‘ Durch Elfriedes Tod war das erste Stück unbeschwerter Kindheit gerade weggebrochen. Sollte Papa der Nächste sein, der sie verließ?

Überwältigt von ihren Gefühlen stieg Marie ins Auto und klammerte sich fest an ihren Vater. Tränen füllten ihre Augen, denn Kollmann reagierte auch auf diese Berührung nicht. Marie löste die Umklammerung, nahm Kollmanns Hand und streichelte diese fast unmerklich.

Und diese zarte Art der Berührung berührte ihn. Die Starre, in der er sich befunden hatte, löste sich. Er bewegte sich und machte Anstalten auszusteigen.

„Ich hol den Doktor", rief Onkel Ernst und lief eilends ins Haus.

Als die beiden zurückkamen, war Kollmann tatsächlich ausgestiegen. Schweigend sah er Marie, dann seinen Schwager und schließlich den Arzt an. Aber man musste kein Arzt sein, um zu erkennen, dass er sie nicht erkannte. Nachdem er die drei nochmals fast teilnahmslos gemustert hatte, setzte er Fuß vor Fuß und sich damit langsam in Bewegung.

„Papa, wo willst du hin, was soll das?"

„Heinrich. Was hast du vor, so bleib doch stehen!"

„Heini, mach doch keinen Quatsch. Ich hab doch den Frosch da!"

Was sie auch riefen, sie erreichten ihn nicht und deshalb nichts. Kollmann ging unbeirrt weiter, er überquerte wie von einer unsichtbaren Hand geleitet den Markt und passierte das Kolonialwarengeschäft von Adam Schmitz und den schon gut gefüllten Amtskrug.

38. Erwin und die Pioniere, Magdeburg, 27. Mai 1961

„Osten, Osten, Osten", las Ewa der Kuh Lisa vom Munde ab. Aha, die Fahrt im Eisenwaggon mit Ewa, Kawillem und den Kühen führte also in den Osten.

„Geht vielleicht genauer, kannst du sagen Stadt?"

Lisa schien nachzudenken, denn sie stoppte für einen Moment das Käuen. Dann käute sie wieder wieder und Ewa konnte tatsächlich den Namen einer Stadt ablesen: „Dresden, Dresden, Dresden."

‚Na gut, fahren wir nach Dresden. Was solle dies schon, da war ich noch nie, aber bitte, schön weit wech vom lieben Heini, und Gott sei Dank nicht nach Pollen', dachte sie.

Tatsächlich fuhr der Zug, wie sich schon bald herausstellen sollte, nicht nach Dresden, sondern nur nach Magdeburg. Da hatte die blöde Kuh wohl etwas falsch verstanden, vielleicht war es aber auch eine Notlüge, weil Lisa „Magdeburg" nicht aussprechen konnte. Ewa konnte und wollte darüber nicht weiter nachdenken, auch nicht über irgendetwas anderes.

Sie begann noch stärker zu frieren, ein regelrechter Schüttelfrost erfasste sie und vor Erschöpfung schlief sie wieder ein. Später erfuhr sie von Dr. Schmeller, sie habe großes Glück gehabt, weil Lisa sich ganz offenbar intensiv um sie gekümmert habe. Die Kuh hatte Großes vollbracht.

Sie hatte Ewas Körper mit Stroh bedeckt und so für ausreichende Wärme gesorgt. Sie hatte sogar Ewas Lippen befeuchtet, wobei sich Ewa keine Einzelheiten dazu vorstellen mochte.

Gegen Mittag kam der Zug in Magdeburg an. Eine Stunde zuvor war Ewa aufgewacht. Nachdem sie aufgestanden war, sah sie durch das Fenster viele Soldaten, die einen riesigen Zaun mitten in das Land bauten. Ein Zaun war bereits vorhanden, jetzt bauten sie einen zweiten Zaun vor den Zaun.

‚Warum', hatte sie gedacht, ‚steht schon ein Zaun und wird noch ein Zaun gebaut mitten in deutsches Land? Und warum von Soldaten? Ein Soldat macht Arbeit, anderer hat Gewehr. Warum nicht beide bauen Zaun, das doch schneller?'

Einige Tage später bekam Ewa eine Antwort auf diese Fragen. Der Zaun war das, was man je nach politischer Couleur den „antiimperialistischen Schutzwall", das „Bollwerk gegen den Kapitalismus" oder aber den „Eisernen Vorhang", die „Zonengrenze" oder die „innerdeutsche Grenze" nannte.

Die einen erklärten, es müsse verhindert werden, dass immer mehr Imperialisten und Kapitalisten aus dem Westen in die DDR kämen, um den Aufbau des Sozialismus zu sabotieren, die anderen waren der Meinung, der Zaun solle verhindern, dass immer mehr Ostdeutsche aus der SBZ nach Westdeutschland strömten.

Das alles ereignete sich 1961 und kaum jemand ahnte, dass dieser Zaun fast 30 Jahre stehen und nicht nur Deutschland, sondern ganz Europa, nein, die ganze Welt in Ost und West teilen sollte.

In Berlin wurde im August 1961 sogar eine Mauer gebaut, obwohl der Staatsratsvorsitzende der DDR, Walter Ulbricht, in Anlehnung an ein historisches Wort des Bürgermeisters von Malve zwei Monate zuvor erklärt hatte, „niemand hat die Absicht, eine Mauer zu errichten".

Die Mauer wurde dennoch errichtet, sie verlief mitten durch die Stadt und schloss ganz Westberlin ein. Bis 1989 konnte sich kaum jemand vorstellen, dass Zaun und Mauer je wieder fallen sollten.

Als der amerikanische Präsident Reagan den sowjetischen Präsidenten Gorbatschow im Jahre 1987 aufforderte, „Mister President, tear down the wall", dachten viele an einen Gag aus einem der zahlreichen Hollywoodstreifen, in denen Reagan mitgespielt hatte, bevor er fünf Jahre in der Rolle seines Lebens den 40. Präsidenten der Vereinigten Staaten spielte.

Wie war es zu zwei deutschen Staaten gekommen? Nach der bedingungslosen Kapitulation Deutschlands am 8. Mai 1945 – bisweilen wird auch der 9. Mai genannt, so in Russland – hatten die Siegermächte Deutschland in vier Zonen aufgeteilt. Schnell traten aber unterschiedliche Vorstellungen zur Zukunft Deutschlands zwischen den USA, dem Vereinigten Königreich und Frankreich, das trotz militärischer Niederlage gegen Nazideutschland den Status der Siegermacht erhalten hatte, auf der einen Seite und der damals noch existierenden Sowjetunion auf der anderen Seite zutage. Nachdem im Jahre 1949 in den drei Westzonen die Bundesrepublik Deutschland und in der Ostzone die Deutsche Demokratische Republik gegründet worden waren, bot Stalin im Jahre 1952 die Einheit Deutschlands unter der Voraussetzung an, dass das vereinte Deutschland künftig neutral sein solle. Die „Stalinnote" wurde von der Bundesrepublik unter dem ersten Bundeskanzler Konrad Adenauer (CDU) und von den Alliierten aber nicht angenommen, wobei die Historiker bis heute nicht einig sind, welche konkreten Interessen Stalin verfolgte und ob die Ablehnung politisch richtig war.

In der Folgezeit kam es nur gut zehn Jahre nach Ende des 2. Weltkriegs und der ihm folgenden Entmilitarisierung

Deutschlands zur Wiederbewaffnung, denn bereits im November 1955 erhielten mit Zustimmung der westlichen Alliierten 101 freiwillige Soldaten der in der Bundesrepublik neu gegründeten „Bundeswehr" ihre Ernennungsurkunden. Anfang 1956 wurden die ersten drei Standorte in Andernach (Heer), Nörvenich (Luftwaffe) und Wilhelmshaven (Marine) in Betrieb genommen und insgesamt 1.000 Soldaten dort stationiert.

In der DDR entstand im selben Jahr die Nationale Volksarmee (NVA). Nach Beitritt zur NATO bzw. zum Warschauer Pakt waren die beiden deutschen Staaten endgültig zu Blockstaaten geworden.

Während die NVA zunächst eine Freiwilligenarmee war – das änderte sich erst nach dem Bau der Berliner Mauer im Jahre 1961 –, waren in der BRD grundsätzlich alle Männer wehrpflichtig, die nach dem 30. Juni 1937 geboren waren.

Diese allgemeine Wehrpflicht wurde im Jahr 2011 fast handstreichartig durch einen im politischen Steilflug nach oben befindlichen Freiherrn, der danach freilich wegen einer mithilfe eines Helfers namens Plagiatus erstellten Doktorarbeit wie weiland der übermütige Ikarus abstürzen sollte, wieder abgeschafft. In der Folgezeit hatte die Bundeswehr Probleme, ausreichend Soldaten und – inzwischen auch – Soldatinnen zu rekrutieren, was auch darin begründet sein mochte, dass es vermehrt zu – auch von grünen Politikern abgesegneten – „Auslandseinsätzen der Bundeswehr zu Friedenszwecken" kam.

Die vielfache Mutter und Verteidigungsministerin Ursula von der Leyen verfolgte deshalb die Idee, die Bundeswehr familienfreundlicher zu machen, um so ausreichend Personal für die Truppe zu gewinnen. In diesem Zusammenhang wurden beliebte Kinderlieder von im Felde erfahrenen Kameraden für die auf dem Kasernengelände betriebenen „Bukitas" umgearbeitet.

Aus „Laterne, Laterne, Sonne, Mond und Sterne" wurde
„Kaserne, Kaserne, wer hat die meisten Sterne?
Das ist der Sternegeneral, es sind gleich viere an der Zahl!"

Statt des im Kreis tanzenden Bi-Ba-Butzemanns hieß es:
„Es fährt ein Pi- Pa-Panzerchen in unserem Kreis herum,
es rüttelt sich und schüttelt sich und danach knallt es
fürchterlich!"

Besonders beliebt bei den Kindern, aber auch bei den Erzieherinnen und Erziehern in den Bukitas, vielfach Unteroffiziersanwärter und -wärterinnen, war dieses Lied:
„Kommt 'ne Drohne geflogen, fliegt auf 100 Fuß,
hat 'ne Bombe im Schnabel, von der Uschi ein Gruß!"

Auch das Lied vom kleinen Hänschen bekam eine leicht geänderte Fassung:
„Hänschen klein, stieg allein, in nen großen Panzer ein.
Der Helm als Hut, steht ihm gut, ist gar wohl gemut.
Aber Mama weinet sehr, hat ja nun kein Hänschen mehr
‚Wünsch dir Glück‘, sagt ihr Blick, ‚kehr nur bald zurück!‘

Sieben Jahr, trüb und klar, Hänschen in der Fremde war;
Da besinnt sich das Kind, eilet heim geschwind.
Doch nun ist's kein Hänschen mehr, nein, ein großer
Hans ist er,
Braun gebrannt,
Stirn und Hand, wird er wohl erkannt?

Eins, zwei, drei geh'n vorbei, wissen nicht wer das wohl
sei,

Schwester spricht: ‚Welch Gesicht', kennt den Bruder nicht. Mutter schaut ihm ins Gesicht, und die gute Mutter spricht:

‚Hans war in Afghanistan, kämpfte gegen Taliban.'"

Schon Jahre vor den Personalproblemen der Bundeswehr war die deutsche Teilung Geschichte, wobei sie in den Köpfen vieler Deutscher auch nach mehr als einem Vierteljahrhundert noch nicht überwunden ist.

Ausgangspunkt für den mit der deutschen Einheit einhergehenden Untergang der DDR war Leipzig: Von hier ging 1989 eine friedliche Revolution aus, die die ganze Republik erfasste. Erst wenige, dann immer mehr und zum Schluss im wahrsten Sinne des Wortes unzählige Bürger der DDR gingen auf die Straße, um in Montagsdemonstrationen Änderungen des politischen Systems und Bürgerrechte zu fordern.

Ironie des Schicksals: Der Pfarrer der Nicolaikirche in Leipzig, von wo alles ausging, trug den Namen Führer, ein anderer Führer war es gewesen, der mit seinem Größenwahn mit einem ein halbes Jahrhundert zuvor begonnenen Weltkrieg die wesentliche Ursache für das Entstehen der DDR gesetzt hatte.

Dass die DDR infolge der Volkserhebung und wegen eines drohenden Staatsbankrotts ganz zu existieren aufhörte und „der BRD beitreten durfte", dürfte keiner der Montags-Demonstranten geahnt, viele würden es auch nicht gewollt haben. Aber das Unvorstellbare passierte und Bundeskanzler Helmut Kohl, der erst spät auf den bereits unaufhaltsam fahrenden Zug aufsprang, ging als „Kanzler der Einheit" in die Geschichte ein.

Da sich die von diesem vollmundig versprochenen „blühenden Landschaften" nicht so recht entwickelten, war die Enttäuschung groß.

„Erst wollten wir den Kohl, jetzt haben wir den Salat", war zu lesen.

Es folgte ein massenhafter Wegzug von Menschen, eine Massenbewegung aus den neu geschaffenen fünf ostdeutschen Bundesländern in den Westen, fast wie eine riesige Flucht aus der ehemaligen Republik, die freilich nicht mehr unter Strafe stand und bei der es weder Zäune noch Mauern zu überwinden galt.

Von all dem ahnte Ewa natürlich nichts. Wie sollte sie auch? Es musst ja noch eine Generation vergehen, bis es so weit war.

Später konnte sie sich nur daran erinnern, dass der Zug hielt, die Tür des Waggons geöffnet wurde, ein Mann einstieg und laut rief: „Ei, was haben wir denn da? Guck mal, Erwin, ein Kuhmädchen."

Besagter Erwin kam zur Tür des Waggons und sah herein. Er beobachtete Ewa ganz genau, aber nicht aufdringlich, sondern mit einer Mischung aus Neugier und Besorgnis.

„Na, junge Frau, einen kleinen Ausflug gemacht? Der Zug endet hier, bitte alle aussteigen!" Dabei lachte er Ewa freundlich an.

Ewa ging zur Waggontür, hob Kawillem, den sie um ein Haar vergessen hätte, hoch und wollte aussteigen. Aber es war keine Rampe vorhanden, sodass sie nicht recht wusste, wie sie das bewerkstelligen sollte. Aber zum Glück war Erwin zur Stelle.

Erst nahm er Ewa das Fahrrad ab, dann nahm er sie in seine starken Arme, hob sie durch die Luft und setzte sie behutsam auf den Boden.

Bevor Erwin fragen konnte „woher und wohin?", bekam Ewa einen Schüttelfrost und begann kräftig zu husten. Zugleich überfiel sie ein heftiger Schwindel, sodass sie zu stürzen drohte. Erwin fing sie auf und tat das einzig Richtige: Er nahm sie erneut in seine starken Arme und trug sie zu Dr. Schmeller. Außerdem bat er den anderen Mann, das Fahrrad zum Arzt zu fahren.

Schon zwei Minuten später kam das Trio – oder sollte man wegen Kawillem von einem Quartett sprechen? – bei Dr. Schmeller an. Gestützt auf eine über vierzigjährige Erfahrung als Arzt und auf eine fast siebzigjährige Lebenserfahrung wusste dieser sofort, was zu tun war. Er gab Ewa Medikamente und, was noch wichtiger war, ein warmes Bett.

„Das junge Mädchen kann einstweilen hierbleiben, ich packe es in unser Fremdenzimmer."

So kam Ewa in das Haus von Dr. Schmeller und in den Genuss einer wunderbaren, liebevollen Pflege. Noch ahnte sie nicht, dass sie viele, sehr viele Jahre hier verbringen sollte. Oder ahnte sie es doch, weil sie auf die Frage nach ihrem Namen „Elfried" antwortete? Für sie der Inbegriff einer Guddfutt, einer treuen Seele, einer Perle.

Dr. Schmeller verfügte als vormaliger Widerstandskämpfer gegen die Nazis und Mitglied der 1946 durch einen Zusammenschluss von KPD und SPD gegründeten Sozialistischen Einheitspartei Deutschlands (SED) nicht nur über gute, sondern sogar über sehr gute Kontakte zu den örtlichen Behörden und konnte es deshalb arrangieren, dass Ewa nicht nur bleiben durfte, sondern sogar einen Pass bekam und Bürgerin der Deutschen Demokratischen Republik wurde.

Zu ihrem Vornamen Elfried wählte Ewa als Nachnamen Vollmann. Dieser Name war nach ihrer Meinung aufgrund des Klangs nahe genug dran, aber auch weit genug, immerhin ein halbes Alphabet von Kollmann entfernt. So wurde aus Ewa Maria Havliczek unter Mithilfe von Dr. Schmeller Elfried Vollmann, die künftige Perle im Hause von Dr. Schmeller.

In Erwin fand Elfried einen lieben Freund und treuen Verehrer, der sein Kuhmädchen – später nannte er sie gar „mein Cowgirl" – fast täglich besuchte und verwöhnte und schon nach sechs Wochen ihr Mann wurde. Selbst der Umstand, dass Dr. Schmeller kurz nach der Hochzeit feststellte, dass Elfried in anderen Umständen war und nach acht Monaten einen kleinen Pionier zur Welt brachte, vermochte an diesem jungen Glück nichts zu ändern.

Marie, die in Münster für den Erwerb des großen BGB-Scheins zu genau dieser Zeit an einer Hausarbeit aus dem Familienrecht zu komplizierten abstammungsrechtlichen Fragen schrieb, ahnte nichts von diesem Familienzuwachs in Gestalt ihres kleinen Stiefbruders Walter. Wie sollte sie auch? Magdeburg lag zwar nur etwa 300 km von Münster entfernt, doch war diese Entfernung wegen des „Eisernen Vorhangs" nur schwer zu überwinden.

Sechs Tage bevor der kleine Pionier seinen zweiten Geburtstag in der Kita „Wilhelm Pieck" feierte, wurde Marie zum *ersten* Mal Tante, als Thea einen kleinen Banker gebar, den die braven Eltern auf den Namen Hermann Josef tauften und aus dem später ein großer Banker werden sollte. Dies alles geschah mit wohlwollender Zustimmung von Großmutter Hannelore, die auf diese Entwicklung einen zwar sehr „kräftezehrenden, im Ergebnis aber durchaus heilbringenden Einfluss" genommen hatte. Zwar hatte Thea *diesen Willi* nicht vergessen, sich aber – so Hanne – „dem Notwendigen gefügt".

In Magdeburg kamen in den nächsten Jahren noch vier weitere Pioniere auf die Welt. Ewa blieb trotzdem die Guddfutt im Hause von Dr. Schmeller, da sich für alle Pioniere ohne Probleme ein Platz in Kitas fand. So etwas Schönes hatte Elfried als Ewa in ihrem ganzen Leben nicht erlebt: Eine schöne Arbeit und eine richtige Familie zu haben, verwöhnt, geachtet und geliebt zu werden! Erwin, Elfried und die fünf Pioniere. Ein kleines deutsches, ein großes deutsches Glück.

39. Der Zug durch die Gemeinde, Malve im Sauerland, Samstag, 27. Mai 1961

Kollmann hatte auf seinem Marsch den Marktplatz inzwischen passiert. Marie, Ernst und der Arzt folgten ihm im Abstand von wenigen Metern. Ein vierter Malver gesellte sich zur Gruppe, Epi, wer sonst?

Nach wenigen Metern löste sich dieser aus der Gruppe und schloss zu Kollmann auf. Epi nahm dessen Hand und so gingen die beiden friedlich schicklich nebeneinander, wie Geschwister auf dem Weg zum Kindergarten.

Marie sah die beiden nur von hinten, aber schon dieses Bild tat ihr weh, denn sie konnte erkennen, dass Epi die Führung übernommen hatte. Epi führte ihren Vater, den Bürgermeister, durch den Ort! Nur wenig später wurde Marie klar, wohin die Reise gehen sollte: Zum Kotten. Epi führte ihren Vater ganz offensichtlich zum Kotten.

Epi kannte den Weg zum Kotten, weil er Lieschen Bockkamp dort häufiger besucht hatte, und nun hatte Epi die Entscheidung getroffen, dass der Bürgermeister von Malve dorthin gehen sollte.

„Die gehen wieder zum Kotten. Ich will das nicht. Papa kann da nicht länger wohnen. Onkel Ernst, nun tu doch mal was!"

„Nein", sagte Dr. Große Bauernschulte, „lass sie gehen." Und zu Ernst gewandt fügte er hinzu: „Ernst, lauf bitte zur Praxis zurück und hole meinen Arztkoffer. Du kannst ja mit dem Frosch nachkommen!"

Marie war stehen geblieben und wollte aufbegehren, aber der Arzt legte ihr die Hand auf die Schulter. „Marie, glaub mir, das ist im Augenblick die beste Lösung. Dein Vater braucht

Ruhe, und die wird er im Kotten finden. Nach Hause kann er ja wegen des Brands ohnehin nicht. Morgen oder übermorgen müsste er den Schock überwunden haben und dann sehen wir weiter."

Widerwillig willigte Marie ein. Was sollte sie auch gegen das Urteil des langjährigen und erfahrenen Hausarztes sagen? Und als dieser hinzufügte, es müsse aber jemand bei Heinrich bleiben, um nach ihm zu sehen, erklärte sie sich dazu bereit.

Die Gruppe hatte inzwischen den Rand des Dorfs erreicht. Wieder einmal hatte der sauerländische Buschfunk ungemein effektiv gearbeitet, denn mehr und mehr Malver hatten sich angeschlossen oder säumten wie beim Schützenfestumzug die Straßen, um sich das Bild von diesem sonderbaren Paar nicht entgehen zu lassen. Ein Name für den Zug war schnell gefunden: „Dick und Doof auf dem Weg zum Kotten", wobei die beiden aber nicht so fröhlich winkten wie Stan und Ollie auf dem Weg zum Treffen der Wüstensöhne in dem Film aus dem Jahre 1933.

Der Zug war inzwischen zu einer kleinen Prozession angewachsen, Epi und Kollmann vorneweg, gefolgt von Marie und dem Arzt, und dahinter etwa 30 weitere Malver.

Kollmann nahm dies alles nicht wahr, Epi dafür umso mehr. Er fühlte sich wie dieser Fänger mit der Pfeife, der die Ratten aus dem Ort bringen sollte, aber die Kinder mitgenommen hatte. Das war ein tolles Gefühl! Er drehte sich um. Ein kurzer Blick genügte ihm um festzustellen, dass ihnen neben dem Doktor und Malie genau 33 Personen folgten, davon acht Kinder und elf Frauen. Also 14 erwachsene Männer! 14 von 33 waren 42,42 %, wie Epi schnell ausrechnete. Denn er konnte rechnen wie der Teufel, auch wenn das niemand wusste.

Epi strahlte vor Freude: Heute war der schönste Tag in seinem Leben. Dieses Glück wollte Epi auskosten, jeden Schritt, jeden Meter, zumal immer mehr Menschen kamen.

Plötzlich raste ein Auto an der Gruppe vorbei, bremste scharf und blieb stehen. Die Beifahrertür flog auf und ein junger Mann mit einem riesigen Fotoapparat sprang heraus. Der Mann begann wie verrückt, Fotos zu schießen, und Epi tat ihm den Gefallen, stehen zu bleiben. Kollmann blieb ebenfalls stehen, ohne Epis Hand loszulassen.

Marie herrschte den Fotografen an, er solle sofort aufhören, hier Fotos zu machen. Hier gebe es nichts zu fotografieren. Doch der Fotograf kümmerte sich nicht um Marie, sondern fotografierte unbekümmert weiter. Marie wandte sich an ihren Vater: „Papa, bitte komm jetzt mit nach Hause. Bitte sei doch endlich vernünftig! Du machst dich zum Gespött der Leute. Und uns auch", fügte sie leise hinzu.

Kollmann sah sie an wie eine Fremde. Er zeigte keinerlei Anzeichen, Marie zu folgen, sondern wurde unruhig und zerrte an Epi. Ganz offensichtlich wollte er weitergehen.

Da Epi das Interesse am Fotografen verloren hatte, gab er Kollmanns Drängen nach und trottete neben Kollmann her, der jetzt die Führung übernommen hatte.

Welch ein Schauspiel! Zu allem Überfluss begann Epi, dem dieser Marsch von Schritt zu Schritt besser gefiel, lauthals zu singen: „Das Wandern, das ist große Lust, das Wandern, das ist große Lust, das Wa-han-dern. Das muss ein stolzer Epi sein, der wandert gezz nie mehr allein, das Wa-han-dern."

Kollmann sang nicht mit, sondern guckte nur seltsam verklärt, entrückt, verrückt?

‚Ja, Papa ist verrückt, Papa ist durchgedreht', dachte Marie. „Herr Dr. Bauernschule" – vor Aufregung sagte sie den alten Kindernamen –, „Sie müssen was tun, nun tun Sie doch endlich was!", flehte sie den Arzt an.

„Wir können nichts tun, Marie. Nur abwarten, hoffen und beten."

Weitere 20 Minuten später hatte der Zug den Kotten erreicht. Kollmann und Epi gingen wie selbstverständlich hinein, gefolgt von Marie und dem Arzt. Dieser verhinderte mit einer Resolutheit, die alle, aber ihn selbst am meisten überraschte, dass weitere Personen in den Kotten gelangten.

Die inzwischen weit über 70 Dorfbewohner maulten und schimpften, sie wollten mittendrin und nicht nur dabei sein. „Lass uns rein, Doktor, wir wollen sehen, wie dat weitergeht. Wir sind schließlich ganz bis hier gelaufen. Wir haben ein Recht darauf. Einer von denen ist schließlich unser Bürgermeister!"

„Haltet euren Mund und verpisst euch. Sonst gibt's was auf die Fresse", schrie der deutlich gestresste Arzt.

Das war eine Wortwahl, die er mit seinen 64 Jahren noch nie gewählt hatte und die er bis zu seinem 15 Jahre späteren Tod auch nie wieder wählen sollte.

Wie dem auch sei: Die Menge blieb zurück, man war beeindruckt, tief beeindruckt, so tief, dass der Doktor an diesem Tag nach über 35 Jahren Aufnahme in die Dorfgemeinschaft fand. Beim nächsten Schützenfest wurde er sogar als dritter Adjutant auf den Thron gehoben, „weil er doch eigentlich ein ganz vernünftiger Kerl war, was man doch eigentlich die ganzen Jahre immer schon gewusst habe".

Später behauptete der Arzt, dass er nie dergleichen gesagt habe, doch alle, die dabei gewesen waren, hatten es gehört und wussten es besser.

Inzwischen war Kollmanns Schwager Ernst mit dem Auto angekommen, hatte sich zu Fuß mühsam den Weg durch die immer noch maulende Menge gebahnt und Dr. Große Bauernschulte den Arztkoffer übergeben.

„Danke, Ernst, aber ich brauche ihn nun doch nicht. Die Medizin, die Heinrich braucht, die ist da nicht drin, die gibt es auch noch gar nicht, die muss erst erfunden werden."

„Wat hat er denn?", wollte Ernst wissen.

„Heinrich steht unter Schock, er ist traumatisiert. Er braucht Ruhe, ganz viel Ruhe, um Abstand von all dem zu gewinnen, das auf ihn eingeprasselt ist. Wir könnten ihn in ein Heim bringen, aber ich befürchte, dass sein Zustand sich dort verschlechtern würde. Man würde ihn vermutlich mit Medikamenten vollstopfen, einsperren und vielleicht sogar fixieren, also anbinden", fügte der Arzt hinzu, als er die fragenden Blicke von Ernst und Marie sah.

„Nein, auf keinen Fall, nein, mein Papa wird nicht angebunden wie unser Vieh im Stall, er bleibt hier und ich bleibe bei ihm. Wenn es sein muss, bis er stirbt."

„So lange solltest du nicht bleiben, Marie, aber es wäre schon gut, wenn du zunächst hierbleiben könntest. Musst du denn nicht zurück nach Münster?"

„Münster ist mir egal, ich bleibe hier, wenn es sein muss für immer, Münster ist mir so was von egal, ich …"

„Es ist gut, Marie", unterbrach Onkel Ernst sie, „es ist gut, wenn du heute Nacht bleiben kannst. Ich fahre schnell nach Malve, besorge ein paar Nahrungsmittel und hole ein wenig Kleidung und Decken für euch. Doktor, wollen Sie mitfahren? Ich kann Sie bei der Praxis absetzen."

„Das würde ich gern tun, aber wir müssen erst die Leute da draußen loswerden. Ich möchte Marie und Heinrich nicht mit denen allein lassen."

„Das ist richtig. Wir müssen die verscheuchen." Ernst ging nach draußen und stellte sich direkt vor die Eingangstür des Kottens, sodass alle ihn sehen konnten. Er hob den rechten Arm und gebot Ruhe. Und siehe da, es ward Ruhe. Das Gemaule wurde schwach, schwächer und verstarb schließlich ganz.

Ernst kam in diesem Augenblick zugute, dass er nicht nur Erster Brandmeister der Freiwilligen Feuerwehr Malve, sondern auch Schatzmeister im Schützenverein war und dass er außerdem das Amt des stellvertretenden Chorleiters und Liedvaters im Männergesangverein Malve von 1923 bekleidete. Das war eine Ämterhäufung, die ihm eine ungeheure Macht im Dorf verlieh.

Man war es gewohnt, auf Ernst zu hören. Viele der anwesenden Männer hörten gleich mehrfach auf ihn: Als Mitglied der Freiwilligen Feuerwehr und, wenn der Chorleiter verhindert war, als stellvertretender Leiter des Gesangvereins.

Nachdem sich die Menge vollständig beruhigt hatte, wartete Ernst noch einen kleinen Moment. Dann sagte er laut, aber ganz ruhig: „Danke, dass ihr uns bis hierher begleitet habt. Jetzt gibt es hier aber nix mehr für euch zu tun. Deswegen schlage ich vor, dass ihr nach Hause geht oder geht besser bei Anni. Ich werde jedenfalls dorthin fahren und ihr wisst vielleicht, dass ich gestern Geburtstag hatte. Ich könnte mir vorstellen, dass ich eventuell ..."

Mehr musste er nicht sagen, die Menge – Männer voran, Frauen und Kinder folgten – setzte sich diszipliniert und ruhig in Bewegung.

„Geordneter Abzug, Kompliment, Ernst, gut gemacht", lobte Dr. Große Bauernschulte ihn, „ich glaube, wir können dann" und zu Marie gewandt: „Hier sind Tabletten für den

Fall, dass dein Vater unruhig oder gar aggressiv werden sollte. Das ist zwar unwahrscheinlich, aber sicher ist sicher. Wenn er sie nicht freiwillig nimmt, löse sie einfach in Flüssigkeit auf, zur Not tust du sie in den Westfälischen oder ins Bier."

„Gut, aber was machen wir mit Epi?" Dieser befand sich nach wie vor im Kotten.

„Epi, komm, du darfst im Auto mitfahren. Wir bringen dich nach Hause", sagte Onkel Ernst.

Obwohl Auto fahren für Epi das Größte war, wollte er nicht mitfahren. „Epi will nicht, Epi muss bei Heini bleiben. Aber doch sicher, und früher war besser!"

„Nein, Epi, das musst du nicht. Ich bleibe bei Heini. Du kannst uns ja morgen besuchen", sagte Marie.

Aber Epi wollte partout nicht mitfahren, er wollte „bei Heini bleiben. Aber doch sicher, aber doch sicher!"

Da alle wussten, dass Epi sich zu nichts zwingen ließ, bemühte man sich nicht weiter, zumal keinerlei Gefahr von ihm ausging. Ernst und der Arzt fuhren ins Dorf, Marie blieb mit ihrem Vater und Epi im Kotten zurück.

Marie betrachtete abwechselnd ihren Vater und Epi: Beide waren ganz offensichtlich mit sich und der Welt zufrieden. Epi erzählte Kollmann etwas von einem großen Feuer und vom großen Wasser, das bald käme, und fügte hinzu: „Doch, Heini, doch! Sie haben die Absicht. Aber doch sicher, aber doch sicher!" Und noch einmal: „Doch, Heini, sie haben die Absicht."

Epi hatte das Gefühl, dass Kollmann ihm zuhörte.

Das gefiel ihm sehr, denn es passierte sehr selten, dass ihm jemand zuhörte. Er steigerte sich mehr und mehr, redete immer schneller und versuchte, mehrere Geschichten gleichzeitig zu erzählen, was ihm selbstredend nicht gelang.

„Bald kommt großes Wasser. Dorf weg. Alle woanders wohnen. Und früher war besser", brabbelte er aufgeregt.

Kollmann starrte Epi an, ohne etwas zu sagen, und es war nicht zu entscheiden, ob er etwas von diesem wirren Zeug – „Großes Wasser. Dorf weg" – verstand oder ob er gar nichts mitbekam.

„Was ist hier nur passiert?", fragte sich Marie. „Was ist mit Papa passiert?" Das war zu viel für sie, die sonst so starke Marie begann leise zu weinen.

Während Kollmann den Kopf leicht drehte, um sie danach wie unbeteiligt anzusehen, versuchte Epi, Marie zu trösten: „Nicht weinen, Malie, nicht weinen, Malie. Alles wird gut. Irlendwann, irlendwo, irlendwie. Aber doch sicher, und früher war besser."

Dabei versuchte er sie ganz und gar ungeschickt in den Arm zu nehmen, was ihm nicht gelang, weil er darin keinerlei Übung hatte.

„Ach Epi, lass es gut sein. Du kannst mir auch nicht helfen. Niemand kann mir helfen!"

„Doch, Epi kann helfen alle Menschen. Aber nicht gegen großes Wasser. Bald kommt großes Wasser. Dorf weg. Alle weggesiedelt. Aber doch sicher, und früher war besser."

Marie gelang es, ihren Tränenfluss zu stoppen, sie wurde sehr nachdenklich. Immer wieder redete Epi „vom großen Wasser".

Sollte an dem Gerücht doch etwas dran sein? Sollte das Dorf doch „geopfert werden" für eine Talsperre? Und was wusste ihr Vater? Hing Papa da mit drin, wie Ste behauptet hatte? Aber ihr Vater hatte doch gesagt, dass niemand die Absicht habe, eine Talsperre zu errichten, und war nicht das

Wort „Flurbereinigung" gefallen? Ach verdammt, ich weiß gar nicht mehr, was und wem ich glauben soll.

Dann dachte Marie an Ewa, an ihre Mutter, daran, dass der Hof abgebrannt war, an Ste, an Ste, und nochmals an Ste. Immer wieder und vor allen anderen an Ste.

Sie schalt sich dafür. ‚Was geht dich dieser Mistkerl an, warum verschwendest du auch nur einen Gedanken an ihn, während deine schöne kleine Welt gerade zerbricht? Ja, warum, warum tust du das? Sieh dir deinen Vater an, wie er dumpf vor sich hinbrütet.

Sieh dir diese erbärmliche Behausung an, die für diese Nacht dein Zuhause sein ... nein, mein Zuhause ist das hier nicht. Ich werde hierbleiben, diese eine Nacht, diese *eine* Nacht bleibe ich hier. Morgen früh ist Papa wieder normal, dann gehen wir nach Hause.

Aber es gibt ja gar kein Zuhause mehr, der Hof ist ab-, Mama ist durchgebrannt. Nein, das ist nicht das richtige Wort. Mama ist ausgezogen, aber kann man überhaupt aus einer Ruine ausziehen?' Marie wusste es nicht, sie wusste gar nichts mehr, sie wusste nur, dass etwas passieren musste, irgendetwas musste passieren. Und zwar schnell.

Während Marie ihren Gedanken nachhing, hatte Epi den Kotten verlassen. Kollmann hatte sich nicht von der Stelle bewegt. Er saß nach wie vor am Küchentisch.

„Na, Papa, geht es dir besser?", fragte Marie freundlich, doch Kollmann zeigte, wie befürchtet, wiederum keine Reaktion. Vielmehr sah er Marie an wie eine Fremde.

‚Er sieht mich, aber erkennt mich nicht, er hört mich, aber er versteht mich nicht. Ich muss versuchen, dass er mich wahrnimmt. Ich muss versuchen, dass ...' Weiter gingen Maries Gedanken nicht, weil ein Auto vorfuhr.

Onkel Ernst brachte Lebensmittel, Decken und Kleidung für Heinrich und Marie, an Epi hatte er nicht gedacht. Zusammen mit Marie trug er alles in den Kotten.

„Onkel Ernst, du musst mir helfen. Ich weiß nicht, was ich machen soll, Papa reagiert überhaupt nicht."

„Ja, ich weiß. Er ist geistesabwesend. Der Doktor sagt, Heini hat sich selbst ein tiefes Loch gegraben. Wir sollen aufpassen, dass er sich nicht noch tiefer eingräbt."

„Aber wie denn, was können wir denn machen? Papa sagt ja nichts. Er antwortet nicht, wenn ich ihn etwas frage. Er reagiert auch nicht, guck doch", und dabei wedelte Marie mit ihren Armen vor Kollmanns ausdruckslosem Gesicht. „Ich halte das nicht mehr aus!"

„Ach Marie, wir können nur warten und hoffen. Der Doktor sagt, dass in fast 80 % der vergleichbaren Fälle nach einigen Tagen eine Besserung eintritt, indem der …"

„Was ist mit den anderen 20 %?"

„Das weiß ich nicht, darüber haben wir nicht gesprochen."

„Aber ich muss es wissen, ich muss das *sofort* wissen. Darf ich dein Auto nehmen? Ich fahr schnell zum Doktor."

Noch ehe Ernst antworten konnte, hatte Marie sich seinen auf dem Tisch liegenden Autoschlüssel geschnappt und war nach draußen gestürzt. Dann hörte Ernst sie auch schon mit quietschenden Reifen davonfahren.

In diesem Augenblick kam Epi zurück, bepackt mit einem riesigen Stapel Brennholz. „Epi macht Feuer. Nacht kalt, sehr kalt. Heini soll nicht kalt sein, sonst wird Heini krank."

Unterdessen hatte Epi das Holz abgelegt und kraulte unbeholfen Kollmanns Hand.

Kollmann ließ es geschehen und Epi empfand die bloße Nichtzurückweisung als starke Form der Zuneigung. Er empfand die kleine Zärtlichkeit, die er gab, die er geben durfte, wie eine riesengroße Zärtlichkeit, die ihm gegeben wurde.

Darauf hatte er gewartet, lange gewartet, so lange, dass er diesen Moment schon lange nicht mehr erwartet hatte. Epi war glücklich, so glücklich wie noch nie. War er sonst schon infantil, benahm er sich jetzt wie ein Dreijähriger. „Heini ist Freund von Epi. Epi und Heini sind beste Freunde. Das ist schön, es ist so schön. So wunderschön wie heute ist dieser Tag."

Dass Kollmann nicht antwortete, störte Epi nicht, denn er war es ja gewohnt, dass man nicht mit ihm sprach. Und weil er es überdies gewohnt war, dass man zurückwich, wenn er sich näherte, und dass man ihm keinen auch noch so kleinen körperlichen Kontakt, nicht einmal einen Händedruck, eine flüchtige Berührung, und erst recht keine Zärtlichkeit erlaubte oder gar schenkte, war er glücklich darüber, dass er den Heini berühren durfte.

Epi hatte in den langen Jahren der Zurückweisung, der Erniedrigung vergessen, wie sich ein *Mensch* anfühlt. Er wusste hingegen ganz genau, wie sich ein Tier anfühlt, ein Pferd, ein Hund, eine Katze, aber er hatte jedes Gefühl für die Menschen verloren. Früher, ja ganz früher, da hatte Schwester Agnes ihn manchmal in den Arm genommen, ihn getröstet, gestreichelt und – aber da war Epi sich nicht ganz sicher – sogar ein- oder gar zweimal auf die Wange geküsst.

Schwester Agnes war keine typische Ordensschwester gewesen, sondern auch weltlichen Dingen zugetan. Einige wollten sie gar lachend und trinkend auf dem Schützenfest gesehen haben. Außerdem hatte sie die anderen Ordensschwestern, insbesondere aber die gottesfromme Schwester Oberin mehrfach mit dem Satz „Evangelische können *auch* gute Menschen sein" provoziert und verärgert.

Aber Schwester Agnes war tot, schon lange tot, und so hatten alle Menschen Epi lange Zeit wie der Menschen unwürdig behandelt. Das geschah ohne böse Absicht, ja sogar ohne jede Absicht, es geschah einfach deshalb, weil Epi eben Epi war. Die Nächstenliebe, wie sie sonntäglich von der Kanzel gepredigt wurde, wurde in Malve durchaus gelebt, indem man seinen Nächsten liebte, vielleicht auch seinen Übernächsten, aber doch nicht Epi.

Noch immer ließ Kollmann Epi gewähren und man konnte fast den Eindruck gewinnen, dass dieses sanfte Streicheln auch Kollmann gefiel.

Ernst schaute zu, halb fasziniert, halb verwundert. Dass ein Mann einen Mann streichelte, war doch schon sehr sonderbar. Klar hörte man davon, dass es zwischen Männern sogar noch viel mehr geben sollte, aber das war nicht normal, das war einfach nur krank, weil wider die Natur.

Und es war auch verboten. § 175. Das wusste doch jeder. Und das hier?

Na ja, die beiden waren eben nicht normal. Wieso die beiden? Eigentlich war doch nur Epi blöde, aber so wie sein Schwager sich benahm, also, verdammt, der hatte wohl auch einen an der Waffel. Man konnte es auch drastischer ausdrücken: Heini war verrückt!

Trotz dieser Erkenntnis und obwohl Ernst nun wahrlich kein Meister der freien Rede war, versuchte er nochmals, mit Kollmann ins Gespräch zu kommen. „Heini, ich weiß, das war alles ein bisschen viel für dich. Mit dem Brand und so und mit Hanne und so und mit", hier stockte Ernst, denn auf die Polin wollte er das Gespräch nicht bringen. Die war doch an allem schuld. Bis zu ihrem Auftauchen war Heini ein vernünftiger Kerl gewesen. Er hatte mitten im Leben gestanden, er hatte das Leben genossen.

In bierseliger Laune hatte er Ernst einmal gesagt, dass es ihm „wahrhaftig nicht nur gut gehe, sondern volle Kanne saugut gehe", und dass „das Leben nicht schön, sondern wunderschön sei". Ernst hatte nicht geantwortet, da er gerade zu der Zeit erhebliche finanzielle Probleme gehabt hatte, und befürchten musste, dass seine Firma endgültig den Bach runtergehen würde.

Dabei hatte er weniger Angst vor den wirtschaftlichen Folgen – da würde sich im Dorf schon ein Weg für einen Neuanfang finden lassen. Außerdem hatte er sein Baugeschäft – „Neubau, Renovierung, Reparaturen, Straßenbau – alles aus einer Hand" beizeiten in eine GmbH umgewandelt, sodass ihm aus der Pleite der Firma keine größeren wirtschaftlichen Nachteile drohten. Sein Privatvermögen, insbesondere das Haus, in dem er und Marga lebten, würde von der Pleite nicht betroffen sein.

Damals hatte er durchaus mit dem Gedanken gespielt, die alte „Ernst Schade, Bau-GmbH" vor die Wand zu fahren, um danach eine saubere, unbelastete „Ernst Schade, Neue-Bau-GmbH" zu gründen, notfalls mit Marga als Strohmann.

Sein Steuerberater Franz-Josef Saubermann hatte diese Idee geboren, sich selbst dazu gratuliert und begeistert gerufen: „Dolle Idee! Mach et, Ernst! Danach biste wieder sauber. Sanierung auf Kosten anderer, danach neues Spiel, neues Glück! Dat Recht is für die Hellen. So isset nun mal, Ernst! Genauso und nich anners isset, also mach et!"

Saubermanns Kompagnon Ralf Mollenhus hatte lachend hinzugefügt, schließlich stehe „GmbH" für „**G**esellschaft **m**it bösen Hintergedanken" und sich köstlich über seinen „tollen Witz" amüsiert.

Ernst kannte die Abkürzung GmbH nur als Kurzform einer auf dem Bau sehr wichtigen Anweisung an einen Lehrling im 1. Lehrjahr: „Fiete, GmbH!", was „Geh mal Bier holen" hieß!

Ernst hatte die betriebswirtschaftliche Sinnhaftigkeit des von den Beratern vorgeschlagenen Projekts sehr wohl verstanden. Aber er konnte es nicht umsetzen, er hätte sich dafür geschämt. Er wollte und konnte sich doch nicht auf Kosten anderer sanieren. Denn wer waren diese anderen?

Seine treue Kraft Gundel im Büro, seine Maurer, seine Lieferanten, seine Bank. Zu allen hatte er ein enges, ein vertrautes Verhältnis. Die Maurer waren zum Teil länger in der Firma als er, sie hatten bei seinem Vater angefangen und den Laden mit ihrer Knochenarbeit aufgebaut. Denen konnte und wollte er den Lohn nicht vorenthalten.

Die Lieferanten kannte er auch schon sehr lange, sie hatten ihm auch dann Material geliefert, wenn er „mal grade nicht ganz flüssig war" und mehr als einmal hatten sie auf eine Absicherung ihrer Forderungen verzichtet oder die Einforderung von Verzugszinsen „glatt vergessen". Die mussten und sollten alle ihr Geld bekommen, bis auf den letzten Pfennig. Das schuldete er ihnen, das schuldete er vor allen Dingen sich selbst.

Das galt auch für die Bank, auch wenn die Raiffeisenbank eine Bank war, die man wie andere Banken eigentlich nicht schonen musste. Aber es war „*seine* Bank", er kannte sie doch alle, vom Filialleiter über den Prokuristen bis hin zum Lehrling, seiner Nichte Thea.

Er konnte, er wollte, er durfte „das betriebswirtschaftlich Notwenige" deshalb nicht tun. Er musste anständig bleiben und notfalls Mittel aus seinem Privatvermögen einsetzen, vielleicht sogar sein Wohnhaus verkaufen.

Aber vorher hatte er Kollmann um Geld gebeten, nur um eine „kleine Spritze, nur für ein paar Tage".

Kollmann hatte sich alles angehört und dann den Kopf geschüttelt. „Nein, Ernst, ich kann, ich werde dir kein Geld leihen, schon wegen Hanne. Die würde niemals zustimmen, und ich brauche wegen unseres blöden Ehevertrags in wichtigen Geldfragen ihre Zustimmung, wie du ja weißt."

„Ist gut, Heini, aber dann geht mein Geschäft über die Hönne oder ich muss ganz schnell unser Haus verkaufen. Mir fehlen schon jetzt über 12.000 Mark, und in drei Tagen muss ich die Gehälter zahlen. Aber wovon?"

„Hast du denn keine Außenstände, die du eintreiben kannst?", hatte Kollmann gefragt.

„Außenstände habe ich schon, aber ich kann sie nicht eintreiben. Du weißt ja selbst, dass bei Herkelmanns nichts zu holen ist! Willi bemüht sich jetzt schon sechs Monate, in die ewigen Jagdgründe abzutauchen, aber Gott will ihn nicht, obwohl dieses Dahinsiechen nun wirklich kein Leben mehr ist.

Erna hat seit diesen sechs Monaten kein Einkommen mehr, sie sitzt mit den vier Kinnern, das Hermannchen gerade sechs Wochen alt, zu Hause und lebt von der Fürsorge. Soll ich denen dat Haus wegnehmen, dat ich für Willi gebaut habe, bevor er den Unfall hatte? Soll ich Erna und de Kinner ins Armenhaus im Achternort treiben? In diese dunkle Höhle, in zwei muffige, stinkende Zimmer? Ohne fließendes Wasser, mit einem Plumpsklo im Garten? Während dieses besoffene Schwein, dat ihn angefahren hat, weiter frei rumläuft? Ne, Heini, dat kann niemand von mir verlangen, auch du nich. Und die Hochwohlgeborene kann ‚derlei' schon gar nicht von mir verlangen. Dat mache ich nich, niemals, nein! Verdammt noch mal, hör auf damit!"

Kollmann hatte die Bemerkung zu Hanne über- und stattdessen auf seine innere Stimme gehört. Ernst hatte recht. Schulden eintreiben bei Herkelsmanns war nich. Also musste frisches Geld her. Schnelles Geld. Sicheres Geld. Geld von der Gemeinde, vielleicht sogar ein kleiner Vorschuss?

Und so hatte Kollmann durch eine ganz eilige Eilentscheidung entschieden, dass der Marktplatz und ein paar Nebenstraßen asphaltiert werden müssten, und dieser Auftrag an die Firma „Ernst Schade, Bau-GmbH" vergeben werde. Und dafür kamen die 25.000 Mark, auf denen der Kreis mehr als vier Monate lang gesessen hatte, gerade recht.

Nach der Gemeindeordnung waren derartige Eilentscheidungen durch den Bürgermeister zwar nur bei unaufschiebbaren Maßnahmen und nach pflichtgemäßem Ermessen zulässig.

Aber Kollmann wäre nicht Kollmann gewesen, wenn ihm dazu nichts eingefallen wäre. Dass die Maßnahme *unaufschiebbar* war, also keinen Aufschub bis zur nächsten Ratssitzung in drei Wochen duldete, hatte sich schon daraus ergeben, dass einer der ältesten Betriebe des Orts unmittelbar vor dem Konkurs stand – mit fatalen Folgen für ganz Malve: Weniger Steueraufkommen, Verlust von achtzehn Arbeitsplätzen, Wegzug von Arbeitern mit ihren Familien, zu wenige Kinder für die Dorfschule verbunden mit deren Schließung, zumal das Fortbestehen schon seit Jahren an wenigen Kindern hing. Nach Schließung hätte der Wegzug des Lehrers gedroht, der zugleich Organist in St. Vitus war.

Kollmann hatte kurz nachgedacht und war überzeugt: Eine schlüssige Argumentation. „Besser geht nicht!" Also war er gezwungen gewesen, die Eilentscheidung zu treffen. Und zwar unverzüglich, also ohne schuldhaftes Zögern. Geradezu der Schulfall einer „Ermessensreduzierung auf null", wie Marie es genannt hätte. Er hatte nicht nur gedurft, nein, er hatte ganz eilig allein entscheiden gemusst. Er war gebunden!

Dies hatte er erst Ernst und drei Wochen später dem Gemeinderat am Ende einer sehr trockenen dreistündigen Sitzung erklärt, unmittelbar vor dem Punkt „Verschiedenes", einem Punkt, der traditionell bei Anni behandelt wurde.

Als Herbert Wörner, der im Dorf wegen seiner linken Vergangenheit – er hatte mal Sympathie für die SPD geäußert – den Spitznamen „Onkel Herbert" trug und von dem niemand wusste, woher er bei der Gemeinderatswahl als Einzelkandidat ohne Gebetbuch seine 99 Stimmen bekommen hatte, den Einwand wagte, es sei aber ein Verwandter beauftragt worden, hatte Kollmann geantwortet: „Hör mal zu, Onkel Herbert. Erstens ist der Auftrag an eine GmbH gegangen. Und mit der bin ich nicht verwandt, oder willst du das behaupten? Bei euch Linken weiß man das ja nie so genau, was euch alles so einfällt."

„Aber der Inhaber ist dein Schwager!", hatte Wörner aufbegehrt.

Kollmann hatte auf diesen Einwand scheinbar nicht reagiert, denn er fügte hinzu: „Zweitens: Der alleinige Inhaber der GmbH ist Herr Ernst Schade. Mit dem bin ich ebenfalls nicht verwandt, weil ..."

„Der feine Herr lügt", hatte sich Wörner empört, „jeder hier im Raum weiß, dass Ernst sein Schwager ist!"

Mehrere Ratsmitglieder hatten zugestimmt, Kollmann hatte sie eine Zeit gewähren lassen.

Nachdem Ruhe eingekehrt war und alle Kollmann zweifelnd angesehen hatten, hatte er leise, gefährlich leise, fast drohend leise gesagt: „Also was, Onkel Herbert? Ja, Ernst ist mein Schwager, ja, das ist richtig. *Das* hast du gut erkannt. Da bin ich ganz bei dir. Aber, und jetzt kommt es, also gut aufpassen, Onkelchen, ich bin nicht mit ihm *verwandt*, sondern nur *verschwägert*. Verwandtschaft entsteht durch Geburt, Schwägerschaft durch Heirat. Und Ernst hat sich reingeheiratet. Noch Fragen, Herbertchen?"

Allgemeines Gebrüll, allgemeine Heiterkeit. Auch von denen, die vorher gezweifelt hatten, hatte es tosenden Beifall gegeben, nachdem Kollmann geendet hatte. Sie waren stolz auf ihn, verdammt stolz auf ihn, er war ein Fuchs! Ein alter Politfuchs aus dem Sauerland! Heini kannte sich aus und teilte aus, mit dem sollte man sich besser nicht anlegen.

Vor einigen Jahren hatte Wörner nach einer Abfuhr durch Kollmann den Respekt des Bürgermeisters eingefordert, weil er als Ratsmitglied ein „wichtiges Rad" in der Gemeinde sei.

Kollmann hatte erwidert, dass Wörner kein wichtiges, sondern allenfalls ein „kleines Rädchen" sei, bei genauem Hinsehen aber gar kein Rädchen, sondern nur eine Unterlegscheibe, also eine kleine Unterlegscheibe, auf die man gut und gerne verzichten könne.

Wörner hatte sich danach in den Sitzungen mehr als ein Jahr nicht mehr zu Wort gemeldet. Jetzt musste er erneut schmerzhaft feststellen, dass man sich mit Kollmann besser nicht anlegen sollte. Er hatte deshalb keine Frage mehr außer der Frage an sich selbst, warum er sich um alles in der

Welt zu Wort gemeldet hatte. Da er diese Frage aber wohlweislich nicht laut stellte, erhielt er keine Antwort darauf.

Kollmann hatte den heutigen kleinen Triumph – mehr war es ja nicht, weil das kleine Herbertchen allenfalls ein Leichtmatrose und deshalb nun wirklich kein ernst zu nehmender Gegner war – ganz kurz genossen und den Antrag gestellt, die von ihm getroffene unaufschiebbare Eilentscheidung zu genehmigen. Dabei hatte er, an diesem Tag zum ersten Mal, den wohl ältesten, zugleich aber wirkungsvollsten Trick eines Versammlungsleiters angewandt: „Anni wartet, und ich will's wegen der extremen Trockenheit im Raum kurz machen: Wer ist gegen die Genehmigung?" Kein Finger hatte sich gehoben.

„Wer enthält sich?" Zögernd war Wörners Finger in die Höhe gegangen, zu einem „Nein" hatte ihm nach der gerade erteilten Abfuhr der Mut gefehlt. Ohne zu fragen, wer für die Genehmigung sei, hatte Kollmann Betti fürs Protokoll das Ergebnis der Abstimmung verkündet: „Bei einer Enthaltung einstimmig angenommen!"

Das war schon sonderbar, weil mit Wörner nur ein einziges der elf Gemeinderatsmitglieder abgestimmt hatte. Aber das störte höchstens *einen* der Anwesenden.

Kollmann hatte danach dreimal die Glocke des Bürgermeisters geläutet, womit die Rednerliste geschlossen, die Sitzung beendet und die dritte Halbzeit bei Anni eingeläutet war.

Ja, dachte Ernst, sein Schwager war eine echte Marke gewesen, der hatte den Bogen echt rausgehabt, damals. Aber nun? Da saß er stumm, lächelte wie leicht bekloppt vor sich hin und ließ sich von Epi kraulen. Ernst machte noch zwei Versuche, Kollmann anzusprechen, beim zweiten Mal schrie er ihn sogar an: „Komm zu dir, Heini! Hör mir zu! Sach doch wat, verdammt noch mal. Hör gezz auf mit dem Mist. Dat is echt nich mehr witzig!"

Doch Kollmann lächelte still vor sich hin und schwieg. Dafür meldete sich Epi und beschimpfte Ernst auf das Heftigste. „Heini will nicht reden, Epi redet für Heini, wenn wichtig. Aber doch sicher, und früher war besser!"

‚Oh Gott', dachte Ernst, ‚dat ist ja alles noch schlimmer, als man sich dat vorstellen konnte. Der doofe Epi als Sprecher für den doofen Bürgermeister.' Und das Schlimmste war: Kollmann schien ganz leicht genickt zu haben.

Ernst sah sich um. Er wusste nicht, was er noch tun sollte, er wusste nicht, was er noch tun konnte. Er wusste auch nicht, ob seine Anwesenheit hier noch von Nutzen war oder es vielleicht werden konnte. Aber er wusste, dass er die Nacht nicht mit diesen beiden Verrückten verbringen wollte. So entschloss er sich zu gehen.

Da Marie mit seinem Auto noch nicht zurück war, machte er sich zu Fuß auf den Weg Richtung Dorf. Kollmann und Epi blieben zurück, kraulend.

Als Marie Ernst auf dem Weg begegnete, suchte er schnell Schutz hinter einem Baum, er wollte nicht gesehen werden. Doch Marie sah ihn, setzte ihre Fahrt aber fort, ohne die Geschwindigkeit zu reduzieren oder gar anzuhalten. ‚Typisch Onkel Ernst, von dem kann ich keine Hilfe erwarten', dachte sie, ‚der kann sich ja nicht mal selbst helfen.'

Marie betrat den Kotten und fand zwei zufriedene, vielleicht sogar glückliche Menschen vor. Während ihr Vater ohne Unterlass still vor sich hin lächelte, sprudelte es aus Epi nur so heraus: „Epi hat Feuer gemacht und hat Essen gemacht für Heini."

Damit schob er Kollmann ein mit Schinken belegtes Butterbrot rüber.

Kollmann reagierte nicht. Auch nachdem Epi ihn zum Essen aufgefordert hatte, „Heini essen, lecker Butterbrot", nahm Kollmann das Brot nicht in die Hand.

Doch Epi wusste sich zu helfen. Er war offenbar klüger, als man es bei einem Doofen annehmen konnte. Er brach das Brot in der Mitte durch, gab eine Hälfte Kollmann, murmelte Undefinierbares, und biss herzhaft in die andere Hälfte.

Kollmann tat es ihm gleich.

Marie kam sich vor wie eine Fremde. Die Szenerie war gespenstisch, unwirklich. Sie war dabei, aber sie merkte sehr deutlich, dass sie nicht dazugehörte. Was war hier los? Das konnte nur ein böser, ein ganz böser Traum sein.

‚Klar', redete sie sich ein, ‚Papa spielt das alles nur, gleich hört er damit auf und ist wie früher. Spätestens in ein paar Tagen ist er wieder normal, und dann ...'

Marie erschrak über ihre Gedanken. Wenn Papa in ein paar Tagen wieder normal wäre, ja dann, ja dann bedeutete das, dass er zurzeit nicht normal, dass er verrückt wäre. Das war eine bittere Erkenntnis, aber sie war wohl nur schwer zu leugnen. Ihr Vater war verrückt, er war durchgedreht, er hatte eine Schraube locker oder nicht alle Tassen im Schrank, wie man so sagte.

Epi war doof, schon immer doof gewesen, das war klar. Er war immer der Doofe im Dorf gewesen.

„DbddhkP" hatten sie ihm als Kinder hinterhergerufen, wenn sie ihn sahen. „Doof bleibt doof, da helfen keine Pillen", dafür stand die Buchstabenfolge, wobei es im Spruch weiter hieß, „und keine warmen Umschläge."

„DbddhkP, dbddhkP, dbddhkP", immer wieder murmelte Marie diese Buchstabenfolge. „DbddhkP, dbddhkP."

Epi sah sie interessiert an, weil er dies auch heute noch häufig hörte. Allerdings immer nur von Kindern, nicht von so Großen wie Malie. Er versuchte mitzusprechen, aber es gelang ihm nicht. Stattdessen verkündete er: „Heini ist müde, er muss gezz in die Heia und ganz lange ducke ducke machen."

Damit nahm er Kollmann an die Hand und führte ihn in das kleine Nebenzimmer, in dem das Bett stand. Marie konnte durch die halb geöffnete Tür sehen, wie ihr Vater sich bis auf die Unterwäsche auszog und dann aufs Bett legte. Epi deckte ihn zu, so wie man ein Kind zudeckt. Was dann geschah, war endgültig zu viel für Marie. Das konnte sie nicht ertragen.

Sie rannte aus dem Kotten, auf den Platz davor und dann immer schneller und immer weiter, ohne Ziel, ohne Orientierung nur weg, weg, weg. Weit vorne sah sie im schwachen Mondschein den Horizont, und so rannte sie ihm entgegen, getrieben von der Hoffnung, dass hinterm Horizont ein neuer Tag beginne, ein Tag, der diesen Tag, diesen schrecklichen Tag überlagern, verdrängen würde.

Doch obwohl sie rannte und rannte, kam der Horizont nicht näher, und so wie ihre Hoffnung zerstob, verebbten ihre Kräfte. Stunden später wurde sie vom Zeitungsausträger Udo Lindemann gefunden, fast zwanzig Kilometer vom Kotten entfernt, völlig erschöpft, verdreckt, nicht ansprechbar.

Außer „Papa" und „Epi" brachte sie nichts heraus, immer wieder sang sie: „Schlaf, Heini, schlaf. Der Vater hüt die Schaf, die Mutter schüttelt 's Bäumelein, da fällt herab ein Träumelein, schlaf, Heini, schlaf!"

Udo erkannte Marie sofort, ohne dass es dafür eines Blicks in den erstmals an einem Sonntag als vierseitige Extra-Ausgabe erscheinenden Sauerländischen Boten bedurft hätte, dessen Schlagzeile schlicht und einfach lautete: „Bürgermeister Kollmann endgültig am Ende!"

Daneben ein Foto, das Kollmann, Epi und im Hintergrund Marie auf dem Weg zum Kotten zeigte. Aufgrund der Informationen, die der Zeitungsausträger über den sauerländischen Buschfunk erhalten hatte, wäre er aber auch ohne die Zeitung und dieses Bild im Bilde gewesen.

Er wusste jedoch nicht, was er morgens um halb fünf mit dem verstörten und verdreckten Mädchen anfangen sollte. Zu seiner Erleichterung sah er in einiger Entfernung einen schwachen Lichtschein, auf Behrings Hof war also schon jemand auf den Beinen. Er sagte Marie, sie solle warten, er werde Hilfe holen. Schnell legte er mit seinem neuen Fahrrad – das alte war ihm gestohlen worden, als er bei Kollmanns im Brandeinsatz war – den kurzen Weg zurück und informierte Behring.

Dieser stieg auf seinen Deutz, fuhr zu der angegebenen Stelle und ließ die am Boden kauernde Marie auf den Trecker steigen.

Vom Hof aus rief Udo bei der Polizei in Soest an und weckte dort einen ganz schlecht gelaunten Wachhabenden aus dem Tiefschlaf. Man kam nach einem kurzen, unerfreulichen Disput überein, dass die Frage, wie weiter zu verfahren sei, um diese Zeit nicht beantwortet werden könne.

Mehrfach erwähnte der inzwischen wach gewordene Wachhabende, „für diesen Vorgang gibt es keine Dienstvorschrift." Dabei bedauerte er zutiefst, dass Marie nicht besoffen sei, denn dann wäre die Dienstvorschrift HD 3-55 zur

Anwendung gekommen: „Verbringen in die Ausnüchterungszelle!"

Nach kurzer Überlegung entschied der Ordnungshüter, „die Fundsache habe bis auf Weiteres auf dem Hof zu verbleiben", und fügte weniger förmlich hinzu, Behring solle sie „einfach ins Bett stecken, aber beobachten".

Mit dem Satz „weitere Anweisungen folgen" beendete er den Anruf, bevor Udo Nachfragen stellen oder gar protestieren konnte.

Marie bekam von all dem nichts mit, erst Stunden später erschrak sie aufs Heftigste, weil sie in einem fremden Bett in einem fremden Zimmer aufwachte, ohne zu wissen, wie sie dort hingekommen war.

40. Das Versprechen, im Kotten, Sonntag, 28. Mai 1961

Kollmann schlief so gut wie seit Wochen nicht mehr. Epi hatte es sich im anderen Zimmer in der Nähe des Ofens so gut es eben ging bequem gemacht. Er hatte im Schrank noch eine alte Decke gefunden, in die er sich eingerollt hatte. Da er wenig Gutes gewohnt war, war er mit dieser Schlafstelle zufrieden.

Gegen sieben Uhr wachte Kollmann auf. Weil er nicht zum ersten Mal in diesem Bett lag, wusste er sofort, wo er war, allerdings nicht, *warum* er dort war und *wie* er dort hingekommen war. Aber immerhin hatte er eine Erklärung. Wahrscheinlich hatte er sich mal wieder so richtig einen zur Brust genommen und dann mit Ewa, na ja. Er dachte sofort an Ewa.

Seine Ewa. Seine kleine, liebe Ewa, seine große Liebe Ewa?

Aber wo war Ewa? War sie überhaupt hier? Er sah sich erst im Bett und dann im Zimmer um, nichts deutete auf Ewas Anwesenheit hin.

Doch dann stieg er in seine Nase: Der Duft frischen Kaffees, Ewa hatte also schon das Frühstück gemacht.

Wunderbar. Frischer Kaffee und die Sicherheit, Ewa hinter dieser Tür zu wissen, ließen ihn geradezu aus dem Bett fliegen. Er schmiss sich in seine Sachen, öffnete nun wie in Zeitlupe, ganz der Genießer, langsam die Tür, setzte voller Vorfreude ein strahlendes Lächeln auf, das aber zeitgleich gefror.

Verdammt, er musste mehr getrunken haben als je zuvor. Er hatte Halluzinationen. Er sah nicht Ewa, er sah Epi. Oder war das, was er sah, Wirklichkeit? War das die Strafe Gottes für das, für all das, was er sich seit der letzten Beichte hatte zuschulden kommen lassen? Ewa, die Talsperre! Kollmann wusste es nicht.

So wie Kollmann die Gesichtszüge entglitten waren, hatte sich Epis Gesicht aufgehellt, er strahlte wie ein Kind. „Guten Morgen, lieber Heini, hier ist das Frühstück. Guten Appetit, alle essen mit, tscha, tscha, tscha, bum!"

Kollmann, der immer noch nicht glaubte, was er sah und hörte, sah Epi an, dann das Frühstück, wieder Epi, und dann entdeckte er in einem kleinen vergilbten Spiegel ein ihm unbekanntes Gesicht. Er sah einen wirr aussehenden, ungepflegten alten Mann, der ihn zwar an sich erinnerte, aber nur erinnerte, denn der, den er im Spiegel sah, das war nicht der, den er kannte.

Und dieser alte Mann dachte ernsthaft daran, mit der kleinen Ewa ..., nein, das konnte nicht sein. Mit diesen Gedanken musste jetzt sofort Schluss sein. Ganz schnell. Für immer. Hier und jetzt.

Aber wo war Ewa eigentlich? Kollmann erinnerte sich daran, dass sie mit ihm am Feuer gesessen hatte, dann aber aufgestanden und gegangen war. Aber warum und wohin? Er hatte sie nicht gefragt, sie hatte nichts gesagt, sie war wortlos aufgestanden und gegangen, er hatte sie seitdem nicht mehr gesehen.

Kollmann versuchte, seine Gedanken auf Hanne und die Talsperre zu lenken, doch kreisten sie sofort wieder um Ewa. ,Verdammt nochmal', durchfuhr es ihn, ,ich denke schon wieder an Ewa', aber Kollmann wollte, nein, er musste die Gedanken an Ewa verdrängen, komplett verdrängen, er wollte nicht mehr an sie denken, er durfte nicht mehr an sie denken, gerade weil er so gedankenlos gehandelt hatte. Was war da nur in ihn gefahren?

Warum hatte er das getan? Warum, warum, warum? Warum hatte er sie aus Soest mitgenommen, warum hatte er sie in den Kotten gebracht? Warum hatte er zweimal geschehen lassen, was nicht einmal ein Mal hätte geschehen dürfen? Warum hatte er sich so schnell zu ihr hingezogen gefühlt, warum war sie ihm so vertraut gewesen, fast so, nein, eigentlich genauso vertraut wie Marie? Wie Marie! Wie seine eigene Tochter! Wie sein eigen Fleisch und Blut! Wie seine Tochter!

Ewa wie Marie. Wie eine Tochter! Seine Tochter?

NEIN! NEIN! NEIN! *DAS DARF NICHT SEIN! DAS KANN NICHT SEIN! NIEMALS! AUF KEINEN FALL! AUF GAR KEINEN FALL! NIEMALS: NEIN! NEIN! NEIN!*

Aber es konnte sein. Kollmann erschrak, er erschrak so heftig, dass sein Herz zu rasen begann, sein Puls schlug in dreifacher Geschwindigkeit. Er schwitzte, der Schweiß lief in kleinen Sturzbächen an seinen Schläfen hinab. Er zitterte wie Espenlaub. Nein, nein, das durfte nicht sein, das konnte nicht sein, das war ganz und gar unmöglich.

Er raste nach draußen, erreichte gerade noch das Klo, bevor er sich übergab. Er kotzte sich die Seele aus dem Leib. Sein Körper entleerte sich auf jede nur erdenkliche Art. Es war ein Kampf, ein Krampf, der mehrere Minuten dauerte, sein Puls schlug so hart und laut, dass Kollmann ihn hörte, dass er meinte, sein Kopf müsste jeden Moment zerplatzen wie ein Luftballon.

Endlich war es vorbei. Er war leer. Körperlich, seelisch.

Das, was er sich vorstellte, überstieg das Vorstellbare, es konnte nicht sein, weil nicht sein konnte, was nicht sein durfte. Und *das* durfte nicht sein! *Das* konnte nicht sein. Nein!

Nein! Niemals! Nein! Möglich war es, aber zugleich unmöglich. Es konnte, es durfte nicht sein.

Kollmann schlich entkräftet in geduckter Haltung wie ein alter Hund zum Kotten zurück und begann zu rechnen, nein, er wollte rechnen, aber er schaffte es nicht. Es gelang ihm einfach nicht.

Immer wieder setzte er an: Sein erstes Problem war, dass er nicht wusste, wie alt Ewa heute war. Was hatte in ihrem Pass gestanden? Wann war sie geboren? 1940, 1941, 1942? Er hatte es sich nicht gemerkt, er konnte sich alles merken, nur eben keine Zahlen und Daten.

Also: Wenn Ewa heute 20 Jahre alt war, dann bedeutete, nein, ach Unsinn, wenn sie erst 19 Jahre alt war, oder schon 21 Jahre, das hieße doch dann ganz konkret, dass es *nicht* sein konnte, aber wenn ...

„Hallo Papa, bist du da?" Marie, die der Jungbauer Behring zum Kotten gefahren hatte, trat ein und starrte Kollmann entsetzt an. „Mein Gott, Papa. Was ist denn mit dir los? Du siehst ja furchtbar aus? Was ist denn jetzt schon wieder passiert?"

Kollmann stand unter Schock, er antwortete auf keine ihrer Fragen. Er zuckte nicht einmal die Schultern. Er tat nichts, außer Maries Anwesenheit hartnäckig zu negieren.

Hatten ihn die vergangenen Ereignisse – Hanne, die Talsperre, der Brand – schon aus der Bahn geworfen, so katapultierte ihn dieser Verdacht hinaus aus der Welt, hinein in eine Welt außerhalb dieser Welt, auf den Orbit eines Lichtjahre entfernten Gestirns.

Marie war ratlos. Epi war ratlos. Was war mit Heini? Marie sah die von Epi gesammelten Pilze und erschrak noch mehr. Sie wollte nichts unversucht lassen, und so versuchte sie es und sprach Epi freundlich an: „Epi, was ist mit Papa passiert? Hat er sich den Magen verdorben? Hast du dir auch den Magen verdorben? Wie lange seid ihr schon krank?"

„Epi nicht krank, nur Heini ganz schnell." Diese Antwort nutzte nicht viel, aber besser als keine war sie schon. Also wohl keine Pilzvergiftung. Aber was dann? Marie musste Hilfe holen.

Sie stürzte nach draußen, sprang ins Auto, das Onkel Ernst, weil es nur einen Schlüssel gab, noch nicht abgeholt hatte, und raste davon.

Kollmann blieb allein zurück. Na, nicht ganz allein, denn Epi war ja bei ihm.

Nachdenklich sah Kollmann Epi an, dann noch einmal in den kleinen Spiegel, und dort sah er wieder diesen alten Mann, den er nicht kannte, der er nicht war. Ungewaschen, unrasiert, ungepflegt. Und dieser alte Mann war in den letzten 20 Minuten noch 20 Jahre älter geworden. Er war jetzt auch ein anderer als zuvor. Nicht mehr der, wie vorher. Die Hülle war dieselbe, der Inhalt aber ein anderer.

Und dann explodierte es in seinem Kopf. In einer Zeitspanne von null Komma nix. Von Knall auf Fall. Von heute auf jetzt.

„*Das* ist die Lösung!"

Wenn er nicht länger der war, der er bisher gewesen war, dann waren die Sorgen, die er bisher hatte, nicht mehr seine Sorgen. Denn dann ging ihn das Vergangene nichts mehr an: Dieser schrecklicher Verdacht, mit dem er nicht weiterleben konnte, Hanne, die Talsperre, das MfS, das abgebrannte Haus, alles, einfach alles, alles weg, alles vorbei, nicht mehr *sein* Bier. Es gäbe keine Vergangenheit mehr, es gäbe nur noch eine Zukunft, einen kompletten Neuanfang, eine Stunde null, ein neues Leben ohne Altlasten, ohne böse Erinnerungen, ohne Schuldgefühle.

Aus dieser Erkenntnis heraus fasste Kollmann im Bruchteil einer Sekunde den unumstößlichen, ultimativen Entschluss, nicht mehr *der* Kollmann zu sein, der er gewesen war. Ewa, Hanne, die Talsperre, das MfS, das abgebrannte Haus, all das betraf den *alten* Kollmann, dessen Existenz aber ab sofort beendet war, all das ging den *neuen* Kollmann nichts an, er war frei, alle Zeiger standen dank der Kraft seiner Gedanken auf null. Keine Altlast sollte ihn fürderhin belasten. So einfach war das. Kollmann ist tot! Es lebe Kollmann! Großartig. Lebensrettend.

Und er wusste sofort, dass er verdammt konsequent sein musste. So fasste Kollmann einen weiteren Entschluss: Er versprach sich beim Leben seiner geliebten Mutter, dass der *neue* Kollmann in seinem *neuen* Leben nie wieder, aber wirklich und wahrhaftig nie wieder sprechen würde. Mit niemandem und über gar nichts. Das hatte er ja gerade schon einige Zeit praktiziert, dazu sah er sich auch langfristig, sogar lebenslang in der Lage.

Diese gedankliche Veränderung war, obwohl unausgesprochen, so gewaltig, dass Epi sie spürte.

„Heini, musst nicht reden, nur essen, Frühstück essen und trinken", drang Epi in seine Gedanken ein.

‚Ja, genau', dachte Kollmann, ‚nur essen und trinken, nicht reden.'

Und zwar hier, nur hier: So fasste der neue Kollmann, der er gerade geworden war, einen dritten Entschluss. Er beschloss, den Kotten nicht mehr zu verlassen. Er würde diesen schön zurechtmachen, denn der neue Kollmann hatte keinerlei Verpflichtungen mehr und damit jede Menge Zeit.

Epi strahlte, als Kollmann zur Kaffeetasse griff und nach dem ersten Schluck wohlwollend nickte. Kollmann biss herzhaft in das ihm gereichte Brot, strich sich gedankenverloren über seine Wampe – diese war dem neuen Kollmann geblieben – und schwieg.

‚Hättest du geschwiegen, wärest du ein Philosoph geblieben‘, fiel ihm ein.

Nun, da er kein Philosoph war, konnte er auch keiner bleiben. Aber immerfort schweigen, das konnte er schon. Da würde er sich von keinem reinreden lassen.

Epi räumte den Frühstückstisch ab, wobei ihm ungelenk eine Tasse aus der Hand glitt, auf den Fußboden fiel und in tausend Stücke zersprang. Epi zuckte zusammen wie ein ängstliches Tier, weil er wusste, er würde bestraft werden. Schwer bestraft werden, wahrscheinlich sogar geschlagen werden. Und an diesem Tag würde er nichts mehr zu essen bekommen, all das wusste er aus bitterer Erfahrung, die er bei den barmherzigen Schwestern im Krankenhaus hundertfach gemacht hatte.

Epi wartete also, aber es passierte nichts. Kollmann nahm keine Notiz von dem Vorfall. Er blieb einfach so sitzen, wie er vorher gesessen hatte. Er sagte nichts dazu, er sagte gar nichts.

Epi beeilte sich, die Scherben zusammenzuschieben, aus Eile suchte er nicht einmal nach einem Besen, sondern benutzte seine bloßen Hände. Natürlich verletzte er sich, er blutete aus mehreren Wunden. Noch immer rechnete er damit, geschlagen zu werden, er zitterte vor Angst.

„Nicht gewollt, nicht gewollt“, winselte er, wobei er sein Gesicht mit den blutverschmierten Händen schützte. Als immer noch nichts passierte, spreizte er nach einiger Zeit die Finger leicht und warf einen Blick hindurch, um festzustellen, warum denn nichts passierte. Denn das war ihm noch nie passiert, dass nichts passierte, nachdem ihm so etwas passiert war.

‚Heini ist mein bester Freund! Aber sicher doch! Und früher war es *nicht* besser‘, dachte er.

Dass er im Augenblick keinen anderen Freund hatte und auch zuvor noch nie einen Freund gehabt hatte, überging er einfach. Stattdessen ging er nach draußen, um Holz für den Ofen zu sammeln.

Kollmann stand auf, ging vor den Kotten und setzte sich dort in einen wackeligen alten Holzstuhl. Hier tat er einfach nichts, gar nichts.

Genauso fanden ihn Dr. Große Bauernschulte und Ernst, die Marie herbeigeholt hatte, einige Stunden später vor.

Der Arzt warf seine ganze Berufserfahrung in die Waagschale, um Kollmann zum Reden zu bewegen. Doch dieser hielt sich eisern an das Versprechen, das er sich selbst gegeben hatte. Er schwieg. Der Arzt wusste nicht einmal, ob Kollmann ihn überhaupt verstand. Er verstand aber schnell, dass Kollmann ganz offensichtlich nicht reden konnte oder reden wollte.

Auch Marie versuchte, auf ihren Vater einzuwirken, vergeblich.

Dr. Große Bauernschulte bekam es jetzt mit der Angst zu tun. So einen Fall hatte er noch nicht gehabt, in der 4. Auflage des Lehrbuchs „Das ABC der großen Volkskrankheiten“, das er heute Morgen noch schnell studiert hatte, war ein solcher Fall nicht beschrieben.

„Ernst, wir müssen Heinrich in die Klinik bringen, sein Zustand ist sehr“ – fast hätte er „ernst“ gesagt, was er aber unpassend fand – „ähm, besorgniserregend.“

„Und wie soll dat gehen? Der bewegt sich doch nich vom Fleck. Wir können den doch nich mit Gewalt in dat Auto verfrachten."

„Keine Sorge, das bekomme ich schon hin", entgegnete der Arzt und wandte sich an Kollmann: „Heinrich, wir machen einen kleinen Ausflug. Wir könnten zur Möhnetalsperre fahren und dort einen kleinen Sparziergang machen. Und danach mit Blick auf das Wasser einen schönen Kaffee trinken. Oder ein paar Westfälische. Guck mal, wie schön das Wetter ist. Steig doch schon mal ein."

Kollmann sah den Arzt eher beiläufig an, sodass unklar blieb, ob er ihn verstanden hatte. Ihm war hingegen ganz klar, dass er der Einladung keine Folge leisten würde. Zur Möhnetalsperre! Wollte der Doktor ihn provozieren? Sollte das ein schlechter Witz sein? Oder war der Vorschlag nur ein dummer Zufall? Unwichtig, das Ergebnis war gleich. Und deshalb bewegte Kollmann sich nicht, er zeigte keine Rührung.

Der Arzt versuchte noch dieses und jenes, alles ohne Erfolg.

Erst als Ernst davon sprach, man könne doch bei Anni fahren und ein paar Bierchen wegzischen, hatte es für einen Moment den Anschein, als wolle Kollmann aufstehen. Doch der Schein trog. Er blieb sitzen, saß einfach da, einfach so da.

‚Mensch, Kollmann', dachte er bei sich, ‚du musst viel besser aufpassen. Die arbeiten mit allen Tricks. Bei Anni fahren ist schon verlockend, aber nicht so verlockend, um darauf einzugehen. Das kommt nicht in Betracht. Nein, nein, ich muss, wenn es mir denn nicht für immer gelingen sollte, jedenfalls für ein paar Jahre durchhalten. Bis Gras über das Vergangene gewachsen ist.'

Gedacht, getan, nein, besser nichts getan, er blieb sitzen. Die drei, besonders seine Marie, taten ihm leid, zugleich entwickelte sich ein Gefühl von tiefer Dankbarkeit. Dass Marie sich sorgen würde, war klar, dass der Doktor sich kümmern würde, damit hatte Kollmann gerechnet, nicht nur weil es ja seine Arbeit war. Nein, der Doktor war schon so etwas wie ein Freund der Familie, den man eigentlich nicht enttäuschen oder täuschen sollte. Hanne hatte mit den Worten „man orientiert sich ja immer nach oben" durchaus Kontakt zur Familie Bauernschulte gesucht und bedauert, dass es dort nicht einmal *einen* Sohn im heiratsfähigen Alter für ihre Töchter gab.

,Nun denn', dachte Kollmann, ,es geht nun mal nicht anders, und wenn ich den Doktor täuschen kann, dann habe ich schon fast gewonnen.'

Dann konnten ihm nur noch Hanne oder Marie auf die Schliche kommen, aber Hanne würde es wohl gar nicht versuchen. Marie dagegen sehr wohl, für seine Marie tat ihm das alles leid, sehr leid sogar.

Ein bisschen tat auch Ernst ihm leid. Er hätte nie gedacht, dass sein Schwager sich so ins Zeug legen würde, denn so ganz ernst hatte Kollmann Ernst nie genommen, von Hanne ganz zu schweigen.

Ohne dass es zwischen den Eheleuten Kollmann jemals ausgesprochen worden war, tat man alles, um die Kontakte zum Schwager Ernst und zu Kollmanns Schwester Marga „auf kleiner, ganz kleiner Flamme zu kochen", wie Hanne es ausgedrückt haben würde.

„Nein, Heinrich, für derlei Kontakte habe ich weniger als gar nichts übrig", würde sie gesagt haben, aber Hanne sagte nichts, weil zu diesem Thema nichts gesagt werden musste. Es war einfach so, wie es war.

Natürlich hatten Ernst und Marga die Distanz bemerkt, die die Kollmanns zu ihnen aufgebaut hatten. Aber was sollten sie tun?

Auf der einen Seite der Herr Bürgermeister „mit seiner Hochwohlgeborenen", wie sie hämisch hinzufügten, und auf der anderen Seite sie: Marga ohne Berufsausbildung, weil sie ja ein Mädchen war, das nicht zuletzt wegen einer guten Mitgift schnell heiraten würde, und Ernst, der brave kleine Handwerker, der große Probleme hatte, den Unterschied zwischen Umsatz und Gewinn zu verstehen. Selbst in Zeiten, in denen er ihn verstanden hatte, gelang es ihm nicht, danach zu leben, denn er hatte sein Weihnachtsgeld oft schon im November verbraten.

Derlei Menschen waren unausgesprochen kein adäquater Umgang für die Familie des Bürgermeisters. Das hatte Hanne nicht eigens erklären müssen, das hatte Kollmann ganz ohne Erklärung gewusst.

Trotz dieser jahrelangen Nichtachtung, gar Missachtung bemühte sich Ernst redlich und ehrlich darum, seinen Schwager zu bewegen, das Auto zu besteigen. Noch einmal setzte er an: „Komm, Heini, wir fahren bei Anni! Heute gibt's frische Bremsklötze! Und dat Krüstchen mit einmal Bratskartoffel extra, dat isste doch so gern. Kannst ja später wieder in den Kotten, ich bring dich zurück, ehrlich!"

‚Tut mir leid, Ernst, dat wird nix', dachte Kollmann, obwohl ihm schon beim Gedanken an das Krüstchen und an frische Frikadellen das Wasser im Munde zusammenlief.

So machten sich Dr. Große Bauernschulte, Ernst und auch Marie nach weiteren Fehlversuchen auf den Weg zum Ort zurück, während Kollmann und Epi zurückblieben. Sie verbrachten den ganzen Tag mit nichts, und Kollmann ging davon aus, dass sich daran auch am nächsten Tag nichts ändern würde. Und auch nicht am übernächsten. Nichts, einfach nichts. Auch als die Dunkelheit hereingebrochen war: Nichts.

Am nächsten Tag kam in aller Frühe seine Schwester Marga und brachte den beiden Aussiedlern Brot, Butter und Aufschnitt. Da sie keinen Führerschein hatte, war sie mit dem Fahrrad gekommen. Auch sie versuchte vergeblich, mit Kollmann zu reden, ihn zum Reden zu bringen.

Als dieser sie nur dumpf ansah, ihr aber nicht antwortete, sah Marga ihren Bruder lange sehr ernst an, zu lange, denn Kollmann wurde dieser Blick unheimlich. Er erkannte in Margas Blick den Blick seiner Mutter. Genauso hatte seine Mutter ihn angesehen, wenn er etwas getan hatte, das nicht ihre Zustimmung fand.

Kollmann schloss die Augen, er wollte dem Blick seiner Mutter entfliehen. Er wollte ihre Augen nicht mehr sehen. Er wollte nichts mehr sehen, er wollte nichts mehr hören, fühlen, spüren, nichts mehr denken, nichts mehr, nichts mehr, nur Ruhe, Ruhe, am besten die *ewige* Ruhe.

Marga resignierte, sie ging, jedoch nicht ohne vorher anzukündigen, sie werde jeden zweiten Tag nach dem Rechten sehen. Noch wusste Kollmann nicht, dass Margas Fürsorge eine neue Ordnung in sein Leben bringen sollte. Es gab die Tage mit Marga und die Tage ohne Marga, immer abwechselnd. Mit, ohne, mit, ohne, mit, ohne. Eine so einfache, so klare, so schöne Regel. Mit, ohne, mit, ohne, mit, ohne.

41. Nichts ist, im Kotten, Freitag, 2. Juni 1961

Fast eine Woche war vergangen, als endlich wieder mal ein Auto vorfuhr. Bis dahin hatte sich wenig getan, eigentlich nichts. Kollmann war morgens aufgestanden, Epi hatte das Frühstück bereitet, und mittags und abends hatten sie das verzehrt, was Marga ihnen gebracht hatte.

Kollmann hatte den Kotten nur verlassen, um das draußen liegende Klo zu benutzen. Im Übrigen saß er im großen Raum am Tisch und tat nichts, einfach nichts.

Epi störte sich nicht daran, dass Kollmann nicht mit ihm sprach. Warum auch?

Seit vielen Jahren hatte ohnehin niemand mehr mit Epi gesprochen, er hatte allenfalls Befehle erhalten – oder sollte man sagen Arbeitsanweisungen für niedrige Arbeiten entgegengenommen? „Mach dies BfA, mach das BfA!" Aber jetzt war er wer, jetzt hatte er eine Aufgabe:

Er musste für Heini sorgen. Das Frühstück machen, das Abendbrot machen, sauber machen. Das war schon toll! Besonders toll war, dass Heini ihm keine Anweisungen, keine Befehle gab, dass er Epi alles allein entscheiden ließ. Epi kochte morgens den Kaffee, abends stellte er Heini das Bier und den Westfälischen hin, er, Epi, hatte es zu sagen. Und das klappte gut! Von Tag zu Tag wurde er sicherer und selbstbewusster. Und er lernte dazu. So ging es ihm besser denn je. „Aber sicher doch. Und früher war es *nicht* besser!"

Kollmann sah durch das Fenster, dass Marie aus seinem Auto stieg, das sie inzwischen auch für ihre Fahrten nach Münster nutzte, um schneller und auch mal zwischendurch nach Malve zu kommen.

„Hallo Papa, hallo Epi. Besuch für euch! Wie geht's?"

Das sollte fröhlich und unbekümmert klingen, aber der Satz war voller Wehmut und Angst. Wie Marie befürchtet hatte, reagierte ihr Vater nicht. Epi hingegen begann irgendetwas zu erzählen, das Marie nicht verstand und auch gar nicht verstehen wollte.

„Ist gut, Epi, das kannst du mir später erzählen", so stoppte sie vorerst seinen Redefluss.

Erst jetzt bemerkte Kollmann, dass Marie eine große Schultasche und einen Koffer mitgebracht hatte. Sie öffnete die Tasche und holte ein Paket Schreibpapier, einen Füller, ein Tintenfass, mehrere Bleistifte und ein Radiergummi heraus. Von Tante Marga hatte Marie gehört, dass ihr Vater immer noch nicht wieder redete.

‚Vielleicht will er ja schreiben', hatte sie gedacht und deshalb die Utensilien eingepackt. ‚Oder er will lesen.'

In der Brandruine des Kollmann'schen Hauses hatte Marie im Keller einen Koffer gefunden, in dem, wie sie wusste, Bücher verwahrt wurden. Weder das Löschwasser noch die hohen Temperaturen hatten dem hoch im Regal liegenden Koffer etwas anhaben können. Sie hatte diesen deshalb geborgen und ohne zu öffnen in das Auto gewuchtet.

Nun holte sie den Koffer mit Epis Hilfe aus dem Auto und stellte ihn im Kotten auf den Tisch. Kollmann beobachtete Marie, tat aber nichts. Epi hingegen freute sich wie ein Kind über die Abwechslung, die der Koffer versprach, und öffnete ihn. Vielleicht war ja Schokolade drin? Epi war enttäuscht. Nur Bücher. Viele Bücher.

„So, Papa, weil du ja nicht mit mir sprechen willst, habe ich dir was zum Schreiben mitgebracht. Und ein paar Bücher. Damit du auch was zum Lesen hast. Was da drin ist", und damit zeigte sie auf den Koffer, „weiß ich nicht. Aber ich weiß ja auch nicht, was dir gefällt, weil du ja nicht mit mir redest. Also musst du dich mit dem begnügen, was ich dir mitgebracht habe." Was schnippisch klingen sollte, klang kläglich.

Marie blieb noch eine halbe Stunde, hörte sich geduldig Epis Geschichten von denen aus Düsseldorf an, die schon alles entschieden hatten und die die Absicht hatten, aber doch sicher, und von dem vielen Wasser. Und früher war besser, aber doch sicher. Vor dem Gehen umarmte sie Epi, der nicht wusste, was ihm geschah, und ihren Vater, der nicht wissen *wollte*, was ihm geschah. Marie tat ihm leid. Aber es ging nicht anders, er hatte sich nun mal entschieden.

Als Marie gegangen war, griff Kollmann in den Koffer. Als Erstes zog er einen Karl May heraus, das Halbblut Apanatschi. Nach einem weiteren Buch von Karl May stieß er auf die Lausbubengeschichten von Ludwig Thoma, danach auf das Werk „Grundlagen der Philosophie", das er in Menden erhalten hatte, eine richtig dicke Schwarte.

Bisher hatte Kollmann darin keine zehn Seiten gelesen, wozu auch? Die zwei mal zwei Stunden, die er am Kurs teilgenommen hatte, hatten völlig ausgereicht, um zu erkennen, dass das kruses und wirres Zeug war. Er wollte das Buch schon in den Ofen werfen und sich dem Wilden Kurdistan zuwenden, als es sich in seinen Händen wie von allein öffnete. An eben dieser Stelle wurde der griechische Philosoph Epikur behandelt.

‚Wenn es denn sein soll', dachte Kollmann, ‚dann werde ich diesen *einen* Beitrag lesen. Das bin ich Epi ja schon fast schuldig.'

Und so begann Kollmann zu lesen.

Kollmann las aber nicht nur den Beitrag über Epikur, sondern auch weitere Artikel. Und er begann, auch für sich selbst überraschend, Interesse daran zu finden. Denn er wollte nachdenken, viel nachdenken, und so konnte er vielleicht auch ein Philosoph werden. Warum eigentlich nicht? Er hatte nach der Neuausrichtung seines Lebens, besser nach dem Neu*beginn* seines Lebens, ausreichend Zeit zum Philosophieren, und irgendwie interessierte es ihn doch, obwohl er den Kurs in der VHS damals abgebrochen hatte. Er würde ein großer deutscher Philosoph werden, ein Naturphilosoph, so wie dieser, na, wie hieß der noch? Flegel? Pegel? Ne, Hegel. Und statt „alles fließt" würde es bei Kollmann „alles sprießt" heißen.

So nahm Kollmann ein Stück Papier und schrieb: „Alles sprießt!"

Nicht mehr, nicht weniger.

Auch Epi hatte sich ein Buch genommen und so war es ganz ruhig im Kotten.

Die Ruhe wurde nur dadurch unterbrochen, dass Epi hin und wieder vergnügt auflachte. Er hatte sich „Max und Moritz" aus dem Koffer gefischt und amüsierte sich über die lustigen Streiche. Zwar konnte er nicht lesen, aber die Bilder gefielen ihm, insbesondere dass die beiden Jungs eine Brücke angesägt hatten und der dünne Mann ins Wasser fiel, als er darübergehen wollte. Das war echt sehr lustig.

Im Übrigen geschah den ganzen Tag nichts. Auch nicht am nächsten Tag. Nichts, einfach nichts, außer dass Kollmann immer noch die „Grundlagen der Philosophie" las und Epi in einem dünnen Büchlein blätterte.

Die einzige Abwechslung bestand darin, dass es morgens hell und am Abend dunkel wurde. Das Nichts des Tages fiel sozusagen in das Dunkle der Nacht.

Kollmann schrak auf. ‚Mein Gott', dachte er, ‚das ist es! Jetzt habe ich es erkannt!'

Kollmann war erschrocken, aber auch eigenartig fasziniert. Was war das denn? Wie kann das Nichts des Tages fallen und damit etwas sein, obwohl es doch scheinbar nichts ist?

Seine Erkenntnis, diese Erkenntnis hätte er gerne mit Epi geteilt, aber das machte nun gar keinen Sinn, und außerdem durfte er ja nicht sprechen. Er brauchte ganz schnell das Papier, das Marie mitgebracht hatte, er musste alles aufschreiben, für sich, für die anderen, für die Nachwelt.

„Epi, wo ist das Papier?", rief Kollmann, weil er vor Aufregung vergessen hatte, dass er nicht mehr redete. Zum Glück war Epi in dieser Hinsicht nicht nachtragend, diese Eigenschaft beschränkte sich mehr auf das Nachtragen von Gegenständen, in diesem Fall von Papier und Füllfederhalter.

Mit zittriger Hand, weil überwältigt von der, von seiner Erkenntnis schrieb Kollmann:

„Wenn das Nichts des Tages in das Dunkle der Nacht fällt, dann fällt das Nichts, sodass das Nichts nicht nichts ist!"

Kollmann hielt inne. Der Satz war geschrieben. Dieser Satz, *sein* Satz, *der* Satz. Der Satz der Sätze. Dieser Satz würde Kollmann überleben, dieser Satz war für die Ewigkeit. Mindestens.

Aber nein, Kollmann hatte in Menden gehört, dass solche Sätze oft nur ein erster Wurf seien, an dem weitergearbeitet werden müsse. So stand es auch in der Schwarte, deren erstes Kapitel „Allgemeine Grundlagen" er nun noch einmal las, es geradezu verschlang. Aber was sollte er an diesem Satz denn noch verbessern? Der ging doch gar nicht besser. Doch, das musste noch besser gehen. Der Satz war zu lang, deutlich zu lang, etwa verglichen mit dem berühmten „Cogito ergo sum". Nur drei Wörter.

„Cogito ergo sum." – „Ich denke, also bin ich." Weltberühmt. Total alt, 300 Jahre oder so, mindestens.

Kollmann legte den Füller auf den Tisch. Dann sah er diesen lange und ganz genau an und gewann eine Erkenntnis: Seltsam, der Füller dachte *nicht*, aber er war auch. So bedeutsam war „Cogito ergo sum" dann wohl doch nicht.

Jedenfalls stand Kollmanns „Nichts-Satz" diesem berühmten Satz in nichts nach. Aber er musste kürzen. ‚Ich muss dran arbeiten, mein Satz ist zu lang', dachte Kollmann.

Sein Bestreben musste dahin gehen, den Satz kürzer, prägnanter zu fassen. Befreit von allem Überflüssigen, asketisch, so wie Kollmann zu leben beschlossen hatte, so sollte, so musste auch der Satz, sein Satz sein. Das alles passierte zunächst nur in seinem Kopf.

Erst Stunden später griff er erneut zum Füller und strich mit leichter Hand „*des Tages*" und das am Ende stehende „*nicht nichts*" weg. Nach seiner Meinung keine Änderung in der Kernaussage.

„*Wenn das Nichts in das Dunkle der Nacht fällt, dann fällt das Nichts, sodass das Nichts ist!*"

„*Sodass das Nichts nicht nichts ist*" sagte doch nicht mehr oder weniger als die Aussage „*sodass das Nichts ist.*" Einmal war das Nichts nicht nichts, in der kürzeren Formulierung *war* das Nichts, konnte also nicht nichts sein. Keine Änderung der Aussage, gut gemacht, Kollmann! Aber sicher doch!

Aber das musste noch kürzer gehen. War es nicht gleichgültig, *wohin* das Nichts fiel? Ins Dunkle der Nacht, ins Helle des Tages oder weiß der Teufel wohin. Entscheidend war doch, *dass* es fiel. Also formulierte er neu: „*Wenn das Nichts fällt, dann fällt es, sodass es ist.*"

Einen halben Tag erfreute er sich an dieser Fassung. Er hatte inzwischen keinerlei Zweifel mehr daran, dass er recht hatte. Aber es musste noch kürzer gehen. „Cogito ergo sum." Nur drei Wörter, ganz alt, 300 Jahre oder so, weltberühmt.

Kollmann überlegte, er probierte dieses und jenes. Dann endlich am nächsten Morgen: Das war nicht nur der nächste Schritt, das war der Durchbruch: *„Wenn das Nichts fällt, ist es"*, oder halt, noch viel besser: *„Das fallende Nichts ist!"*

Großartig. Aber wieso *„das"*? Wieso das *„das"*, Kollmann? Völlig überflüssig. Also weg damit:

„Fallendes Nichts ist!"

Endlich: ‚Das isset! Ja, das isset!'

Nur drei Wörter: Genau wie „cogito ergo sum". Kollmann war begeistert. Er war euphorisiert.

„Fallendes Nichts ist" – „cogito ergo sum" – „cogito ergo sum" – „Fallendes Nichts ist". Immer wieder wiederholte er die beiden Sätze in wechselnder Reihenfolge, versehentlich sogar laut. Und, wenn er ehrlich war, wenn er ganz ehrlich war, dann fand er *seinen* Satz sogar noch ein bisschen besser, weil der nicht denkende Füller ja auch war. Nicht viel, aber einen kleinen Deut besser war sein Satz schon.

Aber es gab auch Parallelen: Jeweils drei Wörter. Nur *drei* Wörter. Das war ja der Wahnsinn. Eine Stunde schaute Kollmann auf seinen Satz, er atmete ganz flach aus Angst, sein Werk, dieses fragile Nichts, durch zu lautes Atmen zu zerstören. Endlich stand er auf, ging zur Tür und reckte sich.

Kollmann ging zurück in den Kotten und wollte sich zu seinem Satz an den Tisch setzen.

Epi musste ein Malheur passiert sein, denn er wischte gerade mit einem groben Tuch den Tisch ab, den Tisch, auf dem der Satz, dieser Satz, der Satz der Sätze lag.

Kollmann stürzte auf Epi zu, entriss ihm das durchnässte Papier, wobei dieses zerriss, sodass Kollmann nur eine Hälfte in Händen hielt. „*Nichts ist*", stand da geschrieben. Der Rest stand auf dem anderen Teil des Blatts.

Kollmann hielt in der Bewegung inne, er versuchte erst gar nicht mehr, den zweiten Teil zu greifen. Wozu auch? Er brauchte ihn nicht mehr, er hatte es geschafft, dank Epis Unbeholfenheit. Es sind immer die Zufälle, die die Welt voranbringen.

„*Nichts ist!*"

Heureka!

Das war eine Aussage, das war Philosophie auf höchstem Niveau. Es gab kein Nichts mehr, weil jedes Nichts war. Millionen von Menschen konnten wieder hoffen, alles war, nichts war nichts. Die, die nichts hatten, mussten erkennen, dass sie doch etwas hatten, weil jedes Nichts war.

Kollmann setzte sich an den Küchentisch und verfiel in Trance. Er hatte nicht gewusst, wie schön das Leben sein konnte. Er hatte keine Termine mehr, keine Verpflichtungen, keine Sitzungen und keine Hanne. Er hatte nichts. Außer seiner neuen Freundin, der Philosophie, und der wichtigen, der bahnbrechenden, revolutionären, die Welt verändernden Erkenntnis, dass „*Nichts ist*".

Er hatte Zeit. Für sich. Für die Philosophie. Für seine neue Freundin. Alles war bestens: Seine Grundbedürfnisse wurden dank Marga gestillt, Epi erwies sich als treuer, meist schweigsamer Diener, der nicht fragte, da Kollmann nicht redete.

Der Kotten war zwar etwas heruntergekommen, aber das Dach war dicht und der große Raum ließ sich heizen. Da Epi sich um das Holzsammeln und das Heizen kümmerte, kümmerte es Kollmann nicht, dass es keine Heizung, sondern nur einen einzigen Ofen und einen kleinen Herd gab. Außerdem stand der Sommer bevor, die Tage waren schon sehr warm, die Nächte nicht mehr kalt.

Am schönsten fand Kollmann, dass er Zeit, viel Zeit für die Philosophie hatte. Immer wieder griff er zu der Schwarte. Viele Sequenzen, oft auch ganze Beiträge, musste er mehrfach lesen und hatte sie auch danach trotzdem noch nicht verstanden.

„Handle nur nach derjenigen Maxime, durch die du zugleich wollen kannst, dass sie ein allgemeines Gesetz werde."

„Kant kann man nicht verstehen", erklärte er dazu kategorisch. Aber er gab nicht auf. Immer und immer wieder las er die Ausführungen zum kategorischen Imperativ.

Bisweilen meinte er, alles verstanden zu haben, danach ängstigte und ärgerte es ihn, dass er es wohl nicht verstanden hatte. Meinte Kant vielleicht „Was du nicht willst, dass man dir tu, das füg auch keinen anderen zu"?

Vielleicht, vielleicht aber auch nicht. Wohl eher nicht, aber Kollmann wusste es nicht.

Er fand „Scio, nescio", das passte: „Ich weiß, dass ich nichts weiß." Das war gut, das war treffend. Kollmann überlegte: Wenn er das Wissen der Menschheit mit 100 % ansetzte, wie viel Prozent mochte er davon besitzen? Wahrscheinlich nicht einmal ein Prozent, sondern nur ein Promille. Oder noch weniger als ein Promille? Wie dem auch sei, er würde dazulernen. Er würde sein Wissen erweitern, es ausbauen.

Er ging nach draußen. Zum ersten Mal sah er sich bewusst außerhalb des Kottens um, er sah die Bäume, die den kleinen Hof umstanden, den alten Brunnen, den Unterstand für den Heuwagen.

„Ich dachte, also bin ich", denn herausgekommen war „Nichts ist".

Er ritt wie berauscht auf der Welle der Euphorie. Er lächelte zufrieden, so was von zufrieden, er war mit sich im Reinen. Natürlich hatte Epi keine Augen für dieses feine Lächeln, aber die meisten anderen hätten es auch nicht gesehen. Kollmann lächelte zutiefst innerlich, nur ein kleines, unscheinbares Flackern in seinen Augen drang nach außen. Man musste ihn schon sehr genau kennen, um dieses Flackern überhaupt zu sehen, geschweige denn, um es richtig zu deuten.

Wohl nur eine auf der Welt hätte das gekonnt: Marie. Und vielleicht eine, die aber *nicht* mehr auf der Welt war: Elfriede. Und vielleicht noch eine dritte, die wohl noch auf der Welt, aber nicht mehr in *seiner* Welt war: Ewa. Hanne schied dagegen aus, denn seine Frau hatte sich nie bemüht, ihn so gut kennenzulernen, wie Elfriede und Marie es getan hatten und Ewa es vielleicht getan hätte.

Auch seine beiden anderen Kinder kannten ihn nicht gut genug.

Karl-Wilhelm war ein ganz schlechter Beobachter, mehr ein Träumer, der die Welt wie durch einen Schleier sah. Thea war zwar keine Träumerin, liebte aber die Musik viel mehr als die Menschen und gab deshalb viel, um die Musik noch besser kennenzulernen, obwohl ihr Talent begrenzt war.

42. Morle, im Kotten, Samstag, 24. Juni 1961

Vier Wochen waren ins Land gegangen. Alles wäre gut gewesen, wenn nicht Nacht für Nacht in Kollmanns Träumen dieser furchtbare Verdacht zurückgekommen wäre. Er wurde stärker und stärker, immer heftiger, mit immer größerer Wucht, mit zunehmender Kraft, wie eine Riesenwelle, ein Tsunami, dieser Verdacht, dieser furchtbare Verdacht, der nächtens immer häufiger und intensiver Besitz von Kollmann ergriff. Er spürte eine Riesenkrake, die danach trachtete, ihn zu zerquetschen. Morgens hatte er Druckstellen wie nach einem echten Kampf gegen das Ungeheuer.

Kollmann fürchtete sich vor den Nächten, er versuchte, nicht mehr zu schlafen, aber das gelang ihm natürlich nicht.

Immer wieder wachte er schweißgebadet auf, immer mit dem einen Gedanken: Wenn das stimmen sollte, was er befürchtete, dann konnte auch die Philosophie ihn nicht retten. Immer wieder begann Kollmann zu rechnen, ganze Nächte lang, immer wieder gelang es ihm aber nicht, zu einem Ergebnis zu kommen. Wenn Ewa 1940 geboren war, dann konnte es nicht sein, aber wenn sie Ende 1941 oder Anfang 1942, ja, dann war das Unvorstellbare vorstellbar. Warum konnte er sich Zahlen so schlecht merken? Warum hatte er sich ihren Pass nicht genauer angesehen vor ein paar Wochen in Soest? Vor ein paar Wochen erst, aber nach allem, was geschehen war, vor mehr als einer Ewigkeit. Er musste etwas tun, er musste Ewa finden. Mit diesem Verdacht konnte auch der neue Kollmann auf Dauer nicht weiterleben. Denn dem neuen Kollmann war es zwar gelungen, vieles zu vergessen, zu verdrängen – Hanne, die Talsperre, der

Brand –, aber nicht alles. Verdammt, er musste Ewa finden. Aber wo sollte er sie suchen, wie sollte er vorgehen?

Das Rote Kreuz, genau, er musste sich an das Rote Kreuz wenden. Die waren doch dafür da, Leute zu suchen und zu finden. Doch dazu sollte es nicht mehr kommen.

An einem Samstagmorgen fuhr ein Rettungswagen vor. Zunächst stiegen zwei junge Männer aus, danach Marie, die die Fahrt veranlasst hatte. Sie hatte sich zwei Tage davor mit Dr. Bauernschulte heftig gestritten und diesem Untätigkeit vorgeworfen, weil dieser nichts unternahm, sondern immer nur erklärte, man könne nichts unternehmen, außer abzuwarten. In einer der letzten Vorlesungen im öffentlichen Recht hatte Marie den Begriff „Untätigkeitsklage" aufgeschnappt und drohte dem alten Landarzt, dem langjährigen Freund der Familie, eine solche an.

Als auch das nicht fruchtete, ergriff Marie die Initiative. Mithilfe eines Medizinstudenten machte sie im Klinikum Münster einen Spezialisten ausfindig und vereinbarte bei dem Herrn Medizinalrat einen Termin für die Untersuchung ihres Vaters, dessen Verhalten aufgrund ihrer Schilderungen als „sehr interessanter Fall" eingestuft wurde, den der Rat für ein Forschungsprojekt oder gar für seine Habilitation nutzen wollte. Das „einzige kleine Problem" bestand darin, ihren Vater nach Münster zu schaffen, denn die Untersuchung könne, so der Mediziner, nur stationär in der Klinik erfolgen.

Für den Transport hatte Marie zwei Kameraden der Freiwilligen Feuerwehr Malve um Hilfe gebeten. Jupp und Willi mochten der Morle, die sie aus Kindertagen kannten, diesen Wunsch nicht abschlagen, auch wenn sie von der Aktion wenig angetan waren, weil Kollmann im Dorf einen inzwischen mehr als zweifelhaften Ruf genoss und man allgemein an seinem Geisteszustand zweifelte. So sagten sie zu, es zu probieren, zumal das Fahrzeug ohnehin mal wieder bewegt werden musste. Und eine Fahrt nach Münster hatten sie immer schon mal unternehmen wollen, und das mit vollem Gedöns: Blaulicht und Sirene. Der Traum eines jeden Feuerwehrmanns.

Jupp ging als Erster in den Kotten und wollte von Kollmann wissen, „wie es uns denn heute gehe".

Selbst wenn Kollmann es gewollt hätte, was selbstredend nicht der Fall war, hätte er keine Antwort auf diese Frage geben können, weil er ja nicht wusste, nicht wissen konnte und auch nicht wissen wollte, wie es dem Jupp ging.

Er hätte höchstens sagen können, dass es ihm verdammt schlecht gehe, weil er einen bösen, einen ganz bösen Verdacht habe. Aber warum sollte er das sagen? Das ging diesen Jungfeuerwehrmann nun rein gar nichts an. Nachdem Kollmann auf diese und weitere aus seiner Sicht völlig unsinnige Fragen, deren Antworten Jupp ja ohnehin kannte, zum Beispiel nach seinem Namen und dem Namen seiner Kinder, nicht geantwortet hatte, erklärte der inzwischen frustrierte Jupp: „Wir müssen *den* irgendwie nach Münster verfrachten." Kollmann ärgerte sich, dass er nicht sprechen durfte, denn er hätte zu gern gefragt, wer denn mit *„den"*, den man irgendwie verfrachten müsse, gemeint sei.

Er erinnerte sich an einen Einkauf mit Hanne vor drei Monaten, bei dem der Kauf einer Hose und von zwei Hemden getätigt werden sollte. Kollmann hatte in einer viel zu hohen, im Übrigen aber viel zu kleinen und engen Umkleidekabine gestanden, in Feinrippunterwäsche von Schiesser und in weißen Socken.

Kollmann hatte es in derartigen Situationen immer wieder erlebt, dass Hanne und die Verkäuferin, auch wenn sie sich zuvor noch nie begegnet waren, sich innerhalb von Minuten gegen ihn verbündeten und ihn bevormundeten. Diesem Verhalten lag ganz eindeutig ein unwirksamer Vertrag zu Lasten Dritter zugrunde, so hätte Marie es erklärt. Das wusste Kollmann jedoch nicht, aber was hätte ein Mann im Feinripp und in weißen Socken auch ausrichten können?

Vor etwa einem Jahr war es Kollmann, was eine kleine Genugtuung bedeutet hatte, immerhin gelungen, die Verkäuferin zu verunsichern. Beim Kauf eines Anzugs hatte er aus der Kabine heraus eine „1a-Qualität" gefordert, weil die letzte Anzugshose während des Winters im Schrank eingelaufen sei. Leicht irritiert hatte die Verkäuferin Hanne gefragt, ob es sein könne, dass ihr Mann zugenommen habe. Sie vermute sehr stark, dass sein dritter Ring stärker geworden sei.

Auch damals hatten die Damen ein intensives Gespräch darüber geführt, welcher Anzug *ihm* denn stehen könnte. Schließlich war der Kauf des Anzugs getätigt worden, ohne dass man *ihn* eingebunden hatte.

Bei dem Einkauf vor drei Monaten hatte Kollmann die Verkäuferin sagen gehört: „Das Hemd brauchen Sie *ihm* gar nicht zu bringen, das zieht *er* sowieso nicht an."

Jetzt hatte es *ihm* gereicht: „Wer ist überhaupt *er*?", hatte er aufbegehrt. Aber das hatte *ihm* herzlich wenig geholfen, außerhalb der Kabine hatte niemand Notiz von *ihm* genommen. Stattdessen hatte es nur „Zieh das mal an, Heinrich" geheißen, gefolgt von einem „auch das ist *ihm* am Bauch noch zu klein."

Dann hatte er laut gerufen: „Nennt mich nicht immer *er* oder *ihm*. Er oder ihm hat auch einen Namen!"

Hanne hatte zur Verkäuferin gesagt: „Da hat *er* eigentlich recht", und Kollmann dann fünf weitere Hemden gebracht, die *er* anprobieren sollte. Kollmann verlor endgültig die schon zu Beginn nicht vorhandene Geduld und stöhnte laut und vernehmlich.

„Der quest, als wär er auf Maloche", meinte die Verkäuferin.

Dreißig Minuten später hatten die zwei Frauen eine Hose und sogar drei Hemden gefunden, die ihnen gefielen und die *ihm* passten. Ob sie *ihm* auch gefielen, war nicht von Belang.

Dagegen war im Kotten von Belang, ob Willi und Jupp Kollmann mit nach Münster bekommen würden.

Die Feuerwehrkameraden sahen erst Kollmann und dann sich an: „Jupp, wie wollen wir den Ömmes mitkriegen, wenn der nicht will? Guck dir mal an, wat der aufe Waage bringt", sagte Willi. Zugleich fasste er Kollmann am Arm, um ihn hochzuziehen.

Es tat sich nichts.

„Herr Kollmann, Heini", versuchte es Jupp noch einmal, „die Morle hat uns erzählt, dass es dir nicht so ganz gut geht. Wir nehmen dich jetzt mit und bringen dich ins Krankenhaus."

‚Von wegen‘, dachte Kollmann, ‚ihr bringt mich nirgendwohin. Im Krankenhaus kann man mir auch nicht helfen, wenn, ja wenn das mit Ewa ...‘

Weiter kam er nicht, weil Epi sich anschickte, Kollmann zu helfen. Er sprang Jupp von hinten an und riss ihn zu Boden. Dabei brüllte er: „Nommen est ommen! Wech hier, wech hier, hopp, hopp! Nommen est ommen! Heini bleibt hier. Aber doch sicher!"

Jupp rappelte sich erschrocken wieder auf.

„Jupp, der hat recht. Bloß wech hier. Mit zwei Verrückten nehm ich dat nich auf", flüsterte Willi.

„Aber ihr könnt meinen Papa doch nicht einfach hierlassen", fuhr Marie die beiden an.

„Doch, dat können wir, Morle. Für so schwere Fälle sind wir nämlich gar nich nich zuständig, wa. Und deinem Vater geht es gezz doch schon wieder besser, nich, Herr Kollmann, alles klar, oder wat? Siehste, Morle, er sagt nix dagegen. Dann wird dat ja woll stimmen."

Damit verließen die beiden Feuerwehrkameraden fast fluchtartig den Kotten.

Marie war augenscheinlich verzweifelt, was Kollmann sehr weh tat, aber was sollte er machen?

Der Jüngere kam noch mal zurück. „Komm, Morle, bei denen kannste nicht bleiben. Wir nehmen dich mit und bringen dich zu deinem Auto zurück. Oder willste laufen?"

Marie zögerte. Klar, es war sinnvoll, erst mal zum Auto zu kommen. Außerdem wurde ihr immer mehr klar, dass sie hier jedenfalls im Augenblick nichts ausrichten konnte. So fuhr Marie mit den beiden zurück zum Spritzenhaus nach Malve.

Kollmann und Epi blieben allein zurück, aber in der Folgezeit trat eine Änderung ein.

Epi verlegte sich darauf, tagsüber nach dem Frühstück zu verschwinden, erst abends kehrte er zurück. Er hatte sich sein Fiffi beim Krankenhaus abgeholt, sodass Kollmann einige Minuten vor seinem abendlichen Eintreffen wusste, dass Epi bald zurück sein würde.

Im Übrigen war das Interesse an den beiden Aussiedlern von Woche zu Woche mehr zurückgegangen und stand davor, gänzlich zu erlöschen, auch die Zeitungen nahmen keine Notiz mehr von ihnen. Man ließ die beiden in Frieden, man begann sie zu vergessen, viele hatten sie, wie zuvor Lieschen Bockkamp, *bereits* vergessen. Die Einzigen, die regelmäßig kamen, waren die treue Seele Marga, nach wie vor alle zwei Tage, und etwa zweimal pro Woche Marie. Mehrfach hatte Marie versucht, Hanne dazu zu bewegen, wenigstens einmal mitzukommen.

Diese hatte brüsk abgelehnt. „Nein, Marianne, das kannst du dir aus dem Kopf schlagen. Ich würde deinen Vater dort nicht einmal aufsuchen, wenn er halbwegs normal wäre. Warum sollte ich ihn dann aufsuchen, wenn er total verrückt ist?"

Bei Kollmanns Anblick hätte Hanne das Unmögliche, mit ihm zu sprechen, ohnehin von sich aus verweigert und sofort den Rückweg angetreten. Denn Kollmann und Epi waren ohne Worte übereingekommen, sich die Haare nicht mehr schneiden zu lassen und sich nicht mehr zu rasieren. Von einer täglichen Körperpflege konnte auch im Übrigen schon lange keine Rede mehr sein.

Epi sah wegen seines starken Bart- und Haarwuchses inzwischen so aus, wie die Dörfler sich Rübezahl vorstellten, der des Nachts die in weiter Ferne liegende, von hohen Tannen umgebene Heimat sorglich hütet.

Auch Kollmanns Bart war gesprossen, sein Haarkranz hatte jede Kontur verloren. Diese sichtbare Verwahrlosung mag auch ein Grund dafür gewesen sein, dass Karl-Wilhelm und Thea die Abstände zwischen ihren Besuchen immer größer werden ließen und diese schließlich ganz einstellten.

„Wozu denn auch, wenn er doch nicht mit uns redet?", war die aus ihrer Sicht naheliegende Erklärung.

Wenn seine wegen der Schlafdefizite sich langsam, aber stetig verschlechternde körperliche Verfassung es zuließ, las Kollmann in der dicken Schwarte. Dabei beschlichen ihn wegen folgender Fragestellung Zweifel an der Allmächtigkeit Gottes:

Wenn Gott alles kann, kann er dann einen Stein *so* schwer machen, dass er, also der allmächtige Gott, den Stein *nicht* tragen kann? Dann wäre Gott doch irgendwie nicht allmächtig, oder?

‚Das macht doch alles keinen Sinn, verdammt noch mal‘, dachte Kollmann.

Seine eigene Erkenntnis „Ich habe keine Lust. Aber ich weiß nicht, auf was" beschäftigte ihn mehrere Tage.

Nicht nur um sich zu beschäftigen, sondern auch aus Interesse an dem, was gewesen war, wandte Kollmann sich einer zweiten Beschäftigung zu.

Er begann damit, seine Geschichte, sein früheres Leben, das Leben des *alten* Kollmann aufzuschreiben. Dabei beschönigte er wenig, er versuchte ehrlich zu sein. Allerdings wollte er es der Nachwelt nicht zu leicht machen. Er beschrieb einzelne lose Blätter aus dem von Marie gebrachten Vorrat und sorgte dafür, dass alle Sätze auf den jeweiligen Seiten zu Ende gingen. Außerdem nummerierte er die Seiten nicht. Und zu guter Letzt versteckte er die beschriebenen Seiten an drei unterschiedlichen Stellen im Kotten. Auch wenn ihm dabei niemand zusah, machte ihm das sichtlich Spaß.

Wenn jemand alle oder nur einzelne Seiten finden sollte, dann sollte die Lektüre nicht zu einfach sein.

43. Prima Zahlen, im Kotten, Dienstag, 4. Juli 1961

Das Verstecken der von ihm beschriebenen Seiten, „die Ablage", wie Kollmann es nannte, nahm er wie folgt vor: In das erste Versteck legte er alle Seiten, die – wenn er sie denn nummeriert hätte, was er natürlich nicht tat – Primzahlen aufweisen würden. Dazu hatte er unmittelbar nach dem Frühstück bereits die Zahlen 1, 2, 5, 7, 11, 13 und 17 auf einem Zettel notiert. Später wollte er diese Liste bis 100 fortsetzen, soweit, wie er es mal mit Marie zusammen getan hatte. Doch dazu kam es nicht mehr.

Denn Epi, der ihm gegenübersaß, nahm das Blatt, sah sich die Liste an, griff wortlos nach dem von Kollmann abgelegten Füller, strich die 1 durch und fügte mit ungeübter, krakeliger Schrift, ohne überhaupt nachzudenken, 19, 23, 29, 31, 37, 41, 43, 47, 53, 59 und 61 hinzu. Kollmann entriss Epi den Zettel. Er war irritiert und fasziniert zugleich. Er hatte nicht gewusst, nein, nicht einmal geahnt, dass Epi Zahlen schreiben konnte, wenn auch mehr schlecht als recht. Und woher, um Gottes willen, kannte Epi Primzahlen? Kollmann war baff, vollkommen baff.

„Sind das genug prima Zahlen, Heini, oder willste mehr?", fragte Epi, während Kollmann seinen Mund nicht zubekam. Er fragte sich, ob Epi vielleicht gar nicht blöd war, sondern den Blöden nur spielte, weil das bequem für ihn war. Schließlich spielte er, Kollmann, ja auch einen, der die Sprache verloren hatte, obwohl er reden konnte.

Epis Zahlenreihe konnte er sich jedenfalls nicht erklären. Er schob den Zettel zurück und gab Epi zu verstehen, er solle weitermachen. Und Epi machte weiter. Und wie. Ohne zu zögern, ohne überhaupt einzuhalten, setzte er die Reihe fort.

„Prima Zahlen, alles prima Zahlen, Epi kennt alle, alle prima Zahlen. Aber sicher doch! Und früher war es auch *nicht* besser!", rief er vergnügt.

Kollmann gab Epi durch ein Handzeichen zu verstehen, dass es genug prima Zahlen waren.

Danach sah er sich die Liste an und lächelte. Epi hatte zum Schluss 397, 401, 409 und 419 notiert. Kollmann glaubte nicht, dass die 409 eine Primzahl war, und änderte die Zahl aufs Geratewohl in 407.

Epi nahm die Liste wortlos zurück, schüttelte leicht missbilligend den Kopf und schrieb die 409 wieder hin. Daneben notierte er: 407 : 37 = 11. Danach schrieb er weiter und weiter, erst bei 10.007 konnte Kollmann ihn mit Mühe bremsen.

Das war unheimlich. Kollmann wusste nicht, dass Schwester Agnes Epi nicht nur hin und wieder in den Arm genommen und vielleicht, was Epi aber nicht so genau wusste, sogar ein- oder gar zweimal auf die Wange geküsst hatte, sondern auch heimlich mit ihm Rechnen geübt hatte. Epi hatte sich als sehr gelehrig erwiesen und schon bald hatten sie die Aufgaben nach der Art „drei Äpfel und vier Birnen sind in einem Obstkorb" hinter sich gelassen.

Nach nur wenigen Unterrichtsstunden war die Schwester mit ihrem Latein am Ende gewesen. Epi war ihr überlegen. Daraufhin hatte sie ihm Rechenbücher besorgt, die er mit Begeisterung durchgearbeitet hatte. Zwar sagten ihm die schriftlichen Erklärungen nichts, da er nicht lesen konnte, aber Epi verstand die Bedeutung der Zahlen und die Gleichungen. Doch das alles wusste Kollmann natürlich nicht.

Obwohl Kollmann sich neben der Philosophie und dem Aufschreiben seiner Geschichte für nichts mehr interessierte, musste er dieser Sache wohl oder übel auf den Grund gehen.

Dabei kam ihm zugute, dass er hin und wieder mit seinen Kindern Rechnen geübt hatte. Allerdings hatte er nur bei Karl-Wilhelm und Thea einigermaßen mithalten können, Marie war ihm weit überlegen gewesen. Dank seines guten Gedächtnisses konnte sich Kollmann an einige Aufgaben erinnern, auch wenn ihm die Lösungen entfallen waren. Sei's drum. Er würde Epi einfach ein paar Aufgaben stellen.

Kollmann malte ein Rechteck, dann ein Fragezeichen in die Mitte, und schob Epi das Blatt zu.

Epi notierte gelangweilt:

$$A = a \cdot b$$

Kollmann wusste nicht, ob das richtig war, aber es sah auf jeden Fall richtig gut aus.

Jetzt malte er einen Kreis, führte anschließend den Füller einmal auf der Linie ganz herum und setzte ein Fragezeichen auf das Blatt. Epi nahm, wiederum gelangweilt, den Füller und notierte:

$$U = 2 \, pi \cdot r$$

Dann ratterte er los:

pi = 3,1415926535 8979323846 2643383279, um dann „genug, Heini?" zu fragen.

Es war mehr als genug, zumal Kollmann nicht einmal die ersten drei Ziffern auf deren Richtigkeit prüfen konnte, aber er war fasziniert und stellte deshalb die nächste Aufgabe.

Kollmann malte ein Dreieck mit einem rechten Winkel. Er wusste, er würde Epis Antwort auch dieses Mal nicht überprüfen können, aber er wusste auch noch, dass an dieser Aufgabenstellung sogar die mathematisch nicht unbegabte Thea verzweifelt war.

Völlig ungerührt malte Epi, denn schreiben konnte er ja nicht:

$$a^2 + b^2 = c^2$$

und erklärte „von Püta Gorass. Aber sicher doch".

Als er Kollmanns zweifelnden Blick bemerkte, malte Epi

$$3^2 + 4^2 = 5^2$$

Weil die Zeit, in der Kollmann mit seinen Kindern Rechnen geübt hatte, schon recht lange zurücklag und schon lange beendet war, bevor Hochzahlen an der Reihe waren und nicht zuletzt wegen Epis kindlicher Zahlenmalerei las er:

$$32 + 42 = 52$$

Und das war nun eindeutig falsch, das war Unsinn. Das sah Kollmann auf einen Blick ohne groß nachzurechnen. Er schüttelte deshalb den Kopf, nahm den Füller und schrieb „f" an den Rand. Die „5^2" strich er durch und schrieb daneben 74.

Jetzt schüttelte Epi den Kopf. Er strich die 74 durch, um wieder 5^2 zu notieren. Das Spiel wiederholte sich mehrfach. Schließlich stand Epi leicht genervt auf, griff nach einem dünnen Buch mit dem Titel „Formelsammlung Oberstufe" und zeigte Kollmann die Seite 23. Und dort stand tatsächlich unter der Überschrift „Satz des Pythagoras"

$$a^2 + b^2 = c^2$$

und als Beispiel

$$3^2 + 4^2 = 5^2$$

und als Übungsaufgabe

$$6^2 + 8^2 = x^2$$

Kollmann verstand die Welt nicht mehr, aber er erinnerte sich, dass dieses sonderbare dünne Buch im Koffer gelegen hatte. Epi hatte es offenbar entnommen und – wie auch immer – gelesen. Aber wie hatte er das gemacht, wie hatte er das verstanden? Das konnte Kollmann nicht verstehen, weil Epi doch gar nicht lesen konnte.

Unterdessen war es im Kotten ganz still geworden. Kollmann schaute Epi zweifelnd an, kniff sich in die Wange, um festzustellen, ob er träumte, und schüttelte den Kopf.

Kollmann dachte nach. Es gab da noch eine Aufgabe, die hatten Karl-Wilhelm und Thea nicht lösen können, Marie hingegen schon. Worum war es da denn noch gegangen? Irgendeine Erbschaft bei einem Bauern mit Kühen. Kollmann wusste nicht, dass die Aufgabenstellung schon sehr alt war und dass es eine Reihe von Varianten dazu gab. Also wie war das noch?

Ein Bauer hatte 19 Kühe, oder? Nein, es waren nur 17. In seinem Testament hatte der Bauer angeordnet, dass sein ältester Sohn die Hälfte, der mittlere ein Drittel und der jüngste ein Neuntel der Kühe bekommen sollte. Aber wie sollte das mit 17 Kühen gehen, ohne die Tiere zu schlachten?

Deshalb hatte man sich vom Nachbarhof eine Kuh geliehen und zu den 17 Kühen hinzugestellt. Dann ging es an die Verteilung:

Der älteste Sohn bekam die Hälfte von nunmehr 18, also neun, der mittlere ein Drittel von 18, also 6, und der jüngste ein Neuntel von 18, also zwei Kühe. Das konnte Kollmann mit einiger Mühe ausrechnen. Damit waren 9 + 6 + 2 = 17 Kühe verteilt worden. Anschließend hatte der Nachbar die geliehene Kuh wieder abgeholt. Sie wurde ja nicht mehr benötigt.

Kollmann hatte diese Rechnung so wenig verstanden wie Thea und Karl-Wilhelm, Marie hatte ihnen die Lösung erklärt, doch Kollmann hatte sie vergessen. Er war sich indes sicher, dass Epi diese Aufgabe nicht lösen konnte, aber er wusste nicht, wie er Epi die Aufgabe stellen sollte.

Er begann zu malen. Zuerst malte er 17 Kühe, dann drei Kinder in unterschiedlicher Größe, malte Pfeile zu den Kindern und schrieb: ½, 1/6 und 1/9. Er gab Epi das Blatt, dieser schüttelte den Kopf.

Kollmann malte eine Kuh hinzu und schrieb: $9 + 6 + 2 = 17$. Danach strich er die Kuh, die er dazu gemalt hatte, wieder durch.

Epi schüttelte erneut den Kopf, Kollmann freute sich. Diese Aufgabe war scheinbar sogar für Epi zu schwer, aber seine Marie, seine kleine Marie, seine kleine kluge Marie hatte sie damals innerhalb von zehn Minuten gelöst.

Doch dann nahm Epi gänzlich ungerührt den Bleistift und schrieb:

$$1/2 + 1/3 + 1/9 \neq 1$$

Kollmann sah Epi zweifelnd an. Dieser schrieb:

$$½ + 1/3 + 1/9 = 9/18 + 6/18 + 2/18 = 17/18 < 1/1.$$

Kollmann hatte nicht einmal den Hauch einer Ahnung, was das bedeuten sollte, nickte aber anerkennend. Etwas anderes blieb ihm ja auch gar nicht übrig.

Epi tat fast gelangweilt, so, als wäre nichts passiert, und wartete auf die nächste Aufgabe.

Doch Kollmann musste aufgeben, er kannte keine weitere Aufgabe.

Epi war enttäuscht wie ein junger Hund, der seinem Herrchen nicht alle von ihm beherrschten Kunststücke zeigen durfte, weil dieser das Interesse verloren hatte.

Die Rechenstunde war zu Ende gegangen. Epi hatte nur noch eben einige Hundert weitere „prima Zahlen" aufgeschrieben, während Kollmann weiter sein Leben beschrieb. Epi war danach mit seinem Fiffi weggedüst und abends zurückgekommen, wie immer.

Anschließend hatten sie gegessen, wie immer, und waren schlafen gegangen, wie immer. Aber Kollmann schlief in die-

ser Nacht auch deswegen sehr schlecht, weil sein „neuer"
Mitbewohner „Einstein" ihm zu schaffen machte, er war ihm
unheimlich.

Was, wenn Epi gar nicht blöd war? Wenn er alles mitbekommen hatte? Epi hatte schon immer davon geredet, dass
das große Wasser kommen würde und die in Düsseldorf
schon längst alles entschieden hätten. Und das schon zwei
Monate bevor Kollmann diesen verhängnisvollen Brief aus
Düsseldorf bekommen hatte. Woher hatte Epi dieses Wissen?

Kollmann konnte nicht wissen, dass Epi im März eine anlässlich der Landvermessung stattfindende Besprechung des
Leiters des Katasteramts Meschede und stellvertretenden
Leiters des Wasserwirtschaftsamts Soest mitgehört hatte.
Die Herren hatten, obwohl der Blöde mit seinem Moped in
der Nähe war, sehr offen darüber gesprochen, dass der Bau
der Riesentalsperre an eben dieser Stelle in Düsseldorf schon
längst beschlossen sei, dass weite Teile von Malve geflutet
würden und fast 400 Menschen umgesiedelt werden müssten. Und danach hatten sie geradezu enthusiastisch „dieses
großartige Projekt mit dem großen Wasser" gepriesen. Sie
ahnten nicht, dass der Blöde mit dem Moped dies alles behalten sollte.

Kollmann wusste auch nicht, ob und was Epi über seine
nicht gerade rühmliche Rolle in Bezug auf diesen Talsperrenbau wusste. Was hatte Epi bei Elfriedes Beerdigung gesagt,
als außer Kollmann noch niemand in der Gemeinde von dem
Projekt wissen konnte? Und hatte er nicht schon im April davon geredet?

„Doch, Kollmann, doch, sie haben die Absicht. Aber doch
sicher, und früher war besser!"

Kollmann grübelte und grübelte und fand nur deshalb in den Schlaf, weil er sich immer wieder sagte, er sei ja nicht mehr der, der er war, und deshalb ginge ihn das, was geschehen war und das, was der *alte* Kollmann gemacht oder auch nicht gemacht hatte, nichts mehr an. Und zwar gar nichts, überhaupt rein gar nichts. Aber auf der Hut sein musste er trotzdem. Wer weiß, was Einstein alles wusste.

Als Kollmann sich am nächsten Morgen an den gedeckten Frühstückstisch setzte, hatte Einstein neben dem Frühstück ein Zahlenrätsel für Kollmann vorbereitet. Was war *das* denn nun schon wieder?

Epi hatte ein Blatt auf Kollmanns Platz gelegt, auf das er ein großes Quadrat gezeichnet hatte, das sich aus neun kleinen Quadraten zusammensetzte. Jedes dieser neun Quadrate bestand aus neun Feldern. In jedem der kleinen Quadrate standen einige Zahlen, alle mit einem Wert zwischen eins und neun. Einstein gab Kollmann einen Bleistift und forderte ihn auf, weitere Zahlen hinzuschreiben.

Kollmann wusste nicht, was das sollte. Er hatte auch keine Lust darauf, mit Einstein in einen Kampf um die richtigen Zahlen einzutreten, aber Einstein ließ nicht locker. Kollmann schrieb schließlich in das obere kleine Quadrat ganz in die rechte obere Ecke eine 2. Einstein nahm das Blatt und zeigte wortlos auf eine andere 2, die sich in demselben Quadrat befand. Danach radierte er kopfschüttelnd Kollmanns 2 aus.

Auffordernd und zugleich leicht tadelnd – ,so weit ist es schon gekommen', dachte Kollmann – gab Einstein Blatt und Bleistift an diesen zurück. Kollmann schaute sich dieses Quadrat etwas genauer an, es enthielt noch keine 5. Also trug Kollmann diese Zahl ein. Einstein war zufrieden.

‚Na gut', dachte Kollmann, ‚tue ich ihm den Gefallen, damit er Ruhe gibt. Welche Zahlen fehlen noch in diesem Quadrat? Nun, die 3, 6, 8 und 9.'

Deshalb trug Kollmann die 3 ein und wollte gerade die 6 schreiben, als Einstein ihm das Blatt mit unverhohlener Missbilligung aus der Hand nahm. Er zeigte auf das Quadrat, das sich unter dem oberen Quadrat befand, tippte mit dem Bleistift auf eine dort in derselben Spalte stehende 3. Danach radierte er Kollmanns 3 aus.

Kollmann verstand zunächst nicht, was das sollte, doch dann begriff er das System. Also keine 3, weil in der Spalte, wenn auch in einem anderen Quadrat, schon eine 3 stand. Er schaute die gesamte Spalte an und sah, dass dort auch bereits eine 6 stand, aber keine 8. Also trug er an die Stelle, an der die von Epi ausradierte 3 gestanden hatte, die 8 ein. So schwer war das ja wirklich nicht, doch Einstein nahm ihm das Blatt wieder ab und zeigte auf die Zeile, in die Kollmann die 8 eingetragen hatte. Ganz am äußersten Rand in einem anderen Quadrat stand bereits eine 8. So konnte Kollmanns 8 keinen Bestand haben.

‚Verdammt', dachte Kollmann, ‚darauf muss man auch noch achten. Also keine gleiche Zahl im selben Quadrat, in derselben Spalte und in derselben Reihe.' Das war ja echt schwierig. Also die 9? Ja, die 9 ging. In der Reihe war in keinem der drei Quadrate eine Neun, in der Spalte – Kollmann schaute schnell nach unten – auch nicht. Das war ja echt klasse. Und gar nicht so schwer. Kollmann machte weiter, Einstein beobachtete ihn genau und ließ ihn bis auf Weiteres leicht lächelnd gnädig gewähren.

Nach drei weiteren Zahlen ging aber nichts mehr. Im mittleren Quadrat fehlte nur noch eine 4, aber in der Spalte stand in einem anderen Quadrat schon eine 4. Was nun? Einstein zuckte die Schultern, nahm das Blatt und radierte die letzten elf der von Kollmann zuvor geschriebenen Zahlen aus. Dieser hatte eigentlich die Lust an der Sache verloren, aber eben nur eigentlich. Aber er wollte das nicht unter Einsteins Aufsicht noch einmal probieren. Doch Einstein gab keine Ruhe:

„Such doch, Kollmann, such doch, Kollmann", rief er, aber weil er sehr aufgeregt war, klang es mehr wie „su-do-kollmann". Dass daraus später das in vielen Ländern weltweit gespielte Zahlenrätsel Sudoku werden sollte, ahnte in diesem Moment niemand. Immerhin gelang es Kollmann, dass Einstein ihm erlaubte, zunächst einmal zu frühstücken.

Kurz danach brach Einstein zu seiner täglichen Ausfahrt auf, nicht ohne zuvor das Zahlenrätsel demonstrativ vor Kollmann abzulegen. Dieser griff nach dem Blatt. Gegen Mittag war er fast fertig, es fehlten nur noch zwei Zahlen. Sekunden später war das Blatt zerknüllt und in hohem Bogen gegen die Wand des Kottens geschleudert. Die beiden blöden Zahlen hatten nicht gepasst. Das Rätsel ging nicht auf. Mist. Das machte doch keinen Spaß. Überhaupt keinen. Aber andererseits, interessant war es schon.

44. Kollmanns Erzählungen, im Kotten, August 1961

In den nächsten Wochen tat sich wenig. Die Tage *mit* Marga wechselten sich mit den Tagen *ohne* Marga ab. Kollmann schrieb seine Geschichte weiter und versuchte sich gelegentlich, aber erfolglos als Philosoph. Er hatte sein Pulver wohl schon verschossen, nach „Nichts ist" kam nichts mehr. Aber er beschäftigte sich jeden Morgen mit einem neuen Zahlenrätsel, das Einstein zuvor in wenigen Minuten erstellt hatte. Die Anzahl der bereits eingesetzten Zahlen wurde dabei immer geringer.

Nach und nach erlernte Kollmann einige Techniken, um schneller zur Lösung zu kommen. Wenn ihm dies nicht spätestens binnen zwei Stunden gelang, wurde er unleidlich. Dabei wechselten sich Wut, Enttäuschung und Frustration ab. Kollmann wusste allerdings vorher nicht, welches Gefühl ihn befallen würde, wenn die Zahlen nicht so wollten, wie er wollte. Bisweilen war er richtig wütend, oft aber nur frustriert oder enttäuscht.

Er begann damit, jedes der von Einstein gestellten Zahlenrätsel auf ein anderes Blatt zu übertragen, um notfalls zweimal ansetzen zu können. Das war oft, aber längst nicht immer ein erfolgreicher Weg, weil ihm bisweilen die beim ersten Versuch gemachten Fehler beim zweiten Mal genauso wieder unterliefen.

Selbst wenn er wieder geredet hätte, hätte er tagsüber niemanden fragen und um Hilfe bitten können, denn er war ja allein. Einstein setzte sich nach wie vor täglich nach dem Frühstück auf sein Fiffi und knatterte davon. Kollmann wusste nicht, wohin Einstein fuhr. Es interessierte ihn aber auch nicht.

Es interessierte ihn aber, ob es ihn interessieren würde, sollte Einstein eines Abends nicht zurückkommen. Er stellte resigniert fest, dass er es nicht wusste. Klar, es war schön und bequem, wenn das Frühstück bereitet, der Kotten geputzt, Brennholz gesammelt und das verdammte Zahlenrätsel entworfen wurde. Aber wenn es anders wäre, dann wäre es eben anders. Nicht besser, nicht schlechter, nur anders.

„Kollmanns Erzählungen", wie er seine Geschichte inzwischen nannte, neigten sich dem Ende zu. Gerade hatte er wieder eine Seite, die, wenn er sie denn nummeriert hätte, eine Primzahl aufweisen würde, im ersten Versteck hinter einem der dicken Eichenbretter neben dem Ofen verstaut.

Das zweite Versteck befand sich im Schlafzimmer unter einem Brett im Fußboden, das sich herausnehmen ließ, wenn man ein schweres Gewicht auf das andere Ende des Bretts stellte. Das dritte und letzte Versteck war in der Holzdecke des größeren Raums. Auch hier ließ sich mit einigem Geschick ein Brett lösen.

Die Verteilung der Seiten, die keine Primzahlen aufweisen würden, und die Kollmann deshalb in das zweite oder dritte Versteck legte, nahm Kollmann nach dem „Kollmann'schen System" vor, das darin bestand, dass es kein System war. Darauf müsste wer auch immer wann auch immer und wie auch immer erst einmal kommen. So legte Kollmann bisweilen drei Blätter nacheinander in ein Versteck hinein, bisweilen wechselte er nach jedem Blatt. Vorher nahm er immer alle schon vorhandenen Blätter heraus und änderte deren Reihenfolge. Einige wenige Seiten legte Kollmann in keines der Verstecke, sondern in den Ofen. Das waren die Seiten, die später niemand finden sollte.

Oft tauchte auf diesen Seiten der Name „Ewa" auf, aber auch gewisse Ereignisse in Zusammenhang mit dem geplanten Bau einer Talsperre waren hier zu finden. Kollmann setzte diese Seiten auf eine imaginäre schwarze Liste und gab sie dem Feuer preis.

Durch die fehlenden Seiten wurde das System, das ja keines war, noch undurchschaubarer. Und so sollte Kollmann recht behalten: Kein Außenstehender sollte die Systematik der Ablage jemals vollständig durchschauen.

45. Goethe, Soest, im April 1963

Als zwei Jahre später – das war das Jahr, in dem Ludwig Ehr-
hard Konrad Adenauer als Bundeskanzler folgte – der Talsperrenbau begann, entschloss man sich, den Kotten, in dem
von Edelgard Tengelmann und Epi seit etwa einem Jahr recht
erfolgreich ein Waldcafé betrieben wurde, umzusetzen.

Edelgard war als 16-Jährige im Jahre 1923 von einem Tag
auf den anderen vom Hof des Großbauern Schulte zu Wischen verschwunden, um 1961 nur eine Woche nach dem Tod
das alten Schulte zu Wischen nach Malve zurückzukehren.
Epi, den Edelgard stets Eberhard nannte, und Edelgard verstanden sich von Anfang an sehr gut, und Edelgard bemühte
sich redlich darum, all das nachzuholen, was sie 38 Jahre hatte
versäumen müssen. Beide lebten sehr zurückgezogen im Kotten, nicht einmal bei den örtlichen Festen waren sie zu sehen.

Für die Umsetzung des Kottens bediente man sich der
Hilfe von Experten aus dem damals größten Freilichtmu-
seum Deutschlands in Cloppenburg, die sich mit dem Abbau
von Bauernhäusern und deren Wiederaufbau an einer anderen Stelle bestens auskannten.

So wurde das kleine Gebäude unter fachkundiger Aufsicht Stück für Stück abgetragen, alle Einzelteile erhielten
eine genaue Beschriftung, die beim späteren Wiederaufbau
dafür sorgte, dass jedes Teil wieder an die richtige Stelle
kam. Ein sehr nachhaltiger und energischer Befürworter dieser aufwendigen Aktion war die längere Hälfte von Pat und
Patachon, Dr. Hahnenbücher.

Ihm war Kollmanns Schicksal nahegegangen, er gab sich
sogar eine gewisse Mitschuld daran. Dabei hegte der vorma-
lige Hilfsreferent, der inzwischen wegen besonders guter

Leistungen bei der Planung des Projekts „Wasser marsch" vorzeitig zu einem auf Lebenszeit verbeamteten Referenten aufgestiegen war, an dem Projekt „Wasser marsch" und an seiner Strategie aber nicht den geringsten Zweifel.

Aber man hatte mit Kollmann ganz eindeutig auf das falsche Pferd gesetzt: Diesem Kollmann hatte die politische Unbekümmertheit gefehlt, er war zu anständig und zu wenig Draufgänger gewesen. Mit so lahmen Gäulen konnte man keine Politik machen. Das hatte er damals zu spät erkannt. Das war sein, sein einziger kleiner Fehler gewesen.

Mehr Erfolg hatte er übrigens mit Pferdewetten, die er auf der Trabrennbahn Düsseldorf tätigte. Hier setzte er regelmäßig auf Pferde aus der zweiten Reihe. Zwar erlitt er bei vielen Wetten Totalverluste, weil die Gäule sich statt in die erste Reihe zu galoppieren in die dritte vergaloppierten. Aber immer, wenn einer der von ihm gewetteten Außenseiter gewann, gab es eine hübsche Quote, die die Verluste aus den anderen Rennen mehr als kompensierte. Im Übrigen kannte er viele Jockeys inzwischen persönlich, auch sie hatten gegen kleine Wettgewinne oder eine Beteiligung an denselben nichts einzuwenden, hahaha.

Die Umsetzung des Kottens vom bisherigen Standort auf eine etwa vier Kilometer entfernte kleine Anhöhe wurde durch Bauoberrat Dr. Ing. Werner G. Helersmann, seines Zeichens stellvertretender Leiter des Wasserwirtschaftsamtes in Soest, koordiniert. Wegen seiner spirituellen Interessen wurde der Bauoberrat von Kollegen spöttisch „geheimer Wasseroberrat" oder in Anlehnung an den im Jahre 1776 in Weimar zum Geheimen Legationsrat ernannten großen deutschen Dichter auch schlicht und einfach „Goethe" genannt.

Bei der Demontage entdeckte Goethe zwei der drei von Kollmann genutzten Verstecke, nämlich das erste, in dem sich die Blätter mit den fiktiven Primzahlen befanden, und das zweite unter dem Brett im kleinen Schlafzimmer. Fast 70 Blatt Papier lagen vor ihm.

Außerdem fand er die kurzen Aufzeichnungen, die Kollmann bereits davor gemacht und bei der Ankunft von Marie und Ewa überstürzt in den Spalt eines der aufstrebenden Ständer des Fachwerks gesteckt hatte.

Goethe begann alles zu sichten und zu ordnen, was sich aber wegen der fehlenden Nummerierung, der fehlenden Seiten aus dem dritten Versteck, der verbrannten Seiten und auch deshalb, weil alle Seiten mit ganzen Sätzen aufhörten, als sehr kompliziert herausstellte.

So konnte sich Goethe auf viele Dinge keinen Reim machen. Wer war diese Ewa, die hin und wieder in den Erzählungen auftauchte? Woher kannte Kollmann sie? Gehörte sie zur Familie? Oder war sie die junge Frau im Alter von Kollmanns Töchtern Marie und Thea, mit der er Dinge getan hatte, die ein Vater mit seiner Tochter nicht tun darf?

Was war zwischen den beiden passiert? Was war aus Ewa geworden? Welchen bösen Verdacht hatte Kollmann gehabt?

Und was hatte sich in der Staatskanzlei in Düsseldorf zugetragen? In welcher Weise war Kollmann in den Bau der Talsperre involviert gewesen? In den Akten, die Goethe aufgrund seiner guten Kontakte in der Staatskanzlei einsehen durfte, fand sich ein IM Karl, den man nach kurzer Zeit wegen besonders nachhaltiger Unfähigkeit und politischer Unzuverlässigkeit abgeschaltet hatte. War Kollmann der IM Karl gewesen?

Goethe erkannte schnell, dass ganz offensichtlich immer wieder eine oder auch mehrere Seiten fehlten. Aber Goethe wollte die Wahrheit, die ganze Wahrheit erforschen, und so zog er zur Unterstützung mit Dr. Steinlaus einen pensionierten Schriftexperten der Kriminalpolizei, einen gelernten Graphologen hinzu. Diesem gelang es durch akribische Arbeit, die Seiten halbwegs in die richtige Reihenfolge zu bringen.

Er setzte daran an, dass sich Kollmanns Schrift während der sechswöchigen Schaffensphase verändert hatte. Die Schrift war zunächst sehr ungelenk gewesen, dann flüssiger und hernach runder geworden, aber die Geschichte selbst war alles andere als rund.

Nach sechs Monaten beendeten Goethe und Dr. Steinlaus ihre Arbeiten. Statt des Titels „Kollmanns Erzählungen" nannten sie das Werk schlicht und einfach „Ein sauerländisches Tagebuch" und boten es einer großen deutschen Illustrierten zum Kauf an, weil Kollmann ausdrücklich geschrieben hatte, die Veröffentlichung sei ohne die Zustimmung der Familie zulässig.

Die Redakteure der Illustrierten prüften sehr sorgfältig die Authentizität der Ausführungen, danach entschied sich die Verlagsleitung gegen den Ankauf.

Man teilte Goethe in hochtrabender Sprache mit, die journalistische Sorgfalt gebiete es, nur vollständig dokumentiertes Material zu publizieren. Die vorhandenen Lücken im offerierten Material seien zu erheblich.

Goethe ärgerte sich maßlos über diese Ablehnung. Er überlegte, wie er es hätte geschickter anstellen können. Die Antwort lag auf der Hand: Man hätte die fehlenden Seiten einfach selbst schreiben sollen. Dr. Steinlaus, der als Graphologe Kollmanns Schrift perfekt nachahmen konnte, drängte sich als Fälscher geradezu auf. Und Goethe hätte über genug Fantasie und Einfühlungsvermögen verfügt, um die Geschichte rund zu schreiben. Da auch er die Philosophie liebte, war Kollmann ihm ans Herz gewachsen, sie waren Brüder im Geiste.

Allerdings waren sie wohl nur Halbbrüder, denn mit Kollmanns „Nichts ist" konnte Goethe nicht so recht etwas anfangen. Gegenüber Dr. Steinlaus äußerte er „Nichts ist" *„sei wahrscheinlich nichts"*. Da Goethe sich aber nicht sicher war, verfasste er ein kurzes Essay für die NPB, wobei er als Fundstelle „im Kotten bei Malve" angab. Bei den Lesern der Neuen Philosophischen Blätter stieß der im März 1964 erschienene Beitrag – immerhin – auf ein geteiltes Echo.

Aber auch ohne „Nichts ist" hätten Kollmanns Aufzeichnungen genug Interessantes geboten, erst recht nach einer Komplettierung durch Goethe. Die angeschriebenen Redakteure hätten die „kleinen Ergänzungen" – Fälschung war ein gar zu hässlich Wort – wahrscheinlich gar nicht bemerkt, sondern sich mit großem Eifer an die Veröffentlichung des Tagebuchs gemacht.

Doch zu all dem kam es nicht, Kollmanns Tagebuch blieb unveröffentlicht, obwohl alle Seiten, die vorlagen, von vorne bis hinten echt waren. Da hatte ein anderes Tagebuch 20 Jahre später mehr Erfolg, obwohl es von vorne bis hinten gefälscht war. Die Fälschungen begannen schon bei den Initialen des angeblichen Verfassers:

Statt „A" und „H", wie es richtig gefälscht gewesen wäre, standen auf dem Buchdeckel die verschnörkelten Buchstaben „F" und „H", was sich einfach daraus erklärte, dass der Fälscher ein verschnörkeltes „A" gerade nicht zur Hand hatte.

Die Gutachter, die die Authentizität des Manuskripts prüften – einer davon war der Sohn vom Dr. Steinlaus –, wurden genial getäuscht: Denn die den beiden Schriftexperten vorgelegten „echten" Proben stammten von demselben Fälscher, sodass die Gutachter Fälschungen mit Fälschungen verglichen. Folgerichtig bestätigten sie die Echtheit der Tagebücher.

Nach dem Ankauf von 62 Bänden für insgesamt 9,3 Millionen DM stoppte eine große deutsche Illustrierte die – bereits vor Abschluss einer Untersuchung durch das Bundeskriminalamt – begonnene Veröffentlichung der Tagebücher, nachdem das BKA festgestellt hatte, dass diese zweifelsfrei gefälscht waren. Diese Aktion war weiß Gott keine Sternstunde für den deutschen Journalismus.

Von all dem, was in nächster Zukunft mit seinen Aufzeichnungen nicht und zwei Jahrzehnte später mit den angeblich vom Führer verfassten Tagebüchern geschehen sollte, ahnte Kollmann nichts. Er schrieb an seiner Geschichte, er verstaute nach dem „Kollmann'schen System", das keines war, die Blätter in den drei Verstecken oder legte sie in den Ofen.

Dann kam der Augenblick, in dem Kollmann fertig war, in dem er seine Erzählung abgeschlossen hatte, in dem er dem Geschriebenen nichts mehr hinzuzufügen hatte.

Und es traf sich gut! Epi hatte zum Abendbrot eine Suppe gekocht. Kollmann löffelte diese aus und gab sodann ganz ohne Wehmut den Löffel ab.

Deshalb erfuhr er nicht mehr, dass nur einen Tag später, am 13. August 1961, der Bau der Berliner Mauer begann, obwohl der Staatsratsvorsitzende der DDR, Walter Ulbricht, in Anlehnung an ein historisches Wort des Bürgermeisters von

Malve zwei Monate zuvor erklärt hatte, „niemand hat die Absicht, eine Mauer zu errichten".

Epilog

Eberhard, den alle nur Epi nannten und von dem niemand wusste, wie alt er war und wo er, ein Findelkind, herkam, war der geborene Lügner. Und man konnte nur schwerlich entscheiden, ob er log, ohne es überhaupt so recht zu bemerken, ob er log, um zu lügen, oder ob er es allein deshalb tat, um sich zu belügen.

Auf jeden Fall war sicher, dass Epi und die Wahrheit keine Freunde waren, einmal abgesehen von den Vorfällen im Frühjahr 1961. Im Übrigen war Epi eine verträgliche Haut und konnte niemandem etwas zuleide tun, es sei denn, er hatte einen dieser hässlichen Anfälle. An Epi störte aber, dass er ständig im Mittelpunkt stehen wollte, weil er, wie er es ausdrückte, „ins Zentrum gehörte". Epi begründete dies mit „nommen est ommen", weil er diesen Satz gleich mehrfach von Schwester Agnes gehört hatte, ohne auch nur im Ansatz zu ahnen, was diese Aussage bedeutete. Doch manchmal, wenn er einen dieser hässlichen Anfälle hatte, schrie Epi das „nommen est ommen" aus Leibeskräften so laut in die Welt hinaus, dass die Erde zu beben schien.

Das letzte Wort

Dieser Roman ist eine Fiktion, auch wenn es im Sauerland und anderswo Dörfer gegeben hat, die einem Talsperrenbau weichen mussten.

Ich habe, wie es sich bei einem Talsperrenbau gehört, versucht, ein wenig in die sauerländische Sprache einzutauchen, u. a. mithilfe des von Herbert Knappstein verfassten Buches: „Ja, bin ich denn der Leo?", 4. Aufl. 2014, Woll-Verlag, Schmallenberg, aus dem eine Reihe von Zitaten stammen. Herr Dr. Werner Beckmann sicherte das „Duiwel äok" und „dumm Tuig" ab und steuerte die wunderschöne Übersetzung eines Satzes aus dem Plattdeutschen in die sauerländische Sprache auf S. 248 bei. Vielen Dank!

Bei den historischen Einschüben, die keinen Anspruch auf eine exakte Geschichtsschreibung erheben und teilweise – wie etwa die Lieder für die „Bundeswehrkitas" – jeder geschichtlichen Grundlage entbehren, leistete Wikipedia eine wertvolle Hilfe, die ich mit einer Spende honoriert habe.

Die Passage über die Raupenbahn beruht auf dem Artikel „Sittenverfall in der Amorbahn", der am 30.11.2011 in den „Westfälischen Nachrichten" (Münster) erschienen ist.

Die im Roman verarbeiteten und weitere interessante Informationen zur „Cavete" sind unter https://www.sto-ms.de/bildgeschichte/cavete/ zu finden.

Bei Thorsten Kruse (KUBON Immobilien GmbH) bedanke ich mich für eine großzügige Unterstützung zur Herstellung dieses Buchs.